달이 이끄는 이세계여행

아즈미 케이

6

목차

시프

롯츠갈드 학원의 학생.
거상 렘브란트의 딸.
유노의 언니.

유노

롯츠갈드 학원의 학생.
거상 렘브란트의 딸.
시프의 동생.

진

롯츠갈드 학원의 학생.
마코토의 강의를 열심히
수강하는 소년.

주요
등장인물

토모에

본래 「신(蜃)」이라고 불리던 용.
마코토와 계약함으로써 사람의
모습을 얻었다.
일본 문화를 각별히 사랑하고
있다.

시키

원래 모습은 「리치」라고 불리는
언데드 몬스터.
마코토와 계약함으로써
사람의 모습이 되었다.

미스미 마코토

본작의 주인공. 부모의 사정으로
이세계에 소환된 비운의 고등학생.
이세계 라이프를 만끽 중.

미오

원래 모습은 거대한 거미.
마코토와 계약함으로써 사람의 모습을
얻었다. 마코토에게 심취했다.

1

바로 나, 미스미 마코토의 지시로 롯츠갈드 학원 부지 내부의 폐허 구획을 조사하고 다니던 라임 라떼와 연락이 두절됐다.

평소의 그는 영업 시작 전의 청소 시간엔 반드시 돌아왔다. 심지어 라임이 어젯밤에 마지막으로 있었던 장소로 가보니 전투의 흔적까지 발견됐다.

종자인 리치 출신의 시키로 하여금 로나 양에게서 눈을 떼지 말도록 명령을 내려놓은 상태였는데, 그녀는 어젯밤엔 아무런 움직임도 보이지 않았다고 한다. 로나 양은 정체를 위장한 채로 학원에 잠입해 있는 마족 여성이다. 그녀의 진정한 목적은 아직 잘 모르겠는데, 공교롭게도 내가 맡고 있는 학생들 가운데 한 사람이란 말이지……. 한 마디로 로나 양은 이런 일이 벌어졌을 때 가장 먼저 의심할 수밖에 없는 상대였다. 그런데 그녀가 범인이 아니라면, 라임에게 대체 무슨 일이 벌어졌다는 거야?

그와 함께 행동하던 숲 도깨비 2인방, 아쿠아와 에리스는 팔팔한 상태로 돌아왔다. 그가 혼자서 위험할지도 모르는 장소로 들어갔다는 뜻인가? 하지만 그런 보고는 받은 적이 없다.

"라임 선배가 말하기로는, 이제 상인 길드 쪽 용건만 남았다고 했습니다."

아쿠아의 증언에 따르면, 그녀들과 헤어진 이후에 무슨 일이 벌어졌다고 보는 게 타당하리라.

"서치 앤드 디스트로이 같은 지시도 없었는데 전투를 벌인다는 건 부자연스러워. 그는 일단 도망치고 보는 성격이야. 그 다음 순서는 미행이고."

나는 적을 반드시 죽이라는 식의 살벌한 지시를 내린 적은 한 번도 없거든, 에리스?

그녀들의 말마따나, 라임이 자취를 감춘 것으로 추정되는 전투지역은 두 사람과 라임이 헤어진 장소로부터 상인 길드로 향하는 길 도중에 위치한 골목이었다. 사실 지금 중요한 건 그게 아니다. 그는 설령 갑작스럽게 기습을 당하더라도 간단히 당할 정도로 허접한 실력의 소유자가 아니다. 상대방과 전투를 벌이다가도 추격을 따돌린 뒤, 본거지로 돌아가는 상대를 미행하면서 나에게 보고를 올릴 수 있는 실력 정도는 갖추고 있는 걸로 알고 있다.

말인즉슨, 그의 실력으로는 도망조차 칠 수 없을 정도로 상식을 초월하는 상대였을 수도 있다는 뜻이다. 새로운 실력자가 이 학원도시에 나타났다는 건가? 누군지 몰라도 어떤 상인이 전속 고용하고 있는 모험가라는 패턴도 생각할 수 있을 것 같아.

나와 시키, 숲 도깨비 두 사람은 지금 드워프들에게 점포를 맡긴 채로 가게 건물의 2층에서 대화를 나누고 있는 중이었다. 그러나 이럴 수 있는 시간도 이제 얼마 안 남았다. 드워프들만으론 손이 모자라다. 따라서 아쿠아와 에리스도 이제 곧 점포로 복귀시켜야했다. 라임의 실력으로 적에게 붙잡히거나 당했다면, 실력이 비슷한 두 사람도 그 상대와 맞붙을 경우엔 마찬가지로 당해버릴 가능성이 높았다.

이럴 때는 나와 시키가 나설 수밖에 없었다.

내가 라임의 위기에도 불구하고 침착한 이유는, 시키가 전투의 흔적을 조사하면서 라임의 생명은 무사할 가능성이 높다고 잠정적인 결론을 내렸기 때문이다. 물론 나로서는 시키의 말을 무턱대고 믿으면서 느긋하게 찾으러 다닐 생각은 전혀 없었다. 한 시라도 빨리 그를 구출할 생각이다. 전투에서 목숨을 건졌더라도 아직까지 무사하리라는 보장은 아무 데도 없었다. 그러나 그를 붙잡아간 이상, 상대방도 특별한 목적이 있을 것이다. 그러니까 아직 시간적 여유는 남아있을 가능성이 높아.

"라이도우 님, 어쩌면 감쪽같이 속았을 가능성도 배제할 수 없을 것 같습니다."

시키가 나에게 말을 걸었다.

"……로나 양한테 특별한 움직임은 없었다면서?"

"예. 하지만 예전에 들은 바 있던 염화(念話)의 방해나 여신의 축복을 억제하는 반지 등과 상황이 일치합니다. 어딘지 모르게 부자연스러운 힘의 흐름이 느껴집니다. 아무래도 라임은 연락을 시도할 기회조차 없었던 것으로 보입니다. 마족들 이외에 이런 종류의 기술을 보유하고 있는 이들은 존재하지 않습니다."

"그거 말인데……. 그 기술을 사용한 것 같은 흔적이 눈에 띈다는 얘기잖아? 로나 양 이외의 다른 마족들이 잠입해 들어와서, 숨겨뒀던 카드로 우리한테 싸움을 걸고 있다거나."

"가능성이 없지는 않을지도 모릅니다. 하지만 그 녀석은 웃는 얼굴로 악수를 나누면서도 이 정도는 하고도 남을 계집이니까요."

"⋯⋯. 그 이외에 라임이 붙잡혀 있는 장소와 관련된 정보는 없나?"

"신경 쓰이는 인물의 마력을 찾아냈습니다. 학원 도서관의 사서인 에바로군요. 이유는 모르겠습니다만, 그녀의 마력이 현장에 남아있었습니다."

에바 양? 전혀 예상조차 못 했던 인물의 이름이 나왔다. 나는 무심코 주위를 둘러볼 수밖에 없었다.

아무리 생각해 봐도 도서관의 사서인 그녀가 함부로 나다닐 만한 장소나 시간이 아니었다.

그녀와 나는 그럭저럭 서로 얼굴 정도는 아는 사이였다. 그러나 그녀가 나와 만난 이후로 보여준 얼굴들은, 도서관의 사서라는 사회적 신분과 고테츠 식당에서 일하는 루리아의 언니라는 사적인 입장에서 전혀 벗어나지 않았다. 가끔씩 부자연스럽게 나에 관해 캐물을 때도 없지 않아 있었지만, 어디까지나 소문을 좋아하는 일반인 여성의 범위를 벗어나지 않는 정도였다.

"에바 양이라고? 하지만 그녀가 라임의 빈틈을 파고들 수 있으리라는 생각은 들지 않아. 만약 단순한 호기심으로 인해 이 사건에 말려들었다면 동정을 금할 길이 없군."

차분하면서도 독서를 좋아하는 그녀가 소문에 민감하다는 건 약간 어색한 느낌이 들었지만, 마구잡이로 사방에 안테나를 세우고 다니는 타입은 우리 학교에도 제법 있었단 말이지. 언젠가 반드시 성가신 일에 휩쓸리고야 말 것 같이 보이는 인종은 틀림없이 존재한다.

게다가 우리 쪽에서 전혀 패를 보이지 않은 상황임에도 불구하고 로나 양이 먼저 움직인다는 건 어딘지 모르게 와 닿지가 않아…….

"역시 아직 제대로 된 판단을 내릴 수 있는 상황은 아닌 것 같습니다. 저 또한 은연중에 마족의 소행이라고 단정 짓고 있으니까요. 아쿠아와 에리스를 점포로 복귀시킨 뒤, 라이도우 님께서는 저와 함께 현장을 다시 한 번 찾아가 보시는 게 어떻겠습니까?"

"……그러게. 학원의 폐허 구역으로 한 번 가볼까?"

수사를 할 때는 현장이 최우선이라는 얘기도 있으니, 역시 범인의 발자취를 직접 따라가 보는 게 최선책이라는 생각이 들었다.

라임의 종적이 사라진 장소는 학원 부지로부터 상인 길드까지 가는 길 도중의 골목이었다. 지금은 사용하지 않는 구획으로부터 뻗어 나온 골목이므로 기본적으로 인기척은 전혀 찾아볼 수 없는 장소였다.

그러나 그가 조사하던 지역은 학원 부지에 해당되는 곳이었다. 지금은 사용하지 않는 것으로 알려진, 이른바 폐허 구획이라고 불리는 장소였다. 정확히 말하자면 재개발이 예정되어 있는 출입금지 구획이다. 나는 바로 그곳을 중점적으로 조사해야 하겠다는 생각이 들었다.

"그곳에 앞서 우선, 실종된 현장부터 확인해보시는 게 어떻겠습니까? 새로운 발견이 있을지도 모릅니다."

"좋아. 그럼 아쿠아와 에리스는 일단 점포로 돌아가. 모르긴 몰라도 나와 시키는 그다지 일찍 돌아오지 못할 테니, 용건이 있다는 방문객은 나중에 이쪽에서 따로 연락하겠다는 식으로 대처하도록 해."

『조심해서 다녀오세요.』

두 사람의 종업원은 고개를 끄덕인 뒤, 머리를 숙이면서 우리를 배웅했다. 나와 시키는 사라진 동료를 찾기 위해 거리로 나섰다.

◇ ◆ 라임 ◆ ◇

"……무사한가, 아가씨?"

"방금 일어난 당신한테 들을 말은 아닌 것 같아. 아직은 무사해 보여."

"거참, 듣던 중 반가운 말이로군. 그나저나, 현재 상황은?"

"**그 청년**에게 당한 당신의 상태를 확인하려고 다가간 순간, 곧바로 또 다른 패거리가 나타나더군. 나는 당신의 동료라는 오해를 받아 이 모양이야. 현재 시각은 아마 아침일 거야. 직장은 무단결근 취급이겠지. 내가 무슨 죄를 지었다고 이런 꼴을 당해야 하지?"

"그러고 보니 도서관의 사서라고 했나? 이름은 아마 에바 양이었지. 무단결근 하루 이틀 정도로 괜히 신경 써봤자 별 소용없다고."

"……."

"그건 그렇고, 칫, 이렇게 어처구니없는 실수를 하다니. 칼을 뽑았는데도 속수무책으로 깨져 버릴 줄이야, 내가 생각해도 참 한심하군. ……당연히 칼은 뺏겼단 말이렷다. 무슨 낯으로 누님이나 어르신을 뵙지?"

"……잠깐."

"엉?"

"어떻게 내 이름을 아는 거지? 게다가 직업까지 꿰고 있잖아?"

"아차, 내 이름은 라임 라떼야. 쿠즈노하 상회의 종업원 가운데 한 사람이지. 댁은 라이도우 님과 아는 사이잖아? 종업원으로서 그 분이 알고 지내시는 지인들의 얼굴 정도는 당연히 외우고 있지."

나는 그녀를 상대로 가볍게 자기소개를 마치면서도, 주위 상황을 파악하는 작업을 마치고 있었다. 이곳은 감옥이다. 환기의 상태로 봐서 아마 지하 감옥이다. 어디선가 시큼한 냄새가 풍겨올 뿐만 아니라 자그마한 생물들의 기척이 사방에서 느껴졌다. 아마도 작은 벌레들이 도처를 기어 다니고 있는 것으로 보였다. 이 방에 갇힌 이들 중에서 휴만은 나와 사서 아가씨 둘 뿐이었다. 어르신께서 일단 신분을 캐보라고 시키셨던 여자였다.

아직 확정적인 증거를 잡은 것은 아니었지만, 내 직감이 이 여자는 꿍꿍이가 있는 자라는 사실을 알려오고 있었다. 어젯밤에 어째서 그런 장소를 나다니고 있었는지 짐작이 가지 않았다. 최소한 밤길 산책을 즐기면서 통과할 코스는 아니었다. 그녀는 불안감을 애써 가슴속에 눌러 담으면서 태연한 표정을 짓고 있었지만 그다지 냉정한 상태는 아닐 것이다. 내가 조사한 정보에 따르면 그녀는 벌레를 좋아하지 않았다. 그런데 약간 귀를 기울이기만 해도 사방에서 버석거리는 녀석들의 존재가 느껴지는데도 불구하고 그녀는 전혀 당황하는 듯한 낌새가 없었다. 혐오감을 밖으로 드러내려는 모습도 보이지 않았다. 그래도 속마음은 굉장히 초조한 상태일 것이다.

그리고 나는 몸의 각 부위를 확인했다. 사지는 만족스럽게 움직였다. 그러나 내 목숨보다도 소중한 칼을 비롯해서 태반의 무장은 거의 다 **뺏긴** 상태였다. 그래도 드워프 형씨들이 만들어준 몇 가지 무기들은 무사했다.

단순한 장신구인줄 알았나? 하지만 설령 그렇다고 해도 내 무기들을 벗겨낸 녀석들이 허술한 상대라는 뜻은 아니었다. 나 같아도 예전엔 이런 장신구 따위를 무기라고 생각할 리가 없었거든. 마력도 거의 한계치까지 은폐해놓은 상태였으니 눈치를 못 채더라도 어쩔 수 없었다.

오른쪽 손목에 찬 팔찌는 사실 드워프들이 제작한 무기 가운데 하나였다.

나는 무기를 각성시키는 열쇠로 설정해 놓은 짧은 주문을 읊조렸다.

어렴풋하면서도 은은한 빛이 팔찌와 오른손을 에워싸는가 싶더니 순간적으로 손에서 새로운 중량감이 전해져 왔다. 오른손에 검이 출현했다.

"아니?! 그 검은 뭐야?!"

"쉿, 목소리를 낮춰."

그녀의 놀라는 반응도 이해가 갔다. 하지만 상황을 봐. 현재로서는 나와 그녀의 목적은 일치한다. 우리한테는 탈출이라는 이름의, 이보다 더할 수 없이 확고한 목적이 있잖아?

"당신, 점원이라는 건 거짓말 아냐? 사실은 경호원이지?"

사서 아가씨는 내가 검을 휘두르던 동작에서 느끼는 바가 있다는 듯이 의심스러운 눈초리로 나를 바라보기 시작했다. 참나, 누 님께서 데리고 가셨던 그 마경(魔境)에서는 나 같은 놈은 진짜로 별거 아니란 말이야. 숲 도깨비 종족의 몬드와 대련할 때도 이제 야 조금씩 승률이 오르고 있을 정도니, 이번 일이 끝나면 다시 마 음을 다잡고 단련을 시작해야 하는 입장이었다.

"쿠즈노하의 점원들 중에 나 정도는 흔해 빠졌어. 일단 짚고 넘어 가겠는데, 에바 양? 당신도 여기서 탈출하고 싶다는 건 확실하지?"

"……."

응? 이상한데? 망설일 필요가 있나? 대체 어떻게 된 거야? 설마 이 여자, 나를 여기 가둔 녀석들과 무슨 관계라도 있는 건가? 한 통속끼리 내분이라도 벌이는 거라면, 이쪽으로서도 약간 다르게 나갈 수밖에 없었다.

"……여기는 학원의 폐허 구획이야. 이런 곳에 거점을 만들 수 있다니 상당한 조직일 테지."

"호오, 추측이 아니라 확신이라는 건가? 그래서 하고 싶은 말이 뭐야?"

"학원 내부에도 저들의 협력자가 있다는 뜻이야. 여기서 도망쳐 봤자 결국 일개 사서에 지나지 않는 내가 놓인 상황은 별반 다를 바가 없다는 얘기지."

그녀는 목숨이 위험할지도 모르는 상황에서 냉정한 분석력을 드 러내 보였다. 하긴, 천하의 롯츠갈드 학원 안에서 이런 식으로 수 상한 패거리가 마음껏 나다니려면 내부의 협력자는 필수일 것이 다. 바로 지금부터 그 정체를 밝혀야 할 참이다. 칼을 되찾는 김에 덤으로 처리할 임무였다.

"맞는 말이야. 녀석들은 며칠 안에 당신을 찾아내겠지."

"게다가 당신은 그와 싸우다가 패배한 몸이야. 비전문가의 눈으로 봐도 실력의 격차는 정말 압도적이더라. 당신은 그와 싸우면서 이기기는커녕 도망조차 시도할 수 없었지. 안 그래?"

아픈 데를 찔러오는군. 그녀의 분석은 정확하기 이를 데 없었다. 나는 도망칠 수 없다는 사실을 깨닫자마자 작정을 하고 덤볐고, 완벽하게 깨졌다. 나와 그 녀석의 실력 격차는 다음 기회를 노릴 수 있을 정도로 간단하게 좁힐 수 있는 차이가 아니었다. 누님이나 어르신에게 당했을 때 같은 절망적인 격차가 느껴졌다.

그 꼬맹이, 나이는 어르신보다 약간 많아 보였다. 시키 님과 비슷한 정돈가? 그 나이에 그 정도의 실력을 지니고 있는 녀석이니 소문이 파다하게 나 있어도 이상하지 않을 텐데, 글자 그대로 정말 듣도 보도 못한 녀석이었다.

"아가씨 말마따나, 그 녀석이 버티고 있을 경우엔 속수무책이야. 하지만 안심해. 그 녀석은 여기 없거든. 나도 나름대로 수단과 방법을 가리지 않는 놈이야. 다 승산이 있으니까 벌이는 행동이라고."

나라고 그냥 얌전히 당하기만 한 것은 아니다. 나는 약간이나마 가능한 일이 있을 때는 발버둥이라도 치고 보는 성격이었다. 현재, 그 자식이 최소한 이 부근에 없다는 것만큼은 확실하다. 행동을 일으킬 수 있는 절호의 기회였다.

나는 그 녀석에게 당하기는 했지만 한 방은 먹였다. 그 순간, 나는 그 녀석의 현재 위치를 파악할 수 있도록 각인을 새겼다. 나의 파트너나 다름없는 그 칼의 특수능력 중 하나였다.

"당신의 말을 믿더라도 내가 놓인 위험한 상황은 마찬가지야. 이왕 구해줄 거라면, 학원에 도사리고 있는 일당들도 남김없이 쓸어버릴 때까지 책임져."

불쾌한 눈빛이었다. 마치 내 값어치를 계산하고 있는 듯한 눈초리였다. 지금까지 조사하면서 알아낸 도서관 사서 에바에 대한 정보와, 지금 눈앞의 이 녀석이 보이는 실제 모습은 차이가 많이 났다. 지금 보이고 있는 얼굴이야말로 이 녀석의 본색인가? 만약…… 그렇다면, 이런 이들의 출신 성분은 뻔했다. ……대부분 귀족 나부랭이가 신분을 위장하고 있거나, 몰락한 귀족 출신이라는 패턴이다.

어쩌면 이름도 가명일지도 몰라. 어르신께서도 성가신 여자와 인연이 생기셨군. 토모에 누님께서 이런 녀석을 선호하실 때도 있다 보니 함부로 처리할 수도 없단 말이지. 뿐만 아니라 어르신의 지인이기도 하니 더욱 상대하기가 껄끄럽다.

"책임지라고? 뭐, 녀석들한테는 개인적으로도 되갚아줄 게 많긴 하지만……. 내가 당신한테 그런 식의 수고를 들여가면서 얻을 수 있는 이득은 뭔데?"

나로서는 공짜로 쓸데없는 고생을 감수할 이유가 전혀 없었다. 지금의 나는 상회의 종업원이다. 일을 맡으면서 보수를 챙기지 않을 경우, 나중에 귀찮아질 수도 있단 말이다.

"……당신의 신분이 정말로 쿠즈노하 상회의 점원이라면, 나는 당신의 고용주에게 유익한 정보를 제공할 수 있는 사람이야. 그리고 만약 이 조직이 학원에 뻗으려 하는 손길을 막을 수만 있다면……."

이 조직이라고? 이 녀석 보게? 그녀는 이 패거리에 관해 잘 알고 있는 듯한 눈치였다. 어르신께서 화내실 지도 모르지만, 시키 님과 함께 이 아가씨의 머릿속을 들여다볼 필요가 생길 수도 있겠다는 생각이 들었다. 아직은 그녀와 적들의 정확한 관계에 관해서 알아낼 방법이 없었지만, 최소한 그들 때문에 겁을 집어먹을 정도로 잘 알고 있는 듯이 보였다.

어르신께서 조사해달라는 의뢰를 받은 그 녀석들이 틀림없었다. 평범한 도서관 사서가 그런 극악무도한 패거리에 관해 알 리가 없었다. 에바라고 했나? 내 생각엔 동생인 루리아까지 포함해서 다시 한 번 자세히 조사해볼 필요가 있어 보였다.

그러나 이 자리에서 굳이 어설프게 속을 떠보다가 등 뒤의 적을 만들 필요는 없었다.

"……막을 수 있다면?"

"막대한 보수를 약속할게."

정말 뒤숭숭한 한 마디였다. 모험가 시절에 전혀 믿지 않았던 말들 가운데 하나였다.

"좋아. 그쪽이 제공할 수 있는 이득에 관해선 차차 듣기로 하지. 당신의 안전은 보장할게. 함께 어르신을 뵈러 가자고. 하지만 그전에 적잖이 불쾌한 구경을 할지도 모르는데, 당연히 각오는 되어 있겠지?"

"문제, 없어."

좋아, 그럼 얼른 끝내버리고 어르신께 보고나 하러 가야겠다. 젠장, 그 꼬맹이가 염화를 봉인한 바람에 불편해 죽겠네.

좋아. 술법은 쓸 수 있는데다가, 무기도 있다. 여기서 나돌아 다니는 녀석들을 해치우는 건 일도 아니야.

어르신께서는 보고가 최우선이라고 하셨지만, 어쩌면 지금부터 보는 것들에 따라 참을성을 발휘할 수 없을지도 모른다. 아니, 솔직히 틀림없이 참을 수 없으리라. 그러니까 염화를 사용할 수 없는 현재 상황은 오히려 잘된 건지도 몰라.

우선 칼부터 찾는다. 빌어먹을 자식들, 감히 누님께서 하사하신 내 파트너를 멋대로 데려가? 아니지, 지금은 열 받고 있을 때가 아니야. 위치는 이미 알고 있다. 그 칼은 드워프들이 내 전용으로 개조한 무기였다. 덕분에 이렇게 위치 정보를 감지할 수도 있다. 기본적으로 이미 완성된 무기에 새로운 능력을 부여하는 작업은, 무기의 성질에 따라서 완전히 불가능하거나 토가 나올 정도로 엄청난 금액을 투자해야 하는 기술이었다. 그런데 그 드워프 형씨들은, 단 하룻밤 만에 나의 희망사항들을 거의 그대로 반영시켰다. 어르신과 누님께서 적극적으로 나서주신 덕분이었다. 그런데 그야말로 나의 생명이나 다름없는 바로 그 검을, 감히 더러운 손으로 건드린 거냐?

……그러고 보니 새삼 기억이 나서 그러는데, 그 대단한 드워프 형씨들이 골머리를 썩는 어르신과 종자 분들의 병장기는 도대체 얼마나 엄청난 무기들이라는 거지?

나는 계층 전체에 감도는 낡아빠진 분위기와 동떨어진 신품이나 다름없는 쇠창살을, 손에 출현시킨 검으로 잘게 썰어 버렸다. 내 실력이 대단한 게 아니다.

무기가 너무 대단하다 보니 이런 짓도 손쉽게 할 수 있을 뿐이다.

짐짝 한 사람이 등 뒤를 따라오고 있는 상황이긴 하지만, 이제
슬슬 반격을 개시해볼까?

도대체 어떻게 돌아가고 있는 거야?

나와 시키는 사건 현장으로 추정되는 장소에서 얼떨떨한 표정을
지을 수밖에 없었다.

시키가 사전 조사를 했을 때는 없었던, 노골적인 흔적이 남아있
었기 때문이다.

마력의 잔해였다.

게다가 이 느낌은, 토모에나 랜서와 거의 같은…….

"라이도우 님, 이 흔적은 폐허 구획까지 띄엄띄엄 이어져 있는
걸로 보입니다."

"전에 왔을 때는 없었던 게 확실하지?"

"예, 그리고 흔적으로부터 용의 기척이 느껴집니다."

역시 내 착각이 아니었다. 나로서는 용이라는 단어가 나오자마
자 곧바로 토모에나 랜서를 떠올릴 수밖에 없었다. 랜서라는 녀석
은, 예전에 뜬금없이 나를 공격했던 전투광 소피아와 함께 다니는
상위 용이다. 미츠루기라고 불리기도 하는 녀석이다.

이 기척을 남기고 간 장본인이 토모에라면, 그 녀석이 나에게 연

락을 안 할 리가 없었다. 라임을 공격한 범인은 랜서라는 건가? 그 녀석이 상대였다면 라임 혼자서 감당하기는 어려웠을 것이다.

드디어 소피아와 재대결을 벌일 날이 온 건가? 웃기지 마. 아직 붙고 싶지 않아. 정확히 말하자면, 두 번 다시 붙고 싶지 않은 상대였다. 솔직히 말해서 만나기도 싫다. 하여간 그 두 녀석은 남의 말 같은 건 전혀 듣지도 않는 부류란 말이지.

시키가 떡하니 버티고 있는데다가, 상대방의 패도 약간이나마 파악하고 있기 때문에 예전보다야 제대로 된 대결을 펼칠 수 있으리라는 생각은 들었다. 하지만 개인적으로, 그 녀석들과 재대결을 벌일 때는 확실하게 이길 수 있다는 전망을 세운 채로 싸움에 임하고 싶었다. 결과를 예측할 수 없는 대결은 가능한 한 피하고 싶다.

"이 흔적을 봐. 일단 은폐는 한 걸로 보이지만, 숨길 생각은 거의 없는 것 같지 않아?"

"아마도 적이 파놓은 함정일 겁니다. 다만 이 기척의 장본인이 용인 이상, 이 일에 마족들이 개입했을 가능성은 상당히 줄어들었습니다. 제가 알기로 로나와 친밀하게 지내는 용은 없습니다."

"랜서일 수도 있어. 걔들은 아마 마족들 편일 테니까."

"드래곤 슬레이어와 동행하고 있었다는 랜서 말입니까? 흠……
망설일 필요는 없겠군요. 라이도우 님, 서두르시지요."

"뭐어?!"

아니 잠깐, 오히려 망설여야 되지 않아?! 시키까지 전투 중독자가 돼버리면, 내 위가 궤양으로 초토화된다고?!

"적의 정체가 랜서와 드래곤 슬레이어라면, 이보다 더할 수 없이 좋은 기회가 아닙니까? 저희의 주인께 피를 흘리게 한 대죄를 참회시키면서 고통스럽게 죽어야 하는 자들입니다."

"시, 시키?"

"크크크크, 라임 녀석. 가끔씩 이런 식으로 뜻밖의 훌륭한 성과를 보일 때도 있단 말이지. 본디 이런 일이 생겼을 때는 토모에 님과 미오 님을 부르는 것이 도리다. 하지만 지금은 비상사태라서 어쩔 수 없었다는 핑계거리가 성립되는 상황이야. 드래곤 슬레이언지 미츠루긴진 몰라도 설마 나에게 이런 기회가 찾아오다니……. 좋아, 아주 좋아. 훌륭하지 않은가?"

시키는 당시에 내가 했던 얘기를 가장 냉정하게 듣고 있었던 걸로 착각했는데, 아무래도 조용히 참을성을 발휘하고 있을 뿐이었던 것 같다. 무, 무섭다.

그의 눈빛으로부터 처음 만났을 때의, 눈구멍 안쪽에서 붉게 번쩍이던 그 눈동자보다도 강렬한 광기가 느껴졌다. 어렴풋이 미소를 짓고 있다 보니 더욱 더 강렬한 박력이 전해져 왔다.

"이봐, 걔네들 진짜로 세다니까? 알아들어, 시키?"

"……물론입니다. 마음껏 실력을 발휘할 수 있다는 뜻이지요? 안심하십시오. 저는 털끝만큼도 상대를 봐줄 생각은 없습니다. 만에 하나 제가 혼자서 감당을 못 하더라도, 그때는 나머지 종자 두 사람을 소환하시기만 해도……. 우매한 자들아, 절망의 골짜기는 너희들의 생각보다 훨씬 깊을 것이다."

시키는 완전히 맛이 가버린 상태였다. 소피아와 재대결을 벌일 때는, 어쩌면 내가 나설 차례조차 없을지도 모른다. 솔직히 말해서

당했던 몫은 되갚아주고 싶었지만, 냉정한 시키조차 이 모양이다. 종자들의 분노를 억누를 수 있을 것 같지가 않아. 아니, 본심을 말하자면 나를 위해서 화를 내는 그들을 억누르고 싶지 않았다.

시키가 엄청난 의욕을 내비쳤다. 일단 나도 따라가니까, 어지간한 일은 다 처리할 수 있을 거야. 나도 예전과 다르다고 장담할 수 있을 정도의 자신은 있었다.

함정일 수도 있다고?

나도 약간 호기심이 생겼다. 왜냐하면 종자가 된 이후로 시키의 진정한 실력은 아직 제대로 구경한 적이 없었기 때문이다. 나와 수련할 때는 무효화 마술의 연습이 주된 경우가 많았다. 나와 계약을 한 이후로 다양한 경험을 거친 그의 실력을 목격하는 건 이번이 거의 처음이나 다름없었다. 숲 도깨비와 훈련을 할 때도 시키는 참가한 적이 없었다.

아니다. 순수하게 적과 대결을 벌인다는 의미로 보자면, 나는 시키뿐만 아니라 토모에나 미오의 진정한 실력도 구경해본 적이 없었다.

적의 정체조차 파악하지 못한 채로, 나와 시키는 폐허 구획으로 향했다.

시키는 나지막이 중얼거리면서 흉악한 마력으로 온몸을 휘감기 시작했다. 이미 섣불리 말을 걸 분위기가 아니었다.

'어르신, 얼빠진 짓을 해서 정말 죄송하다. 라임입니다. 학원의 사서인 에바 양과 함께 있습죠. 현재, 폐허 구획에서 요전번에 명령을 내리셨던 시설과 그 실태를 확인 중임다. 에바 양의 안전을 최우선으로 확보하면서, 시설의 기능을 정지시키고 적들을 남김없이 섬멸하는데 성공했슴다."

엥?

라, 라임?!

갑작스럽게, 완전히 불통 상태라서 거의 포기하고 있던 라임과의 염화가 회복됐다. 우리 쪽 수신 상태를 기본적으로 열어둬서 다행이다. 여하튼 다행이야.

'라임, 무사해?! 게다가 에바 양까지 함께 있다고?! 저기, 어라? 혹시 용 같은 녀석은 없었어?'

'용? 아니요? 용은 없었슴. 일단 시설 안엔 사전에 말씀하셨던 것들뿐……. 저희들은 둘 다 건재합니다. 자세한 보고는 나중에 드리겠슴. 그나저나 에바 양이 어르신께 할 말이 있다더군요. 지금부터 그쪽으로 향하겠슴. 지금, 제가 공격을 당한 장소 부근에 계신 거지요?'

'어, 응.'

굉장한 위치 파악 능력이다. 이제 전문적인 공작원과 비교해도 손색이 없다는 느낌이 들었다.

'그럼 이제 갑니다.'

그럼 이제 갑니다?!

지금부터 이쪽으로 오겠다는 거야?!

아니, 그게 아니지! 시키! 이 녀석을 원상복귀 시키는 게 먼저다! 에바 양한테 이런 모습을 보이는 건 여러 모로 굉장히 문제가 많아!

"시키, 라임이 돌아오고 있어! 일도 다 끝났대! 그러니까 원래대로 돌아와, 시키! 스위치 오프! 벗어! 그 흉악한 마력은 지금 당장 벗어던지라고! 미소! 얼굴에 미소를 지어!"

"……라임. 너라는 녀석은……!"

"들리냐?! 정신 차리라고――!!"

"나를 이만큼이나 흥분시켜놓고, 이제 와서 다 끝났다고?! 녀석은 어째서 10분조차도 기다리지 못 하는 건가!!"

"아니, 그게 아니야! 용 같은 녀석은 없었다니까! 착각! 착각이었다고!"

나는 라임이 돌아올 때까지 시키를 타일러서 간신히 평소의 학원 모드로 복귀시켰다. 꽤나 오랜만에 고난이도 미션을 공략했다…….

◇◆ 로나 ◆◇

'라이도우라. 상인이라는 자기소개는 헛소리가 분명해. 하지만 우리들 마족에 대한 혐오감이 티끌만큼도 느껴지지 않았던 건 틀림없는 사실이야. 그렇다고 해서 『드래곤 슬레이어』 일당들처럼 같은 목적을 이루기 위해 손을 잡자는 낌새조차 보이지 않아. 태도 자체는 평범해. 그야말로 이보다 더할 수 없이 평범한 태도야. 그 꼬맹이는 마치 다른 나라의 휴만과 대화를 나누듯이 마족을 상대해.'

로나는 카렌 폴스라는 휴만 여학생의 모습을 빌려 학원에 잠입한 상태였다. 그녀는 카렌의 이름으로 배정받은 방에서 침대 위에 조용히 누운 채로 생각을 정리하고 있었다. 두 눈도 감고 있었다. 하지만 그녀는 머릿속에서 이번 여행 도중에 입수하게 된, 전혀 예정한 적도 없던 갖가지 요소들에 관한 정보를 정리하고 있었다.

마장(魔將)으로서 그녀가 맡은 주된 소임은, 정보의 수집과 활용이었다. 가끔씩 새로운 전술이나 전략을 진언할 때도 있다. 단독 전투 능력은, 네 사람의 마장 가운데 세 번째였다. 그러나 그녀는 비교적 약한 편인 자신의 전투 능력에 관해 그다지 열등감은 없었다. 그녀는 제각각 자신 있는 분야에서 왕을 위해 움직이기만 하면 된다는 사고방식의 소유자였다. 따라서 로나는 자신이 맡고 있는 분야의 일로 인해 주위로부터 공포와 멸시의 시선을 받더라도 전혀 아랑곳하지 않았다. 그녀는 오히려 그런 반응들이야말로 자신의 임무를 충실히 수행했다는 증명이라고 여기면서 그 시선들에 자부심마저 느끼고 있었다.

'휴만종의 학원 강사로서도, 역시 라이도우의 능력은 지나치게 강대해. 내 기준에서도 수준 높은 실력자가 몇몇 존재하는 학원 강사 중에서도 특히 이질적인 존재야. 그리고 앞으로 그가 육성하려 하는 전투 스타일의 휴만이 나타나는 건 마족에게는 그다지 바람직하지 않아. 그가 제창하는 방식은 우리의 전투 방식과도 비슷한 구석이 있어. 머릿수로 우세한 녀석들이 우리와 똑같은 전술을 도입할 경우, 전황은 필시 불리하게 돌아갈 수밖에 없어. 그렇다면 기본적으로 최대한 신속하게 제거해야 하는 대상이라는 뜻인데……. 특히 성가신 건 정보 수집 능력이야. 마족들 중에서도 극히 일부만이 알고 있는 내 이름을 알아내는데 써먹은 정보의 입수

경로만큼은 반드시 제거하고 싶어. 사실 마족 진영과 휴만 진영 가운데 어느 한 쪽에 가담하는 게 아니라 어디까지나 중립이라는 위치를 지키려는 라이도우 본인의 사고방식은 우리에게 있어 굉장히 유익한 얘기야. 본인 자체는 다루기 쉽다는 느낌이 들고, 괜찮은 앞잡이로 써먹을 수도 있을 것 같아. 하지만 그럴 경우엔 그 시키라는 녀석이 몹시 거추장스러워. 내 직감이 확실하다면, 그 녀석이야말로 라이도우의 정보 조직을 총괄하는 존재겠지. 내 이름을 알고 있던 방심할 수 없는 상대야. 최선은 시키를 제거하고, 라이도우를 우리 편으로 끌어들이는 거지.'

지금, 로나는 은밀히 잠입시킨 여러 명의 조직원에게 쿠즈노하 상회와 라이도우 개인에 관한 조사를 명해둔 상태였다. 애초에 이번 임무를 계획할 때는 롯츠갈드라는 도시의 위험도 자체를 비교적 낮게 평가하고 있었기 때문에, 그녀가 데리고 온 부하들은 특별히 뛰어난 능력을 지닌 자들이 아니었다. 아무리 인재가 부족한 상태라 하더라도, 지금으로선 너무나 후회되는 선택이었다고밖에 달리 할 말이 없었다.

상대방에게 꼬리를 잡힐 경우엔 그냥 무의미한 게 아니라 지금까지 추진해온 모든 일이 어그러질 가능성이 있었다. 따라서 로나는 최우선적으로 상대의 감시망을 피하는데 주력하라는 지령을 부하들에게 내려놓았다. 정보의 정확도에서 문제가 생길 가능성은 있었지만, 지금은 약간이라도 상대방에 관한 정보가 필요한 상황이었다.

'쿠즈노하 상회는 학원에서 눈에 띄는 움직임을 보이지 않아. 나중에 판매하는 상품도 확인할 예정이지만…… 잡화점인 이상, 두드러지는 특징은 없을 공산이 높아. 길드에서 라이도우의 정보를 조회해본 결과, 사업 구분은 만물상이었어. 길드 등록 시기나 선택한 업종으로 판단하자면, 상업적인 재능은 뛰어나지 않은 것 같아. ……아니, 본인에게 전혀 뛰어난 자질이 없는데도 불구하고 주위에 우수한 이들만 모여든다는 것도 말이 되지 않아. 아마 무슨 재능이 있기는 있을 거야. 그렇지, 전투 능력이 대단하다는 건 확실해. 나도 본 실력을 내볼까 싶을 정도였으니까. 하지만 조수인 시키도 그럭저럭 강력한 전투력의 소유자로 보였단 말이지……. 과연 전투 능력이라는 하나의 요소만으로 저렇게 우수한 자들을 부하로 거느릴 수 있을까?'

구름을 잡는 듯한 추측들을 열거하다 보니, 머릿속이 도무지 정리가 되지 않았다. 로나는 조바심이 들었다. 그들이 앞으로 아무런 장애물이 될 리가 없다는 낙관적인 결론은 도저히 나올 수가 없었다. 그런 고로 늦기 전에 반드시 대책을 세워야만 한다. 그러나 지금으로선 상대방의 정체조차 제대로 파악할 수도 없는데다가, 자신을 능가하는 정체불명의 정보망까지 보유하고 있는 것으로 보였다. 이런 상대를 어디서부터 파고 들어야할지 잘 판단이 서지 않았다.

'우선, 그 건수를 이용해서 저들의 행동력과 전투력의 일부분이나마 확인해보는 게 먼저야. 여기 온 목적은 이미 이루어졌으니까, 굳이 위험한 수단을 고를 이유는 없어. 신전의 관계자가 아닌 이상에야, 이 건수로 휴만에게 좋은 인상을 가질 리도 없을 거야.

아인(亞人)에 대한 박해는 잘하면 휴만에 대한 비난이나, 내가 여기에 있다는 사실까지 포함해서 마족에 대한 호감을 가질 계기가 될 수도 있는 일이야. 어떻게 굴러가더라도 우리가 손해 볼 일은 없어. 저들이 협력을 요구할 경우, 내가 개인적으로 돕겠다는 명분을 내세우면 마족에게 지장은 생기지 않아. 자연스럽게 사라지기 위한 포석이 될 수도 있겠지. 이 정도면 이 상황에서 그나마 가능한, 그럭저럭 합격 수준의 대응 방식일 거야.'

로나는 천천히 눈을 떴다. 지금으로선, 우발적인 사태도 대충 봉합한데다가 미래를 위한 전망도 다 세운 상태였다. 그런 식으로 분석을 일단락 짓고 보니, 바깥이 이미 밤의 어둠으로 뒤덮여 있다는 사실을 깨달았다.

로나는 자신이 라이도우 때문에 상당한 시간을 소비해 버렸다는 사실에 쓴웃음을 지었다.

머지않아, 마족과 휴만 사이에 또다시 대규모 전투가 시작될 공산이 컸다. 로나는 자신도 그 전투에 참가하게 될 것으로 예상하고 있었다. 그날이 올 때까지 끝내야만 하는 일들은 잔뜩 남아 있었다. 그러나 라이도우의 존재로 인해 그녀의 예정은 조금씩 어긋나고 있었다.

'하지만, 스텔라 요새 쪽은 이오만 있어도 거의 만에 하나의 사태조차도 일어날 리가 없단 말이지. 특히 전쟁터에서의 지휘 능력이나 전투 능력으로 치면, 그 남자만큼 믿음직스러운 존재는 거의 없어. 현재의 전투 규모를 고려해 봐도, 지금은 소피아야말로 휴만종 가운데 최강의 전투력을 지닌 존재야. 우리가 그녀를 확보하고 있는 이상, 상대의 공격력이 우리보다 못 하리라는 것은 의심할 여지가 없어.『마인(魔人)』의 정체와 정확한 능력만 알아도 더할 나위가 없을 텐데. 전쟁의 무대는 전부 다 우리의 왕께서 계획하신 대로 진행되고 있어……. 만약 마인의 정체가 라이도우라면, 꽤나 간단히 끝나는 얘긴데 말이야. 아무리 그래도 그럴 리는 없겠지. 전투의 시기와 마술의 규모, 신빙성은 낮아도 우리가 수집한 외모에 관한 정보―. 라이도우와의 공통점은 그 코트 같이 생긴 방어구뿐이야. 에휴, 하지만 저 파란 코트만 가지고 의심하다니. 내 직감도 많이 무뎌진 것 같아. 도대체 말이야, 아무리 전쟁터에서 정신이 없었더라도 목격 정보가 붉은 코트와 파란 코트의 두 종류로 나뉘어져 있다는 데부터 기본적인 정보의 신빙성이 너무 낮잖아? 참나, 오늘은 그냥 잠이나 자자.'

그녀가 지금 자신의 머릿속을 어지럽히고 있는 두 사람, 라이도우와 마인이 동일인물이라는 사실을 깨달을 때까지는 아직 많은 시간이 필요한 듯이 보였다.

라임즈 리포트

· 롯츠갈드 학원 재개발 예정 지역 조사 중간보고

해당 지역 조사를 마치고 귀환 중에 누군가와 조우. 키는 170센티

미터 전후, 가냘픈 몸매. 은발과 검은 눈동자. 기분 나쁠 정도로 가지런한 얼굴에 끊임없이 미소를 짓고 있었음. 남성으로 추정됨. 외모는 휴만으로 보였으나, 실제 종족은 휴만이 아닌 걸로 예상됨. 두드러지게 압도적인 전투 능력을 보유하고 있었음.

도주를 시도했으나 실패. 전투를 벌이면서 탈출의 기회를 엿보기 시작. 반지 형태의 도구가 발동되면서 염화가 봉인 당함. 다른 영향은 알 수 없음. 소년이 지닌 실력의 한도조차 재지 못한 채로 패배. 간신히 일격을 가해 마킹에 성공.

※ 참고사항 전투 도중, 여성의 비명 소리가 들림. 이후 학원 사서인 에바였다는 사실이 판명됨.

정신을 잃었으나 조사 예정 지역 안, 이른바 폐허 구획 내부의 건물 지하에서 구속당한 채로 각성. 조사 대상들의 손에 의해 구속된 상태였으며, 사서인 에바도 마찬가지로 구속됨. 상황을 확인한 뒤, 탈출하기로 결정함. 사서의 의사도 확인한 뒤, 보호·동행시킴. 에바는 귀족 출신일 가능성이 보임. 말투와 태도로 추측.

해당 건물을 조사한 결과, 조사 대상이 중~대규모의 조직이라는 사실이 판명됨. 시설 내부에서 조사 중인 「실험」의 실태를 확인. 그들이 벌이는 다양한 실험 및 연구는 예측했던 대로 극악무도한 내용으로서, 회복 가능한 상태의 피험자는 한 명도 발견 못 함. 실험대상은 아인이 대부분이었으나, 일부는 휴만이었음.

실험의 내용은 마족 로나로부터 획득한 정보대로, 완전한 인체실험.

기본적인 내용은 투약과 키메라 실험으로서, 전투 능력과 마력의 향상을 주된 목적으로 삼고 있던 것으로 보임.

피험자는 납치나 인신매매 등의 수단을 통해 공급된 걸로 보이며, 아인의 종족은 특별히 정하지 않았던 모양임.

사전에 마킹의 반응이 없다는 사실을 확인했기 때문에, 앞서 언급했던 소년은 부재였던 걸로 판단함. 임무 수행 지속을 결정함.

대상의 위험도와 직접 전투 능력을 고려해서 즉결처분을 결정. 염화를 이용한 보고가 불가능한 상태였기 때문에, 독자적인 판단에 따라 회복 불가능한 레벨까지 철저하게 파괴하는 방법이야말로 타당한 처분 방식이라고 판단함.

대상을 처분하는 과정에서 앞서 언급한 소년에 대한 증언 등은 없었으며, 증원이 쳐들어올 낌새도 없었음. 신속하고 조용하게 처분을 완료. 해당 시설에 덫과 감시 장비를 설치한 뒤, 사서와 함께 탈출함.

아직까지 잔당들의 움직임은 눈에 띄지 않으며, 구성원들의 증언을 통해 학원 내부 협력자 일부의 정체를 밝혀내는데 성공함. 일부는 그 정체를 추측 가능하나 완전히 밝혀내지 못한 인원도 존재. 향후의 조사를 통해 전원의 정체를 해명하는 대로 보고할 예정.

적대세력의 일부 가운데 암살자 길드의 구성원을 확인. 의뢰를 통한 특정한 협력 태세가 존재하는 것으로 추정됨. 증원 등의 간섭은 확인할 수 없었음. 이상.

※ 다시 한 번 참고사항 그리 익숙하지 않은 보고서를 서둘러 완성시켜 올렸기 때문에 약간 어설픈 건 봐주십쇼.　　　　　　라임

마지막 줄은 뭐냐, 라임? 그건 그렇고 사인 참 깔끔하네. 나도 개인용 사인이 손에 익을 때까지 연습해야겠다. 계약서나 납품서 같은 걸 쓸 때, 여러 모로 필요할 수밖에 없거든.

이 보고서는 여러 가지 내용을 생략해버린 느낌이 들었다.

보고서와 감상문이 범벅으로 뒤섞인 듯한 인상도 받았다.

애초에 라임 정도의 실력자라면, 혼자서 섬멸 가능한 적들로부터 도망치는 정도는 누워서 식은 죽 먹기였다. 염화가 불통인 상황에서 어거지로 실력 행사를 시작한다는 건 너무 부자연스러웠다. 심지어 에바 양까지 동반한 상황이었잖아?

그나저나 맨 처음에 라임을 어린애 데리고 놀듯이 농락했던 소년은 대체 누구야? 만약 그 소년이 랜서였다면, 알기 쉽게 검을 소환해서 공격해 왔을 테니 사용하는 기술의 특징 같은 것도 서술하리라는 생각이 들었다. 그리고 적에게 붙잡힌 이후론 등장조차 하지 않는 것도 신경 쓰였다. 조직이라는 녀석들과 한패가 아니라는 소린가? 그리고 결과적으로 라임이 멀쩡하게 빠져나왔다는 것도 은근히 마음에 걸렸다. 도대체 무슨 의도로 전투를 벌였던 거야?

으음. 정신을 잃은 사이에 에바 양과 함께 유괴 당했다고 치더라도…… 내가 만약 라임을 습격한 녀석의 입장이라면, 일단 생포한 녀석의 무장 해제를 시도하리라는 생각이 들었다. 보디 체크를 철저히 거친 뒤, 저항할 수 없는 상태로 구속하는 게 이럴 경우의 정석적인 대응 방식이야. 라임은 칼을 빼앗겼던 건가? 목숨보다 소중하다는 일본도를 빼앗겼다면, 그야 당연히 되찾으러 가는 게 정상적인 사고방식일 것이다. 칼을 되찾기만 하고 끝낼 일인가? 로나 양으로부터 얻은 정보를 통해 발생한 의혹을 라임에게 가르쳐 줬을 때, 안 그래도 굉장히 화내는 모습을 보였단 말이지.

그의 보고서에서 칼을 빼앗겼다는 식의 서술은 찾아볼 수 없었다. 실험에 관해서도, 자세한 내용은 전혀 언급되어 있지 않았다. 다만 피험자들이 하나 같이 회복이 불가능한 상태였다거나 모두 다 사망한 상태였다는 것만큼은 확실한 듯한 느낌이 들었다.

마지막에 서둘러서 적었다는 식으로 변명하고 있는 대로, 그야말로 엉성하기 짝이 없는 보고서였다. 나중에 다시 한 번 라임을 불러서 직접 입으로 모자란 내용을 보완해 달라고 할까? 딱히 다시 써서 제출하라고 할 정도는 아니었다.

어쩌면 보고할 필요가 없다면서 문장으로 쓰지 않은 부분도 있을지도 몰라.

라임은 겉보기보다 훨씬 배려심이 깊었다. 나를 배려하다가 이런 보고서가 나왔는지도 몰라.

"라이도우 님, 에바 양이 면담을 요청하고 있습니다."

에바 양?

나는 묵묵히 보고서를 읽다가 시키의 말에 고개를 들었다. 에바 양은 옆방에서 기다리고 있었다. 일단 라임이 학원 내부의 협력자나 그 외의 관계자들을 색출할 때까지는 이곳에 묵게 할 예정이었다. 그녀가 이번 일로 인해 죽기라도 하면, 나로서도 뒷맛이 개운치 않았기 때문이다.

그리고 하필이면 그 시간에 그런 장소를 지나가던 이유에 관해서도 밝혀내고 싶었다. 적들에게 구속당한 이후로 라임과 함께 행동했던 걸로 아는데, 그녀의 태도는 라임이 적들을 처분하는 광경을 처음부터 끝까지 목격한 것치고 지나치게 침착한 듯이 보였다. 책에 둘러싸인 채로 일상생활을 보내는 사서치고는 너무나 지나치게 침착하다.

상대편이 얘기할 준비가 되어 있다니까, 일단 행차해 보실까? 이 방으로 들여보내는 건 약간 망설여지니, 역시나 내 쪽에서 만나러 가는 게 정답이라는 생각이 들었다.

아, 그렇지. 시키를 그냥 놀려두는 것도 아까웠다. 예기치 못한 결과였지만, 일단 상황이 진전된 건 사실이다. 이제부터 로나 양의 협력을 받아 사태를 잽싸게 해결시키는 방향으로 갈까?

"시키, 난 이제부터 에바 양의 이야기를 들어볼 생각이야. 미안한데, 지금부터 로나 양을 만나러 가서 내일부터 우리 쪽 라임 일행과 함께 학원 내부의 협력자들을 색출하는 작업을 도와달라는 요청을 하고 와줄 수 있을까? 이번 일의 결과에 관해선, 시키의 재량껏 어느 정도 얘기해줘도 상관없어."

"명을 받들겠습니다. 그럼 가능한 한 로나 녀석을 부추기고 오도록 하지요."

……. 로나 양과 시키 말인데, 어딘지 모르게 은근히 사이가 좋아 보이지 않아? 두 사람은 옛날에 어떤 관계였던 걸까?

나는 시키의 뒷모습을 배웅하면서 옆방의 문을 두드렸다. 곧바로 「들어오세요」라는 그녀의 목소리가 들려왔다. 에바 양도 준비가 다 된 모양이다.

방으로 들어가자, 낯익은 사서가 약간 초췌한 얼굴빛을 띤 채로 나를 기다리고 있었다. 다만, 나를 바라보는 눈빛이 평소와 달랐다. 단순한 지인을 보는 눈이 아니었다. 굳이 말하자면, 상대의 가치를 가려내고자 하는 느낌이 들었다. 값을 매기는 시선이라고 할 정도로 노골적인 느낌은 아니었지만, 솔직히 말해서 약간 긴장되는 눈빛이었다.

"라임 씨 덕분에 목숨을 건졌습니다. 정말 감사합니다, 라이도우 선생님. 그는 이 상회의 종업원이라고 들었는데, 실력이 굉장하던데요?"

[그는 저와 만나기 전엔 모험가였으니까요. 보고를 듣고 놀랐습니다. 무사하셔서 정말 다행입니다.]

"시키 선생님뿐만 아니라 종업원 분들까지 이렇게나 대단할 줄은 몰랐어요. 이 상회에선 전투력으로 종업원을 고용한다는 규칙이라도 있나요?"

[그럴 리가 있나요? 그저 어쩌다 보니 에바 양과 만나는 인재들이 그런 이들일 뿐이랍니다. 그나저나 저한테 하실 말씀이 있다면서요?]

사실 눈을 씻고 찾아봐도 전투력이 없는 종업원은 찾아볼 수 없다.

"예. 라임 씨로부터 말씀은 전해 들으셨을 지도 모르지만……정보와 보수에 관한 얘깁니다."

[어라, 라임한테 그런 말씀을 하셨다고요? 그는 지금 진이 다 빠진 듯이 잠들어 있어서요. 정보와 보수라고 하셨나요?]

거짓말이었다. 리포트에서 언급은 하지 않았지만, 라임으로부터 직접 그녀가 언급한 정보와 보수에 관한 얘기는 들었다. 보수야

뭐, 받을 수 있다면야 고맙게 받는 게 상식이겠지. 하지만 나로서는 유익하다는 정보 쪽이 신경 쓰였다.

"예. 라임 씨의 구조를 받으면서 약속했습니다. 보수 쪽은 저에게 들이닥치는 위협이 제거되고 나서 드릴 생각입니다만, 정보에 관해선 지금부터 말씀드리겠습니다."

[말씀해 보시지요.]

"예, 제가 제공할 정보는 다름이 아니라 당신이 예전에 보여주셨던 두 사람의 초상화에 관한 사항입니다."

"엑?!"

"죄송해요. 저는 그때 거짓말을 하고 말았습니다. 당신이 저에게 혹시 알고 있냐고 물어보신 그 남녀의 초상화 말입니다. 저는 사실 그 두 분을 본 적이 있습니다."

"……."

그녀가 언급한 남녀의 초상화는, 리논에게 그려달라고 했던 부모님의 초상화였다. 나는 그 그림을 학원에서 새로 알게 된 이들에게도 보여주면서, 닥치는 대로 수소문하던 중이었다. 그러나 오늘 바로 이 시간까지, 나는 부모님에 관해 알고 있는 이들과 만나 본 적이 없었다.

에바를 비롯해, 도서관의 사서들 중 일부에게도 물어본 적이 있었다. 그러나 부모님의 얼굴을 알고 있는 이들은 한 사람도 없었다. 부모님에 관한 정보는 나에게 더없이 유익한 정보였다. 이 세계에서 부모님의 흔적을 찾아낼 수 있다면, 이 학원에 온 목적 가운데 하나가 달성되는 것이다.

"제 기억이 확실하다면, 그 두 분 가운데 남성 분 쪽은 한 나라의 요직에 앉아계셨던 귀족 분이십니다. 그리고 여성 분 쪽은 신전 소속의 고위 신관이셨던 걸로 압니다."

귀족과 신관? 아버지와 어머니가?

나는 아무런 근거도 없이 모험가였을지도 모른다고 생각했는데, 꽤 의외라는 느낌이 들었다. 특히 어머니가 성직자라는 소리는 충격적이었다. 내 머릿속에 자리 잡고 있는 어머니의 이미지와 전혀 겹치는 구석이 없었기 때문이다.

[……귀족과, 신관이라고요? 대체 어느 나라 분들이시죠?]

"그 두 분과 라이도우 선생님의 관계에 관해선, 아마 물어보더라도 대답해주실 생각은 없겠지요? 밑져야 본전이니 일단 여쭤 봐도 될까요?"

[은인 분들이십니다. 이제 와서 그 은혜를 갚을 수 있을지는 짐작조차 안 가지만요.]

이 세상에 태어나게 해준 최고의 은인 분들이다. 다시 한 번 효도를 할 수 있겠냐고 물으신다면, 모르겠다는 대답밖에 안 나오지만 말이야. 일부러 부모님이라는 표현은 쓰지 않았다.

"그러신가요? 소식이 두절되기 직전엔 모험가였다는 소문도 있었으니, 어쩌면 그 당시에 특별한 인연이 있었는지도 모르겠네요."

[그들에 관해서 당신이 알고 있는 사실을 가르쳐주시죠.]

"약속이니까요, 기꺼이 가르쳐드려야죠. 그 두 분은, 지금은 망국이 된 엘리시온의 위성국가 가운데 하나였던 켈류네온이라는 소국에서 부부의 연을 맺을 예정이었던 귀족과 신관입니다."

[예정이었다고요?]

"예, 실제로는 결혼하시기 전에 나라에서 쫓겨났습니다. 그리고 어디선가 어엿한 모험가로 활동하시다가, 어느샌가 소식이 완전히 끊기고 말았습니다."

[두 분은 어쩌다가 고향에서 쫓겨나신 거지요?]

"두 분에 관한 자세한 기록은 전혀 남아있지 않습니다. 애초에 켈류네온은 마족들의 대침공이 벌어졌을 즈음에 엘리시온보다도 더욱 더 철저하게 유린당한 국가거든요. 왕가의 계보조차 소실된 상태랍니다. 급기야는 나라의 이름조차도, 이 세계에서 잊혀지기 시작했습니다."

대침공─. 마족들이 10년 정도 전에 참다 참다 못 참아서, 여신의 침묵을 기회삼아 대규모 남하를 시작한 침략 전쟁을 가리키는 단어였다. 책으로 읽은 바에 따르면, 그야말로 마족들의 대승리라고 표현해도 좋을 결과로 끝난 전쟁이었다. 패배한 휴만 측에 속하는 학원 도시의 도서관에서 소장하고 있는 서적에 「대승리」라는 표현이 나올 정도였으니, 실제로 거의 압도적인 유린에 가까운 전쟁이었으리라.

아버지와 어머니의 과거는, 망국 켈류네온의 귀족과 신관이었다.

기록조차 남아있지 않은 이상, 두 분의 흔적을 쫓는 작업은 어려워졌을지도 모른다.

아니 잠깐? 그래, 맞아. 나라의 이름조차 망각의 저편으로 사라지기 시작한데다가, 왕가의 계보조차 확인해볼 수가 없는 나라란 말이지.

어째서 학원 도시의 일개 사서가 그런 소국의 귀족에 관해서 알고 있는 거지? 학원 도서관의 장서에 적혀있기라도 한가?

[어째서 당신이 그러한 망국의 귀족과 신관의 모습을 알고 계신 거지요?]

아버지와 어머니가 무슨 서사시로 남을 만큼 대단한 모험담이라도 남겼다는 건가? 어쩌면 애초에 예상했던 대로, 대단한 업적을 세운 대가로 세계를 전이했는지도 몰라.

"도서관에서도 켈류네온에 관한 서적을 몇 권 정도는 소장하고 있는 걸로 압니다."

몇 권 정도? 평생 동안 읽어도 다 못 읽을 정도로 방대한 양의 서적을 소장하고 있는 그 도서관에서, 겨우 그 정도라고? 하긴, 나도 엘리시온이 마족들의 손에 멸망당한 5대국(大國) 가운데 하나였다는 사실은 알고 있어도 그 나라를 둘러싸고 있던 소국들 하나하나의 이름까지 알지는 못 한다. 실제로 켈류네온이라는 나라 이름은 난생 처음 들었다.

[몇 권 정도라고요? 역시 에바 양은 대단하시군요. 도서관의 장서를 그 정도로 철저하게 파악하고 계시다니.]

"아니요. 분명 켈류네온에 관해 적힌 책은 몇 권 정도는 존재하긴 합니다. 하지만 두 분에 관한 정보는 그 책들에 전혀 실려 있지 않습니다. 제가 그 두 분에 관해 알고 있는 이유는 따로 있습니다."

[또 다른, 이유라고요? 여쭤 봐도 될까요?]

"저와 루리아가 자매 사이라는 사실은 이미 알고 계실 겁니다. 하지만 가문의 이름을 언급한 적은 없었지요?"

[그러고 보니 그렇군요. 하지만 가문의 이름 같은 건 없는 분들도 많기 때문에, 언급하지 않으셔도 딱히 부자연스럽다는 느낌은 없었습니다.]

"저희들의 경우엔, 가문의 이름이 있었답니다. 하지만 지금은, 아니, 이제 두 번 다시 그 이름을 입에 올리는 행위 자체가 용서받지 못하는 입장이지만요."

[꽤나 뒤숭숭한 얘긴가 본데요?]

"저희 부모님은, 마족과의 전쟁에서 맞서 싸우지 않고 도망치는 길을 선택했습니다. 결국 도망칠 수 있었던 건 저와 루리아뿐이었지요. 더군다나, 귀족의 신분으로 온 나라가 불타 없어졌는데도 불구하고 살아남은 겁쟁이라는 낙인을 찍힌 채로……."

에바 양은 귀족 출신이었구나. 아니, 지금의 말투로 봐서 본인은 아직도 자기 자신을 귀족으로 여기고 있을 가능성이 있을지도 몰라.

이 세계의 귀족들에게는 영지를 지켜야 하는 책임이 있다. 평상시엔 그냥 영지의 백성들로부터 거둬들이는 세금을 축내면서 사교계에 이름이나 팔러 다니더라도, 적당히 영지를 다스리기만 해도 불평불만을 들을 일조차 거의 없는 상팔자 중의 상팔자였다. 그야말로 최소한의 의무만 다하더라도 유능한 영주이자 유능한 신하라는 칭송을 들을 것이다.

그러나 바로 영지에 위기가 찾아올 경우, 귀족들은 군대를 이끌고 영지를 지키기 위해 싸워야 한다. 만약 다스리던 영지가 초토화된다면, 미련 없이 그 땅과 운명을 함께 하면서 스러져가는 것이 이 세계의 귀족들의 바람직한 모습이었다.

영주가 평상시에 무모한 짓과 거리를 두고, 전쟁이 벌어졌을 때는 영지를 지키기 위해 나서기만 해도 충분히 책임을 다하고 있는 셈이다.

악명 높은 리미아 왕국의 멍청한 귀족들조차, 영지를 지킨다는 대의명분을 드높이 내세우고 있을 정도였다. 백성들을 상대로 무거운 세금을 부과하면서 사교계에서의 활동을 메인으로 삼는 그들조차 그렇다는 얘기다. 물론 그들의 영지는 아직 본격적인 전쟁에 말려든 적이 없기 때문에 실제로 일이 닥칠 경우엔 어느 정도까지 믿을 수 있을지는 완전히 미지수였다.

따라서 적들로부터 도망친 귀족들이 이 세계에서 상당히 혹독한 대우를 받을 수밖에 없으리라는 것은 쉽게 상상이 갔다. 개인적으로 승산이 없는 전투에서 도망친다는 것도 기본적인 병법 가운데 하나아닌가 싶었지만, 내 사고방식은 직접 경험한 적이 없는 현대인의 생각이니 잠자코 입 다물고 있자.

[두 분은 귀족 가문의 영애(令愛)였다는 말씀이시군요.]

"염치없이 살아남았다는 서술을 덧붙일 필요가 있지만요. 아직까지도 어디선가 사정을 전해들은 사람들로부터 눈총을 받기도 하고, 음험한 괴롭힘의 대상이 되기도 한답니다. 당연한 얘기지요. 이제 이 세상 사람이 아닌 부모님들을 상대로 어째서 용감히 싸우다가 깔끔하게 죽지 않았느냐고 따져 봐도 대답은 없습니다. 둘이서 자결하자는 생각도 몇 번이나 머릿속을 스쳐지나갔지요. 하지만 저로서는 절대로 그것만큼은 용납할 수가 없었습니다."

응? 순간적으로 에바 양의 눈이 어둡고도 불쾌한 빛을 띤 것 같

43

은 낌새가 느껴졌다. 괜히 들쑤셔봤자 그다지 좋은 결과를 기대할
수 없을 때는, 잠자코 입 다물고 있는 게 상책이었다.

[용납할 수가 없다고요?]

"자결하더라도 한 번 찍힌 낙인은 사라지지 않으니까요. 죽은
백성들은 물론이고 쑥대밭이 된 영지도 돌아오지 않아요."

일리가 있는 얘기였다. 죽음으로써 오명을 씻을 수 있을까? 모
르긴 몰라도 어려울 거라는 생각이 들었다. 하지만 그게 내 부모
님과 무슨 상관이 있다는 거지? 얘기가 엇나가고 있다는 느낌이
드는데?

"그러니까, 저는 죽기 전에 반드시 되찾기로 결심했습니다. 켈류
네온의 국토, 아니, 최소한 잃어버린 안스랜드의 영지만이라도."

켈류네온—.

에바 양과 루리아는, 부모님과 같은 나라 출신이었다. 안스랜드
라는 이름이 그녀들의 성인가? 하지만 무모하지 않아? 단 한 사람
의 아군도 없는 상황에서, 이 세상에 단 둘밖에 없는 자매들이 도
대체 뭘 할 수 있다는 거지?

아무리 생각해도 개죽음밖에 당할 일이 없지 않나?

만약 그녀들이 나에게 의지하더라도…… 지나치게 황당무계한
목표야. 응, 아마 힘들 거다.

주위가 마족의 영토로 둘러싸인 장소를 되찾아봤자, 곧바로 탈
환당할 수밖에 없다는 미래가 뻔히 보였다.

[굉장히 장대하기 이를 데 없는 계획이로군요. 하여간 알아들었
습니다. 켈류네온은 두 분의 고향이셨군요. 납득했습니다. 귀중한

정보에 감사드립니다.]

"······아니요, 정보는 아직 남아있습니다. 끝까지 들어주세요."

그녀가 잠시 입을 다물고 있는 동안, 불길한 예감이 들었다. 혹시 그런 터무니없는 계획에 진짜로 협력하라는 얘기는 아니겠지?

정보를 계속해서 제공하겠다는 만큼, 일단 들어둬서 손해 볼 일은 없어 보였다.

망국의 귀족 영애, 에바 양의 이야기는 계속됐다―.

2

고요한 한밤중, 나는 방 안에 혼자 있었다.

에바 양으로부터 주어진 정보와 라임의 보고, 그리고 마장 로나 양의 정보와 의뢰로 인해 골머리를 썩고 있었다. 머릿속이 너무나 복잡하게 뒤얽혀 있었다. 정보량의 증가와 상황의 변화로 인해, 고려해야할 사항이 한꺼번에 늘어나 버려서 영문을 알 수가 없었다.

경험상, 이런 일은 하나부터 열까지 순서대로 따져봤자 해결될 리가 없다. 나는 탐정이 아닐 뿐더러, 추리나 복잡한 상황 정리 자체가 서투른 타입이었다.

하나하나 처리해 나가는 건 오히려 자신 있는 편인데, 여러 가지 일이 한꺼번에 들이닥칠 경우엔 처리 능력이 에러를 일으키면서 전부 다 팽개치고 싶은 충동이 일어난다고 해야 하나? 하여간 고치고 싶은 단점 가운데 하나였다.

인물 상관도라도 그려서 정리해보려고 시도해 봤지만, 좀처럼 잘 될 생각을 안 한다. 정말 골치 아픈 숙제였다.

이럴 바엔 에바 양에게 나머지 정보를 제시해서라도 정리해달라고 부탁하는 게 좋을 뻔했나? 하지만 그녀는 상회나 로나 양과 아무런 상관관계도 없는 외부인일 뿐만 아니라, 그녀의 입에서 나온 모든 이야기가 사실이라는 확증도 없었다. 역시 방으로 돌려보내서 쉬게 하는 쪽이 정답이었을 거야.

응, 관두자. 나 혼자서 아무리 되도 않는 머리를 굴려 봤자 답이 나올 리가 없는 얘기였다. 혼자서 고민하다가 엉뚱한 결론을 낼 바엔, 시키가 돌아올 때까지 얌전히 기다리고 있다가 수면 시간을 줄여서라도 둘이서 머리를 맞대고 의논하는 편이 나을 것이다.

어쨌든 지금은, 나 혼자 알고 있는 에바 양으로부터 획득한 정보만이라도 정리하면서 그가 귀환할 때까지 기다리자.

그녀는 마족들의 대침공 당시에 멸망당한 휴만의 소국 출신이었다. 게다가 무려 나의 부모님도 그녀와 같은 나라 출신이었다. 그 나라의 이름은 켈류네온이었다. 아버지는 나라의 요직에 앉아있던 귀족이었고, 어머니는 여신을 섬기는 신전의 신관이었다. ……나로서는 소국이라고 해봐야 어느 정도 규모인지 짐작도 가지 않았다. 하지만 요직이라는 글자의 의미만 놓고 보자면, 아버지는 꽤나 쟁쟁한 집안 출신이었던 것으로 보인다. 나도 경우에 따라서 귀족 가문의 도련님으로 태어날 가능성도 있었다는 건가?

뭐, 지금으로선 아무래도 좋은 얘기였다. 그리고 에바 양 본인은 전쟁 당시에 영지를 버리고 도망친 귀족 가문의 생존자였다. 무모하게도 영지와 가문의 부활을 바라고 있는 듯이 보였지만, 협력자가 전혀 없기 때문에 실질적인 실현 가능성은 거의 절망적인 상태였다. 참고로 그녀는 아버지나 어머니와 직접 알고 있는 사이는 아닌 모양이다.

하지만 에바 양이 자결이 아니라 무모한 꿈을 좇기 시작한데는 다 이유가 있었다. 그녀가 자신의 출신성분을 털어놓으면서 언급했던 내용이 바로 그 이유에 관한 얘기였다. 굴욕을 견디다 못해 자결조차 고려하던 와중에, 그녀는 일시적으로 대단히 불안정한 정신 상태에 사로잡혔다. 자연스러운 반응이었다. 동생인 루리아를 혼자 힘으로 보호하면서 보내는 나날들은, 당시의 그녀로서는 더할 수 없이 가혹한 하루하루였을 것임이 틀림없었기 때문이다. 그 결과, 에바 안스랜드라는 여성은 동생과 자기 자신만의 세계를 아군으로 규정하면서 바깥 세계의 모든 이들을 상대로 의심과 거절이라는 감정을 품을 수밖에 없었던 것이다.

나로서는 그녀가 놓였던 상황을 상상조차 할 수 없었다. 어쨌든 에바 양이 여신이라는 이 세계의 절대자나 다름없는 존재조차 의심스럽다는 생각을 품게 된 순간, 한 조직이 그녀와 접촉을 시도했다. 엘리시온의 위성국가였던 만큼, 켈류네온도 신앙심이 깊은 여신 신도들이 많은 나라였다. 바로 그런 나라 출신인 에바 양이 신앙을 내팽개친다고 할 때는 그야말로 극단적인 심리 상태였으리라는 사실은 의심할 여지가 없었다. 그 여신 녀석, 자신을 존경하면서 섬기는 휴만들한테도 아무런 도움이 안 된다는 얘기잖아? 여신 본인의 언급에 따르면 대침공은 한잠 자는 사이에 벌어진 사건이었던 모양이니 말이지.

조직—. 바로 그 단어가 골머리를 썩게 하고 있는 주범이었다. 여신에게 반기를 든 이들의 모임이라는데, 그 규모가 확실치 않았다. 다만 대단히 엄격한 율법으로 통일된 조직이며, 배신자는 엇비슷한 낌새만 보여도 곧바로 처분된다고 한다. 철저한 비밀주의로 인해 구성원끼리 서로의 얼굴조차 거의 모른다고 한다. 자신과 연락을 주고받거나 자신과 직접적인 관계가 있는 극히 일부의 멤버들에 한해 정체를 아는 정도라고 한다. 일종의 비밀결사 같은 느낌인가?

그나저나 배신자는 엇비슷한 낌새만 보여도 제거당한다고? 얼핏 들기엔 구성원들끼리 서로 의심암귀에 사로잡힐 듯한 느낌이 드는 조직 운영 방식이었다. 아이코, 또 얘기가 엇나갔다. 집중이 중요해, 집중이.

놀랍게도 구성원은 휴만과 아인, 마족 등으로서 인종을 가리지 않는다고 한다. 다양한 인종으로 이루어져 있기 때문에 각자가 보유한 기술이나 지식을 공유하고 있으며 조직으로서의 영향력이나 실력도 만만치 않은 수준인 모양이다. 단 하나 확실한 사실은, 여태껏 바깥세상에 자신들의 본색을 드러낸 적이 없다는 것이었다. 따라서 그들과 우호적인 관계를 맺고 있는 조직이나 적대하는 조직에 관해서도 전혀 알려진 바가 없었다. 전쟁이 시작된 휴만과 마족 사이에 제3세력으로서 난입할 가능성을 배제할 수 없었다.

오호라, 대충 알 것도 같다. 그런 조직과 엮이다 보면, 주제 넘는 꿈 한두 개 정도야 꿀 수도 있다는 건가? 나한테 직접 말은 하지 않았지만, 에바 양은 아무래도 그 조직이라는 녀석들의 실력을 우연한 기회에 어떤 형태로든 직접 목격했을 가능성이 컸다. 최소한 마족의 지배 지역 내부에 위치한 영지를 탈환할 수도 있겠다는 생각이 들 정도의 엄청난 실력을 말이다. 그 조직력을 추측하는데 보탬이 될 만한, 이렇다 할 형태가 안 보인다는 점이 국가기관을 상대할 때보다 성가시게 느껴졌다.

……내가 있었던 세계에서도 정치의 내용물은 이보다 더할 수 없이 질척거리는 축에 속했는데, 이세계에서도 사람들이 하는 짓은 변함이 없었다. 이 세계의 상식이나 오랜 전쟁의 역사를 고려해볼 때, 휴만이나 마족이 서로 손을 잡는 사태는 「적의 적은 아군」이라는 논리 이외엔 상상이 가지 않았다. 이 경우의 그들이 동시에 상대해야 하는 적은 여신이었다. 여신을 혐오하는 이들의 조직이라니까 당연한 얘기였다.

목표를 달성하건 언젠가 붕괴를 일으키건, 결국 또다시 서로를 증오할 뿐인 허망한 결과가 기다리고 있으리라는 예감이 들었다. 말하자면 에바 양은 그런 아슬아슬한 존재의 힘을 빌리려 한 것이다. 역시 겉으로 보기엔 냉정해 보여도 광기에 사로잡혀 있었는지도 몰라.

그리고 에바 양은 이번 일로 인해 라임과 함께 있는 모습을 목격당해 한꺼번에 처분당할 뻔한 위기에 처했다. 생명이 위태롭다는 사실을 깨달은 에바 양은, 우리에게 보호를 요청했다는 것이 사건의 전말이었다.

로나 양은 이번 사건에 관해, 휴만의 비인도적인 실험 때문에 아인이나 마족이 희생양이 되고 있으므로 실태를 조사해서 무사한 이들을 구출하고 싶다는 식으로 설명했다. 시키의 조언에 따르면, 우리로 하여금 휴만들이 자행하는 극악무도한 광경을 목격하게 해서 심정을 마족 측으로 컨트롤하려는 의도가 있었던 것으로 보인다.

전쟁이라는 특수한 상황 하에서 한쪽 진영의 나쁜 점(또는 좋은 점)을 일방적으로 목격하다 보면, 어느 한쪽에 치우친 의견을 지니는데 이르러도 어쩔 수 없었다.

그리고 추가로 머릿속에 떠오르는 생각은, 당대의 마왕이 휴만들의 극악무도한 행위를 막고자 측근 장수 가운데 한 사람을 직접 파견할 정도로 정의롭고도 성실한 인품의 소유자일지도 모른다고 추측하게 하려는 의도도 있었을지도 모른다. 듣기로 로나 양은 권모술수에 능한 누님이라니까 말이야.

윽?!

누군가가 이쪽으로 다가오고 있다. 에바 양을 통해 획득한 정보를 정리하고자 곰곰이 생각에 잠겨 있던 나에게, 강력한 반응이 전해져 왔다.

예전에 갑작스럽게 전쟁터로 전이 당했을 때의 일을 교훈 삼아 세운 대책이었다. 그 당시, 나는 적들 가운데 『드래곤 슬레이어』가 섞여 있었다는 사실을 실질적인 부상을 입을 때까지 깨닫지 못 했다. 나는 그 날의 씁쓸한 경험을 되풀이하지 않기 위해, 어느 정도 이상의 역량을 지닌 이에게만 반응하는 계를 항상 전개해놓고 있었다.

기준 라인은, 지금은 시키 정도의 능력치였다.

대상을 좁힘으로써 전개 범위를 넓게 확장시킬 수 있을 뿐만 아니라, 거의 무의식에 가까운 상태로 전개할 수 있는 경지에 다다른 것이다. 거의 사람이 없는 거나 다름없는 황야 같은 장소에서 사용할 경우엔 반응 조건을 더욱 느슨하게 설정해서 편리한 감지 도구로 써먹을 수 있었지만, 이곳은 학원 도시였다. 사람이 너무 많아. 쓸데없이 너무 예민하게 계를 남발하다가는 한도 끝도 없는 데다가, 주위의 눈에 띄고 싶지도 않았다. 뭐, 내가 아직 이 능력을 자유자재로 사용할 수 없다는 증명이기도 하니 한심하다는 느낌도 들었다.

"어르신, 그 녀석임다! 저를 가지고 놀던 꼬맹이가 다가오고 있슴다!"

라임이 노크도 없이 기세 좋게 문을 열고 들어오더니 단숨에 나의 주의를 환기시켰다. 지금까지 획득한 정보에 따르면 폐허 구획에서 뒤숭숭한 일을 벌이던 조직이라는 녀석들과 특별한 관계가 있을지도 모르는 소년이란 말이지. 겉보기로는 나랑 비슷해 보인다니까 소년이라는 호칭으로 불러도 그다지 상관은 없겠지? 그건 그렇고 170센티미터라는 키가 부러웠다. 아니, 지금은 그게 아니야. 하여간 실력은 최소한 시키 클래스라는 건가?

"라임, 물러나도록 해. 아니다, 시키를 부르러 가줄래?"

"……아닙다. 턱도 없을지도 모르지만, 저도 가세를—."

"도련님!"

"도련님!"

"으앗?!"

느닷없이 두 사람의 여자들이 방 안에 출현했다. 물론 낯익은 두 사람이다. 내 종자인 토모에와 미오가 이 방으로 찾아왔다. 어, 어째서 두 사람이 갑자기 학원 도시에 나타난 거지? 게다가 묘하게 서두르는 듯한 분위기가 느껴졌다.

타이밍이 너무 좋지 않아? 너희들 혹시, 날 감시하고 있는 건 아니겠지?

"토모에, 게다가 미오까지?! 무슨 일이야?"

"……무탈하셨군요. 일단 안심입니다."

"……휴."

뿐만 아니라 뚜렷하게 한숨 돌린 듯한 표정을 선보였다. 설마 지금 다가오고 있는 녀석이 원인이야? 이제 거의 다 온 듯한 기척이 전해져 왔다. 하지만 공격을 시도하려는 낌새는 전혀 없었다. 마력을 사용하려는 조짐도 느껴지지 않았다.

"지금 접근해오고 있는 녀석 때문이야?"

"정답입니다. 도련님과 접촉하려는 이유는 짐작이 안 갑니다만, 살짝 성가신 상대랍니다."

토모에로 하여금 성가신 상대라는 표현을 쓰게 하다니. 그야 라임이 감당하기엔 힘에 겨울 수밖에 없었을 것이다. 아니, 그게 아니라 토모에? 너 혹시 상대가 누군지 아는 거야?

"라임, 물러나 있도록 하세요."

"미오 누님, 너무하심다."

"라임, 모든 이들에게는 제각각 주어진 역할이 있는 법이다. 네 녀석이 여기 있어도 걸리적거릴 뿐이야. 분하다면 다음 기회가 올 때까지 실력을 갈고닦아라. 오늘은 물러나 있어라."

"누님……."

"이 둘이 버티고 있잖아? 라임, 안심해. 게다가 꼭 전투가 벌어지리라고 정해진 것도 아니야."

"어르신……. 알겠습다. 조심하십쇼, 실례하겠습니다."

라임은 입술을 깨물고 있었다. 평소엔 머릿속의 생각을 표정으로 드러내지 않는 그가 이런 반응을 보인 것은 예상 밖이었다. 토모에로부터 물러나라는 소리를 들었다는 사실이 상당히 분한 듯이 보였다. 기본적인 재능과 센스는 나보다 훨씬 높은 레벨인 게 확실하니, 그는 이번 일을 계기로 더욱 더 강해질 것이다.

정작 중요한 상대방은…… 가게 입구 앞에 멈춰서 있잖아? 이유가 뭐지?

당분간 정지하고 있는 듯이 보였지만, 다시금 움직이기 시작했다.

딩―동, 가게 안에 경쾌한 소리가 울려 퍼졌다. 영업을 마감한 후에도 긴급을 요하는 용건이 있는 고객을 상대하기 위해, 점포 바깥에 종업원을 호출하는 버튼을 설치해놓고 있었다. 지금 이 소리는 상대방이 바로 그 버튼을 눌렀기 때문에 나오는 소리였다.

물론 장난으로 버튼을 누른 녀석들을 기다리는 것은 인정사정없는 설교 세례였다.

…….

이봐, 잠깐? 내 생각엔 곧바로 쳐들어올 가능성이 높을 줄 알았는데, 대체 무슨 의도로 버튼을 누른 거지?

어떡하지? 설마 그냥 약을 사러온 손님은 아닐 것이다. 유리가 와장창 깨져나가는 식의 요란한 전개까지 머릿속에서 예상하고 있었던 만큼, 이건 예측을 아득히 초월한 전개였다.

"도련님, 방심은 금물입니다."

토모에는 변함없이 상대방을 최대한 경계하고 있는 모습을 보였다. 이 녀석이 이런 반응을 보이다니, 대체 어디서 튀어나온 거물께서 행차하셨다는 얘기야?

일단, 나가서 만나볼 수밖에 없나?

"토모에, 미오. 따라와."

두 사람이 진지한 표정으로 고개를 끄덕였다.

우리는 2층에서 1층으로 내려가, 입구를 열었다.

그는 라임으로부터 받은 보고대로, 은발의 소년이었다. 나이는 나랑 비슷해 보였다. 아니, 정확히 말하자면 약간 나이가 많아 보였다. 이 세계의 기준으로 따질 경우, 비교적 작은 체구에 속하는 170센티미터 전후의 키라는 것도 보고서의 서술대로였다. 얼굴이건 키건, 이 세계에서 나의 존재라는 건 진짜 뭔지 모르겠다…….외모에 걸맞은 나이의 소년일 경우, 눈앞의 소년도 앞으로 더욱 키가 클 여지는 있어 보였다.

복장은 새하얀 셔츠와 청바지 같은 옷감으로 짠 바지였다. 셔츠는 약간 흐트러뜨려 입고 있었으며, 단추도 적당히 몇 개 정도 열어젖혀 놓은 차림새였다. 약간 몸이 안 좋아 보일 정도로 새하얀 피부의 가슴팍을 열어젖힌 셔츠 사이로 살짝 내비치고 있었다.

[이런 한밤중에 무슨 용건이라도?]

나는 지극히 평범하기 이를 데 없는 말투로 그에게 용건을 묻기로 했다.

"응, 만나서 반가워. 난, 모험가 길드의 마스터야. 댁에서 고용하고 있는 라임 라떼 군에게 결례를 저지른 관계로 사과하러 온 거야. 들여보내줄래?"

『뭐어?』

나와 토모에와 미오의 얼빠진 목소리가 완벽하게 하모니를 일으킨 것은 흔치 않은 일이었다. 길드 마스터(?)는 검은 눈동자를 가늘게 뜬 채로 뒷짐을 짚고 만면의 미소를 입가에 띠면서 서 있었다. 그에게서 나를 향한 적대심은 털끝만큼도 느껴지지 않았다.

안 그래도 방대한 양의 정보가 계속해서 쌓이기만 하는 상황인데, 무자비하게도 또 하나의 미확인 정보가 추가되는 모양이다.

3

"물론 지금 한 소리는 어디까지나 명분에 불과해. 하지만 그 남자의 실력도 만만치 않더라. 깜짝 놀랐어. 여기 봐, 약간 베인 자리 보이지? 게다가 그 일본도의 부여 능력도 굉장하더라고. 아직 나한테 새긴 낙인을 풀지 못했을 정도야. 아니, 처음엔 말이지? 나도 그냥 가볍게 할 생각이었어. 하지만 또 다른 패거리가 다가와서 나도 난감했거든. 어쩌다 보니 그 자리에서 쓰러뜨려 버렸지 뭐야? 사죄하는 의미로 추적하기 쉽도록 점심시간쯤에 흔적을 남기고 왔어. 게다가 본인에게도 일시적인 가호를 부여해서 기본적인 안전은 확보—."

시간은 심야였다. 우리는 부자연스럽게 느껴질 정도로 붙임성 있는 미소를 띤 채로 나타난 자칭 길드 마스터를 가게의 방문객용 응접실까지 들여보냈다. 그리고 미오로 하여금 차를 타오라고 했다. 지금은 우리들 세 사람이 그와 마주보고 앉아 있는 상태였다. 시키는 아직 돌아오지 않았다. 로나 양과 나누고 있는 이야기가 아직 끝나지 않은 모양이다.

라임한테 사죄를 하고 싶다는 소리를 듣고 본인을 이 자리에 부르려 하자, 그는 어디까지나 그 말은 명분에 지나지 않는다면서 오른쪽 소매를 걷어 올렸다. 그는 팔꿈치로부터 손에 걸쳐 어렴풋하게 남아있는 흉터를 우리에게 보여주면서 재미있다는 듯이 태연하게 입을 놀렸다. 그는 굉장히 수다스러웠지만, 동시에 속마음이 전혀 짐작조차 가지 않는 남자였다. 그는 라임과 벌였던 전투는 사고였다는 식으로 변명했다. 싱글벙글 웃는 얼굴로 말도 빠르다 보니, 듣고 있기만 해도 번잡스러웠다.

"그래서 말인데? 내가 여기를 찾아온 진짜 목적 말이야. 아, 그렇지? 저기, 기모노 입은 누나? 여기선 딴 데서 볼 수 없는 신기한 과일들을 판다면서? 차에 곁들여 먹게 간식으로 내줄래? 난 아직 먹어본 적이 없거든."

화젯거리도 연달아서 바뀌었다. 겉보기엔 같은 세대의 남자로 보였지만, 어딘지 모르게 여성적인 특징도 느껴졌다. 그나저나 이 성격은 뭐라고 해야 하나? 하여간 주변 사람들을 자신의 페이스로 끌어들이는 스타일이었다. 계산인지 아닌지는 모르겠는데, 은근히 여러 가지 정보들을 조금씩 제시하는 식으로 이야기를 주도하는 모습을 보였다. 게다가 일본도나 기모노라는 단어도 자연스럽게 입에 올렸다.

미오는 언짢은 듯이 눈초리를 흘기면서, 자리에 앉은 채로 그를 노려보면서 위압감을 행사했다. 그러나 그에게서 미오의 엄청난 위압감에 동요를 보이는 낌새는 전혀 없었다.

나는 한숨을 내쉬었다.

[미오, 준비해 드리도록 해.]

"……알겠습니다. 잠시만 기다려주세요."

"정말 기대되는데? 그리고 차도 한 잔 더 필요할 것 같아. 혹시 다른 향도 있나? 만약 있다면, 다른 향으로 부탁할게. 누나."

미오가 방에서 나서면서 문을 닫자, 문 반대편으로부터 부스럭거리는 듯한 느낌의 무지막지한 살기가 전해져 왔다. 그녀는 심기가 편치 않다는 사실을 숨길 생각도 없어 보였다. 그녀의 심정은 이해가 갔다. 토모에도 그가 발언할 때마다 눈가를 움찔거리면서 기분 나쁘다는 듯이 침묵을 유지하고 있었다. 나로서도 그의 페이스를 계속 따라가기는 부담스러웠다. 얼른 얘기를 다음 단계로 진행시켜야겠다.

[그나저나 길드 마스터님? 용건을 말씀하시지요.]

"나 참. 그러지마, 라이도우 군. 아니, 마코토 군? 길드 마스터님이라니 너무 서먹서먹하잖아? 아, 그리고 필담 같은 건 필요 없어. 왜냐하면 나는 휴만이 아니거든."

……?!

이봐, 잠깐?!

[공교롭게도 말씀하시는 바를 잘 모르겠습니다.]

"아하하하하, 마코토 군도 귀여운 구석이 있구나? 글자가 약간 흐트러져 있는 거 알아? 너는 의외로 허둥거리는 타입인 것 같아. 그냥 평범하게 말해. 못 하는 건 아니잖아?"

있는 힘껏 최대한 평정심을 유지하려고 애썼지만 역시 마음의 동요는 숨길 수가 없었던 모양이다. 나도 아직 멀었구나.

하지만, 이 녀석은 대체 정체가 뭐야?! 아무리 모험가 길드의 우두머리라도, 이만큼이나 나에 관해서 알고 있는 존재가 있을 리가 없잖아?

게다가 길드는 오래 전부터 이 세계에 존재하는 시스템이다. 도서관에서 읽어본 책의 내용에 따르면, 일찍이 엘리시온에서 탄생한 조직이라는 식으로 모험가 길드에 관한 역사상의 서술이 존재한다. 말인즉슨, 거의 확실하게 여신과 긴밀한 관계가 있는 조직이라는 뜻이다. 말하자면, 여신은 내 존재를 완벽하게 파악하고 있었는데도 불구하고 그냥 내버려두고 있었다는 건가?!

"후후후후, 그 표정의 의미는 나도 알 것 같아. 어쩌면 여신이 네 존재나 정보를 완벽하게 파악하고 있을지도 모른다는 생각이 드는 거지?"

"……?!"

설마 내 마음까지 읽을 수 있다는 거야?!

"정곡을 찌른 모양인데? 안심해. 여신은 아직 너의 현재 상황에 관해 아는 게 없을 거야. 기본적으로 지금은 그녀도 여러 모로 저질러 버린 일이 산더미처럼 쌓여 있는 상황이거든. 너한테까지 신경 쓸 여유가 없다는 게 실질적인 이유야. ……내가 보기엔 제대로 움직이려면 시간이 좀 더 필요하지 않을까 싶어. 사, 전, 작, 업이라는 걸 하는데 말이지."

"……넌 대체 뭐하는 녀석이야?"

"헤에!! 마코토 군은 그런 목소리였구나! 너무 좋다, 약간 앳된 구석이 남아있는 남자 목소리가 정말 내 취향이야. 그렇구나, 마코토 군은 고등학생이라고 했지? 평범한 학생이 갑작스럽게 이런 세계로 날아와서 여러 모로 고생이 많지 않아?"

뭐라고? 이 녀석은 정말 뭐하는 녀석이야?!

내 내력을 전부 다 알고 있는 게 틀림없었다. 뿐만 아니라 원래 세계에 관한 정보까지 확실하게 꿰고 있었다.

나는 만나자마자 천진난만한 미소를 띤 채로 쉴 새 없이 자기가 하고 싶은 말만 쏟아내는 눈앞의 존재로 인해, 순식간에 기분이 나빠졌다. 시야가 좁아진 듯한 느낌이 들었다. 이건 아니야, 상대의 페이스에 완전히 말려들었다는 확신이 들었다. 내가 무슨 말을 할 때마다, 상대는 이보다 더할 수 없이 쾌활한 미소를 띤 채로 기쁨의 감정을 표현해 왔다. 나로서는 그 반응이 견딜 수 없을 만큼 불쾌하게 느껴졌다.

"웃기지 말고 대답부터 해. 넌 대체 뭐하는 녀석이야?"

목소리가 떨렸다. 젠장, 솔직히 말해서 무서웠다. 내 입을 박차고 나온 말에서도 여유가 사라졌다는 자각이 있었다.

"호칭이 너무 섭섭하다. 나는 길드 마스터야. 맹세코 너한테 거짓말은 하지 않아."

"……너라고 부를 수밖에 없잖아. 난 네 이름도 모른다고."

그런데 이 녀석은 나에 관해 아주 자세히 알고 있다. 여신과도 아는 사인가? 최소한 만난 적은 있을지도 모른다는 느낌이 들었다. 틀림없이 휴만은 아니야. 일단 나랑 말이 통한다는 건 바로 그런 의미였다. 말인즉슨, 모험가들을 통괄하는 길드의 우두머리가 휴만이 아니라는 뜻이다. 휴만 지상주의를 내세우는 이 세계에서, 그런 경우가 있을 수가 있나?

"아, 미안! 네 말이 맞아. 그러고 보니 자기소개를 한 적이 없었구나. 마코토 군, 지금까지 저지른 무례한 행동을 용서해주길 바래. 그럼 자기소개를―."

"뻔한 수작질은 작작 좀 하는 게 어떻겠나?"

"……남의 말을 가로막으면서 다짜고짜 뻔한 수작질이라니, 너무 예의가 없지 않아? 푸른 머리의 사무라이님?"

"흥! 이 몸의 이름도 알고 있는 주제에 아직도 시치미를 뗄 생각이냐! 도련님께 거짓을 고하지 않았다는 것도 헛소리다. 만나자마자 길드 마스터라면서 허언을 지껄인 주제에."

"참나, 올바른 말버릇을 잊어버릴 정도로 황야에서 상쾌하기 그지없는 잠을 즐긴 모양이야? 신(蜃)."

"네 녀석이야말로, 옛날 모습이 털끝만큼도 남아있지 않은 건 마찬가지로고. 루토. 『만색(萬色)』의 용이여."

엥?

◇ ◆ ◇ ◆ ◇

"루토? 만색? 아니 잠깐, 이 녀석이 용이라고?"

지금 그렇게 말한 게 맞지? 토모에가 언급한 내용으로 판단하자면, 거의 틀림없었다. 하지만 그로부터 용의 기척은 거의, 아니 전혀 느껴지지 않았다.

"예, 도련님. 이 녀석은 이래봬도 어엿한 상위 용으로 심지어 최상위에 해당하는 녀석이지요. 지식과 술법의 정상에 오른 것으로 알려져 있으며, 평생 동안 단 한 차례도 패배한 적이 없다는 전설이 전해져 내려옵니다. 만색이라 함은 수도 없이 많은 색을 의미하며, 루토의 별명이기도 하지요."

"이거야 원, 자기소개를 하려는 걸 가로막는가 싶더니 본인 앞에서 이름을 멋대로 누설하다니. 정말 이 가짜 사무라이한테 분위기를 파악하라고 해봤자 아무 소용이 없군."

눈앞의 이 녀석이 최상위의 상위 용이자 불패의 용이라고?

"뚫린 입이라고 함부로 지껄이지 마라. 감히 도련님을 홀리려 들었던 네 녀석에게 그런 소릴 들을 이유는 없느니."

"나 참, 맨날 잠이나 자면서 세계가 어떻게 되건 전혀 관심도 없던 주제에 홀린다는 식으로 오해를 불러일으키는 표현은 삼가줄래?"

길드 마스터, 아니 상위 용 루토가 나를 상대할 때보다 비교적 위압감 있는 태도로 토모에와 대화를 나누는 모습이 시야에 들어왔다.

상위 용—. 대부분의 휴만들이나 아인들은 평생 동안 한 번조차 목격할 리가 없는 존재였다. 나도 도서관에 틀어박혀 여러 모로 자세히 조사하다 보니, 그들이 이 세계에서 얼마나 희귀한 존재인지는 이해하고 있었다.

용들의 정점—. 시간의 경과에 따라 소멸되는 일은 없으며, 육체의 노화를 피할 수 없을 때는 자기 자신을 다시 낳아 단일 존재로서 영원한 삶을 영유한다.

이해하기 까다롭게 적혀 있는 정보였지만, 요컨대 다시 젊어진다는 얘기였다.

내가 도서관에서 조사한 정보에 따르면, 『어검』, 『폭포』, 『모래 물결』, 『붉은 유리』, 『밤의 망토』라고 불리는 다섯 마리가 바로 그들이었다. 『만색』은 오늘 처음 듣는 칭호였다. 『무적』이라는 칭호를 지닌 신에 관한 정보도 도서관에선 찾아볼 수 없었다.

그들이 휴만과 엮이는 일은 거의 없었지만, 개체에 따라 거처로 삼고 있는 영역이 휴만들이 세운 국가와 가까운 용도 있었다. 그들은 극히 드물게 휴만에게 힘을 빌려줄 때도 없지 않아 있었다. 간접적으로 그들의 힘을 빌릴 경우, 용의 축복을 받았다는 표현을 쓴다고 들었다.

최근엔 그리토니아 제국의 친위 기사 가운데 한 사람이 『모래 물결』의 축복을 받아 고유의 직업을 획득했다고 한다.

그런데 나는 바로 그 엄청나게 드문 존재인 상위 용들 중 세 마리와 서로 아는 사이였다. 이건 대체 무슨 조화래? 『무적』과 『어검』, 『만색』. 토모에와 랜서, 게다가 루토까지! 어떻게 되먹은 엔카

운터 확률이잖아! 마을 한복판에서 숨겨진 보스 급과 연속으로 마주치는 듯한 상황이다. 정말 현실은 게임만큼 쉽게 굴러가지 않는다는 사실을 뼈저리게 느낄 수밖에 없었다.

원래 세계나 이세계에서나 가혹한 현실은 마찬가지였다.

아무리 노력하더라도 해피엔딩이 찾아오진 않거든.

물론 노력하지 않을 경우엔 기본적으로 배드 엔딩에 도달하게 된다.

에휴…… 내일이 보이지 않아.

"둥지는 버렸느냐? 과거의 흔적은 전혀 찾아볼 수도 없을 정도의 폐허로 전락했더군."

"응, 벌써 아주 옛날 일이야. 대충 천 년쯤 됐나? ……더 할 말이라도 있어? 나는 마코토 군하고 대화를 나누러 온 몸이거든. 신 때문에 산 쓸데없는 오해를 푸는 게 먼저야."

……스케일이 너무 다르잖아? 천 년이라니, 루토 할배……. 게다가 나와 얘기할 때는 이보다 더할 수 없이 상쾌한 미소를 짓고 있는데 비해, 토모에를 상대할 때는 입 꼬리만 살짝 올린 채로 눈가는 전혀 웃고 있질 않았다. 태도가 너무 노골적으로 다르지 않아?

"오해 같은 소리 마라. 이 몸은 너에게 묻고 싶은 일들이 아직도 너무나 많다. 그리고 이 몸은 이제 신이라는 이름은 버렸다. 이 몸의 이름은 토모에다. 똑똑히 기억해 둬라."

"시끄러워 죽겠네. 마코토 군이 버티고 있으니 아주 자신 만만한가 봐? 그래, 알아 모셔야지요. 토모헤라고?"

"토·모·에다!! 앞으로 이 몸의 이름을 틀릴 때는 일단 그 목부터 베어주마!"

"미안해, 마코토 군. 얘는 용들 중에서도 특히 유별난 괴짜거든. 보나마나 너에게도 여러 모로 민폐만 끼치고 있겠지."

"그냥 들어 넘길 수가 없는 소리구나, 루토!! 이 몸의 어디가 괴짜라는 소리냐!!"

아니, 그러는 루토도 상당히 괴짜라는 느낌이 드는데? 어쩐지 그런 확신이 들었다.

그나저나 저 토모에를 깔끔하게 무시하면서 나에게 말을 걸어오다니, 이 녀석도 정말로 자유분방한 용인 것 같다. 상위 용들 중에서도 정점에 해당하는 존재라고 했으니, 토모에의 상사 같은 위치라는 뜻인가?

"나는 마코토 군에게 절대로 거짓말을 하지 않아. 부디 나를 믿어주길 바래."

"어, 응?"

"내가 너를 홀리려 했다는 건 터무니없는 오해야. 내 마음은 훨씬 순수한 감정이거든."

루토는 입에서 아슬아슬한 발언을 내뱉는가 싶더니, 곧바로 나에게 얼굴을 들이밀어 왔다. 그런데 그와 나 사이에, 순간적으로 예리한 칼날이 끼어들었다. 외날검의 예리한 칼날이 루토를 겨냥하고 있었다. 토모에, 지금 네가 뽑아든 건 와키자시(脇差)[1]야. 그런 식으로 간단하게 뽑아 들지 말라고. 두 자루의 칼을 차고 다닐

#1 와키자시(脇差) 길이가 짧은 도검. 무로마치 말기 이후로 칼을 두 자루씩 차고 다니는 습관이 생겨났는데, 일반적인 크기의 검과 짧은 와키자시를 함께 차고 다녔다.

때는 기본적으로 큰 칼을 뽑는 게 상식이야.

"……네 녀석도 참 많이 변했구나. 이 몸이나 다른 녀석들을 따라다니면서 지겹도록 규율이나 계율을 따지던 옛 모습이 그야말로 털끝만큼도 남아있지 않아."

규율? 계율? 나로서는 양쪽 다 눈앞의 루토라는 인물, 아니 용과 가장 거리가 먼 단어라는 느낌을 받을 수밖에 없었다.

"토모에, 그러는 너야말로 옛날 모습은 조금도 찾아볼 수가 없어. 너는 원래 이 세상의 모든 일에 아무런 관심도 보이지 않으면서 무계획적으로 살다가 잠이나 자던 용이었잖아? 하지만 지금처럼 예의에 어긋난 행동을 보일 바엔 먼저 배워야 하는 게 있지 않았을까?"

"아마도 네 녀석의 분방함엔 당해내지 못할 것이야. 그나저나 아까부터 계속 신경 쓰이던 게 있다. 우선 이 질문에 대답부터 해라. 네 녀석은 대체 언제부터 **남자가 됐나**?"

"……?

"삼백 년 정도 전부터야. 계속 여자로 살다 보니 점점 싫증이 나더라. 그래서 남자가 돼보기로 한 거야. 남자로 지내는 것도 꽤 괜찮던데? 처음 여자를 안았을 때는 감동적이었지."

싫증이 나? 성별에? 응?

영문을 알 수가 없었다. 애초에 상위 용들에게 자손을 생산한다는 행위는 아무런 의미도 없는 걸로 알고 있다. 당연히 안거나 안기는 행위에 아무런 의미도 없을 텐데?

"돼보기로 했다고? 그런다고 간단히 될 수 있을 리가 없지 않나? 애초에 상위 용이 아이를 가졌다는 소리는 들어본 적도 없다. 여자를 안아봤자 무슨 의미가 있나?"

토모에, 내 말이 바로 그 말이야. 나로서는 성별을 바꾼다는 행동을 마치 새로운 장난감이라도 장만했다는 듯이 태연하게 입에 담는 모습이 이해가 가지 않았다.

"보시다시피 지금은 확실히 남자 몸이니까 인정해. 그리고 나 말인데, 사실은 다시 태어나는 것도 관뒀어. 현재의 몸으로 최대한 노화를 지연시켜서 이번 삶을 끝까지 즐길 생각이야. 하지만 역시나 육체의 쾌감은 여자 쪽이 더 크더라. 그래서 남자로 지내다가도 일찌감치 싫증이 나기 시작했단 말이지. 그런데 그러던 어느 날, 내 주위의 세계가 완전히 탈바꿈한 거야!"

그러니까 왜 느닷없이 쾌감 같은 소리가 나오는 건데? 아니 잠깐, 그런 거야? 남자보다 여자 쪽이 쾌감이 더 크다고? 나름대로 쓸 만한 지식……은 아니구나. 곰곰이 생각해 보니, 그래서 어쩌라는 말밖에 안 나왔다. 그런 소리를 마치 지금 열중하고 있는 스포츠에 가까운 감각으로 얘기해봤자 반응하기가 난감할 뿐이었다.

"딱히 네 녀석의 마음속에서 일어난 가치관의 변화 따위는 듣고 싶지도 않다만……."

동감이야, 토모에. 당장은 눈앞의 괴짜가 하는 소리에 압도당해서 아무 말도 안 나왔지만.

약간 질린 나머지 톤이 다운되어 있다는 데서도 공감이 갔다.

나는 눈앞의 괴짜가 보인 언행에 어처구니가 없었다.

"그러던 어느 날, 우연히 동성인 남자와 관계를 가질 기회가 있었거든. 뭐라고 표현해야 하나? 마음의 충족이나 정신의 마약이라는 식으로 말해볼까? 하여간, 어쨌든 지금까지 맛본 적도 없는 행복감이 몸속에서 솟아난 거야! 아니, 사실은 나중에 여자로 돌아가서 여자끼리 하는 것도 시험해 봤거든? 하지만 역시 그 순간 느꼈던 충격에 비할 바는 못 되더라."

……루토가 나로서는 손톱만큼도 이해할 수 없는 소리들을 흥분한 표정으로 주워섬겼다. 남자가 어떻고 여자가 어쨌다고? 지금 무슨 소리하는 건지 가르쳐줄 분은 안 계신가요?

"서로의 마음이 통하는 동성 간에 존재하는 궁극적인 우정 끝에 존재하는 감정, 그것이 바로 사랑이야! 나의 몸은 감동에 겨워 이보다 더할 수 없이 떨렸지! 몸을 섞을 때는 역시 남자끼리 하는 게 최고야!"

그 연설 말인데, 이제 슬슬 중단해줄 수 없을까? 귀가 썩을 것 같아. 뇌가 보이는 거부반응도 장난이 아니다.

"내가 보기엔, 마코토 군은 동정 같은데? 괜찮아, 나는 동정도 마다하지 않아. 첫 경험은 역시 여자랑 하는 게 좋다고 한다면, 일단 여자로 변해서 상대해줄 수도 있어. 남자의 몸이건 여자의 몸이건, 나는 단 하루 만에 너를 완벽하게 사로잡을 자신이 있거든!!"

무슨 헛소리야! 새하얀 살결을 어렴풋이 붉게 물들이지 마! 영문을 모르겠다고! 힘주어 말하지 마! 기분 나쁘니까! 어, 일단 동정이란 건 틀린 소리는 아니지만.

"거절한다!"

나는 어쨌든 소파에서 일어나, 녀석과 거리를 벌렸다. 다행히 쫓

67

아올 생각은 없어 보였다. 루토는 오히려 앞으로 내밀어 왔던 상반신을 원위치로 되돌리더니, 소파에 깊숙이 걸터앉았다. 그리고 배 앞에서 양손을 깍지 꼈다.

"편식은 몸에 좋지 않아, 마코토 군. 나는 남자건 여자건 자유자재야. 일단 한 번이라도 시험해보고, 도저히 안 되겠다 싶을 때는 나도 포기할게."

하루 만에 사로잡겠다는 무시무시한 발언을 해놓고 이제 와서 그렇게 나오는 녀석을 믿을 수 있을 것 같아?! 눈빛이 초롱초롱하게 빛나고 있다는 것도 어딘지 모르게 부담스러웠다…….

동성애 자체를 부정할 생각은 없다. 하지만 그런 관계를 아무런 관심도 없는 이한테 강요하는 건 단호히 거부한다! 나는 그쪽에 관심 없다고!

"……당신, 아까부터 대체 무슨 헛소리를 하는 거지요?"

아이코.

꼭 지금 돌아올 필요도 없을 텐데.

미오, 너도 참 최고의 타이밍인지 최악의 타이밍인지 분간이 안 갈 때 오는 것 같아…….

"아, 검은 누나? 차와 과일은 고마워."

루토도 루토 나름대로, 미오가 들고 온 쟁반 위의 음식들을 보자마자 기뻐하는 표정을 지어 보였다.

"……도련님께 무슨 짓을 하려고 한 건가요?"

"응? 그냥 은근슬쩍 유혹하고 있었을 뿐인데?"

"유혹……?!"

"그는 지금 특정한 파트너가 없잖아? 내가 입후보하더라도 딱히 아무런 문제도 없지 않아?"

근본적인 문제가 떡하니 버티고 있는데, 정말 모르겠다는 거야? 성별이라는 이름의 낭떠러지나 다름없는 레벨의 무시무시한 문제를 말이야.

"……"

미오는 조용히 쟁반을 옆으로 내려놨다. 인원수에 맞게 가져온 찻잔과 먹기 좋게 자른 과일이 먹음직스럽게 담겨 있는 접시가 놓여 있는 쟁반이었다.

"어라? 거기는 여기하고 거리가 너무 멀지 않아?"

"토모에? 이 쓰레기는 용처럼 보이는데, 죽여서 문제될 일이라도 있나요?"

미오는 그가 용이라는 사실을 일찌감치 파악하고 있었던 모양이다. 기본적으로 얘기를 듣고 나서 정신을 집중해야, 어렴풋이 엇비슷한 기척을 감지할 수 있을 정도였다. 그런데 즉석에서 한 눈에 간파하다니, 미오의 직감은 상식을 초월한 수준이었다.

"어디 보자. 도련님의 순결을 노리는 녀석이다. 그야말로 백해무익(百害無益)한 것도 정도가 있는 놈이야. 미오, 당연히 해치워도 되는 적이다."

"어라라? 아니 잠깐, 마코토 군까지?!"

두 사람이 전투태세로 이행하는 까닭은 이해가 가고도 남았다. 그리고 이번엔 나 또한 합세할 생각이다. 이 녀석은 격퇴해야 되는 적이었다. 100퍼센트 나 자신을 위해서 필요한 일이다.

"루토, 유언 정도는 들어주마. 뼈도 안 남길 생각이니 나중에 그 말이라도 묘비에 새겨주는 걸 감사히 여겨라."

"아니요? 상위 용의 고기는 맛있을지도 몰라요. 최소한 유효하게 활용해 드리는 거야말로 예의입니다."

"일찍이 없었던 위협이야. 미안한데, 나도 너를 제거하는데 온 힘을 다할 생각이야."

"자, 잠깐만 기다려 봐! 셋이서 동시에 덤비는 건 반칙이야. 애초에 오늘은 싸우러 온 게 아니라고! 응? 세 사람 다, 일단 진정해 봐. 미안해, 장난이 너무 심했던 것 같아. 부탁이니까 진지하게 오해부터 풀게 해줘."

루토가 양손을 들어 올린 채로 항복 의사를 표시했다.

나로서는 어디까지가 진담인지 짐작도 가지 않았다.

여하튼 루토는 난생 처음 보는 타입의 상대였다. 나로서는 그의 참뜻을 헤아리기 어려웠다. 솔직히 말해서, 지금 보이고 있는 진지한 표정도 정말로 믿을 수 있을지 의심스러웠다.

"네 녀석의 미친 성적 취향에 관해선, 지금까지 충분하고도 남을 만큼 다 들었다. 변명은 필요가 없다는 뜻이지."

"도련님께 감히 저속하기 그지없는 취미를 가르치려 하다니. 이제 오해 같은 건 굳이 풀 필요도 없습니다. 해충을 처분할 때도 특별한 이유 같은 건 딱히 필요 없으니까요."

"아니, 어디까지나 별것 아닌 스킨십 같은 거잖아? 그쪽에 관해선 그냥 서론만 꺼내본 거고, 오늘은 이제 말 안할게. 모험가 길드에 관한 얘기라든가, 이세계인인 마코토 군과 제대로 된 대화를

나누고 싶을 뿐이야."

"……길드에 관해서?"

아하, 자기 직함이 길드 마스터라면서 지껄였던 농담 말이야? 이런 변태를 우두머리로 둔 조직이 멀쩡하게 돌아갈 리가 없을 테니, 아마 거짓말일 거다. 아직도 거기에 관해서 하고 싶은 말이 있나?

일단 나나 토모에, 미오도 등록되어 있는 조직이다. 뿐만 아니라 토아 양 같은 지인들도 길드의 일원이었다.

뭔 소릴 할 생각인진 몰라도, 일단 들어나 볼까?

"맞아, 길드에 관한 얘기야!"

"좋아, 이제 장난칠 생각이 없다는 전제하에 얘기를 들어보도록 하지."

"도련님!"

"도련니임!"

"미오, 완전히 식어 있어도 상관없으니 차를 내주도록 해. 그럼, 루토? 하고 싶은 얘기가 뭐야?"

우리는 또다시 3 대 1로 자리에 걸터앉았다.

루토도 진지한 표정을 짓더니, 모험가 길드에 관해 입을 열기 시작했다.

4

"우선, 내가 모험가 길드의 마스터라는 얘기는 틀림없는 사실이

야. 정확히 말하자면, 내가 바로 모험가 길드를 창설한 장본인이
야. 천 년 정도 지난 옛날 일이지."

"뭐라고?!"

"호오……."

루토는 정색을 하고 모험가 길드가 창설된 역사에 관해 설명을
시작했다. 나와 토모에는 놀라움을 내비쳤지만, 미오는 관심이 없
다는 듯이 아무런 반응도 보이지 않았다.

"마코토 군과 같은 이세계인으로부터 배운 개념이었어. 그의 발
언을 듣고 약간 의도하는 바가 있었던 내가, 여신에게 직접 제안
해서 책임자 자리를 맡은 거지. 그녀는 내가 창설하려던 모험가
길드를, 그저 휴만의 전투력을 성장시키기 위한 시스템이라는 식
으로 단순하게 받아들였던 모양이야. 딱히 반대 의사를 표명하지
는 않더라."

약간 의도하는 바? 어딘지 모르게 신경 쓰이는 단어가 튀어나왔
다. 게다가 이세계인이라고? 아니나 다를까, 나와 두 사람의 용사
가 그 여신의 첫 희생자는 아니었던 모양이다.

1,000년 전이라는 얘기는, 일본으로 치면 헤이안(平安) 시대 즈
음인가? 후지와라 미치나가(藤原道長)^{#2} 같은 인물이 활약하던 시
대였다. 응? 어딘지 모르게 마음에 걸린다. 이건 뭐지?

"당시엔 나도 정력적으로 길드의 짜임새를 구축하는데 온힘을
다 했어. 개념을 가르쳐준 이세계인, 그러니까 나의 첫 번째 남편

#2 후지와라 미치나가(藤原道長) 일본 헤이안 시대의 귀족이자 정치가. 딸 4명이 천황과 결혼하고,
천황 3명의 외조부에 해당하는 당시 일본 조정의 최고 실권자.

에 해당되는 사람이야. 그로부터 들은 여러 가지 이야기를 토대로, 즐기면서 다양한 제도들을 하나씩 짜나간 거야. 어디 보자, 당시의 내 심리는 아마 지금의 토모에에 비할 수 있을 것 같아. 하여간 그의 머릿속에 존재하던 개념을 배우면서, 재현해 나가는 작업이 너무나 즐거워서 견딜 수가 없을 정도였지."

아하, 그렇게 말하니 바로 납득이 갔다. 비교대상이 바로 옆에 있다 보니 간단하게 이해가 가.

말인즉슨, 루토는 토모에가 시대극에 홀딱 빠졌듯이 모험가 길드를 건설하는 작업에 몰두했다는 얘기였다. 그런 과정을 통해 전 세계를 활동 범위로 삼을 뿐만 아니라 기본적으로 국가기관의 간섭을 받지 않는, 보는 관점에 따라 상당히 위험할 수도 있는 조직이 탄생한 것이다. 여신의 후원과 우두머리로 군림하는 상위 용의 손길만으로도, 휴만들의 반대는 최소한의 레벨로 억누를 수 있었을 것이다. 기본적으로 여신님이 직접 나선다는 건 바로 그런 얘기였다.

"나의 남편이 된 이세계인은 당시의 엘리시온에서 영웅으로 칭송받던 검사였지. 나는 그의 아내이자 파트너라는 입장이었어. 여신의 협력 덕분에 일단 시스템을 구축한 후로는 휴만 사회에 이보다 더할 수 없이 빠른 속도로 침투되기 시작하더라. 그 후로, 나는 모습을 바꾸면서 역대의 길드 마스터로서 살아온 거야."

초대 마스터이자 현대에서도 마스터라? 엄청난 얘기였다.

"루토의 남편은 초대 마스터가 아니었나 봐?"

모르긴 몰라도 남편 쪽이 주도권을 잡고 있었으리라는 느낌이 드는데, 어째서 그는 마스터의 자리에 오르려고 하지 않은 걸까?

"그는 그런 식의 귀찮은 업무들에 몰두할 바엔 차라리 술과 여자에 많은 시간을 투자하는 쪽을 택하는 남자였거든. 영웅으로서 실적을 쌓은 이후로 일다운 일은 한 적이 없어. 기본적으로 영웅이라는 존재는, 어디까지나 사람들의 주목을 끌어 모으는 우상으로서 의미가 있을 뿐이야. 오히려 본인이 열심히 일을 한답시고 나서지 않는 편이, 특히나 전란의 시대를 거친 평화로운 시대엔 더 적합할지도 몰라."

평화로운 시대에 영웅이라는 존재는 필요가 없다는 뜻인가? 하긴, 듣고 나서 생각해보니 내가 배웠던 지구의 역사에서도 전쟁 영웅의 말년에 관해서 자세히 배운 적은 없었던 것 같다. 기본적으로 개인이 조사하려고 들면, 열람 자체는 불가능하지 않은 정도였다.

전후의 권력을 장악하고자 하는 세력들로서는, 인심을 한데 모을 가능성을 지닌 영웅 같은 존재는 거추장스러운 장애물에 지나지 않을지도 모른다.

그리고 루토는 그 당시부터 성에 대해 자유분방했던 모양이다. 남편이 불특정 다수의 다른 여자들과 관계를 가져도 신경도 쓰지 않았다는 소리를 아무렇지도 않게 입에 담았다. 어라, 혹시 그 당시부터 이미 일부다처제가 당연했다는 건가?

눈앞의 루토에게 물어봤자 상식을 아득히 초월하는 대답이 돌아오리라는 예감이 들었기 때문에 질문을 하는 건 관두기로 했다. 잠자코 듣고나있자.

"모험가 길드는 전 세계에 존재하고 있을 뿐만 아니라, 커뮤니티의 문제를 해결하는 역할을 수행하는 조직이야. 그리고 소속된 인원들에게 레벨을 표시하는 성능을 비롯해 다양한 기능을 갖춘 카드 형태의 길드 증을 발급해. ……저기, 마코토 군? 이상하다고 생각한 적은 없어?"

"어?"

"어설픈 마도구(魔道具) 정도는 가볍게 능가하는 성능을 지닌 길드 카드와 레벨이라는 단어에 관해서 말이야. 그러한 존재들은 너희 세계의 게임 속에 등장하는 개념이잖아? 너는 어째서 그런 수상하기 짝이 없는 조직을 간단히 받아들일 수 있었던 거지?"

"그, 그야……."

틀림없이 나도 게임 같은 세계라고 생각한 적은 있다. 하지만 나는 그보다 전부터 마술을 사용하는 이들과 마주쳤을 뿐만 아니라, 레벨이나 직업 등의 단어들과도 접했다. 그런 식의 전제조건들이 있었기 때문에, 나는 길드라는 부자연스러운 조직에 관해서도 단순히 이세계니까 그럴 수도 있다면서 이제 와서 생각해 보니 정말 어처구니없는 이유로 납득해버린 것이다.

"이세계니까, 그럴 수도 있다고 생각한 거 아니야? 그러니까 완전히 규격에서 벗어난, 말하자면 목조 건축 한 가운데 고층 빌딩이 우뚝 서 있는 거나 다름없는 상황도 모험가 길드라는 단어 하나로 납득해버린 거야."

"……맞아."

"그렇단 말이지. 어쩐지 이세계로부터 소환된 마코토 군이나 다른 사람들은, 이 길드의 존재를 비교적 간단하게 받아들이더라. 너희들의 세계에선 당연히 존재하지 않는 조직인데도 불구하고 말이야. 나로서는 꽤나 신기하다는 느낌이 드는 현상이야."

흠, 흠. 루토는 그런 식으로 흥미롭다는 듯이 여러 차례에 걸쳐 고개를 끄덕였다.

"이 몸으로선, 도무지 이해가 안 가는 소리뿐이다. 가만히 듣자하니, 너는 이세계인으로부터 주어진 정보를 기반 삼아 길드의 시스템을 쌓아올린 모양이구나. 하지만 이 몸이 보기엔 너에게서 길드를 운영하고 싶었다는 분위기는 느껴지지 않아. 더군다나 모험가 노릇을 하고 싶었다는 소리로 들리지도 않아. 허나 심심풀이로 만들었다고 보기엔 모험가 길드라는 조직과 시스템은 지나치게 공을 들인 것 같이 보인단 말이지?"

토모에가 옆에서 끼어들었다. 일리가 있는 얘기였다. 루토는 길드를 어떤 방식으로 발전시키고 싶었다거나 모험가 노릇을 하고 싶었다는 소리는 단 한 마디조차 입에 담지 않았다. 심심풀이 레벨로 보기엔 도가 지나치다는 느낌을 받는 것은 지극히 자연스러운 반응이었다.

"아니, 정말로 나의 동기 중 상당 부분은 단순한 취미에 지나지 않아. 어디까지나 심심풀이 삼아 하던 일이야. 이래봬도 나는 닥치는 모든 일에 최선을 다하는 성격이거든. 길드를 성립시키기 위한 여러 가지 수단들을 하나씩 시험해보는 것만 해도 굉장히 유익한 시간이었어."

토모에도 그렇지만, 이 녀석도 쓸데없이 고성능이란 말이지. 최선을 다하는 성격인데다가 심심풀이가 된답시고 그런 일이 가능하단 말이야? 나로서는 순수하게 부러울 뿐이었다.

"허나, 네 녀석은 아까 전에 『의도』라는 말을 입에 담았다. 그건 또 무슨 뜻인가?"

"너도 참 귀가 밝단 말이야? 나로서는 마코토 군의 미움을 살 것 같아서 굳이 입에 담고 싶지 않은 얘기거든."

뭔지 몰라도 굉장히 살벌한 생각을 하고 있는 듯이 보였다. 루토는 겉으로는 입에 담고 싶지 않다면서, 얘기하고 싶어서 근질거린다는 표정을 숨길 생각조차 하지 않았다. 아마도 자신의 말에 대한 나의 반응을 구경해보고 싶다는 것이 그의 본심이리라.

"이왕 털어놓을 바엔 단숨에 실토해라. 그리고 도련님을 쳐다보지 마라. 부정 탄다."

토모에, 아무리 그런 녀석이더라도 루토는 네 옛날 동료잖아? 아니, 상사 같은 존재 아니야? 그런데 이제는 완연히 오물이나 다름없는 취급이잖아. 그래, 바로 그거야. 더 해라.

"알았으니까 좀 보채지마. 그다지 복잡한 얘기는 아니야. 여신은 머나먼 옛날부터 휴만을 총애해 왔어. 하지만 내 입장에서 봤을 때는 일개 종족보다 이 세계 자체가 더 소중했거든."

"무슨 소린지 짐작도 안 간다. 간결하게 고해라. 너는 옛날부터 버릇처럼 수수께끼를 즐겨내는 녀석이었지. 지금은 그래봤자 아무런 소용도 없으니 당장 관둬라."

"……타인과 대화를 나누면서 자기 자신의 분석을 통해 스스로 이해한다는 행위는 이보다 더할 수 없이 유익한 과정이란 말이야.

뭐, 좋아. 즉, 여신의 총애가 지나쳐서 휴만의 숫자가 지나치게 늘어나 자만심에 빠지게 되리라는 미래가 그 당시부터 간단하게 예상이 갔거든. 그러니까 길드는 휴만을 견제하기 위한 기구 가운데 하나로서 탄생한 조직이라는 거지. 절반 이상 개인적인 취미 생활이나 다를 바 없었다는 것도 틀림없는 사실이지만."

"휴만이 지나치게 늘어나는 사태를 견제하기 위한 조직이라고? 하지만 길드는 휴만의 성장을 촉진시킨다면서? 오히려 그들을 돕고 있다는 느낌이 드는데?"

"나무를 쳐다보면서도 숲을 못 볼 경우엔 그런 소리가 나올 수도 있겠지. 잘 들어. 길드에 등록하면서 카드를 받잖아? 그리고 그 카드엔 자신의 레벨이나 랭크가 기재되지. 본디 어디까지나 현재 상태를 가리키고 있을 뿐인 수치더라도, 눈에 보이는 계급이나 숫자로서 제시될 경우엔 휴만은 진급을 노리기 마련이야. 인간을 토대로 삼아 창조한 만큼, 그들 정도는 아니더라도 만만치 않게 욕망이 강한 종족이거든."

"……."

욕망이 강해서 미안하다.

"기본적으로 레벨의 상승과 함께 전투력도 같이 올라. 물론 그런 숫자를 모르더라도 마물을 물리치거나 전쟁만 하고 있어도 실질적인 전투력의 향상은 일어나지. 다만 눈에 보이지 않을 뿐이야. 하지만 알기 쉬운 숫자를 제시하기만 해도, 그들의 의욕은 폭발적인 상승 곡선을 보여. 나는 그들의 의욕을 가속시키기 위해 쥐도 새도 모르게 세계의 시스템에 간섭했지. 길드 등록과 함께 성장 속도가 오르도록 건드려본 거야. 타인으로부터 힘을 흡수하는 효율을 증폭시켰지. 마코토 군이 알기 쉽게 설명하자면, 경험치의 배율을 향상시켰다고 해야 하나?"

구체적인 숫자가 제시됨으로써 의욕이 생긴다는 현상은, 틀림없이 나로서도 어느 정도 짚이는 구석이 있었다. 부정할 수가 없었다. 사람들이 노력을 계속하지 못 하는 이유 가운데, 성과가 잘 보이지 않아 마음이 꺾인다는 경우도 있기 마련이다. 그러나 루토의 설명에 따르면, 길드는 어디까지나 사람들의 성장을 응원하고 있을 뿐이었다. 그런 행동의 어디에 견제 효과가 있다는 얘기지?

"오호, 이제야 알겠다. 그런 의도였군. 허나 너무 번거롭지 않은가?"

토모에는 루토의 말을 알아들은 모양이다. 사람과 용은 어디가 달라도 다르다는 건가?

"한창 그러던 와중에, 휴만들이 자신의 레벨이나 랭크에 집착하는 경향을 보이기 시작하더라. 레벨은 자기 자신의 전투력을 가리키고, 랭크는 길드로부터 개인에게 주어지는 혜택을 늘려주거든. 당연히 모험가들 가운데 고 레벨로 오르면서 이름이 팔리는 자들이 발생한 결과, 그들을 동경하면서 길드에 등록하는 젊은이들이 생겨나는 거야. 길드의 지원을 통해 출세한 이들 가운데 기사나 왕의 자리에 올라 번영을 이루는 이들까지 나타났지."

얼핏 듣기엔 훌륭한 상부상조 관계라는 느낌이 들었다. 길드의 시스템은 사람들이 노력을 통해 성공할 수 있는 구조였다. 일단 나부터도 길드 카드의 기능을 확장하고 싶어서 랭크를 올려보려는 마음을 먹었던 적이 있을 정도였다. 하지만 레벨은 전혀 오를 생각을 안 하는데다가, 상인으로서 장사를 시작하는데 온갖 신경을 다 쓰다 보니 그런 열의는 거의 식어 버렸다.

"……마코토 군은 정말 솔직한 성격이구나? 나 자신의 약아빠진 성격이 약간 부끄럽게 느껴질 정도야. 노력 끝의 성공은 소중하다고 여기는 표정이야."

"불만 있냐? 다들 그렇게 생각하는 게 보통이잖아?"

"……후후, 설명을 계속할게. 말하자면 길드는 허영심에 들떠, 출세를 꿈꾸는 이들을 상대로 선동을 일삼은 거야. 밑천도 거의 필요 없을 뿐만 아니라 자기 실력만으로도 곧바로 시작할 수 있는 꿈의 직업인 모험가가 되고자 하는 이들은 날이 갈수록 늘어만 갔어. 보다 강한 전투력과 보다 높은 지위, 보다 풍족한 재산을 이루고자 하는 이들이 바로 주된 고객이었지. 그런 패거리들은 모험가 길드 없이는 좋게 말해봤자 해결사에 평범하게 말해봤자 불량배, 나쁘게 말할 때는 강도나 약탈자 예비군이나 다름없는 족속이야. 밑천이 거의 필요 없다는 건 생명의 위험을 무릅쓰기 때문이라는 현실을 자신들의 입장에서 지나칠 만큼 유리하게 해석한 결과에 지나지 않아."

"허나, 길드가 그런 불량배들 가운데 일정한 숫자를 모험가라는 명분으로 다스리면서 썩어빠진 근성의 패거리들도 도를 넘어선 범죄행위에 함부로 손을 댈 수 없을 뿐만 아니라 약간이나마 치안을 향상시키는 효과도 기대할 수 있다는 뜻이렷다? 불량배나 도적 예비군이라는 식으로 한꺼번에 묶어 버리는 건 너무 나갔다는 느낌도 든다만."

일단 거기까지는 나쁜 일이 아니잖아? 나도 루토가 시작한 이야기의 결론이 보이지 않았다.

"그런 효과도 있을지도 몰라. 길드에도 최소한의 규칙은 존재하거든. 하지만 길드의 가장 중요한 기능은 말이지? 앞만 보고 달려나가는 휴만들을 자동으로 솎아낼 수 있다는 거야."

솎아낸다고? 무슨 뜻이지? 느닷없이 굉장히 뒤숭숭한 소리가 들려온 것 같은 느낌이 들었다.

"지나친 욕망은 몸을 망치는 법이야. 불량배나 해결사는 물론이거니와, 꿈꾸는 젊은이들도 크게 다르지 않아. 성공을 향해 열심히 노력하다가, 어디선가 계단을 헛디디는 거지. 레벨이나 랭크, 보수를 위해 길드의 의뢰를 받아 죽으러 가는 모험가들의 숫자는 결코 적지 않아. 1000년이라는 오랜 시간 동안 그다지 대국적인 변화는 보이지 않더라. 물론 그들 가운데 놀라운 행운이나 뛰어난 재능 덕분에 출세하는 이들도 없지는 않아. 바로 그런 이들을 성공자라고 부르는 거지. 하지만 그런 이들의 존재는 또 다른 선전탑으로서 더욱 더 많은 실패자들을 불러들이는 법이야. 어느 정도 이상 발전한 사회에서 성공자가 실패자보다 많다는 건 있을 수 없는 일이거든. 그들의 발밑엔 셀 수도 없을 정도로 어마어마한 숫자의 시체들이 굴러다니는 거나 다름없지. 아름답게 표현하자면 꿈의 잔해라고 해야 하나?"

"그야 물론, 지나치게 앞서 가다가 실패하는 사람들도 있을 거야. 하지만 그 실패를 교훈 삼아 자기 나름대로 밸런스 감각을 터득할 수도 있잖아? 그런데 정말로 길드에 사람들을 솎아내는 효과가 있다는 거야? 실제로 지금도 세계는 휴먼 종족이 세운 나라들로 가득 차 있잖아?"

"기본적으로 다음 기회까지 살아남는 경우가 극단적으로 적은 직업이 바로 모험가야. 단 한 차례의 실패로 인해 곧바로 죽을 수밖에 없는 케이스가 대부분이야. 지금도 세계에 마족을 비롯한 휴먼을 적대시하는 아인들이 존재한다는 사실이 길드가 주도하고 있는 솎아내기 작업의 효과를 증명하고 있어. 이러니저러니 해도 압도적인 숫자는 힘 그 자체야. 모험가 길드만 없었어도 지금쯤 세계는 더 평화롭지 않았을까? 엄청난 숫자의 휴먼들과 그들을 따르는 아인 종족밖에 없어지는 대신 말이야."

"하지만 모든 이들이 그런 식으로 욕심에 눈이 멀 리가 없잖아? 일반적인 모험가들도 물러날 때를 분간할 능력 정도는 있지 않아?"

"네 말처럼 마지막까지 냉정한 판단을 내릴 수 있는 모험가들은 이미 성공한 거나 다름없는 이들이야, 마코토 군. 설령 왕위에 오르지 못 하더라도 그 정도만 되도 성공한 거라는 논리가 이해가 안 가? 길드의 시스템을 능숙하게 이용해서, 은퇴 이후의 수입을 얻을 수단만 확보하고 나서 그만둘 수만 있어도 충분한 성공이야. 기본적으로 믿건 안 믿건 마코토 군의 자유야. 하지만 휴먼이라는 종족은, 「조금만 더, 약간만 더」라는 식으로 나가다가 판단을 그르치는 게 보통이야. 실제로 매일 같이 새로운 등록자가 있는데도 불구하고, 전체적인 모험가의 숫자는 거의 늘어나지 않아. 여신이 침묵을 지키고 있었을 동안엔 오히려 줄어들었을 정도야. 일확천금 같은 헛된 꿈을 이룬다면서, 황야나 미궁 같은 장소로 향하다가 어처구니없게 죽어가는 것이야말로 그들 종족의 본성이야."

말도 안 돼. 모험가를 지원한다는 명분으로 존재하는 모험가 길드가, 사실은 그들을 부추겨서 휴만의 숫자를 줄이기 위해 탄생한 조직이었다고?

"다만, 착각은 하지 마. 모든 이들이 마코토 군의 말마따나 물러날 때를 냉정히 판단하면서 자기 자신의 성장이나 장래에 겸허한 태도를 보였다면, 길드는 휴만들에게 공헌하는 조직으로서 다른 의미로 세계에 평화가 찾아왔을지도 몰라. 다만 현실이 그렇지 않았을 뿐이야. 뿐만 아니라 휴만 이외의 종족들까지도 길드에 가입하고 싶다는 의사를 표명하는 등의 예상을 초월한 전개도 한두 번이 아니었지. 단적으로 말하자면, 모험가 길드는 좋건 나쁘건 사람들의 욕망을 지원하는 조직이야. 불행 중 다행인 것은, 사람들의 사회에서 문제가 사라지는 일은 있을 수가 없기 때문에 길드로 들어오는 의뢰들도 끝이 없다는 거야. 모험가가 아닌 다른 길로 출세하려는 이들도 목적을 위해 위험을 감수할 필요가 생길 경우, 자신들의 목숨이 아까운 나머지 돈으로 결과를 사려 하는 케이스가 많아. 모험가 길드의 긍정적인 의의는 바로 그런 일들을 떠맡는다는 거야. 그야말로 더할 수 없이 자연스러운 구조잖아? 휴만의 절대적인 숫자를 줄인다는 나의 목적이 길드를 통해 실현되고 있다는 건, 모험가들이 길드를 잘못 사용하고 있는 결과에 불과해. 길드가 적당한 수준의 힘을 지닌 휴만들을 적당히 태워 죽이는 살충등 역할을 할 수밖에 없는 이유는, 그들 스스로의 자세로 인한 부분이 크다는 얘기야."

내가 제대로 알아들었는지 장담은 못 하겠다만, 힘 자체는 어디까지나 힘일 뿐이니까 그 힘을 사용하는 이들의 기본적인 자세가 문제라는 뜻인가? 그 결과, 1,000년이라는 오랜 세월 동안 루토의 의도에 따라 수많은 모험가들이 빨려 들어가 타 죽었다는 소리였다.

"······그렇군. 세계의 시스템에 대한 간섭은, 대량의 모험가들을 이용해서 모험가들 전체와 세계 사이에 변칙적인 간이 계약을 맺는 식인가? 말인즉슨, 모험가가 되고 나서 어느 정도 시간이 지난 다음에야 성장을 가속화시키는 구조가 본격적으로 기능을 발휘하기 시작할 터."

"토모에, 옛날보다 훨씬 머리가 좋아졌구나? 맞아. 나는 마술을 동원한 계약 관계에도 정통한 몸이거든. 은근슬쩍 손을 댔지. 모험가들이 대충 적응할 때 즈음해서 성장도 순조로워지는 걸로 알고 있어. 바로 그 무렵부터 사망 확률도 올라가니까 흥미가 끊이질 않아."

"말하자면, 레벨이 오르면서 기초적인 능력도 상승한다는 뜻이렷다? 기량이나 경험, 그리고 재능에 의한 보정 효과는 레벨과 관계없는 부분이라는 소리야. 칫, 미오 녀석에게 밀렸다는 사실이 아무리 짜증스러워도 일부러 고생해서 올릴 필요도 없었군. 엄밀하게 따져서 레벨이라는 건 절대적인 기준조차 아니었으니 말이야."

"응, 아마 그럴 거야. 종족에 따라 힘의 기준은 천차만별이니까, 레벨이 높다고 해서 절대로 이길 수 없다는 뜻은 아니야. 단순히 세계로부터 강자에게 주어지는 포상 같은 개념이거든. 선량한 사람이건 흉악한 마물이건, 같은 역량을 지닌 상대를 죽이기만 해도 동등한 양의 힘을 얻을 수 있어. 다만, 여신의 축복 같은 반칙에 가까운 역전 수단도 없는 건 아니니까 레벨만 믿다가 큰 코 다칠 수도 있어. 모험가들이 재능이나 직감 같은 단어 때문에 절망하다가 소극적인 태도를 취하는 것도 나한테는 아무런 도움이 안 되니까, 레벨에 따라 잡 같은 시스템을 도입하거나 랭크 상승에 따른 카드 기능의 한정 해제나 커스터마이즈를 준비하는 식으로 상당히 노력은 하고 있단 말이지. 뭐, 아직까지 모험가들의 레벨이 한계에 도달했다는 얘기는 들어본 적이 없으니까 모험가들은 아직도 내 손바닥 안이라는 뜻이야. 참고로 설정상의 최고 레벨은 65,535야. 첫 남편이 그 숫자에 낭만이 있다는 식으로 열변을 토해서 그렇게 설정했지."

낭만이라니, 루토의 남편도 참……. 완전히 게임에 나오는 숫자 그대로잖아?

일단 전부 다 납득되는 건 아니더라도, 루토가 하고 있는 일들과 하는 말들은 대충 이해가 갔다. 지금도 토모에와 함께 무슨 전문 용어 같이 들리는 의미를 알 수 없는 단어들을 동원해서 의논하고 있는 듯이 보였다. 두 사람의 대화 내용은 전혀 이해가 가지 않았다.

자제심이 강한 모험가들에 한해서, 모험가 길드는 평범하게 자신들을 응원해주는 조직이었다.

그러는 한편, 욕망에 충실한 모험가들의 입장에서 볼 때는 완전히 정반대였다. 그야말로 어지간히 대단한 행운이나 재능이라도 지니고 있지 않은 이상에야 무덤 안내소나 다름없는 조직이 바로 모험가 길드였던 것이다.

루토의 말은 대충 그런 뜻이었다. 곰곰이 생각해 보면, 황야 같은 장소는 후자에 해당하는 이들의 입장에서 볼 때는 그야말로 무덤 그 자체나 마찬가지였다.

하여간 루토의 설명은, 듣고 보니 꽤나 납득이 잘 되는 내용이었다. 모험가 길드라는 조직이 이 세계관과 굉장히 잘 어우러지는 듯이 보였기 때문이다. 실제로 그들의 역사는 1,000년에 걸쳐 이어져 내려오고 있다. 어중간한 나라보다도 오랜 역사를 자랑하는 조직이다. 일본에도 헤이안 시대로부터 끊임없이 이어져 내려오는 알선 조직 같은 존재는 없는 걸로 안다. 따라서 모험가 길드가 만만치 않은 조직이라는 사실은 간단히 상상이 가고도 남았다.

오랜 역사만 따져볼 때는 뭐시기 구미(組)라는 아저씨들이 기업이라는 체제로 오랫동안 존속되고 있다는 얘기를 들은 적이 있었다. 내 기억엔 아마 신사나 성 같은 건물을 전문으로 취급하는 목수였던 걸로 알고 있다.

일본에서야 길드가 도맡아 하고 있는 알선 업무 같은 건 현대의 야쿠자 여러분들을 거슬러 올라간 조상님들이 관여했다는 일자리 중개업 등의 사업과 비슷하다는 식으로 받아 들일수도 있으리라. 하지만 결국 모험가 길드의 업무와 비교하자면 상당히 동떨어진 성격이었다.

목조 건축 한 가운데 고층 빌딩이라? 보는 관점에 따라서 굉장히 절묘한 표현일지도 모른다.

예를 들어 상인 길드의 정보 전달 속도는 나날이 향상되고 있다 지만, 결국 모험가 길드의 수준에 도저히 비할 만한 수준이 아니었다. 본디 상인 길드는, 상인 가운데 한 사람이 모험가 길드의 업무 효율성을 본받아 자신들의 상조(相助) 조직으로서 구축했다는 얘기를 어디선가 읽은 기억이 있다. 확실히 두 조직의 내력을 따져 보니, 국가나 도시뿐만 아니라 유력자 등의 영향을 받으면서 정경유착 같은 관계도 눈에 띄는 상인 길드 쪽이 사람들의 손으로 직접 만든 조직이라는 느낌이 들었다.

모험가 길드의 정보 전달 속도는 부자연스러울 정도로 신속하기 그지없었다. 정말로 이메일 같은 게 존재할지도 모른다는 의심이 들 정도였다. 황야의 출장소가 아니라 다른 곳에서 모험가로 등록했다면, 토모에와 미오에 대한 정보는 불과 며칠 만에 전 세계로 퍼져 나갔을 것이다.

츠이게의 길드에서는 렘브란트 씨가 배후에서 정보를 컨트롤해 줬던 걸로 알고 있다. 부인이나 따님들이 가장 힘든 시기였을 텐데, 나로서는 정말이지 고마울 따름인 상대였다. 토모에와 미오는 그 이후로도 길드 지부장의 실적에 크게 공헌할 정도로 대단한 활약을 보였을 뿐만 아니라, 황야의 어려운 의뢰들을 무난하게 해결해 왔다.

그런 두 사람의 중요성 때문에, 츠이게의 길드는 우리의 요구에 따라 오늘날까지 두 사람에 대한 정보를 철저하게 관리하면서 쓸데없이 외부로 알려지는 사태를 막아온 것이다. 그러나 아마도 눈앞의 상위 용은 토모에나 미오, 나의 레벨까지도 정확하게 파악하고 왔으리라는 생각이 들었다. 나 참, 내가 살던 세계에 관한 정보도 거의 다 알고 있다는 듯이 입을 놀리니 더 알아볼 것도 없었다. 그는 도대체 얼마나 많은 이세계인들과 접촉해 왔다는 걸까……?

어라?

아아아아아아아아아아!!

바로 그거야!! 아까부터 그게 계속 마음에 걸렸다고!!

"루토!"

"응? 왜 그러지, 마코토 군? 나하고도 계약하려는 마음이 든 거야? 듣던 중 반가운 얘기네. 해달라는 건 뭐든지 해줄 테니까, 침대 위에선 거리낌 없이 아무 요구나 해도 괜찮아."

"그게 아니야! 너의 첫 남편에 관한 얘기야! 천 년 전이라고 하지 않았어?"

"응, 그랬지. 그게 어쨌다는 건데?"

"어째서 그런 옛날 사람이 모험가 길드 같은 개념을 알고 있는 거야? 그 당시엔 게임은커녕, 엇비슷한 개념이 등장하는 작품도 존재하지 않았을 시기라고!"

나도 참 멍청했다. 헤이안 시대나 후지와라 미치나가 같은 단어를 떠올린 주제에, 어째서 거기까지 생각이 미치지 못한 거지?!

"흠, 거기가 신경 쓰여? 나로서는 설명을 못할 까닭은 전혀 없는데, 간단하게 우라시마 타로(浦島太郎)#3스러운 느낌으로 받아들이는 편이 이해하기 편할 테니까 대충 넘어가는 게 어때?"

#3 우라시마 타로(浦島太郎) 일본의 전래동화. 우라시마 타로라는 젊은 어부가 거북을 구해준 답례로 용궁까지 초대받았다가 돌아와 보니 지상에서 오랜 세월이 흘렀다는 스토리.

"대충 넘어갈 수 있을 리가 없잖아! 나로서는 꽤나 중요한 얘기니까 자세히 설명 좀 해봐!"

"루토, 도련님께서 설명을 바라신다. 설명이 길어져도 상관없으니 소상히 고하도록 해라."

만에 하나의 가능성 가운데 하나가 사라져버릴 지도 모르는 운명의 갈림길이 코앞까지 닥쳐왔다는 느낌이 들었다. 우라시마 타로스러운 느낌이라는 한 마디로 납득할 수 있을 리가 있냐!

"으—음, 굳이 그렇게까지 말한다면야……. 토모에? 너도 지금 나한테 부탁하는 입장이니까 대충 칠판 같은 거라도 꺼내봐. 칠판이라는 거 알아?"

"이 몸을 업신여기지 마라. 요컨대 설명하기 위한 용도로 써먹을 수 있는 판과 필기구가 필요하다는 뜻이렷다? 잠시만 기다려라."

"잘 부탁해. 둘 중 한 사람만이라도 상관없으니 꼭 마지막까지 들어야 돼? 만약 두 사람 다 탈락할 경우, 나는 거리낌 없이 마코토 군을 덮칠 거야. 약속이다?"

루토가 은근슬쩍 무시무시한 조건을 덧붙였다. 하지만 언급한 대상이 두 사람이라는 점에서 우리를 상당히 업신여기는 것은 틀림없었다. 하지만 우리 쪽엔 기본적으로 직감 담당이긴 해도, 미오라는 제3의 천재가…….

벌써부터 주무시고 계셨습니다. 어쩐지 아까부터 한 마디도 안 하더라. 나는 기분 좋게 숨소리를 내며 잠들어 있는 미오의 얼굴을 바라보며 한 숨을 내쉬었다.

벌써 한 사람이 탈락해 버릴 줄이야.

최악의 경우엔 아까도 루토와 전문적인 내용의 어려운 대화를 나누던 토모에를 믿고 의지할 수밖에 없었다. 시키도 금방 돌아올지도 몰라.

토모에가 준비를 끝마칠 때까지, 나와 루토는 차나 과일의 맛이 괜찮다는 식의 아무런 의미도 없는 잡담을 나누면서 시간을 보냈다. 나는 그의 입에서 시간적 모순에 관해 납득이 가는 설명이 나올 때까지 기다렸다.

5

나는 곧장 후회할 수밖에 없었다.

루토가 설명을 개시하고 5분이 지나자, 벌써부터 막심한 후회가 밀려오기 시작했다.

루토의 입에서 나온 내용이나 딴에는 그림으로 알기 쉽게 제시한 설명의 내용들이, 거의 전혀 이해조차 할 수 없는 레벨까지 도달했기 때문이다. 지금도 나로서는 전혀 이해할 수도 없는 정체불명의 공식을 경쾌한 손길로 칠판에 적고 있는 와중이었다.

"그러니까, 세계로부터 그 구성원인 개인이 흘러넘칠 때는 기본적으로 이 처리가 우발적으로 일어났을 경우로—."

루토가 자신이 적은 내용의 일부에 동그라미를 치면서 막힘없이 설명을 이어 나갔다. 모, 모르긴 몰라도 토모에는 아직 알아듣고 있을 거야. 아무튼 아직 알아듣고 있을 것이다. 그것이 바로 나의

91

개인적인 희망사항이었다.

"따라서 바로 그 시점에 A와 D가 동기화 현상을 일으킬 경우, 서로 다른 두 개의 세계 사이에 전이라는 현상이 성립되는 거야. 신들이 의도적으로 이러한 결과를 얻으려 할 경우엔 우선 시간의 분할 공유—."

끊임없이, 루토의 설명은 정말로 끊임없이 이어졌다. 바야흐로 그나마 아는 단어들조차 점점 줄기 시작했다. 일단 최근 몇 분 동안 설명한 내용을 따지고 들어가자면, 사람이나 신이라든가 전이 같은 단어는 내가 아는 의미를 그대로 사용한 것으로 보였다. 아마 그럴 거야…….

"—가 —해서, 서로 다른 두 개의 세계 사이에 시간이 엇갈려 버리면서 동기화 작업이 어려워지는 거야. 지금부터 설명하는 내용은 당연히 알아들을 걸로 아는데, 시간을 거슬러 올라가면서 발생하는 타임 패러독스는 사고가 일어나는 순간에 발생하는 에너지의 양부터가 굉장히 중대한 문제일 수밖에 없어. 따라서 그 현상이 일어날 가능성은 거의 0에 가까울 정도로 낮—."

애초에 난…… 이 녀석한테 대체 뭘 물어봤던 거였더라?

저기, 그러니까…….

"이상의 이유로 인해, 이 세계와 마코토 군이 살던 원초(原初)의 세계에 흐르는 시간의 경과는 완전히 다른 관리 하에 놓여 있다는 얘기야. 이게 바로 나의 첫 남편이 마코토 군의 세계에서 극히 최근 들어 일상적인 존재가 된 게임이나 RPG를 아는 세대일 수가 있는 원인인데…….

루토가 나에게 고개를 돌렸다. 그가 설명한 내용은 거의 못 알아들었지만, 일단 정신은 끝까지 챙긴 채로 버텨내는데 성공했다. 나는 이보다 더할 수 없이 어려운 미션을 클리어했다는 달성감으로 인해 가슴이 벅차올랐다.

"그래서 내가 원래 세계로 돌아가고자 할 경우, 성공할 가능성이 있다는 얘기야?"

"……내가 설명한 내용을 전혀 못 알아들은 모양이구나."

"마술과 과학이 마구잡이로 뒤섞인 내용을 알아들을 수 있을 리가 있겠냐?"

"뭐라고? 내가 지금까지 한 설명은 전부 다 과학에 관한 얘기였는데? 아, 그러고 보니 기억났다. 원초의 세계에서 과학은 마술의 개념을 도입하지 않은 채로 발달했다고 했나?"

마술을 도입한 과학이라는 건 또 뭐야? 그 둘은 서로 상반되는 개념 아닌가?

"마, 마술과 혼합된 과학기술이 존재하는 세계가 있다는 소리야?"

"물론이지. 넓은 의미로 볼 때, 이 세계도 마술과 과학이 공존하는 세계야. 미안, 나도 잠깐 깜빡하고 있었어. 마코토 군이 살던 세계는 마력을 몸 밖으로 방출하기만 해도 이능력자(異能力者) 취급을 받을 수도 있는 곳이었지? 마력을 활용하지 못할 테니, 워프나 시간 역행은 물론이고 우주공간 항해기술 같은 건 상당히 난이도가 높을 거라는 느낌이 드네."

아니, 그건 이미 난이도 문제가 아니라 거의 SF의 영역에 등장하는 단어 아니야? 물리 선생님으로부터 워프는 어마어마한 양의 에너지를 필요로 하므로 이론상 불가능하다는 얘기를 들은 적이 있다. 혹시 루토는 그런 기술에 관한 지식도 지니고 있는 걸까? 하긴 마술을 이용해 전이진(轉移陳)을 통한 순간이동도 실현 가능한 세계니까, 워프 같은 것도 거의 생활의 일부나 다름이 없었다. 냉정히 생각해 보니 은근슬쩍 굉장한 세계라는 실감이 들었다.

"마술과 과학의 구분은 일단 그냥 넘어가자. ……아마 토모에는 대충 알아들었을 테니, 나중에 좀 더 알기 쉽게 정리해볼 생각이야."

"도련님, 솔직히 말씀드려서 저도 이 녀석의 설명을 전부 다 알아듣지는 못 했습니다."

뭐라고?! 네가 못 알아먹는 얘기를 내가 알아들을 리가 없잖아? 한창 얘기를 듣고 있을 때는 일부러 나를 괴롭히려는 의도일지도 모른다는 생각이 들 정도였다.

"다시 한 번, 처음부터 알기 쉽게 설명해줄까?"

"아니, 아마 아까랑 마찬가질 거야. 못 알아듣기 시작하는 시점이 몇 분 정도 늦어질 뿐이야. 엄청나게 수준 높은 고도의 지식이라는 사실 정도는 대충 알아들었으니까, 내가 던지는 질문에 간결하게 대답만 해줘도 괜찮아."

애초부터 마지막까지 듣기로 한 약속은 확실하게 지켰으니, 내용을 못 알아들었어도 이 녀석의 변태적 취미를 상대해야 할 걱정은 없었다. 아마 그럴 거야.

"……어쩔 수 없지. 사실은 이세계인들 중에서 이 얘기를 제대로 알아들은 사람은 두 명뿐이야. 좋아, 질문 내용은 마코토 군이 원래 세계로 전이를 시도할 경우에 과연 성공할 수 있겠냐는 거지? 그에 대한 대답은, 한없이 불가능에 가깝긴 해도 일단 가능은 하다는 거야."

방금 그 얘기를, 무려 두 사람이나 알아들었다고? 내 두뇌론 15 분 이상의 내용을 이해하는데 평생 동안 걸릴지도 모르는 그 얘기를 말이야?

"……."

토모에는 아무 말도 하지 않았다. 내 질문에 대한 대답은, 불가능에 가깝긴 해도 가능은 하다는 것이었다. 말하자면, 방법 자체는 존재한다는 뜻인가?

"뭔지 몰라도 방법 자체는 있다는 소리야?"

"음, 약간 달라. 지금 마코토 군이 지니고 있는 마력의 총량으로 볼 때, 전이 자체는 성공할 가능성이 높아. 기술이 아직 서툴러 보이니까 부족한 부분을 채워 나가는 식으로 방법만 익혀 나가도 확실하게 성공할 거야. 내가 보증할게."

어라, 루토의 입에서 생각보다 긍정적인 얘기가 흘러나왔다. 이따금씩 아공에서 궁도 수행을 하고 있는데다가, 마력의 최대치가 몇 번 정도 상승하는 듯한 감각도 느꼈다. 기술이 서투르다는 소리는 한꺼번에 운용할 수 있는 마력의 양에 문제가 있다는 뉘앙스로 들렸다. 그쪽도 학원 도시에 도착한 이후로 그럭저럭 단련 중인 분야였다.

"그런데 어째서 불가능에 가깝다는 거지?"

"목적지를 설정하는 작업 자체가 굉장히 어려울 뿐만 아니라, 완전히 제거할 수 없는 랜덤 확률이 존재하기 때문이야. 모르긴 몰라도, 수만 차례에 걸쳐 전이를 반복하기만 해도 아마 원초의 세계에 다다를 수는 있을 거야. 하지만 그런 식으로 도착한 원초의 세계가 과연 어느 시점의 그곳인지, 알 방법이 없어. 네가 살던 시대의 네가 존재했던 세계로 돌아갈 수 있는 확률은, 낙관적으로 계산해 봐도 몇 천만분의 1 정도에 지나지 않아."

"……."

"사실 아까부터 바로 이 내용을 최대한 알기 쉽게 정리해서 설명한 거였거든? 아마 하루 동안 시도할 수 있는 전이의 횟수를 늘리면서 여러 가지 조건들을 신중하게 하나씩 조절해 나가면 지금 계산한 확률보다야 어느 정도 양호한 성공률을 확보할 수 있지 않을까? 솔직히 말해서 그 작업을 성사시키는데 필요한 시간은 짐작조차 할 수 없지만 말이야."

가능성은 제로가 아니다. 하지만 거의 불가능에 가깝다는 소린가?

"대충 알 것 같아. 말하자면 엄청나게 어렵다는 뜻이군. 일단 지금 당장 시작할 수 있는 작업은 아닌 것 같아."

"응, 지금은 좌우간 여러 가지 지식을 흡수하기 위해 다양한 장소를 보고 다니는 게 좋지 않을까? 나도 언제든지 마코토 군과 연락이 되도록 준비해 놓을 테니, 간편한 말 상대 정도로 여기고 마음 편히 부르도록 해. 나로서는 가능한 한 마코토 군이 혼자 있을 때가 좋아."

오늘 나는, 천재와 변태가 양립될 수도 있다는 사실을 배웠다. 그리고 아마도 혼자서 그(?)에게 연락을 시도할 일은 영원히 없을 것이다.

솔직히 말하자면, 처음부터 대충 우라시마 타로스러운 현상이라는 식으로 대충 넘어가면서 루토에게 질문만 하는 게 나을 뻔했다. 정말 엄청나게 지쳤다…….

루토가 말을 마치자, 우리 사이에 침묵이 찾아왔다. 잠깐 그러고 있다 보니, 루토가 몇 분 만에 갑작스럽게 자리에서 일어났다.

"하여간 오늘은 개인적인 인사치레도 다 끝냈으니, 이제 슬슬 물러가도록 할까? 그럼 다음 기회에 또 보자, 마코토 군."

돌아가는 루토를 바래다주겠다는 토모에가, 그와 함께 방에서 나섰다.

어, 보내고 나니 뒤늦게 생각이 났다. 시키만 이 자리에 있었어도 상황이 그나마 양호했을지도 몰라. 세계 사이를 이동하는 일에 관해 집착하던 시키야말로, 오늘 얘기를 듣는데 가장 적합한 멤버였을 것이 틀림없었다.

지금 당장이 아니더라도, 토모에에게 루토가 하던 얘기를 아는 범위만이라도 시키에게 들려주도록 부탁해보자.

나는 새근새근 숨소리를 내면서 잠이 든 미오에게 모포를 덮어준 뒤, 그녀가 깨지 않도록 조용히 응접실을 나섰다.

방에서 잠시 내가 하고 싶은 일에 관해 생각 좀 하자.

어.

으아아아아아아아아?!

"반지, 맞아! 그러고 보니 염화를 방해한 방법에 관해 안 물어봤잖아! ……길드에 관한 얘기가 너무 충격적이라 그딴 걸 물어볼 정신이 없었단 말이지, 에효……."

얼버무린 건가? 아니면 내가 물어보질 않아서 대답을 안 했을 뿐인지도 몰라.

젠장…….

정말 나도 아직 멀었다…….

　루토와 토모에는 쿠즈노하 상회로부터 모험가 길드로 가는 길을 나란히 걷고 있었다.

　"그나저나, 너희들도 참 흥미로운 관계 같아. 서로가 각자 위에 서본 적이 없는 자와 밑에 서본 적이 없는 자다 보니까 그런 걸 텐데, 옆에서 보기엔 정말로 유쾌한 주종 관계야. 지배의 계약을 나눴는데도 불구하고 종자들을 가족으로 여기는 주인부터 시작해서 주인을 이끌려 하는 노집사 같은 느낌의 종자와 오로지 주인 한 사람만을 절대시하면서 복종하는 종자, 그리고 마지막 한 사람은 발돋움에 발돋움을 거듭해서 일부러 지배 계약을 받아들인 종자까지 있단 말이지. 후후후, 한 사람의 예외도 없이 모두 다 본래의 지배 계약에 의한 예속(隸屬) 관계와 거리가 멀어. 기묘하고도 흥미를 끄는 모습들이야."

　루토의 입이 계속해서 수다를 떨었다. 하지만 입으론 흥미롭다는 식으로 떠들면서도, 그의 표정에서 마코토와 대화를 나눌 때와 같은 따뜻한 온기는 전혀 느껴지지 않았다. 일단 말투 자체가 담담하기 짝이 없었다.

흥미롭다는 소리를 입에 담으면서도 겉으로 보기엔 전혀 즐겁다는 감정이 눈에 띄지 않았다. 어디까지나 조사의 결과를 발표하는 듯이, 관찰자와 같은 딱딱한 말투였다.

"……."

토모에는 이렇다 할 반응도 없이, 그저 잠자코 루토의 등 뒤를 따라 걷고 있었다.

"그래서? 나한테 물어볼 말이 있는 거 아니었어?"

"……눈치채고 있었나."

"당연히 알아차릴 수밖에 없지. 모처럼 밤을 새우면서 마코토 군과 대화를 나눌 수 있을 줄 알았는데, 네 시선이 워낙에 걸리적거려서 일부러 나와 준 거거든? 제일 어이없는 소리가 『전부 다 알아듣지는 못 했다』는 거야. 토모에, 당연히 너도 전부 다 알고 있는 지식이잖아? 공간에 관해선 너도 전문 분야니까 다 안다고 해봤자 그냥 당연하다는 생각밖에 안 들지만, 하여간 그러지 않고서야 나도 하나부터 열까지 전부 다 설명하지는 않았을 거야."

"그럴 것이야. 너에게 몇 가지 정도 물어볼 말이 생겼거든."

토모에의 말투는 무겁고도 딱딱했다.

"남에 관해 얘기할 때는 거짓말쟁이라거나 홀린다는 식으로 지껄인 주제에, 너도 주인에게 거짓을 고한 건 마찬가지잖아? 뭐, 같은 용이니까 그냥 넘어간다. 어디 말씀해 보셔."

"이세계, 원초의 세계에서 소환된 인간들은 역시 100년 남짓 정도의 수명을 다하고 죽어 버리나?"

"……응, 죽어 버리는 게 정상이야. 오히려 100년이나 사는 인간이 드문 경우인 걸로 알아. 일단 마술을 사용한 연명 조치도 가능하지만, 그래봤자 정상적으로 생존 가능한 시간은 200년 정도가 한계야. 그 이상은…… 그다지 추천하고 싶지 않아."

루토의 마지막 말엔 과거의 기억으로 인한 번민의 빛이 섞여 있었다.

"그렇단 말이지? 짧구나. 정말로, 너무나 짧아."

토모에는 짧다는 말을 몇 번이나 되풀이해서 중얼거렸다. 그녀의 반응은 도저히 받아들일 수 없는 일을 무슨 수를 써서라도 납득하려는 듯이 보였다. 용들의 시점에서 볼 때, 100년이라는 시간은 결코 길지 않았다. 일반인들의 감각으로 예를 들자면, 상위 용들의 100년은 기껏해야 1개월 정도에 해당되는 짧디 짧은 시간에 불과했다.

"이것만큼은 우리로서도 정말 어쩔 방도가 없어. 나도 열 명이 넘는 인간들과의 만남과 이별을 경험했지만, 적응할 수밖에 없더라. 그들은 하나 같이 모두 매력적인 이들뿐이라, 이별의 순간은 단 한 번의 예외도 없이 너무나 괴로웠지."

불현듯, 루토의 눈동자가 추억을 회상하듯이 머나먼 저편을 바라보기 시작했다.

"오랜 옛날부터 서로 알고 지내는 사이니 창피를 무릅쓰고 말한다만…… 벌써부터 견디기 힘들 것 같다는 예감이 든다, 루토. 지금 내 눈앞에 펼쳐진 반짝이는 이 세계도, 마코토 님께서 돌아가시면 또다시 시시하고도 빛바랜 광경으로 돌아가 버린단 말이냐?"

"응, 틀림없이 그렇게 될 거야. 나도 첫 번째 짝을 잃어 버렸을 때는 어마어마한 상실감에 시달렸지. 그때까지만 해도 가장 소중하게 여기던 세계를 바라보며 당분간 아무런 가치도 느끼지 못할 정도였어."

"지금의 이 몸에게 있어서, 마코토 님은 그야말로 세상의 전부나 다름없다. 그 분과 지내는 시간이 언젠가 끝을 고하리라는 생각이 도저히 들지 않아."

"그럴 거야, 나도 알아. 내가 보기에도 그는 더할 나위 없이 훌륭한 주인이야. 설마 네가 인간과 계약을 나누리라고 상상한 적은 없었지만, 솔직히 말해서 부러울 정도야."

"너는, 몰라도 된다. 마코토 님께서 꺼려하신다."

"너무하지 않아? 지금 난 네 의견에 동의를 표한 거잖아? 실제로 마코토 군은 너무나 멋진 인간이야. 약간 예의에 어긋난 표현일지도 모르겠지만, 그야말로 최고의 대박이나 다름이 없어. 애초부터 한꺼번에 세 사람이나 되는 인간들이 소환된 것 자체가 처음 있는 일이니까, 앞으로…… 세계는 커다란 변화를 맞이할 거야."

루토의 입에서 약간 들뜬 듯한 목소리가 나왔다. 이세계인의 출현에 의해 세계가 변화한다는 사실이 반가워서 어쩔 줄 모르겠다는 듯이 보였다. 쓴웃음을 짓고 있던 그의 표정이, 이보다 더할 수 없이 밝은 빛을 띠기 시작했다.

"변화라? 루토, 너는 무슨 방법으로 마코토 님을 알게 된 거냐? 그리고 마코토 님을 가리켜 대박이라는 표현을 쓰는 너의 눈에 다른 용사들은 어떻게 보였나?"

토모에는 루토와 대조적으로, 말 한 마디 한 마디를 확실하게 짚고 넘어가면서 신중하게 입을 움직였다. 그녀는 당장 현재의 세계에 일어나고 있는 변화를 받아들일 자세를 정하지 못한 상태였다. 호의적으로 받아들여야 할 일인가? 아니면 신중하게 대처법을 찾아다녀야 할 시점인가? 토모에는 처음으로 타인과 생활을 함께하면서, 지금까지 유래가 없을 정도로 오랫동안 휴만 사회와 접하고 있었다. 따라서 토모에는 오랜 세월 동안 여러 차례에 걸쳐 온갖 고비를 겪어온 루토와 마찬가지로, 눈앞에 닥친 변화를 그저 기대하고 있을 수는 없었던 것이다.

"내가 그를, 정확히 말하자면 너희들의 존재를 파악한 시점은 너희들이 츠이게에서 모험가 등록을 했을 때야. 네 자릿수에 다다른 두 사람의 레벨뿐만 아니라 과거에 단 한 번도 유래가 없었던 시스템 에러까지 겹쳤으니까 모를 수가 없었지. 곧바로 세 번째 이세계인의 존재를 알아차렸어. 참고로 너희들에 관한 정보는 확인하자마자 곧장 봉쇄했어. 그러니까 토모에나 미오라는 이름은 츠이게 이외의 지역에선 여전히 무명이야. 나는 너희들 두 사람에게 정말로 감사하고 있어. 너희들 덕분에 마코토 군의 존재를 알게 된 셈이거든. 정보 차단은 그 보답이니까 신경 쓰지 마. 인간이 아닌데도 인간인데다가 재능이 없는데도 불구하고 재능을 초월하며, 타인을 해칠 때는 마음의 아픔을 느끼지 않으면서 가족이 다칠 때는 마음의 아픔을 느낀단 말이지. 굉장히 불투명하고도 애매할 뿐만 아니라 사고방식이나 판단능력도 어디까지나 일반인 수준에 지나지 않아. 그런데도 자기 자신은 평범하지 않은 길을 나아가려 해. 마코토 군만큼 곁에서 지켜보고 싶은 이세계인은 아마

둘도 없을 거야. 그야말로 이보다 더할 수 없이, 크나큰 호기심을 불러일으키는 상대야."

"루토, 너는 어째서 마코토 님께 열을 올리나? 그저 이세계인이라는 이유 뿐만은 아닐 텐데⋯⋯."

"네가 하던 얘기의 되풀이나 다름없는 이유야. 이세계인들도 100년 이상은 살지 못해. 하지만 말인데, 지금부터 하는 얘기는 진짜 중요하니까 잘 들어. 우리는 휴만과의 사이에 자손을 남길 수는 없지만, 상대가 인간일 때는 아이를 가질 수 있어."

"⋯⋯?!"

"틀림없이 그들은 금방 죽어버려. 하지만 자신의 뱃속에 그들과 나눈 사랑의 결정을 남길 수 있다는 거지."

"터무니없는 소리. 우리는 단일로 존재하는 생명체다. 말하자면 세계의 이치와 동떨어진 성질을 갖춘 존재야. 아무리 상대가 인간이더라도 아이를 만들 수 있을 리가⋯⋯."

토모에의 목소리는 정신적 동요로 인해 떨리고 있었다.

"그런데 실제로 된단 말이지. 여자한테 아이를 낳게 한 적은 없지만, 남자의 씨를 받아 아이를 낳은 적은 있거든. 그러니까 내 희망사항은, 남자이자 여자로서 마코토 군의 사랑을 받는 거야. 더할 수 없이 흥미로운「인간」과, 그가 죽을 때까지 만이라도 함께 시간을 보내고 싶어. 그리고 그의 자손을 기르고 싶어. 계약도 바라고 있어. 기본적으로 길드 마스터라는 공직에 앉아있는 몸이라 너희들 같이 항상 붙어있을 수는 없지만 말이야."

"⋯⋯이 몸은, 제국의 용사와 만난 적이 있다. 그 녀석도 초월적인 능력을 지닌 자였는데?"

토모에는 마코토의 명령을 받아 진행하던 조사 도중에, 극히 짧은 시간 동안이나마 제국의 용사와 우연히 마주친 적이 있었다.

토모에는 제국의 용사도 힘이라는 측면에서 볼 때는 틀림없이 용사라고 불릴 만한 소질을 갖추고 있는 소년이었다는 사실을 떠올렸다.

"아하, 그 친구 말이야? 내가 보기엔 그 친구도 나쁘지 않아. 개인적인 흥미를 끄는 정도로 따지면, 마코토 군, 제국, 왕국이라는 순서야. 위험도도 마찬가지지. 영웅이 될 소질로 따져볼 때는 여신의 정확한 안목을 인정할 수밖에 없어. 왕국, 제국, 마코토 군의 순서야. 역시 지금까지 폼으로 유일신 노릇을 해온 건 아닌가 봐? 일단 내가 보기엔, 제국의 용사는 오래 살 운명은 아닌 것 같아. 그는 영웅이라는 입장의 자기 자신, 정확히 말하자면 특별한 존재로서의 자기 자신에게 완전히 도취된 상태야. 그는 그 입장을 지키기 위해서 손쉽게 커다란 희생을 치르고도 남을 남자지. 그리고 그가 치를 수 있는 희생양 중엔 자기 자신도 포함되어 있을 거야. 왕국의 용사는 반대로 이미 모든 개인적 감정을 가슴속에서 정리한 상태로 보이더군. 너무 완벽해서 있던 흥미도 남김없이 사라질 정도야. 그녀는…… 머지않아 휴만들을 다스리는 제왕의 자리에 등극하지 않을까? 자연스럽게 사람들을 끌어 모으면서 그들을 부리는 재능은 누구보다도 뛰어나. 역사에 남을 영웅의 그릇이야. 그녀가 앞으로 겪게 될 경험에 따라 종족을 초월한 나라조차 건설할 지도 몰라. 하지만 결국은 그게 다야. 그 두 사람은 당장 보일 움직임이나 다다르게 될 결론 같은 게 전부 다 예측이 간단 말이지. 바로 그런 관점에서 따져볼 때, 마코토 군은 무슨 짓을 저지를지 예상이 안 가는 부분이 너무나 매력적으로 보여."

루토는 두 사람의 용사에 관해 담담히 논평했다. 여전히 마코토와 대화를 나눌 때와 같은 열량은 느껴지지 않았다. 그 반응이야말로, 루토라는 용이 이세계로부터 찾아온 손님들에게 추구하는 요소가 의외성이나 흥미를 끄는 개성이라는 사실을 명확하게 시사하는 증거였다. 왕좌에 오를 재능을 지닌 이와 희생을 마다않는 이의 앞에 모습을 드러내지 않고, 최우선적으로 마코토와 접촉을 시도했다는 사실도 그의 의도를 짐작케 하는데 모자람이 없었다.

"아이에 관한 얘기는 네 말을 믿을 수밖에 없다. 오호라, 움직임을 예측할 수 없기 때문에 흥미롭단 말이렷다? ……그런데 나머지 두 사람의 용사들은 원래 세계로 귀환하기를 바라나? 마코토 님께서 마음속 깊숙이 그리 생각하고 계시듯이, 이세계인들은 원래 세계로 돌아가기를 바라는 게 보통인가?"

"이번에도 또 뻔한 질문이군. 역시 다들 머릿속 생각은 서로 엇비슷한 것 같아. 대답은, 꼭 그렇지만도 않다는 거야. 내가 지금까지 만난 이세계인들 가운데, 돌아가고 싶다는 마음을 먹고 그대로 실행한 이들은 세 사람뿐이야. 서너 명 가운데 한 사람 정도의 비율이지."

"대강 3할 정도의 확률이라는 뜻이군. 전원이 그런 건 아니란 소리야."

"참고로 지금 있는 두 용사는 양쪽 다 귀환을 바라지 않아. 리미아의 용사는 최근 들어 약간 낙담한 듯이 보였는데, 벌써 극복해버린 모양이야. 원래 세계로부터 반입해 온 몇 가지 물건들을 처분했다더라. 그녀는 이 세계에 뼈를 묻을 각오를 다졌는지도 몰라. 기본적으로 처음엔 돌아가고 싶어 하던 이세계인들도, 이 세계와 엮이면서 점차 안정적인 생활을 지향하기 시작하는 게 평범한 반응이야. 사람들이 기본적으로 갖추고 있는 적응능력 때문인지도 몰라. 그리고 귀환을 시도한 세 사람의 성공 여부는 나도 몰라. 그 중에서도 두 사람은, 마코토 군에게도 말했듯이 내 설명을 이해할 수 있는 능력을 지닌 인간들이었으니 이별할 때도 아쉬웠지."

"마코토 님께서는 어떤 반응을 보이실 것 같나? 네가 제시한 일말의 가능성을 믿고, 고향으로 돌아가기 위해 움직이실 수도 있을까?"

"내 예상엔 그는 돌아가려 하지 않을 것 같아. 다만, 나는 아직 그에 관해서 모르는 게 더 많아. 현 시점에서 이 정도 정보로 정확한 예측은 힘들어 보여. 하지만 내가 보기엔 마코토 군은, 그런 식으로 가느다란 거미줄을 더듬어 가는 거나 다름없는 대모험을 시도하기에 앞서 한 번은 책임지기로 결정한 너희들을 헌신짝처럼 내다버리고 갈 수 없는 여린 성격의 소유자야."

"……이 몸의 생각도 크게 다르지 않다. 마코토 님의 여린 성격은 장점이자 단점이야. 허나, 마코토 님께서 그 개성을 잃으시는 모습은 보고 싶지 않아. 지배당하는 입장을 받아들이기 싫다는 게 아니라, 단순히 언제까지나 마코토 님답기를 바란다는 이유로 말이지."

"참나, 다 알면서 물어본 거야? 그럼 이제부터, 마코토 군을 상대할 때는 약간이나마 부드러운 모습을 보이도록 해. 너 같이 만능에 가까운 모습을 여봐란 듯이 과시하는 건, 지금의 그에겐 너무 가혹한 처사가 아닐까? 약간 초조한 듯한 낌새도 눈에 띄더라. 그에겐 그 나름대로 걷는 속도가 있다는 사실을 잊지 마. 그는 지금까지 내가 봤던 이세계인들 중에서도 상당히 별종에 속하는 축이야. 특히 정신적인 측면은 비할 데 없이 개성적이지. 이대로는 신조차 초월할 지도 모르는 방대한 마력을 그저 무덤까지 가지고 들어가는 게 고작이겠지만, 특별한 계기가 하나 찾아오면 완전히 딴판으로 바뀔 거야."

모험가 길드는 이제 얼마 안 남았다. 루토는 바로 그런 곳에 멈춰 서서, 토모에의 눈동자를 똑바로 마주보기 시작했다. 그의 눈동자는 기대와 우려, 공포가 뒤섞인 깊고도 복잡한 빛을 띠고 있었다.

"계기?"

"그래. 그는 지금, 자유를 속박당한 상태야. 네가 방금 지적했던 여린 성격도 그를 옭아매는 요소 가운데 하나지. 그렇지만 그가 그 속박들 덕분에, 원초의 세계에서 평범하게 살던 당시의 연장선상에 자기 자신을 규정할 수 있다는 것도 사실이야. 다른 두 사람의 용사는 이미 각자의 방법으로 원초의 세계와 결별한 뒤, 자기 자신이 나아갈 길을 정한 상태야. 마코토 군도 그들과 마찬가지야. 꼭 결별은 아니더라도 일정한 계기를 통해 원초의 세계에 살던 자기 자신을 돌이켜보면서, 자기 자신의 힘을 받아들이는 동시에 심도 있게 이해할 수 있는 가능성이 존재한다는 거야. 그는 이

세계인들 중에서도 그야말로 유래가 없을 정도로 강대한 마력과 힘을 지닌 존재라는 사실을 잊지 마. 그 계기를 이용하는 방법에 따라, 그는 제3의 선택지를 손에 넣을지도 몰라. 토모에가 계속 신경 쓰고 있는, 돌아간다는 선택지와 돌아가지 않는 선택지의 중간에 해당되는 세 번째 길을 말이지."

"돌아가는 선택지와 돌아가지 않는 선택지 이외에 또 뭐가 있단 말이냐?"

"……두 가지 세계를 서로 오간다는 선택이야. 자유자재로 여러 세계를 전이하는, 이른바 일종의 초인(超人)이라는 존재로 각성하는 거야. 마코토 군은 이미, 창조조차 가능한 마력을 몸속에 지니고 있거든. 나는 그 능력을 각성시킬 「계기」가 찾아오는 순간을 애타게 고대하고 있어. 다만 성장을 너무 재촉하는 것도 좋지 않아. 나로서는 네가 쓴 방법은 알 길이 없지만, 지금 일어나고 있는 마력의 증폭 현상은 분명히 정상이 아니야. 내가 보기에도 그렇다는 얘기는, 정말 상식을 아득히 초월한 수준이라는 뜻이거든. 지금 같은 페이스로 무리를 시킬 경우, 그의 육체가 파괴될 가능성도 없지 않아 있어. 만약 그렇게 될 경우, 나도 나름대로 생각이 있거든? 마력의 총량을 늘리는 방법이 존재한다니, 그야말로 휴만들이 미칠 듯이 기뻐하면서 달려들 정보긴 하지. 하지만 나로서는 그와 같이 흥미로운 인간을 겨우 그런 보잘것없는 목적을 위한 실험대로 쓴다는 행위는 절대로 용납이 되지 않아. 그럼, 가까운 시일 내로 또 보자."

"……계기라고? 도련님께서 그저 돌아가시게 될 뿐인 미래를 하나의 계기로 회피할 수 있을지도 모른다면, 이 몸은……."

토모에는 자신이 마코토와 함께 하던 시간에 대해 완전히 의존 증이나 다름없는 증상을 보이고 있다는 사실을 깨달았다. 엄밀하게 말해서, 그 한 사람에게 의존하고 있는 것은 아니었다.

일단 마코토를 중심으로 미오와 시키, 그리고 아공 세계와 그 주민들이 그녀가 의존하는 대상이었다. 마코토와 계약한 뒤로 토모에가 몸담고 있는 편안하기 그지없는 시간에 대한 의존 증상이었다.

무슨 짓을 하더라도 즐거웠다. 하나의 일에 몰두할 수 있었다. 그야말로 루토의 말마따나, 하루하루의 밀도가 완전히 차원이 달랐다. 토모에는, 지금 이 순간이 기껏해야 100년 만에 끝나는 축제라는 생각은 하고 싶지 않았다. 아니, 축제는 그나마 나았다. 축제는 기다리기만 해도 언젠가 다시 시작되는 법이다. 그러나 기나긴 상위 용의 삶에서 마코토와 함께 보내는 시간은 두 번 다시 돌아오지 않는 단 한 번뿐인 찰나의 순간에 불과했다.

즐거우면 즐거울수록, 상실에 대한 공포가 마음속에서 흘러넘치려 할 때가 있다. 토모에는 그런 불안한 마음을 가슴속에 품고 있었다. 단 한 번뿐인 행복한 시간을, 마코토의 아이를 낳음으로써 연장시킬 수가 있단 말인가? 루토는 마코토의 아이를 낳는 것이야말로 자신의 소원이라고 했다. 하지만 토모에는 자신의 소망은 루토의 소원과 다르다는 느낌이 들었다.

루토는 루토 나름대로 생각이 있을 것이며, 그에 따라 나온 말을 깊이 생각해 봤자 아무런 소용도 없었다.

실제로 마코토가 고향으로 돌아가기를 진심으로 바라면서 도와

달라고 청할 경우, 토모에는 지배의 계약이 아니더라도 그의 바람을 이루기 위해 온힘을 다하는 자기 자신이 쉽게 상상이 갔다. 그의 힘이 되고 싶다는 마음 또한, 토모에의 진심이었기 때문이다.

지금, 상위 용인 루토로부터 새로운 선택지가 제시됐다. 그 새로운 선택지야말로, 마코토가 마코토인 채로 그의 소원을 이루면서 토모에의 소망도 이루어지는 방법이었다.

계기—.

그 한 마디가 귀갓길을 걷는 토모에의 마음속에서 몇 번이나 울려 퍼졌다.

"……토모에."

한밤중의 골목길이었다. 길을 가는 이들의 모습이 단 한 사람도 보이지 않는 골목길 한복판에서, 토모에는 자신을 부르는 목소리에 반응하면서 멈춰 섰다.

"……?!"

"그 변태를 배웅하시고 오는 길인가요?"

"……그래, 지금 막 오는 길이다. 미오, 그 요상한 차림새는 또 뭐냐? 이런 데서 모포 같은 걸 뒤집어쓰고 다니다니. 설마 그 꼴로 여기까지 걸어 나온 거냐?"

"예, 무슨 문제라도 있나요?"

"아무리 밤이라도 비상식적인 행동은 삼가라. 우리야 이 도시에 오래 머물지 않을 테니 큰 상관은 없겠지만, 도련님께 이상한 소문이 나봤자 좋을 건 없지 않느냐?"

"……저를 목격한 이들의 기억은 곧바로 처리할 테니 아무 문제없답니다. 겨우 그런 이유로 도련님께서 하사하신 사랑의 증거를 벗어던지는 거야말로 당치도 않아요."

미오는 잠시 동안, 토모에의 「도련님께 이상한 소문이 난다」는 말을 듣고 생각에 잠긴 듯한 모습을 보였다. 하지만 결국 뒤집어 쓰고 다니다가, 만일의 경우엔 목격자 쪽을 처리하는 방향으로 결심한 모양이다. 침울한 표정을 짓고 있던 토모에의 얼굴에 어렴풋이 미소가 돌아왔다.

"난감한 녀석이로고, 후후."

"그건 피차일반 아닌가요?"

"응?"

"토모에? 아무리 당신이더라도, 만약 이성을 잃고 도련님께 해를 가하려할 때는 제가……."

두 사람의 발자국 소리 가운데 한 쪽이 멈췄다. 약간 토모에의 뒤를 따라 걷고 있던 미오의 발걸음이 멈췄기 때문이다.

"그야말로 말도 안 되는 소리다. 허나 만약, 이 몸의 눈이 뒤집혀져서 어이없는 행동을 벌일 때는 두들겨 패서라도 제정신으로 되돌려다오. 살짝 거칠더라도 상관없다."

"예, 일말의 거리낌도 없이 상대해 드리지요."

"좋아. 이봐, 미오. ……고맙다."

"……."

토모에는 고개를 돌리지도 않고 감사의 말을 입에 담았다. 그리고 미오는 침묵으로 회답했다. 하지만 두 사람 사이엔 마음속의 의사가 서로 통했는지도 모른다.

토모에와 미오는 상회에 도착할 때까지, 더 이상 한 마디도 입을 열지 않았다.

6

마장 로나는 첩보와 마술의 전문가였다.

그 명성을 의심할 여지는 전혀 없었다.

라임, 아쿠아, 에리스, 시키, 그리고 로나—. 이 다섯 사람이 불과 며칠 만에 학원의 내외를 신속하고도 철저하게 조사하고 다녔다.

나로서는 로나가 과연 얼마나 엄청난 첩보 스킬을 선보일지 짐작조차 가지 않았는데, 주로 살벌한 조사 방면으로 진면목을 보여준 모양이다.

처음엔 시키를 제외한 나머지 멤버는 로나를 상대로 특별한 적대심은 없어 보였다. 그런데 마지막 보고가 올라올 때쯤 되니 세 사람 다 그녀에 대해 상당한 적대심, 아니 혐오감을 품고 있는 듯한 반응을 보였다. 대체 중간에 무슨 일이 있었던 거지? 알고 싶다는 느낌과 동시에 알고 싶지 않다는 느낌도 들었다.

모처럼 찌개라는 음식 취향을 공유하게 됐으니, 앞으로 찌개 친구로서 서로 친하게 지내는 게 좋지 않아? 물론 객관적으로 봐서 시키 같이 거의 찌개 증후군이나 다름없는 레벨로 좋아하는 건 약간 문제가 있다고 생각해.

"저 같은 경우엔 너무 급히 서두르는 방식은 그다지 좋아질 것 같지 않습다."

"비열한 것보다는 무능한 게 낫다는 사실을 깨달았습니다."

"이 불쾌한 감정을 해소하려면, 바나나가 필요."

"예전과 마찬가지였습니다. 유능하긴 해도 거의 우격다짐에 가까운 방식은 그대로였습니다."

로나에 대한 좋은 평가는 전혀 찾아볼 수가 없었다. 얼굴을 찡그릴 정도로 힘든 경험을 한 며칠 동안의 시간을, 바나나 하나로 퉁칠 수만 있다면야 얼마든지 주고말고.

로나는 공갈협박이나 약품은 기본이고, 미인계나 살인 등의 온갖 수단을 동원하는 무지막지한 방식으로 조사를 진행했던 모양이다. 나중에 들통이 나더라도 알 게 뭐냐는 식이었다.

수면 밑에서 완전히 조용하게 모든 일을 끝내버리는 방식의 첩보 기술은, 이번엔 일부러 선보이지 않은 것으로 보였다.

라임은 츠이게 시절부터 거리의 사람들과 한 데 어울리면서 나날이 떠도는 소문을 통해 정보를 얻거나 친하게 지내는 정보업자로부터 정보를 입수하는 방식의 조사 활동을 전문 분야로 삼고 있었다. 따라서 그로서는 로나의 방식이 도저히 마음에 들 수가 없었던 모양이다.

아쿠아와 에리스는 바로 그 라임으로부터 조사 활동의 기본을 전수받고 있던 제자나 다름없는 입장이었다. 따라서 그녀들도 로나의 방식에 공감할 수는 없었던 모양이다. 그녀들 또한 앞으로도 기존의 방식을 고수할 것으로 보였다. 시키도 은근슬쩍 최면술 같은 술법을 거리낌 없이 사용한 듯한데, 일단 그는 상대를 약간이나마 배려하는 자세를 보였다. 실제로 시키의 방식은 우리 쪽 나머지 세 사람의 멤버들도 그럭저럭 자연스럽게 받아들인 상태였다. 그런 그들도 후유증이건 뭐건 무차별적으로 헤집고 다니는 로나의 방식은 받아들일 수 없었다. 그녀로서는 휴만의 후유증 같은 건 전혀 상관할 바가 아닐 테니, 보는 관점에 따라서 상당히 까다로운 문제였다. 그녀의 방식은 마족으로서 효율을 가장 중요시한다는 관점에서 볼 때는 올바른 선택이었기 때문이다.

며칠 만에 관계자들을 완벽하게 밝혀내는데 성공했다는 결과만 보자면, 틀림없이 신속하고도 우수하기 이를 데 없는 실력이었다. 그 결과는 높게 평가할 수밖에 없었다. 에바 양을 앞으로 계속 상회에서 맡아둘 수도 없었기 때문에, 솔직히 빠른 전개 속도는 반가운 일이었다. 만일의 사태에 대비해 동생 쪽도 시키나 다른 멤버들을 동원해 비밀리에 경호를 시키고 있었지만, 그쪽도 언제까지나 유지할 수는 없는 노릇이었다.

하지만 기껏 후보를 몇 명 정도까지 좁혀 들어간 조직의 협력자를 독단으로 살해하거나 고문 끝에 불구로 만들어버리는 식의 거의 우격다짐에 가까운 수법도 틀림없이 눈에 띄었다. 로나 양의 활약으로 인해 용의자들 가운데 일부가 우리가 나서기도 전에 자취를 감추는 사태가 벌어지기도 했다. 딱히 상대 조직을 완전히 섬멸시키려는 의도가 아니더라도, 앞으로는 지금보다 더욱 신속하게 움직이지 않고서야 사태를 해결하기는 어려울 것으로 보였다.

……그나저나, 설마 조직의 관계자들 가운데 아는 얼굴이 섞여 있을 줄은 몰랐다. 사업상 경쟁상대가 아니라 같은 학원의 강사라

는 입장의 동료 선생님을 쿠즈노하 상회의 숨겨진 명물인 지하 고 문실로 안내하게 될 줄이야. 그야말로 완전히 예상 밖의 사태였다.

심지어 나와 직접 관계가 있던, 사무실에서도 신뢰가 높은 브라 이트 선생님이었다니.

내가 학원에 비상근 강사로 부임한 이후, 그는 약속대로 일정 기 간 동안 자신이 담당하고 있는 학생들을 소개시켜준 은인이었다. 그러다 보니 처음엔 어딘지 모르게 수상하다는 식으로 의심하고 있던 나로서도, 사실은 좋은 사람일지도 모른다고 여기기 시작한 참이었다. 막 그러려던 찰나에 이런 결과를 목도한 셈이다. 이런 보고를 듣고 있다 보니 막 인간 혐오에 걸릴 것 같아. 아니, 휴만 혐오라는 표현이 더 정확한가?

그는 엘리트 학원의 상근 강사일 뿐만 아니라 담당하고 있는 학 생들의 숫자도 적지 않았다. 그다지 그런 비밀 조직과 관여하고 있을 듯한 인상은 안 느껴지는데…….

지하 고문실은 마족의 간섭이나 과격한 행동으로부터 격리된 장소 였다. 하여간 자세한 정보는 심문을 통해 파헤쳐볼 수밖에 없었다.

그나저나, 앞으로 2주일 후에 학원의 여름방학이 시작된다.

여름방학이라니, 여기서 처음으로 그 단어를 들었을 때는 엘리 트를 양성하는 학교가 그래도 되겠냐는 식으로 태클을 걸고 싶은 충동을 느꼈다. 하지만 루토로부터 지금까지 소환된 여러 사람의 이세계인들에 관한 얘기를 듣고 난 지금은, 방학의 존재가 이상하 게 느껴지지 않았다. 루토로부터 롯츠갈드의 창설에 관여한 이세계인이 존재했다는 얘기를 들었기 때문이다.

그건 그렇고, 이세계인으로부터 유래된 지식의 전파 현상이 어느 정도 일어났는데도 불구하고 이 세계에 총화기가 발달하지 않았다는 사실은 시사하는 바가 컸다. 말인즉슨, 역시 마술은 총화기보다 우수한 무기라는 뜻이다. 물론 이 가설은 내가 지금까지 소환된 이세계인들의 내막을 전부 파악하고 있는 것은 아니기 때문에, 어디까지나 개인적인 추론에 지나지 않았다. 하지만 그러다 보니 제국에서 총화기를 개발하고 있다는 얘기가 더욱 이해가 가지 않았다.

게다가 여러 사람의 선례가 존재했는데도, 그들의 출신성분은 물론이고 이세계의 존재가 거의 해명되지 않았다는 사실도 놀라웠다. 혹시 여신이 직접 소환한 이세계인은 우리들 세 사람이 처음이며, 지금까지 소환된 이들은 우연히 일어난 사고의 결과였던 걸까? 아니면 다들 이세계인이라는 내막을 밝힌 채로 생활하기보다, 이 세계의 일원으로서 섞여 들어가는 길을 선택한 건가? ……아마 소환된 이들 가운데 나와 마찬가지로 외모 때문에 지독한 꼴을 당한 사람들도 있었을 텐데, 아무렇지도 않게 섞여 들어가기도 힘들지 않았을까? 게다가 지구인들은 신체능력 자체가 휴만들보다 높은 모양이니, 뛰어난 능력 때문에 박해당한 이들도 없었으리라는 보장은 없다. 루토가 자세히 설명하지 않았던 몇 사람은 나와 똑같은 경우였을지도 몰라.

영웅의 자리에 오른 자, 기사로서 왕을 섬긴 자, 마술 연구에 열중하면서 그 심연을 들여다보려 한 자, 모험가로서 이름을 날린

자, 광전사라고 불리면서 토벌당한 자, 그리고 목욕탕 설비에 일생을 바쳤던 자(아마 일본인이었던 걸로 추정된다)까지 지금까지 이 세계에 소환된 지구인들은 그야말로 각양각색이었다.

다들 나름대로 이 세계에 적응하면서 살았던 모양이다. 그러나 원래 세계로 귀환하는데 성공한 이는 아무도 없다고 한다.

최소한 나는 일본에서 이세계의 존재를 느낀 적은 없었다. 그러나 이곳에선 약간이나마 일본의 분위기가 느껴졌다. 두 세계 사이의 길은 일방통행일지도 모른다. 그런 식의 불길한 예감이 드는 것도 사실이었다.

요전번 루토로부터 전해 들었던 세계와 세계 사이의 이동에 관한 얘기는 거의 하나도 못 알아들은 거나 마찬가지였다. 그리고 토모에에게 물어봐도 마찬가지로 조금도 알아먹을 수가 없었다. 하지만 어쨌든, 다른 세계로 전이하는 작업 자체의 난이도가 굉장히 높을 뿐만 아니라 만만치 않은 각오가 필요하다는 사실 정도는 짐작이 갔다. 지금 당장, 아공 사람들뿐만 아니라 토모에나 미오, 시키를 내팽개치면서까지 시도할 만한 일이 아니라는 생각이 들었다.

아무리 부하들이 뛰어나더라도, 주인이 하는 모든 짓들이 용납될 리가 없었다. 가족들 가운데 한 명이라도 제멋대로 구는 녀석이 나올 경우, 어디선가 불만이 모여 서로의 관계가 일그러질 수도 있기 때문이다. 그런 고로, 지금은 부족한 자기 자신의 실력을 스스로의 힘으로 조금씩이나마 성장시키는 쪽이 우선이었다. 그것이야말로 언젠가 독단이나 억지 없이, 순수한 자기 자신의 힘을 사용해 일본으로의 전이를 시도하기 위해서 반드시 필요한 사전 준비 단계였다.

일단 여신에게 한 방 먹이는 거야말로 최우선 목표긴 한데, 현재
로서는 쿠즈노하 상회의 점포를 확대하거나 아공의 주민 숫자를
늘리는 것이야말로 기본적인 행동 방침이었다. 그 이외엔 제국 쪽
동향을 살피든지⋯⋯. 그들의 속셈을 알아 버린 이상, 이유에 따
라 다르게 대응할 수는 있어도 기본적으로 총화기의 개발은 사전
에 방지하고 싶었다.

그리고 현재 시점에서 가장 우선적인 과제는 여신의 강제 소환
을 예방하는 방법을 확립시키는 것이었다. 나로서는 가장 중요한
과제 가운데 하나였다. 하지만 시키가 대책을 확립시키는 작업에
본격 착수한 것으로 보이니 곧 시간이 해결해주리라는 예감이 들
었다. 서글플 정도로 내가 직접 도울 일이 없어 보인다는 점이 한
심하게 느껴졌다.

그리고 은근히 가장 중요한 과제 가운데 하나가 마음의 여유를
가지는 것이었다. 아무래도 나는, 자기 자신이 주위 사람들보다
뒤떨어진다는 사실로 인해 여유가 없어진 모양이다.

기본적으로 뛰어난 인재들 사이에 둘러싸여 있다는 건 의심할
여지도 없이 감사할 일이었다. 하지만 나는 시대를 앞서가는 영웅
호걸들처럼 덕을 갖춘 것도 아니었다. 뿐만 아니라 여유도 없었
다. 주인이라는 작자가 적과 싸울 힘만 있다는 것도 한심한 얘기
잖아?

우선 가장 먼저 배워야 하는 덕목은 알고 있다. 나는 상회나 아
공을 이끄는 입장이므로, 조직을 지키면서 유지하기 위한 판단력

이나 경계심부터 터득해야 한다. 불행 중 다행인 점은 쓸데없이 모험을 시도할 필요도 없이 그저 확실한 방법만 선택해 나가더라도 쿠즈노하를 단계적으로 확대시켜 나갈 수 있는 전망이 이미 보인다는 것이었다. 점포를 개업할 정도의 상인들이 기본적으로 당연히 갖추고 있을 수밖에 없는 본능적인 감각을, 나는 아직 제대로 터득하지 못한 상태였다. 지금까지 사업 관계로 고생을 한 적이 거의 없었기 때문이다.

개인적으로 이득을 극대화하기 위한 방법 같은 건 필요 없었다. 설령 눈앞에 더욱 더 커다란 이득을 창출할 가능성이 보이더라도, 위험 부담이 따르는 문제는 더 큰 문제를 불러일으키기 전에 일찌감치 처리하고 싶었다.

이번 사건을 예로 들자면, 아마도 토모에가 책임질 경우엔 브라이트 선생님을 당분간 내버려두다가 더욱 더 커다란 물고기를 낚아 올리기 위한 미끼로 써먹으려할 것이다. 하지만 이번엔 여름방학이 시작되자마자 곧바로 그를 구속한 뒤, 신속하게 정보를 끄집어낼 생각이다. 왜냐하면 에바 양과 루리아의 안전이 걸린 문제였기 때문이다.

판단력이나 경계심을 터득해야 한다는 의미로 볼 때, 이번 사건이 끝나자마자 로나 양과 벌인 교섭도 나치고는 합격 수준이었다는 생각이 들었다.

우리들로서는 사건이 완전히 끝났다고 장담할 수 있을 정도로 상황이 진전된 것은 아니었지만, 로나는 여기까지 찾아온 용건이 다 끝났으니 학원을 떠나겠다고 했다. 그녀가 달성시켜야 할 임무가 다 끝났다는 의미였다. 말인즉슨, 학원으로부터 카렌 폴스라는 학생이 자취를 감춘다는 뜻이다. 나의 강의에 나오는 학생이 한 사람 줄어드는 셈인데, 지금 굳이 그 문제를 짚고 넘어갈 생각은 없었다. 여름방학 기간 중에 서류상으로도 퇴학이라는 취급이 되도록 일을 처리할 생각인 것으로 보였다. 카렌은 원래부터 죽은 사람이었다. 로나는 별 생각 없이 사망으로 인한 퇴학으로 처리할 생각이었던 모양이다. 하지만 나는 나머지 학생들의 정서적 건강을 위해서 「사망으로 인한」이라는 부분을 빼달라고 부탁했다. 로나도 그런 부분에 특별히 개인적인 집착은 없었는지, 학원에 제출하는 신고서는 나의 희망사항을 따르겠다고 약속했다. 마지막으로 그녀와 얼굴을 맞대고 대화를 나눈 날에 들은 얘기였다.

여름방학 사이에 같은 강의를 받던 학생이 사고로 죽고 말았다니, 너무 쓸데없이 장렬한 체험이잖아? ······아니, 이 세계에선 의외로 그다지 드문 일도 아닌가?

"그 정도야 별로 대단한 일도 아니야. 후스크 왕국의 기록은 사망했다는 식으로 조작할 수밖에 없지만 말이야. 그러지 않을 경우, 쓸데없는 의혹을 품는 이들이 생겨날 수도 있거든. 그나저나 이제 우리가 서로 대화를 나눌 기회도 거의 없을 테니, 잠깐 얘기나 하고 가도 될까?"

로나는 대가를 바라지 않는 듯한 말투로, 약삭빠르게 교환조건을 제시해 왔다. 그녀의 얘기를 듣는다고 당장 무슨 손해가 생기는 것도 아닌데다가, 나에게 매료나 어중간한 약물은 효과가 없으니 그 제안을 거절할 이유도 없었다. 나는 고개를 끄덕였다.

"최근 며칠 동안, 너희 가게의 첩보원들과 행동을 함께하고 다녔어. 한 마디로 말해서, 굉장히 깔끔 떠는 녀석들이던데? 기본적인 능력이 뛰어난 건 인정하는데, 그 능력을 완전히 활용하고 있는 건 아니야. 도덕은 기본적으로 굉장히 중요한 덕목일지도 몰라. 하지만 첩보의 목적은 최대한 신속하게 수집한 정보들을 이용해 물 밑에서 확실하게 목적을 달성하는 거야. 우리의 세계에선 도덕이나 윤리는 때때로 장애물에 지나지 않아. 앞으로 너희 상회의 이익을 극대화시키고자 한다면, 부하들에게 잔혹한 수단을 사용한다는 선택지도 부여하는 편이 좋을 거야."

"충고에 감사드립니다."

그녀의 충고를 그대로 따르다 보면, 상회를 위해 온갖 고난들을 물리치는 비밀조직이라는 느낌이 될 것 같다.

나는 첩보라기보다는 정보 수집에 주안점을 두고 있을 뿐이라, 그녀가 제시한 방법론에 관해 그다지 깊이 고려할 필요는 없어 보였다.

"그리고 네가 아인들을 차별 없이 대한다는 건 틀림없는 사실 같더라. 점원들은 물론이고 첩보원들 중에서도 종족에 대한 차별 의식을 가진 이들은 아무도 없었어. ……정말로 믿겨지지 않는 사실인데, 너는 지금까지 내가 봐온 이들 가운데 최고의 휴만이야. 휴만을 상대로 단 한 번도 호감을 느낀 적이 없는 나조차, 개인적인 호감을 느낄 정도로 말이지. 만약 네가 바랄 경우, 마왕님께 직접 알현하는 기회까지도 제공할 수도 있어."

"지금 한창 전성기를 구가하고 계신 마왕님과 직접 만나 뵐 수 있다는 뜻인가요? 듣던 중 반가운 말씀이네요. 언젠가 기회를 봐서 꼭 실현시키고 싶습니다."

"……. 그러니까 공적인 입장을 떠나 개인적인 충고를 하나 할게. 너를 따르고 있는 갈색 피부의 아인 두 사람과 종자인 시키에 관한 얘기야. 그들은 너에게 해를 끼칠 수 있는 존재들이야. 가능한 한 조속히 관계를 끊는 게 좋아."

"아쿠아와 에리스, 그리고 시키 말인가요? 세 사람 다 저를 아주 잘 따르는 우수한 종업원들인데요?"

관계를 끊으라고? 그게 무슨 순수한 충고냐? 로나는 나의 마음속에 부하들을 향한 의심을 심어놓고 싶은 듯이 보였다.

"네가 알리야 없겠지만, 그 두 사람은 숲 도깨비라는 이름으로 불리는 흉악한 아인 종족이야. 강력한 전투 능력을 높이 사서 마왕군의 일원으로 받아들이자는 의견이 나왔던 녀석들이지. 하지만 다른 종족의 밑으로 들어간다는 굴욕을 도저히 참을 수 없는 종족이었던 모양이야. 마족과의 관계도 보기 좋게 어그러지더라. 아마츠이게로 숨어 들어가 쿠즈노하 상회와 접촉한 걸로 보여. 그 녀석들은 언젠가 반드시 너를 배신하고 말 거야. 다음으로 그 시키라는 남자도 문제가 많아. 물론 시키 본인은 틀림없이 네가 신뢰하기에 모자람이 없는 종자일 거야. 하지만 그는 언데드에게 홀려 있는 상태야. 숲 도깨비와 함께 행동하는 모습을 보고, 얼마 동안 본인과 행동을 함께하면서 겨우 알아차린 사실이야."

"숲 도깨비? 그리고 시키가 언데드에게 홀린 상태라고요?"

아하, 알아들었다. 그녀는 시키의 정체에 관해 약간이나마 짐작하고 있으면서도, 어중간하게 착각을 하고 있었던 것이다.

"진짜 이름은 아무도 모르지만, 휴만은 물론 마족과도 거리가 먼 리치가 바로 그의 정체일 거야. 리치는 기본적으로 빙의(憑依)와 같은 종류의 기술은 사용하지 못하는 걸로 알려져 있는데, 그 녀석만큼은 별개야. 변덕스럽게 타인에게 빙의하면서 실험이라는 명분으로 온갖 잔혹한 짓거리를 일삼던 녀석이야. 마족들 사이에선 랄바라고 불리는 존재지. 아무리 쿠즈노하 상회의 정보망이 대단하더라도, 나에 관한 정보까지 정확히 파악하고 있다는 건 부자연스럽다는 생각이 들었거든. 하지만 그가 랄바에게 홀린 상태라고 가정하면, 납득이 가고도 남아. 나는 그와 몇 번 정도 만난 적도 있을 뿐만 아니라, 적대하거나 손을 잡았던 적도 있어. 그런 경험이 있는 나로서 확실하게 장담할 수 있는 건, 절대로 신용할 수 없는 상대라는 한 가지 사실뿐이야. 그가 너를 따르고 있는 까닭은, 지금 당장 네 모든 행동이 랄바의 이익과 직결되기 때문이야. 그 녀석은 자신이 빙의한 상대는 물론이고, 그 주위에도 멀쩡한 영향을 끼치는 법이 없는 악질 중의 악질이야. 그 녀석의 실험에 휘말려 몰살당한 이들도 드물지 않아. ……아인들까지 널리 받아들이는 너의 자세는 우리들 마족의 눈으로 봐도 굉장히 바람직한 모습이야. 그러니까 라이도우, 그들을 조심해. 만약 우리 마족의 힘을 빌려서라도 해결해야 하는 일이 생겼을 때는 언제든지 연락해. 이 종이에 적힌 영창 언어를 사용한 염화로 언제든지 나와 직통 연락이 가능해. 최소한 개인적으로나마, 네 힘이 되어 줄 수 있을 거야. 약속할게."

그리고 로나는 나에게 한 장의 종이를 건넸다. 친절하게도 휴만들이 해독하기 쉬운 언어로 번역이 끝난 상태였다. 그 종이에 적힌 글귀는, 색다른 형식의 염화 영창이었다.

나는 그 영창 언어가 눈에 들어온 순간 입을 박차고 나올 뻔한 비명소리를 간신히 눌러 담았다. 나로서도 정말 용케 태연하기 그지없는 태도로 그 종이를 받아들었다는 생각이 들었다. 로나는 내가 종이를 품속으로 집어넣을 때까지 기다렸다가, 만족스러운 듯한 미소를 지은 채로 방에서 나갔다. 아마도 앞으로 학원 도시에서 그녀와 만날 일은 없으리라는 예감이 들었다. 로나는 브라이트 선생님에 관해선 완전히 나에게 일임하겠다는 의사를 밝히고 갔다.

이 염화의 영창 말인데, 혹시 토모에가 찾아다니던 바로 그 영창인지도 모른다. 토모에와 미오, 그리고 시키로 하여금 연구를 시키면 드디어 그 방법을 확립시킬 수 있을지도 몰라.

로나는 숲 도깨비와 시키에 대한 의심을 나에게 심으면서, 마족에게 호의적인 태도를 보이도록 유도하려는 의도인 것으로 보였다. 역시 그녀는 도저히 방심할 수가 없는 무서운 상대다. 다행히 로나가 시키의 정체에 대해 착각하고 있던 시점에서, 내가 그녀의 세 치 혀에 놀아날 가능성은 없었다. 하지만 상황에 따라 로나의 충고가 굉장히 설득력 있게 들릴 때가 있을지도 모른다. 숲 도깨비나 시키에 관해서도, 그녀는 그들이 지니고 있는 본래의 특징이나 사실을 어느 정도 섞어 가면서 자신이 원하는 방향으로 사실을 왜곡시켰다. 앞으로도 그녀와 대화를 나눌 때는 세심한 주의가 필요하리라는 생각이 들었다.

어쨌든, 나는 상근 강사들과 달리 학원의 업무에 얽매이지 않고 맞이하는 여름방학을 보낼 방법을 궁리하면서 가게의 재고 체크에 열중했다.

밤이 다가왔다.

나는 예전의 설비채로 구입했던 점포에 추가로 설치한 지하실에 내려와 있었다.

그리고 예전의 모습을 알아볼 수 없을 정도로 처참한 몰골의 한 남성과 마주보고 있었다.

그는 온몸에 온갖 상처를 입고, 의자에 묶인 상태로 나를 노려보고 있었다.

학원에서 만났을 때와 같이 친숙하면서도 다정한 분위기는 티끌만큼도 느껴지지 않았다.

[부하들이 꽤나 지독한 짓을 한 모양입니다. 면목 없습니다.]

그다지 진지하게 사죄하려는 뜻은 없었다.

그는 이런 짓을 당할 만한 일을 벌여 왔다. 그도 이런 결과를 받아들일 각오 정도는 당연히 되어 있으리라.

"……너를 우습게보고 있었다."

[저 자신은 보시다시피 그리 대단치 못한 소인배에 지나지 않습니다만, 우수한 부하들이 많이 따라준 덕분이지요.]

쑥스럽지만 의심할 여지가 없는 사실이었다. 나는 양 어깨를 으

쓱해 보이는 동작을 그의 앞에서 취해 보였다.

"이만큼 신속하게 우리에 관해 조사를 끝냈을 뿐만 아니라, 그야말로 쥐도 새도 모르게 구속하는 솜씨를 선보였다. 당연히 나에 관해 다 알면서 벌인 짓이겠지?"

[물론입니다.]

"우리의 동지들은 전 세계에 퍼져 있다."

[그렇게 들었습니다. 그들 가운데 몇 사람 정도는 자취를 감췄더군요.]

"나에게 무슨 짓이라도 하면, 그냥 끝날 리가 없다는 사실 정도는 짐작이 가겠지?"

그의 눈빛과 표정은 아직도 협상할 여지를 찾고 있는 듯이 보였다.

나로서는 그의 이런 태도는 직접 보면서도 좀처럼 믿겨지지 않는 반응이었다.

[글쎄요? 여기로 습격을 감행하려는 낌새도 없는데다가, 암살자 길드도 얌전하던데요?]

우리 쪽 일행의 견해를 종합하자면, 전원이 만장일치로 조직은 이 사람을 포기했다는 판단을 내렸다.

그렇지 않아도 엄청난 비밀주의에다가 배신자는 즉시 처분하는 조직이 정체가 백일하에 드러난 멤버를 구하기 위해 움직일 리가 없다는 얘기였다.

브라이트 선생님이 놓인 상황을 고려하자면, 예를 들어 구출 등을 비롯한 긍정적인 리액션은 그다지 기대할 수 있을 리가 없었다.

"녀석들과의 관계까지 파악하고 있었단 말이냐?"

브라이트 선생님의 표정이 경악으로 물들었다.

굳이 파악하러 다닌 적은 없었다. 라임과 시키, 그리고 로나 양이 본인의 입에서 강제로 끄집어낸 정보였다.

물론 그는 그런 짓을 당했다는 기억조차 없는 상태였다.

그가 지금까지 받은 고문 등에 대한 기억은 제거했다고 들었다.

하지만 어차피 마지막 가는 길인데 굳이 그런 기억을 떠올리게 하는 것도 너무 한심하다는 생각이 들었다.

[예. 브라이트 선생님께서 스스로 시원스럽게 가르쳐주셨습니다. 약간 잔재주를 부렸거든요.]

"……?!"

[원하실 때는 여기로 끌려오고 나서 당하신 일들에 대한 모든 기억들을 떠올리게 해드릴 수도 있습니다. 다만—.]

"……뭐냐?"

[그 전에 한 가지 질문이 있습니다. 어째서, 아무런 부족함도 없는 학원의 강사라는 입장에서 직무를 다하지 않으신 거지요? 휴만의 몸으로 굳이 여신을 거역할 필요도 없으셨을 텐데.]

"……오직 여신만이 이 세계에 존재하는 유일한 신이기 때문이다."

[그렇다더군요.]

"한 때의 변덕으로 사람들을 구하기도 하고, 뿌리치기도 하는 존재가 바로 여신이다. 그 분의 변덕으로 인해 일어난 분쟁은 과거의 역사를 통틀어 끝도 없을 정도야."

[계속 말씀하세요.]

"그리고 그 기준은 반드시 만인의 납득을 얻어낼 수 있는 것이 아닐 뿐더러, 어디를 어떻게 보더라도 변덕이라는 느낌밖에 들지 않는 어처구니없는 이유로 불합리한 사태가 벌어진 경우도 결코 적지 않아. ……아인은 말할 것도 없이, 총애를 받는 우리들 휴만조차 전원이 사랑받는 것은 아니다. 말하자면, 우리와 같은 존재가 나타나는 것도 필연일 수밖에 없다."

[여신이 마음에 들지 않으신다는 말씀인가요?]

나와 그들은 의외로 마음이 맞을지도 모른다는 느낌이 들었다.

"여신이라는 녀석에게 이 세상을 다스릴 자격 같은 게 없다는 사고방식을 지닌 이들이 나타나, 한 자리에 모이는 것도 당연한 현상이라는 말이다. 사람들은 이제 저런 신이라는 존재가 없더라도 충분히 살아갈 수 있으리라는 생각이 들지 않나, 라이도우?"

[과연, 알아들었습니다.]

솔직히 말해서, 나로서는 그의 말뜻을 전혀 알아들을 수가 없었다.

아무리 그렇다고 해서 아인으로 인체실험을 해도 된다는 논리가 정당화될 리가 없었다.

여신이 마음에 안 들 때는 다른 이들을 끌어들이지 말고 혼자 힘으로 덤비란 말이다. 자기 자신의 힘으로 그 녀석을 극복해보라는 얘기야.

"학원에 다니는 철없는 아이들은 하나 같이 천편일률적인 여신에 대한 신앙을 자신의 밑바탕으로 삼아, 거의 아무런 의심도 없이 태연하게 살아가고 있다. 그 전능의 신도 뭣도 아닌 존재를 유일신으로 떠받들면서, 당연하다는 듯이 자신의 위에 둔 채로 살아가고 있단 말이다. 이 모든 일들을 부자연스럽다고 느낀 적이 정말로 한 번도 없나, 라이도우?"

[오호라.]

"녀석의 변덕으로 인해 발생한 피해자들은, 역사의 기록에 남지도 못한 채로 스러져갔다. 그들의 원망과 증오를, 상대가 그저 신이라는 이유 하나 때문에 온갖 울분을 참고 포기하라는 소리야말로 정상이 아니다. 정말로 그런 느낌을 받은 적이 한 번도 없단 말이냐, 라이도우?"

[그러니까 여신에 대한 증오 때문에 아인들을 상처 입혔다는 말씀이신가요?]

"그 녀석들이 흘린 피는 앞으로 우리가 건설할, 신이 사라진 미래의 디딤돌이 될 숭고한 희생이다!"

[이제, 그만하세요. 지금까지 있던 모든 일들에 대한 기억을 되살려드리겠습니다. 그리고 잘 가세요, 브라이트 선생님. 당신은 이제 끝났습니다.]

로나가 굳이 끼어들 필요도 없이, 우리 사이에서 브라이트 선생님의 처리에 대한 결론은 이미 나온 상태였다.

그가 두 눈을 있는 힘껏 뜬 채로 비명을 지르기 시작했다. 그리고 온갖 발버둥을 치면서 의자를 쓰러뜨리고, 정신이 나간 듯이 무의미한 고함소리를 끊임없이 내질렀다. 나는 그를 내려다보면서 이별을 고했다.

조직과 관계가 끊어졌으니 그냥 내버려두는 게 아니라…… 분명하게 죽이고 넘어가기로 했다.

그것이 바로 시키나 라임을 비롯한, 이 사건에 관여한 쿠즈노하

129

상회의 멤버들과 내가 머리를 맞대고 의논한 끝에 나온 결론이었다.

최종적인 조치는 라임과 아쿠아, 그리고 에리스가 담당할 예정이다. 내일엔 이미, 그는 이 자리에 없을 것이다.

나와 마찬가지로 여신과 적대하는 자였던 브라이트 선생님이 내세운 대의명분은, 내 가슴에 전혀 와 닿지 않았다. 내가 다른 이들과 달리 강력한 힘을 지니고 있기 때문일까?

만약 아무런 힘도 없고, 주위에 아무도 없었더라면?

……결국 아무런 의미도 없는 가설에 지나지 않았다.

자자.

여름방학이 코앞까지 다가왔다.

학원은 은근히 들뜬 분위기에 휩싸여 있었다. 물론 방학 때는 대부분의 학생들이 고향 집으로 돌아갈 것이다. 하지만 고향을 찾지 않는 학생들의 경우, 여름방학은 강의가 없는 순수한 자유 시간이었다.

여름방학에 뭐할 거야?

대충 그런 대화들이 도처에서 들려오는 현상은, 현대 일본이건 이세계의 학원이건 크게 다를 바 없었다. 친구와 놀러가거나 여행을 즐길 수도 있고, 본가의 일을 돕거나 자신의 실력을 갈고닦을 수도 있다. 학생들에게 장기 휴가 기간을 활용하는 방법이 중요하다는 사실은, 세계와 그다지 상관없이 마찬가지였던 모양이다.

귀족이나 상인 가문의 자제들은 본가로 돌아가 사교계에 얼굴을 보이거나, 주요 거래처를 방문해야 하는 식의 예정이 있는 경우가 태반이었다. 따라서 그들은 거의 대부분 고향으로 돌아가는 쪽에 속했다. 당연히 이 시기의 귀족 기숙사나 상급 기숙사는 여러 모로 어수선할 수밖에 없었다.

그러나 지금 복도를 걷는 두 여학생은 차분했다. 다른 학생들이나 사무직원들이 분주하게 사방을 뛰어다니는 와중에, 두 사람은 도서관을 향해 우아하게 발걸음을 옮기고 있었다.

"매년 이 시기엔 돌아가는 사람이 많아서 너무 복잡한 것 같아. 우리 같은 경우엔 올해는 아직 서두를 필요가 없어 보이니까 다행이야."

"아빠가 어째서 곧바로 돌아와 주지 않는 거냐고 울상을 짓던데?"

롯츠갈드 학원에 복학한지 얼마 안 된 두 소녀가, 도서관으로 가는 복도에서 대화를 나누고 있었다. 츠이게의 거상, 렘브란트 가문의 영애인 시프와 유노 자매였다. 그녀들은 방학 기간이 시작되더라도 곧장 본가로 돌아갈 생각은 없다는 듯이, 아직도 한가로이 무의미한 시간을 보내고 있었다.

본인들은 지극히 평범하기 이를 데 없는 대화를 나누면서 복도를 걷고 있었지만, 두 사람과 함께 복도를 걷던 학생들은 그녀들의 얼굴이 보이자마자 복도의 양쪽 가장자리로 물러섰다. 그들의 표정은 하나 같이 불안에 떠는 애완동물들이 무시무시한 포식자가 지나갈 때까지 숨을 죽인 채로 기다리고 있는 듯이 보였다.

흔치 않을 정도의 미모를 자랑하는 렘브란트 가문의 두 자매는,

얼굴만 볼 때는 도저히 그런 무시무시한 존재들로 보이지 않았다. 하지만 주위에서 아무런 이유도 없이 그녀들을 두려워하는 것은 아니었다.

휴학하기 전의 두 사람이, 그야말로 최악의 부류에 속하는 학생들이었기 때문이다. 두 사람은 이론 강의엔 이보다 더할 수 없이 불성실한 태도로 참석했을 뿐만 아니라, 실기 강의를 받을 때는 마음에 안 드는 상대를 철두철미하게 때려 눕혔다. 게다가 무슨 일이 있을 때마다 본가의 경제력을 등에 업고 온갖 행패라는 행패는 다 부렸다.

거의 모든 과목의 성적이 우수하다 보니, 최악의 성격은 더욱 두드러졌다. 평범한 학생들은 그녀들과 엮이면 무슨 짓을 당하게 될지 짐작도 가지 않는, 바로 그러한 존재들이었다.

하여간, 아버지라는 작자가 두 딸을 기숙사들 중에서도 최고의 설비를 갖춘 귀족 기숙사에 들이기 위해 아이온 왕국의 작위를 돈으로 손에 넣었다는 소문까지 들려올 정도였다. 일반적인 학생들의 입장에서 보자면, 그녀들은 기본적인 상식이 통하는 상대로 보일 수가 없었다.

그러나 이번에 복학한 두 사람은, 마치 타인이 같은 이름을 자칭하는 듯한 착각을 불러일으킬 정도로 완전히 다른 태도로 학업에 진지한 자세를 보이고 있었다. 그녀들의 변화를 환영하는 교사들과, 곤혹스럽다는 식의 반응을 보이는 학생들이 섞여 있다는 것이 현재 상황이었다.

물론 현재의 모습은 어디까지나 위장에 지나지 않는다면서 언제

원래대로 되돌아올지 모른다는 식으로 전전긍긍하는 학생들의 숫자도 적지 않았다. 그 결과, 그녀들이 걷는 복도는 널찍하고도 한산한 양상을 보이고 있었다.

라이도우는, 바로 그런 그녀들의 은인이자 전투 기술을 가르치는 선생이었다. 그녀들은 평소에도 라이도우에게 약간씩이나마 은혜를 갚고 싶다는 생각을 품고 있었으며, 사실은 그가 모르는 사이에 한 가지 일을 끝마친 상태였다.

며칠 전의 일이었다. 두 사람은 평소부터 라이도우에게 고백하는 어중이떠중이들의 모습에 진저리가 났다. 그러나 처음엔, 당사자인 라이도우가 그녀들의 고백을 불쾌하게 여기지 않는 이상에야 어쩔 수 없는 일이라는 식으로 감내하고 있었다. 라이도우도 어엿한 남자인 만큼, 한창 때의 소녀들로부터 받는 고백이 기쁘지 않을 리가 없다는 잘못된 인식에 따라 최대한 인내심을 발휘하고 있었던 것이다. 그런데 이따금씩 라이도우와 식사 시간 등을 함께하다 보니, 그가 그 고백들을 굉장히 성가시게 여기고 있다는 사실을 알게 된 것이다. 두 사람은 라이도우의 심정을 이해하자마자 곧바로 의기투합한 뒤, 당장 행동을 일으키자는 결론에 도달했다.

시프와 유노는 라이도우에게 고백했다가 거절당한 여러 학생들과 만나 이런 식으로 속삭였다.

"그 분과 혼인을 올리고자 한다면, 우리와도 사이좋게 지내야 할 필요가 있을 걸요? 그럴 각오는 있으신 거지요? 물론 일체의 경박한 짓거리는 용납이 안 된답니다?"

"라이도우 님과 결혼하고 싶을 때는, 굉장히 조심하는 편이 좋을 걸? 시시한 집 같으면 우리 아빠가 통째로 짓밟아서 고용인으로 만들어 버릴 테니까, 최소한 우리 집에 비해 뒤쳐지지 않을 정도의 가문이 아니고서야 감히 시도나 할 수 있을까 몰라?"

두 사람이 직접 나선 효과는 절대적이었다. 소녀들을 그런 식으로 협박한 장본인이, 복학한 뒤의 얌전하고도 정숙한 시프나 쾌활한 유노가 아니라 지금까지 나돌던 소문에 걸맞은 흉악한 분위기를 풍기는 두 사람이었기 때문이다.

그 소문은 공공연히 퍼져 나가진 않았으나, 라이도우에게 고백하려던 여학생들 사이에서 급속하게 확산되기 시작했다. 지금까지 고백하는데 아무 부담도 없었던 라이도우에게, 갑자기 위험스럽기 짝이 없는 초대형 혹들이 두 개나 붙은 것이다.

라이도우에 대한 고백 횟수는 급속하게 줄어들었다. 렘브란트 자매가 라이도우의 한 숨 돌린 듯한 표정을 보고 천진난만하게 기뻐한 것은 굳이 말할 필요도 없다. 라이도우 본인은 이 현상을 그저 자연스럽게 유통기한이 다 지나갔다는 식으로 받아들였기 때문에, 그녀들이 자신의 고민을 해결하려는 의도로 남몰래 암약하고 다녔다는 사실은 깨닫지 못했다.

그리고 지금, 시프와 유노는 바로 그 라이도우에 관한 일로 도서관을 찾아온 것이다.

두 사람은 약속 장소를 향해 망설임 없이 드넓은 도서관을 나아가다가, 책상 하나에 모인 집단을 찾아냈다.

"우리가 마지막이었군요. 신참 주제에 죄송해요."

"다음엔 더 빨리 올게, 선배."

두 사람은 자신들 이외의 멤버가 다 모여 있다는 사실을 알아차리고, 사과의 말을 입에 담았다. 지금 이 장면도 과거에 나돌아 다니던 소문과 거리가 먼 모습이었다. 그러나 강의를 함께 받는 멤버들은 어느 정도 익숙한 듯한 반응을 보이면서 자리에서 일어나 두 사람을 맞이했다.

"아니, 다들 지금 막 온 참이야. 갑자기 불러내서 미안해."

진이 그녀들의 사죄에 가장 먼저 반응을 보였다. 그를 비롯해 이 자리에 모인 일곱 사람은, 다들 라이도우의 강의를 받는 학생들이었다. 그들도 시프나 유노와 마찬가지로 장학생으로서, 방학 기간 동안 고향으로 돌아갈 예정은 없었다.

그들이 오늘 이런 식으로 한 자리에 모인 것도, 다름이 아니라 라이도우의 강의에 관해 의논할 일이 있었기 때문이었다.

"괜찮아요. 저희도 라이도우 선생님의 강의에 관해서 논의할 일이 있다는 말씀은 신경이 쓰일 수밖에 없는 입장이니까요."

유노가 시프의 말에 고개를 끄덕였다. 라이도우의 강의는 생각보다 훨씬 강렬했기 때문에, 두 사람 다 예습의 필요성을 느끼고 있던 참이었다.

"아마, 다음 수업 땐 틀림없이 시프와 유노도 특별 강의에 참가하게 될 거야. 두 사람 다 앓고 일어난 몸인데도 실력이 대단하더라. 츠이게에서 약간이라도 회복을 앞당기기 위해 특훈을 쌓다가 왔다면서? 정말 대단한 것 같아."

아베리아가 두 사람을 의자로 안내하면서 용건을 꺼냈다. 그녀야말로 라이도우와 시키가 보이던 낌새에 따라 이번 모임을 제안한 장본인이었다. 나머지 전원이 그녀의 의견에 찬동했기 때문에 여기 모인 것이다.

『특별 강의…….』

시프와 유노의 웃는 얼굴이 움찔거렸다. 그 표정에서 강의의 내용에 대한 기대와, 숨길 수 없는 두려움이 엿보였다.

"한 마디로 말해서, 강의라는 이름의 고문이야. 자, 이걸 봐. 우리가 선생님한테 제출했다가 돌려받은 리포트야. 다들 보기 좋게 점수를 절반도 따지 못했지. 그야 그럴 수밖에 없는 게, 그 파랑도마뱀 군이라는 리자드맨은 전혀 진짜 실력을 내지 않았거든. 말하자면 이 처참한 점수는 당연한 결과야."

"정말 대단히 강한 상대였나 봐? 다섯 명이 한꺼번에 덤볐는데도 상대가 안 되다니."

"그 도마뱀 녀석 말인데, 모든 능력이 전부 다 하이 레벨이야. 근력도 우리보다 훨씬 강한데다가, 마술의 영창 속도도 엄청나게 빨라. 마치 미래가 보인다는 듯이 화살을 피해."

단검을 사용한 근접 전투와 상대에게 상태 이상을 불러일으키는 계열의 기술에 능숙한 소년, 다에나가 완전히 속수무책이라는 듯이 두 손을 들어 보였다. 그는 오늘 모인 학생들 가운데 유일한 기혼자이기도 했다.

"게다가 꼬리까지 포함한 온몸을 자유자재로 구사하는 독특한 체술과 무기를 사용한 전투 기술도 일류야. 사실 우리 공격이 제대로 명중한 적도 거의 없을 정도야. 지금으로선 근접 전투로 그

녀석과 상대할 때는 나와 진, 그리고 다에나가 호흡을 맞춘 연속 공격으로 어떻게든 자세를 무너뜨리는 방법밖에 없는데……."

진과 마찬가지로 한손 검을 주무기로 삼는 미스라가 조용히 분석을 진행시켰다. 그는 지원 마술에도 능숙한데다가, 자기 자신은 방어를 주체로 삼는 검술을 특기로 삼았다. 진과 같은 검사이면서도 지향하는 스타일은 완전히 정반대였다. 진을 검으로 빗댄다면, 그는 방패 중에서도 스파이크 실드를 연상시키는 남자였다.

"속성은 아마 물과 바람의 복합일 거야. 두 가지 속성을 겸비한 리자드맨이라니, 지금까지 들어본 적도 없는 경우야. 하지만 실제로 그 녀석이 물과 바람, 양쪽 속성의 공격 마술을 구사하는 건 사실이야. 아직은 회복과 보조 마술을 사용하는 경향은 없는 것 같아. 물론 아직까지 우리가 그 녀석을 그 정도까지 몰아세우지 못했을 뿐인지도 모르지만 말이야."

멤버들 중에서 유일하게 마술을 전문으로 다루는 소년, 이즈모가 속성에 관해 지적했다. 그는 원래 바람 속성에 특화된 술사였지만, 라이도우의 강의를 받기 시작한 이후로 여러 가지 속성을 다루는 의의를 발견하기 시작한 참이었다. 기본적으로 라이도우의 강의는 술사를 위한 방침이면서도, 술법을 서브 요소로 여기는 이들에게 평판이 좋았다. 단순히 강의의 내용이 술사에 관한 기존의 상식과 크게 동떨어져 있는 탓도 있었지만, 가장 큰 이유는 라이도우 본인이 술사에게도 꼭 전사급은 아니더라도 최소한도의 체술을 요구하기 때문이었다. 이즈모는 지금까지 다양한 강의를 받아오면서, 적의 공격을 회피하는 동시에 영창하라는 소리는 처음 들

137

었다. 기본적으로 술사는 장벽으로 공격을 방어하면서 술법을 완성시킨다는 것이 이 세계의 상식이었다. 라이도우 본인도 장벽은 사용한다. 그러나 그는, 술사들에게도 방패나 몸놀림을 동원해 상대의 공격을 무효화시키면서 영창을 해야 하는 상황에 대비해 수련하라고 한다.

난이도는 높았지만, 라이도우는 그러한 전투 방식을 학생들 앞에서 실제로 선보였다.

게다가 이즈모의 실력으로도 따라할 수 있도록, 친절하게도 레벨을 낮춰 시범을 보였다.

자존심에 흠집이 난 그는 지금은 필사적으로 있는 힘을 다해 강의 진도를 따라가고 있었다.

진, 아베리아, 다에나, 미스라, 그리고 이즈모―.

그들은 제각각 라이도우의 강의를 통해 눈에 띄게 성장하고 있는 도중이었다.

"물과 바람이라고요? 아마 저도 화력 담당으로서 전투에 참가하게 될 것 같네요."

"최전방이 세 사람이나 있는 상황이니, 난 활을 써야 되려나?"

"그래. 처음엔 나도 그렇게 생각했어. 하지만 그런 진형으로 싸울 때는 중간 위치나 후방의 멤버들도 도마뱀 군의 공격을 각자 회피해야 되잖아? 차라리 그럴 바엔 다에나나 미스라도 중간 위치로 물려서 술사를 엄호하는 편이……."

일곱 학생들의 전투 고찰과 작전 회의는 끝도 없었다. 도서관을 찾은 일부 교사들이 지나가던 발길을 멈추고, 만만치 않은 열량이 느껴지는 그들의 토론을 흐뭇한 눈길로 바라보다가 갔다. 그리고 역시 장학생들은 열의와 의욕이 대단하다면서 만족스러운 얼굴로 도서관을 뒤로했다.

여러 차례에 걸쳐 그러한 광경이 되풀이되다가, 드디어 일곱 사람의 회의도 서서히 끝나려는 낌새를 보이기 시작했다.

"······뭐, 대충 이만하면 충분한 것 같아. 알겠냐? 어쨌든, 무슨 수를 써서라도 전멸만은 피하자. 무기와 마술 양쪽을 동원해서 공격을 제대로 명중시킬 수 있는 패턴을 찾아내는 거야. 죽기 살기로 덤벼보자."

『찬성이야.』

진이 그런 식으로 토론의 결과를 요약하자, 나머지 여섯 사람도 동의를 표했다. 눈앞까지 다가온 특별 강의에 대한 대책을 가다듬은 그들의 표정은, 전체적으로 만족스러워 보였다.

"그런데 말이야? 시간이 생각보다 오래 걸렸는데, 사실은 상의할 내용이 하나 더 있거든? 잘 들어, 여름방학에 관한 얘긴데······."

결국 그들의 회의는 저녁이 다 될 때까지 끝나지 않았다.

7

학원도 드디어 여름방학 기간으로 돌입했다.

도시를 구성하는 커다란 요소 가운데 하나인 학생들의 숫자가 대폭으로 감소하는 시기인 만큼, 도시의 전체적인 경제 활동도 축소되리라는 생각이 들었다. 하지만 사실은 그다지 극단적으로 감소되지도 않았다.

　도시의 정중앙에 해당되는 롯츠갈드의 경우엔 특히 그런 경향이 두드러졌다. 주변 도시로부터 관광객들이나, 강사들이 자주적으로 개강하는 하계 특강을 받으려는 학생들이 잔뜩 모여들기 때문이다. 하계 특강은 기본적으로 진급 학점에 포함되지 않는 강의였다.

　물론 주변 도시의 학원에 다니는 학생들은 롯츠갈드의 학생들에 비해 미숙한 이들도 많았다. 강사들도 학생들의 수준을 어느 정도 감안해서 특강의 내용을 정하는 모양이다. 참고로 여름방학 기간 중에 이런 식으로 특강을 개강하는 이들은 비상근 강사뿐이었다. 그들로서도 여름방학 기간 중의 특강은 짭짤한 용돈벌이였다. 상근 강사들은 여름방학 기간 중에 일부러 강의를 여는 법이 없었다. 여름방학 중에도 나름대로 할 일이 있다는 건가? 아니면 기나긴 휴가 기간을 만끽하고 있는 거야? 그야말로 단 한 사람조차 강의를 여는 법이 없으니, 일종의 관습처럼 전해져 내려오는 불문율일지도 모른다.

　"아무리 정규 수업료에 비해 파격적으로 저렴한 가격이라지만…… 용케 여름방학 중에 학교로 올 생각이 드는구나? 내 경우엔 동아리 말고는 근처로 다가가지도 않았는데."

　"약간이나마 타인보다 앞서나가고 싶거나 자신보다 뛰어난 상대를 따라잡고 싶어 하는 이들이 그만큼 많다는 뜻일 겁니다. 저희들로서는 가게의 손님들이 늘어나 반가울 뿐입니다."

　"렘브란트 자매도 본가로 돌아갈 생각이 없는 모양이야. 방학이 시작되기 직전에 렘브란트 씨로부터 따님들과 함께 츠이게로 돌아와 달라는 내용의 당치도 않은 편지가 도착했단 말이지."

"그 편지가 도착한 바로 그 날에 렘브란트 부인으로부터 남편의 편지는 무시해달라는 내용의 편지가 와서 즉시 부탁을 거둬들이셨지요. 두 사람은 이미 복학하기도 전부터 올 여름은 본가로 돌아갈 생각이 없다는 뜻을 밝히면서 부친을 울리고 온 모양입니다……."

"그럼에도 불구하고 데리고 돌아와 달라는 내용의 편지를 나한테 보내는 점을 보면 렘브란트 씨도 만만치 않은 아저씨란 말이지? 역시 부모 자식 사이라는 느낌이 들어."

우리가 대화를 나누던 공간에, 잠시 동안 침묵이 찾아왔다.

"그나저나, 이제 완전히 여름이다."

"여름이로군요."

나와 시키는 학원의 도서관에서 독서 중이었다. 오전엔 여기서 책을 읽다가 오후엔 상회의 상태를 점검한 뒤, 저녁부터 밤에 걸쳐 아공으로 가서 보고를 듣거나 수련에 시간을 투자한다. 한 때는 답이 안 나오는 자기 자신에게 혐오감을 느낀 적도 있었지만, 최근 들어 나 나름대로 앞으로 나아가야겠다는 결심을 굳혔다. 이러한 나 자신의 변화는, 진이나 아베리아를 비롯한 학생들이 보이는 엄청난 열정의 영향을 받은 결과일지도 모른다. 타인과 나는 서로 다른 존재일 수밖에 없지만, 노력하는 이들이 조금씩이나마 앞으로 나아가는 모습을 목격한다는 일 자체가 자기 자신에 대한 동기 부여가 된다는 것도 사실이었다. 지금은 마음만 앞서 나가면서 결과가 따라주지 않는 것도 늘 있는 일이라고 받아들이기로 했다.

"아니 잠깐. 그러고 보니 생각났다. 요전에 강의할 때 말인데, 뭔지 몰라도 진 녀석이 하고 싶은 말이 있는 듯이 보이더라. 혹시 시키가 따로 들은 말이라도 있어?"

"없습니다. 강의가 끝날 때쯤엔 체력이 상당히 소모된 상태였으니까요. 입을 움직일 여유도 없었던 모양입니다. 확실히 어딘지 모르게 망설이는 듯한 낌새가 없지 않아 있었습니다."

여름방학 직전의 마지막 강의 날이었다. 나는 수업 후반에, 예의 특별 강의라는 명분으로 모의 전투를 시켰다.

[시프와 유노도, 실전에 가까운 상황에서 지금까지 들었던 강의의 내용을 짚고 넘어가 봐라.]

그리고 나는 지금까지 다섯 명이던 특별 강의의 멤버에 자매를 추가시켰다. 학생들도 다 예상하고 있었다는 듯이, 지극히 자연스럽게 새로운 진형에 곧바로 적응하는 모습을 보였다.

따라서 나도 특별히 덧붙일 말은 없었다. 나는 고개를 끄덕이면서 파랑도마뱀 군이라고 부르던 미스티오 리자드를 소환했다. ……인원수가 늘어났으니 이쪽도 두 사람이다.

[소개하마. 파랑도마뱀 군 쯔바이다.]

아무런 소개도 없이 곧바로 전투를 시작한다는 건 너무한다는 생각이 들었기 때문에 간단하게나마 학생들에게 쯔바이 군을 소개했다. 그 순간, 전원이 그 자리에서 굳어 버렸다.

뭔지 몰라도 덜덜 떨면서 경련을 일으키는 아이까지 나올 정도였다. 기초 능력치도 그럭저럭 향상된 데다가 전술의 폭도 넓어졌

을 텐데, 설마 일곱 명이서 한 사람을 상대할 생각이었던 거야? 나로서는 오히려 그런 전형적인 휴먼들의 단순한 사고방식이야말로 어이가 없었다.

아니나 다를까, 그들은 한 사람을 상대할 생각이었던 모양이다. 진이 앞장서서 고함을 질렀다.

"느, 늘어, 늘어났다―――?!"

[실전에선 얼마든지 예측 가능한 사태야. 일곱 명이서 한 명을 상대해봤자 제대로 된 수련이 될 리가 없다. 어디 보자. 7 대 2로 맞붙는 방법과 4 대 1, 3 대 1의 두 갈래로 나뉘어서 맞붙는 방법 중에 한쪽을 마음대로 고르도록 해라.]

선생님, 그 선택에 무슨 의미라도 있나요?

학생들의 눈동자가 거의 입이나 다를 바 없이 그들의 감정을 표현하고 있었다.

의미야 당연히 있고말고. 그들은 집단 전투의 프로페셔널이야. 7 대 2 쪽이 훨씬 난이도가 높으리라는 건 상식이었다. 뭐, 난이도가 높은 만큼 서로의 호흡을 맞춘 연속 공격 전술 같은 것도 배울 수 있을 테니 익힐 수 있는 기술도 많으리라는 생각은 들었다.

"아니, 잠깐만요. 라이도우 선생님? 혹시나 해서 여쭤 보는 건데, 그 둘의 전투력은 서로 비슷한 정돈가요?"

[당연한 소리를 왜 하나? 파랑도마뱀 군은 기술이 뛰어난 반면, 쯔바이 군은 힘이 강하다. 양쪽 다 더할 나위 없이 뛰어난 전사들이야. 참고로 그들의 주특기는 집단 전투다.]

아베리아? 제발 당연한 소리 좀 하지 마. 서로 실력이 다른 두 사람을 소환해봤자 아무런 의미도 없잖아?

"서, 선생님은 둘이나 소환하시고도 아무런 부담이 없나요?]

[문제없다. 한 명이나 백 명이나 큰 차이는 없어.]

사실은 소환조차도 아니거든. 문을 열어서 불러들이기만 하면 끝나는 일이기 때문에, 한 명이건 전원이건 나의 부담은 크게 다를 바 없었다.

그들도 아직 굴릴 만한 머리는 남아있던 모양이다. 학생 제군은 두 갈래로 나뉘는 쪽을 선택했다. 양쪽 팀의 구성도 거의 예상대로였다.

진, 유노, 아베리아, 이즈모.

다에나, 미스라, 시프.

결론부터 말하자면, 양쪽 팀 가운데 어느 한쪽도 리자드를 이기지 못 했다. 그러나 예전보다 훨씬 양호한 결과를 보이면서 강의는 끝났다.

진이 강의가 끝난 뒤에 상의할 일이 있다고 해서 일단 들어볼 생각이었다.

"다, 다음 기회에 부탁드릴게요."

그런 식으로 숨이 당장 넘어갈 듯한 목소리를 듣고 헤어진 이후로, 오늘에 이르렀다.

방학이 시작됐는데도 불구하고 아직 아무런 소식도 없다는 얘기는, 그다지 중요한 상담이 아니었을지도 모른다.

점심밥이라도 쏘라는 얘기였나?

하긴 그런 식의 사소한 용건을 녹초가 된 상태로 새삼스럽게 꺼내기는 힘들었을 것이다. 들어간 음식이 전부 다 그대로 나오지나 않으면 다행이거든.

"그 날은 항상 숙녀다운 자세를 잊지 않는 시프도 큰 대자 모양으로 뻗어버렸더군요. 그나저나 그들의 실력으로 봐서 방식을 아주 약간만 고치면 한 단계 더 나아갈 수 있으리라는 예감이 듭니다만, 어째서 이만큼이나 압도당하는 걸까요?"

시키는 의문점을 입에 올리면서도 책을 읽는 손길을 멈추지 않았다. 그는 머릿속에서 동시에 두 가지 일을 처리할 수 있는 모양이다.

"역시 경험이 부족한 게 크지 않아? 요전번 수업에서 보여준 실력으로 판단하자면, 다음 수업 때까지는 확고한 대책을 마련해 와서 한 걸음 더 앞으로 나아갈 수 있을 것 같아. 그리고 아마, 다들 머리가 지나치게 좋다 보니 필요 이상으로 신중을 기하고 있는 듯한 느낌이 들어."

"제2단계 말씀이십니까? 힘과 속도가 또다시 뛰어오른다는 사실을 알게 된다면 이래저래 온갖 불평불만을 쏟아 내리라는 예감이 듭니다."

"벌써부터 뻔히 보이는 것 같아. 그들을 1단계 때와 같은 감각으로 상대할 경우엔 파랑도마뱀 군의 공격엔 그나마 버텨낼 수 있을지 몰라도, 쯔바이 군의 공격은 받자마자 튕겨 나가거나 일격에 전투불능일 테니까."

나와 시키는 인기척이 거의 느껴지지 않는 도서관 안에서 학생들에 관해 대화를 나누고 있었다. 학생들의 실력은 미스티오 리자드들로서도 그럭저럭 즐길 정도는 되는 듯이 보이고, 힘을 조절하는 연습에 적지 않은 보탬이 되리라. 실전에서 굳이 힘을 조절할 필요가 있을지의 여부는 일단 넘어가더라도 익혀둬서 나쁠 일은 없었다.

학생들의 성장이 지나치게 느릴 경우, 리자드들로서도 스트레스가 쌓일 수밖에 없을 것이다. 나로서는 진 일행이 건투하기만을 기도할 뿐이었다.

"……라이도우 님."

[알아, 온 것 같다. 녀석들도 양반은 못 되는 모양이야.]

나는 이쪽으로 다가오는 기척을 느끼자마자, 곧장 필담으로 전환했다. 그 기척들은, 나도 아주 잘 아는 기척들이었다.

우리는 각각 책을 읽는 자세로 그들이 도착할 때까지 기다렸다.

"실례합니다. 라이도우 선생님? 잠시 동안 시간을 내주실 수 있으신가요?"

[진이구나. 무슨 용건이지?]

나와 시키가 이야깃거리로 삼고 있던 학생들이 가까이 다가왔다. 아니나 다를까, 아직 고향으로 돌아가지 않은 시프와 유노도 함께였다. 렘브란트 씨의 울상을 짓고 있는 얼굴이 머릿속에 떠올랐다. 부인으로부터 받은 편지를 고려하더라도, 최소한 한 번 정도는 얼굴을 보여주고 오는 게 좋지 않겠냐는 생각이 들었다.

"예. 그러니까, 저기. 저희들은 선생님께 긴히 상담드릴 일이 있어서 온 겁니다."

나는 정중하기 이를 데 없는 태도로 입을 여는 진에게 적지 않은 위화감을 느꼈다. 동시에 그가 이런 식의 말투도 구사할 수 있다는 사실이 은근히 감탄스러웠다.

[말해봐라.]

"이번 여름방학 기간 동안, 선생님께서 시간이 나실 때만이라도 상관없으니 저희들을 단련시켜 주실 수는 없을까요?"

[여름방학 기간 중에 말이냐?]

"예, 선생님께선 외래 학생들을 대상으로 한 특강은 개강하지 않으신다고 들었습니다. 물론 강의를 열어주신 횟수만큼의 대가는 틀림없이 준비할 테니, 꼭 부탁드리고 싶습니다."

……

장기 휴가 기간인데도 불구하고 꽤나 의욕이 넘쳐 보였다. 나는 이번 방학 기간 동안, 주로 사업 방면으로 자기 개발을 하고 싶었던 참이었다.

게다가 돈도 확실하게 낼 테니 부탁드리겠다는 식으로 나왔다. 내 눈엔 그들의 넘치는 열의가 너무나 굉장해 보였다. 스스로 번 돈으로 학원의 하계 강습을 다니겠다는 고등학생은 현대 일본에서도 상당히 희귀한 축에 속할 것이다.

[지금 한 말은 전원의 뜻인가? 여름방학 기간 중에 고향을 찾아가 봐야 하는 이는 정말로 아무도 없나? 특히 시프와 유노에게 묻는 말이다. 내가 듣기로 너희들 두 사람은 본가로 돌아와 달라는 아버님의 말씀이 있으셨던 걸로 아는데?]

더군다나, 나더러 제가 강의를 열 테니 두 분 따님은 돌려보내지 못할 것 같다는 소리를 렘브란트 씨 상대로 하라는 거야? 내 입장에서 어떻게 그런 소리를 하냐? 우리 아버지도, 누나나 동생인 마리는 절대로 독립시키지 않겠다면서 어른 주제에 온갖 생떼를 부린 적이 있었다.

우리 집에선 전형적인 바보 부모인 아버지가 쓸데없이 나설 때마다 어머니가 태클을 거는 구도였다. 렘브란트 씨네 집도 대충 비슷한 구도로 보였다.

"저도 꼭 부탁드리고 싶습니다. 그다지 머지않은 장래에 츠이게로 돌아가야 하는 입장으로서도, 지금의 저희들이 갖추고 있는 실력으로 그 도시에 통하리라는 생각은 들지 않습니다. 반년 정도는 돌아가지 않더라도 특별한 문제는 없을 걸로 압니다."

아니, 잠깐 기다려 봐. 딱히 완력이 통하지 않더라도, 너희 집인 렘브란트 가문은 상인 집안이니까 경제력이 있지 않나? 왜 유노도 언니의 말에 고개를 끄덕이는 거야?

으음, 그들의 의지는 그야말로 이보다 더할 수 없이 굳건해 보였다.

나로서는 두 사람을 짧게나마 고향으로 돌려보내야겠다는 생각이 들었다. 그러지 않고서는 렘브란드 씨로부터 끊임없이 온갖 원망 섞인 불평불만이 빼곡히 적힌 편지가 도착하리라는 예감이 들었거든. 가게의 일부를 빌리고 있는 입장인데다가, 렘브란트 상회는 앞으로도 계속해서 공존을 모색하고 싶은 주요 거래처였다. 나로서는 역시, 그들의 부탁을 쉽게 받아들일 수도 없었던 것이다.

[시키, 어때? 우리 예정은 이미ㅡ.]

"어디 보자, 일주일에 한 번 정도는 가까스로 시간을 낼 수 있을 것 같습니다."

이봐.

난 너를 핑계 삼아 완곡하게 거절할 생각이었거든?

일곱 명이 기대에 찬 눈빛으로 나를 바라보고 있잖아? 나 같이 평범한 남자한테 방학 기간 동안 일주일에 한 번씩 학생들을 상대할 시간을 내기가 얼마나 힘든지 알기나 해?

······.

[알겠다. 일주일에 한 번 정도는 상관없다. 하지만 기본적으로 시프와 유노는, 방학 기간 후반엔 반드시 본가로 돌아갔다가 와야 한다. 이건 나로서는 절대로 양보할 수 없는 최소한의 조건이야.]

"예에~? 저하고 언니만 후반 수업에 결석해야 되나요?!"

"라이도우 선생님! 저희들도 다른 학생들과 마찬가지로!"

[안 되는 건 안 되는 거야. 나는 너희들의 아버님으로부터 부탁을 받은 몸이다. 게다가 아직 병상에서 일어난 지 얼마 되지도 않았어. 고향으로 가서 부모님을 안심시키는 것도 중요한 임무야.]

약 두 명으로부터 원망에 찬 시선이 날아왔지만, 기본적으로 학생들은 나에게 감사하는 태도를 보였다.

아니 뭐, 기초적인 트레이닝과 도마뱀 소환으로 끝낼 수 있다면야 별것도 아닌가?

나는 스케줄 조정 등의 업무를 시키에게 일임하고, 다시 독서를 시작했다. 나는 이왕 일이 이렇게 된 바엔, 정말로 남부럽지 않을 만큼 알찬 여름방학으로 만들어야겠다는 결심을 굳혔다.

◇◆◇◆◇

　라이도우가 학생들로부터 방학 중의 특강을 열어달라는 요청을
받고 있을 무렵—.

　사서인 에바가 학원의 도서관 안에서도 일반 이용자들이 들어올
수 없는 폐쇄 서고에 혼자 서 있었다.

　그녀는 학원에서 위험이 사라졌다는 사실을 확인하자마자, 곧장
도서관 근무로 복귀했다. 장기 휴가 기간에도 학자나 연구자는 물
론이고 강사나 일반 이용자에 이르기까지 도서관을 방문하는 이들
의 발길은 끊이지 않았다. 그녀가 당분간 결근하는 바람에 생긴
여파로 인해, 주위 사람들은 적지 않은 악영향을 받을 수밖에 없
었다. 그런 고로, 에바는 앞장서서 다른 사서들을 쉬게 하는 동시
에 대리로 출근해달라는 부탁을 스스럼없이 받아들였다. 그 결과,
그녀의 경우에 한해서 이번 여름방학 기간 동안 장기휴가의 의미
는 거의 없는 거나 마찬가지였다. 그러나 그녀는 사서라는 직업에
보람을 느끼고 있었던 데다가, 방학 기간 중에 반드시 해두고 싶
은 일도 있었기 때문에 불만은 거의 없었다.

　에바는 지금, 한 논문을 찾고 있는 중이었다.

　그 논문은 에바가 라이도우에게 보여주고 싶은 문서였다. 에바
는 귀족 출신의 재녀(才女)인 만큼, 사서라는 직업인으로서 굉장
히 우수한 인재였다. 그녀는 라이도우를 눈여겨보기 시작한 뒤로,
그가 읽던 책들의 제목을 암기함으로써 파악한 독서의 경향으로부
터 그가 알고 싶어 하는 지식이나 그가 알고 싶어 할 것으로 추정

되는 지식들에 관해 예측했다. 라이도우의 독서는 그야말로 광범위한 장르를 망라하고 있었지만, 에바는 그로부터 몇 가지 경향을 도출해내는데 성공했다. 그녀는 우수하기 이를 데 없는 사서였다.

"그러니까 이 교수의 연구는 필요 없어 보이고, 이런 식으로 너무 앞서 나간 이론도 아니야……."

중요성을 공식적으로 인정받은 연구나 논문의 경우, 다른 장소로 옮겨질 때도 있었다. 하지만 기본적으로 일반적인 연구나 논문들은 도서관의 정해진 장소에서 보관하고 있다. 물론 지금까지 학원 내부에서 저작된 대부분의 논문들을 빠짐없이 보관하고 있을 뿐만 아니라 외부의 연구기관에서 발표된 내용까지 망라하고 있기 때문에, 그 숫자는 방대하기 짝이 없었다. 실제로 도서관의 전문가나 다름없는 에바조차, 그 논문이 보관된 장소를 찾아내고자 먼지투성이가 되면서 돌아다니고 있었다. 그녀가 지금 찾아다니고 있는 문서가 그다지 널리 알려진 논문이 아니라는 사실은 의심할 여지가 없었다.

"라이도우 선생님 덕분에 건질 수 있었던 목숨이야. 돈은 필요 없으니까 괜찮은 책이나 추천해 달라는 식으로 배려를 받은 이상, 무슨 일이 있어도 반드시 찾아내야 해. 라이도우 선생님이 곧바로 덤벼들 만한 내용을 준비하고야 말겠어!"

에바가 라임에게 제시했던 막대한 금액의 보수는, 안스랜드 가문의 재산이었다. 당장 여기 있는 돈이 아니라 빼앗긴 영지에 있는 것으로 추정되는 돈이었다. 라이도우는 그 얘기를 듣자마자 어중간한 표정을 지어 보이더니, 에바에게 금전적인 요구가 아니라 지식 제공을 기대한다는 말을 입에 담았다. 그로서는 지금 당장 존재 여부조차 의심스러운 금전보다도 훨씬 현실적인 대가를 제시한 것이었다.

"그의 독서 경향은 딱히 가리는 것이 없었지만, 특별히 더 큰 흥미를 보이는 쪽은 마술 분야였어. 그 중에서도 마력의 활용이나 소환에 대한 관심이 큰 것 같아. 그 이외엔 켈류네온에 관한 정보나 지리를 알고 싶어 하는 눈치였어. 하지만 우선은 역시 그 논문이야."

에바가 찾고 있는 건 한 교수가 평생에 걸쳐 연구하다가 결론을 내지 못한 채로 좌절했다고 알려진 논문이었다. 다른 이들이 보기엔 특별히 주목할 만한 내용도 아닌 흔해빠진 논문이었다. 그러나 에바는 그 논문이야말로, 라이도우가 추구하는 지식 가운데 하나일 것이라고 거의 확신에 가까운 추론을 세워두고 있었다. 그 이외에도 그가 원할 것으로 예상되는 서적들의 목록을 만들어 놓은 상태였다. 나머지 책들을 찾아내는 작업은 그다지 어렵지 않았다. 지금 이 순간, 이름도 없는 한 교수의 평범한 논문을 발견하는 작업이야말로 가장 큰 난관이었다.

"빚을 갚은 뒤, 앞으로도 그와 우호적인 관계를 유지해야 해. 이제 나한테는 그와 쿠즈노하 상회 외엔 의지할 데가 없어."

에바는 쿠즈노하 상회에서 근무하고 있는 종업원들이나 라이도우, 시키의 실력을 두 눈으로 직접 목격했다. 그들 이외에도 엄청난 실력자들이 넘쳐난다는 이야기도 들었다.

에바의 눈에 쿠즈노하 상회는 굉장히 매력적인 파트너로 보였다. 그들은 상식을 초월한 실력을 지니고 있을 뿐만 아니라 특별히 소속된 다른 조직이 없는 상회였다. 그들은 약속대로 학원 내부에 도사리던 조직의 세력을 간단하게 제압하는 실력을 과시해 보였다. 에바의 입장에서도 온화한 것으로 알려졌던 강사 브라이트가 그 세력의 우두머리였다는 사실엔 경악을 금할 길이 없었다.

게다가 동생인 루리아에게도 아무런 피해가 없었다. 그녀로서는 쿠즈노하 상회의 실력을 충분히 인정할 수밖에 없는 엄청난 성과였다.

지금은 아직 상회의 규모가 작기 때문에 대단한 사업을 벌일 수는 없을지도 모른다. 하지만 그들이 앞으로 어떻게 성장할지는 아무도 알 수 없는 거 아닌가?

영지의 탈환과 부흥을 바라는 무모한 귀족 출신의 사서는 아직 자신의 희망을 완전히 버리지 않았다.

그렇기 때문에, 그녀는 라이도우와의 우호적인 관계를 오래도록 유지하고 싶었다. 강력한 힘을 지니고 있는데다가 성격도 나쁘지 않았다. 상회의 운영 상황도 순조로울 뿐만 아니라 우수한 인재들을 잔뜩 보유하고 있다. 얼굴은 분명 보기 좋은 편은 아니다. 하지만 에바는 사람의 얼굴 정도는 적응만 하면 특별히 문제로 삼을 요소는 아니라고 여겼다. 첫 인상이 약간 나빴더라도, 그게 중요하단 말인가? 사람의 외모로 내용물을 판단하려는 일반적인 가치관이야말로 어리석게 느껴졌다. 여신의 가호를 받을 수도 없는데, 사람들의 외모에 무슨 가치가 있단 말인가? 그것이 바로, 에바와 루리아의 가슴속에 현재 자리 잡고 있는 가치관이었다.

여신에게 기대지 않는 자들이나 여신에 대한 신앙이 흔들린 끝에 잃어버린 자들일수록, 종족을 가리지 않고 외모에 대한 강한 집착을 잃어버리는 경향이 있는지도 모른다.

여신의 침묵이 가치관의 다양화와 같은 현상을 초래하고 있었다. 이 상황이 라이도우, 본명 미스미 마코토에게 일종의 순풍으로서 작용할지도 모르는 일이었다.

롯츠갈드의 학원제가 이제 곧 다가온다. 그리고 전쟁의 기운도 다시 고조되기 시작했다.

학원의 여름방학은 폭풍전야의 고요함을 그대로 구현하듯이, 평온하게 흘러갔다.

세 사람의 이세계인들이, 이 세계에서 맞이하는 두 번째 가을이 서서히 다가오고 있었다.

8

지옥이다.

진은 눈앞에 펼쳐진 현실을 도저히 받아들일 수가 없었다.

틀림없이 자신들이야말로 학원의 임시 강사인 라이도우에게 여름방학 기간 중의 특별 훈련을 봐달라고 부탁한 장본인들이었다는 사실은 납득하고 있었다. 학원제를 앞둔 마지막 실력 상승의 기회인 여름방학에, 이보다 더할 수 없이 완벽한 선택이었다는 확신도 있었다.

그리고 그들은 여름방학 들어 두 번째로 참가한 특강에서, 하늘에 저녁노을이 보일 시각에 즈음하여 오랜 숙적인 도마뱀 군을 드디어 격파하는데 성공했다. 첫 날과 마찬가지로 네 차례의 전멸을 거쳤을 뿐만 아니라, 마지막엔 네 사람 가운데 두 사람이 탈락하면서도 간신히 승리를 거뒀다. 하지만 틀림없이, 의심할 여지가 없는 승리였다.

두 사람의 탈락은 보다 공격적이면서도 적극적으로 전투에 열의를 보였던 결과였다.

그들은 이제 실전 강의도 다음 단계로 넘어갈 수 있을 것이라고 여기며 온몸을 뒤덮는 피로감을 이보다 더할 수 없이 상쾌한 기분으로 받아들이고 있었다.

강사 라이도우의 조수인 시키가 무릎을 꿇은 채로 대기하던 리자드맨에게 다가가 회복 술법을 사용했다. 그리고 진과 유노, 아베리아, 이즈모 네 사람에게도 회복 술법을 사용한 뒤, 마력을 회복시키는 약을 건네면서 전원을 완전히 회복시켰다.

언제 봐도 무시무시한 회복 능력이었다. 정신적인 피로는 어쩔 수 없었으나, 격렬한 전투로 소모된 체력과 마력은 강의를 개시했을 때와 비교해도 손색이 없는 상태로 되돌아왔다.

"그럼 이제 시간도 얼마 남지 않았습니다만, 해가 질 때까지 파랑도마뱀 군의 제2단계와 승부를 겨루도록 하세요. 저는 건너편의 상황을 보고 오겠습니다."

축하한다는 한 마디도 없이, 시키의 입에서 담담한 목소리로 다음 지시가 떨어졌다.

리자드맨으로부터 특별히 따로 강화된 듯한 기척은 느껴지지 않았다. 진이 제2단계의 정체에 관해 궁금해 하면서 그쪽으로 시선을 돌린 순간, 그는 눈앞의 파랑도마뱀 군으로부터 느껴지는 예리한 투기로 인해 경악할 수밖에 없었다. 파랑도마뱀 군은 이미 검을 움켜쥔 팔을 하단으로 늘어뜨렸다가 치켜드는 모션을 시작한 상태였다.

진은 불완전한 자세로 하단으로부터 날아 들어온 엄청난 속도의 참격(斬擊)을 방어할 수밖에 없었다. 방금 전과 비교조차 되지 않을 정도로 묵직한 느낌이 전해져 왔다. 만전을 기한 상태라면 모를까, 허를 찔린 상태에서 받아낼 수 있는 일격이 아니었다. 경악과 동시에 발바닥으로부터 느껴지던 땅바닥의 감각이 사라졌다.

"아니, 그게 말이나 돼? 크, 으아아아아아!!"

순간적으로 몸이 공중에 떠버린 진이 믿겨지지 않는다는 눈빛을 띤 채로 두 눈을 크게 뜬 순간, 파랑도마뱀 군은 약간이나마 후방을 향해 튕겨나가던 진의 몸에 무자비한 꼬리의 일격을 날렸다. 그 위력도 확실하게 지금까지 선보이던 공격과 차원이 달랐다. 진은 아베리아와 이즈모가 있는 방향을 향해 보기 좋게 튕겨 나가고 말았다.

힘과 속도가, 거의 별개의 존재처럼 보일 정도였다. 기술 자체는 지금까지 보여준 실력과 크게 다를 바 없었으나, 그 위력과 속도만 바뀌어도 몸으로 느껴지는 예리함은 전혀 달랐다. 기본적인 부분을 따라잡지 못 하는 이상, 전술 그 자체가 붕괴를 일으킬 수밖에 없었다.

"잠깐, 진? 비켜! 얼음 화살이 날아오잖아! 이즈모, 장벽을 전개해. 유노도 이쪽으로 와!"

"그러지!"

"알았어!"

아베리아도 갑작스럽게 날아 들어온 진을 바라보며 경악을 금치 못 하겠다는 표정을 짓고 있었다. 그러나 이 자리에서 상황 분석을 중단해 봤자 선수를 빼앗길 수밖에 없다는 사실은 불 보듯 뻔했다. 그녀는 파랑도마뱀 군이 방패를 장비한 손으로부터 새어나오는 빛을 확인하자마자 다음 공격을 예측한 뒤, 곧바로 다른 멤버들에게 지시를 내렸다. 그들은 진의 상태에 따라 지휘 계통을 곧바로 전환하는 작전도 준비해 온 참이었다. 그러나—.

"뭐, 뭔가 이상해. 이 느낌은 애로우 계열이 아니잖아?! 주위 환경을 향한 마력 간섭…… 설마, 카렌이 사용하던 술법?!"

"어, 카렌?! 얼음 속성이니까, 어라?!"

"잠깐, 흩어……!"

유노의 고함소리가 공허하게 울려 퍼졌다.

네 사람은 통째로 얼음덩어리 속에 갇혔다. 그대로 깨뜨리기라도 하면, 그들의 목숨은 그 자리에서 끝장이었다. 그러나 파랑도마뱀 군은 움직이지 않았다. 지금 치르고 있는 전투가 실전이 아니라 강의의 일부라는 사실을 이해하고 있기 때문이다. 리자드맨은 약간 벌린 입 사이로 붉은 혀를 내비치면서, 날을 세우지 않은 커다란 한손 검을 대지에 꽂았다. 그는 아름답기 그지없는 푸른 비늘을 석양에 쪼이면서, 근처의 바위 위에 걸터앉아 라이도우나 시키가 도착할 때까지 기다렸다. 그 모습은 이보다 더할 수 없이 여유로워 보였다. 그가 얼굴에 지은 표정의 미세한 변화는, 학생들의 성장에 대해 자그마한 기쁨을 느끼고 있는 듯이 보였다.

한편—.

진에 필적하는 검술 실력을 자랑하는 미스라와 함께 히트 앤드 어웨이 전술로 적의 주의를 끄는 다에나, 그리고 두 사람의 근접 전투 담당이 움직이는 위치에 따라 미스티오 리자드가 사용하는 술법의 대상이 되지 않도록 랜덤으로 이동하면서 불 속성 메인의 술법으로 원거리 공격을 담당하는 시프로 이루어진 세 사람의 팀도 파랑도마뱀 군 쯔바이를 궁지로 몰아넣고 있었다. 라이도우가 소환한 두 마리째의 리자드맨은 타고난 힘을 살린 강력한 일격을 구사하는 상대였다. 다행히 미스라와 다에나로서는, 쯔바이 쪽이 첫 번째 리자드맨보다 약간이나마 상대하기 편한 적수였다.

그들은 불완전하게나마 상대의 공격을 받아넘길 수가 있었다. 공격 범위가 첫 번째 녀석보다 좁았기 때문에 회피하기가 수월했다. 그런 연유로, 단 두 명으로도 전선을 어렵지 않게 유지할 수 있었다. 물론 시프는 술법을 사용해 공격하면서도 첫 번째 리자드보다 강력한 위력의 마술 공격을 회피해야 했다. 그러나 전선이 안정적으로 유지되고 있다는 사실은, 그녀에게도 냉정하게 상황을 지켜볼 수 있을 만한 심리적 여유를 제공하고 있었다. 진 일행이 승리의 기쁨에 찬 고함소리를 부르짖을 무렵, 그들 또한 승리를 눈앞에 두고 있던 참이었다.

"좋아, 사선(射線)은 확보했다! 시프! 이 자식한테 마지막 일격을 날려!!"

그러나 다에나의 입에서 나온 이 한 마디가 문제였다.

쯔바이의 공격이 순간적으로 뚝 그쳤다. 그 시간은 그야말로 한 순간에 지나지 않았다. 시프의 영창이 끝나기도 전에, 쯔바이로부터 정확하기 그지없는 일격이 미스라에게 날아갔다.

'이건 또, 뭐지? 지금까지 날리던 공격과 어딘지 모르게, 달라……'

미스라가 느낀 오한에 가까운 감각은, 그가 지니고 있는 훌륭한 소질로 인한 것이었다.

"큭?!"

격렬한 통증이 저릿거리는 감각과 함께 검을 따라 양팔까지 타고 왔다. 완전히 차원이 다른 위력의 공격이었다. 미스라는 무심코 양손으로 꼭 틀어쥐고 있던 애검(愛劍)을 떨어뜨리고 말았다. 또다시 리자드의 공격이 날아왔다. 옆으로 쓸어 넘기는 식의 횡 베기였다. 당연히 미스라로서는 그 공격을 막을 수단이 없었다.

"에잇, 기다려!"

다에나가 동료의 위기를 구하고자 미스티오 리자드에게 견제 공격을 시도했다. 이 공격을 방어하는데 실패할 경우, 미스라의 다운은 피할 수 없었다. 혼자서 리자드를 상대로 근접 전투를 펼칠 수는 없다는 사실을 누구보다도 잘 아는 그의 판단에, 이의를 제기할 여지는 티끌만큼도 없었다.

예비 무기인 단검을 투척해 상대로 하여금 방패를 사용하도록 유도한 뒤, 손에 움켜쥔 검으로 공격할 계획이었다. 순간적으로 떠올린 공격 절차도 나쁘지 않았다.

그러나 그가 던진 단검의 섬광은 미스티오 리자드가 휘두른 꼬리에 막혀 방패는 나올 기회조차 없었다.

손에 쥐고 있던 단검의 일격도 리자드맨의 팔에 도달하지 않았다. 그 대신, 리자드맨으로부터 온 시야를 뒤덮을 정도의 엄청난 기세로 방패 공격이 날아왔다.

"그허억!!"

리자드맨은 가뿐한 몸놀림을 주무기로 삼아 돌진해 들어갔던 다에나를 방패로 내리쳐 잠자리라도 잡듯이 격추해 버렸다. 이른바 쉴드 배쉬(Shield Bash)라고 불리는 공격이다. 옆에서 보기에도 엄청난 고통이 느껴질 만큼, 정통으로 들어갔다.

"커헉……!"

횡 베기를 가슴에 받아 몇 미터나 날아가던 미스라도, 여러 차례에 걸쳐 대지와 바운드를 일으키면서 튕겨 갔다. 지금은 거의 꼼짝도 하지 않았다. 그가 만약 건재하다면, 낙법을 치거나 어떤 식으로든 곧바로 반응을 보였을 것이다. 한 마디로 말해서, 순식간에 근접 전투를 담당하던 두 사람이 제압당한 것이다.

"……이럴 수가?!"

하지만 시프는 아직도 자신이 사용한 술법만 명중하면 어떻게든 이길 수 있을지도 모른다는 희망을 버리지 못 하고 있었다. 그러나 쯔바이는 그런 희망이 담긴 시프의 술법을 무난하게 회피하면서 그녀를 향해 돌격해 들어갔다. 시프로서는 쯔바이 앞에서 눈물을 머금을 수밖에 다른 방도가 전혀 없었다. 그녀의 반응도 어쩔 수 없었다. 그 한 순간 동안 두 사람의 근접 공격 담당에게 지원을 쑤셔 넣기 위해서는 초인적인 반사 신경이 필요할 뿐만 아니라, 공격을 포기한다는 선택지도 지금까지 쌓아올린 전개를 헛되이 날린다는 의미에서 그다지 좋은 생각이 아니었기 때문이다. 오히려 예상 밖의 상황임에도 불구하고 영창을 완성시켰을 뿐만 아니라 끝까지 승리를 포기하지 않은 시프의 판단력은 굉장히 우수한 축에 속했다.

'최, 최소한 얼굴만은 봐 주세요……!'

시프는 리자드의 무자비한 참격을 지팡이로 막는 자세를 취하면서도, 마음속에서 남몰래 희망사항을 중얼거렸다. 한창 때의 소녀로서는 지극히 자연스러운 반응이었다. 다행히 그녀의 소망은 이루어졌다. 그녀는 가슴에 강한 충격을 느끼면서 정신을 잃었다. 결과적으로 세 사람은 순식간에 전멸 당했다.

"후우우우우우……."

폭주를 일으킨 쯔바이에 의해, 유감스럽게도 세 사람으로 이루어진 이쪽 파티는 승리를 거머쥐는데 실패하고 말았다.

[흠, 이번엔 진 일행 네 사람이 여하튼 간에 파랑도마뱀 군을 격파하는데 성공한 모양이구나. 축하한다. 잘 했다.]

『감사합니다!!』

『…….』

진 일행이 라이도우의 축복에 감사 인사로 화답하는 동안, 나머지 세 사람은 옆에서 보기에도 확실하게 착 가라앉은 표정으로 고개를 숙이고 있었다. 진 일행보다 뒤쳐졌다는 사실과, 같은 경지에 이르지 못한 자신들의 처지가 분하게 느껴졌기 때문이다. 그들은 그저 아무 말도 없이, 동급생들의 얼굴을 바라볼 수밖에 없었다.

[나머지 시간은 오늘 전투의 복습과 기초 강화에 쓰도록 해. 시키, 학생들을 부탁한다.]

"명을 받들겠습니다. 그럼 네 사람은 저를 따라오시죠."

격파 팀은 시키를 따라갔다. 라이도우는 그들의 뒷모습을 잠시 동안 바라보는가 싶더니, 이윽고 침울한 표정의 세 사람에게 고개를 돌렸다.

[그나저나, 너희들한테는 미안할 뿐이다. 후반에 상대가 갑작스럽게 강해져서 놀랐지? 내 실수다. 사죄하마.]

라이도우가 머리를 숙였다. 그 모습이 학생들에게는 굉장히 충격적으로 다가온 모양이다. 세 사람은 침울한 표정을 짓고 있을 겨를도 없이, 두 눈을 크게 뜨고 입을 뻐끔거렸다.

"저기, 선생님? 딱히 사죄하실 필요는 없습니다. 하지만 리자드맨이 느닷없이 아까 같은 식으로 급격히 강화된 이유에 관해서 가르쳐주실 수 없을까요?"

시프가 핵심을 찌르는 질문을 던졌다. 미스티오 리자드가 급격한 강화를 보인 결과, 전원이 큰 부상을 입었다. 언뜻 보기에도 그들이 입은 부상은 심각하기 그지없었다. 물론 지금은 시키에 의해 완전히 회복된 상태였지만, 그들이 거의 사고나 다름없는 레벨의 고통을 맛본 것은 분명한 사실이었다. 그러나 그녀로서는 쓸데없는 사죄보다 그런 일이 생긴 까닭을 아는 쪽이 더 중요했던 모양이다.

"저도 거기가 신경 쓰였어요. 어째서 처음부터 그 실력을 보이지 않은 거죠?"

"혹시 저희들은 그냥 농락당하고 있었을 뿐인가요?"

미스라와 다에나의 의견도 크게 다르지 않은 듯이 보였다. 라이도우는 잠시 동안 생각에 잠긴 듯한 모습을 보이더니, 크게 한숨을 내쉬면서 세 사람에게 설명을 시작했다.

[학생들에게 굳이 이 사실을 알릴 필요는 없을 것으로 여겼는데, 오늘은 너희들에 대한 사죄의 의미로 털어놓겠다. 진 일행에게 가르쳐줄지의 여부는 각자의 판단에 맡기마. 너희들이 상대하고 있는 파랑도마뱀 군의 종족이 본래 실력을 발휘할 때는 어지간한 용보다도 강하다.]

『......?!』

[너희들의 실력에 맞춰 약체화에 약체화를 거듭한 뒤, 일부러 고물에 가까운 장비를 쥐어준 채로 소환한 거다. 오늘 너희들이 상대한 두 마리는 본래 실력의 1할 만큼도 발휘하고 있지 않아.]

"이, 1할?!"

"그럼, 마지막에 보여준 게 진짜 실력인가요?!"

라이도우는 학생들의 경악에 아랑곳하지 않고 설명을 이어 나갔다. 진 일행도 시키로부터 제2단계에 관해 가벼운 설명을 듣고 있을 무렵일 것이다. 지금까지 새끼손가락을 상대로 용을 쓰고 있었다는 사실을 스트레이트하게 전해 듣고 있는 셈이니, 세 사람의 충격은 틀림없이 클 수밖에 없었다.

[마지막에 보여준 실력은, 어쩌면 너희들이 오늘은 1단계를 쓰러뜨릴 지도 몰라서 준비해 두고 있던 제2단계다.]

"아까 보여준 것도, 진짜 실력이 아니란 말씀이신가요……? 하지만 어째서 1단계를 쓰러뜨리지도 않았는데 2단계를 선보인 거지요?"

[그게 바로 내 실수였다. 정말로 미안하다. 쯔바이, 이리 오렴.]

라이도우가 손짓하자, 두 마리 가운데 체구가 작은 쪽이 종종걸음으로 다가왔다. 그리고 라이도우에게 가까이 다가와 무릎을 꿇고 머리를 숙였다. 그 몸짓은 일종의 기품이 느껴질 정도로 우아해 보였다. 세 사람의 휴만은 리자드맨의 아름다운 자세에 시선을 빼앗기고 말았다.

[사실은 말이야.]

심각한 표정의 라이도우가 세 사람에게 고개를 돌렸다.

[파랑도마뱀 군 쯔바이라고 소개해버린 내 잘못이다. 쯔바이 군, 아니 쯔바이 양은 남성이 아니라 여성이었거든.]

『네?!』

[그래서 너희들한테 『이 자식』이라는 소리를 듣고 열 받은 모양이야. 그녀를 부를 때는 쯔바이 양이나 미스 쯔바이라고 불러주길 바란다. 그러니까 결국, 내가 너무 무신경했기 때문에 벌어진 일이야.]

『…….』

뭐라고 표현하기도 힘든 침묵이 그 자리를 지배했다.

[뭐, 이번 일엔 너무 낙담 말고 다시 도전해주]

"라이도우 선생님."

시프가 끼어들었다. 그녀가 라이도우의 발언을 가로막는 것도 흔치 않은 광경이었다.

[말해 봐라, 시프.]

"아직 시간이 많이 남아있어요. 미스 쯔바이에게 재도전하고 싶습니다."

[아니, 하지만 말이다? 지금부터 시작할 경우엔 끝나는 시각도 굉장히 늦어질—.]

『꼭 부탁드립니다!!』

라이도우는 어쩌다 보니까 세 사람의 학생으로부터 박력 넘치는 탄원을 받고 말았다. 라이도우는 반사적으로 리자드맨에게 시선을 돌렸다. 그녀는 주인을 마주보면서 고개를 끄덕였다. 얘기를 듣고 보니 어딘지 모르게 여성적인 감성이 느껴지는, 다정하기 그지없는 미소일지도 모르는 표정을 짓고 있는 듯이 보였다.

'오늘은 학생들하고 고테츠에서 밥 먹기로 약속하고 나왔는데, 돌아가는 상황이 나와 3인방은 뒤늦게 합류할 수밖에 없는 느낌인가? 시키 녀석을 먼저 보낼 경우엔 달착지근한 냄새가 가득 찬 공간으로 들어가야 되서 벅찬데 말이야. 하지만 이번 일은 내가 멀쩡한 여자를 남자로 착각하도록 엉뚱한 소개를 해버린 게 발단이니까…… 어쩔 수 없지. 이왕 시작한 이상, 끝까지 책임지자.'

이미 해질녘이라고 표현하기에도 늦은 시간이었다. 밤의 어둠이 새로운 주인공으로 등극하기 시작하는 시간이 다가왔다.

라이도우는 종자인 시키에게 연락을 취해, 나머지 네 사람의 학생을 먼저 고테츠로 데려가도록 지시했다.

◇◆◇◆◇

　"선생님, 잘 먹었습니다! 어쩌다가 도서관에서 뵙게 됐을 때는 잘 부탁드립니다!"
　『잘 먹었습니다!』
　[조심해서 돌아가라.]
　"여러분, 샛길로 빠지지 마시고 곧장 기숙사로 돌아가세요."
　학생들이 고테츠의 문 앞에서 한 강사에게 머리를 숙이고 있었다. 학생들의 입장이 강한 것으로 알려진 이 도시에서, 그다지 흔치 않은 광경이었다. 물론 그들은, 라이도우와 그의 강의를 수강하는 학생들이었다.
　다들 곧장 기숙사로 돌아가려는 듯이 보였다. 일곱 명의 학생들은 다 함께 밤의 거리로 사라졌다. 고테츠로부터 돌아갈 경우, 기숙사의 종별을 불문하고 돌아가는 방향은 크게 다르지 않았다. 학원의 부지 안에만 들어가더라도 특별히 걱정할 필요는 없었다. 라이도우는 최소한의 안전을 확보하기 위해, 그들의 몸에 일어날 수도 있는 이변을 감지하는 용도의 계를 전개했다. 하여간 오늘 스케줄은 이걸로 전부 일단락 지어진 셈이다. 라이도우가 이러니저러니 해도 학생들에게 거의 과보호에 가까운 태도를 보이는 이유는, 그들에게서 동아리의 후배들을 떠올렸기 때문이었다. 학생들을 상대하면서 후배들의 그리운 얼굴을 겹쳐보고 있는지도 모른다.

"좋아, 다 끝났다. 우리도 돌아갈까, 시키?"

"예. 라임 일행도 오늘은 상인 길드의 직원들과 근처 가게의 종업원들을 끌어 모아 식사 모임을 가진다고 들었습니다. 돌아올 시간은 예측할 수 없을 것 같다더군요. 어찌하시겠습니까? 아공으로 돌아가시겠습니까?"

라이도우는 시키의 제안에 곧바로 대답하지 않고 잠시 생각에 잠겼다. 에바를 통해 접한 한 가지 논문 덕분에, 그는 최근의 수련에서 명확한 목표를 설정하는데 성공했을 뿐만 아니라 보다 충실한 만족감을 느끼고 있었다. 평소의 그 같으면 망설임 없이 그 자리에서 아공으로 돌아가 몸을 움직이는 쪽을 택했으리라. 제안을 한 시키도 주인이 내릴 결정을 미리 예상하고 꺼낸 말이었기 때문에, 라이도우가 보인 반응은 예상 밖이었다.

"글쎄 말이야. 아니, 오늘은 상회로 돌아가자. 시키, 너 말인데? 내가 합류하기 전에 진 일행한테 무슨 소리라도 한 거 아냐?"

"예?! 무슨 소리, 라 하심은?"

시키가 주인의 질문에 너무나 알기 쉬운 반응을 보였다. 라이도우는 그의 대답을 듣기도 전부터, 시키가 학생들에게 조언을 했다는 사실을 헤아리고 있었다.

"딱 봐도 의욕이 넘쳐 보이잖아. 특히 진 녀석은 거짓말 같은 건 앞으로도 절대로 못 할 성격이더라. 그 녀석, 도서관에서 가끔씩 보자는 식으로 연막을 치면서 사실은 어디론가 멀리 나가볼 생각이 뻔히 들여다보이잖아? 진 녀석이 평소에 안 하는 소리를 할 때는 어딘지 모르게 어정쩡해 보인단 말이지. 그건 그렇고, 쟤들한 테 대체 무슨 조언을 해준 거야?"

"……. 미스티오 리자드의 제2단계와 맞붙고 나서 지나치게 낙 담한 모습들을 보다 못해, 저도 모르게 쓸데없는 참견을 하고 말 았습니다. 전이진을 사용할 정도의 자금은 있는 듯이 보였기에, 레벨을 올려보는 게 어떻겠냐고 제안했을 뿐입니다. 기본적으로 롯츠갈드 학원은 학생들의 레벨 업을 장려하고 있으니까요. 그들 은 라이도우 님의 강의를 받기 시작한 이후로 거의 레벨을 올리지 않은 상태이기도 했고요."

"뭐, 미궁 탐색이나 필드 워크를 강의에 도입한 적은 없으니까 당연한 결과지. 레벨을 올리기 위한 경험치는 뭔가를 죽이지 않고 서는 오르지 않거든. 말하자면, 쟤들은 내 강의에 지나치게 열중 하느라 레벨 업을 게을리 하고 있었다는 건가?"

라이도우는 쓴웃음을 지을 수밖에 없었다. 그는 레벨에 기대지 않는 형태로 실력을 향상시킨다는 자신의 방식이, 학원의 주류에 거스르는 이단적인 수법이라는 사실을 깨달았다. 롯츠갈드의 학생 들은 예외 없이 모험가 길드에 등록되는 걸로 알고 있다. 물론 강 제로 등록시킬 필요도 없이, 편의성 때문에 미리 등록을 마친 학 생들의 숫자도 결코 적지 않았다. 제반 사정으로 인해 주요 학원 이 위치한 도시엔 길드 접수를 담당하는 지부가 설치되어 있지 않 은 것으로 알고 있다. 그러나 학생들은 전원이 길드 카드를 보유 하고 있었다. 길드 카드는 무료로 입수할 수 있는 고성능 연락용 인터페이스로서, 학원에서도 편리하게 활용하고 있는 모양이다.

마코토가 그 사실을 알게 된 것은, 사실 극히 최근의 일이었다. 기본적인 강사용의 정보는 파악하고 있었지만 학생용의 정보까지 자세히 훑어본 적은 거의 없었기 때문이다.

"아공에서 수확한 농작물의 영향을 알아보기 위해 추진하던 실험의 성과 덕분에 그들의 능력치도 오른 것은 사실입니다만, 레벨 업으로 인한 상승치도 약간이나마 그들의 보탬이 되지 않을까 싶습니다."

"보탬이라? 시키가 쟤들한테 정말로 선사하고 싶은 건 힘이 아니라 자신감 쪽이잖아? 지금 당장 쟤네들이 적당한 장소로 가서 마물들과 맞붙을 경우, 모르긴 몰라도 굉장히 깜짝 놀랄 테니까 말이야."

"……역시 꿰뚫어보고 계셨군요. 훌륭하십니다."

"아니, 이런 방면에 관해선 대충 짐작이 가거든. 내가 선생님을 따라다니면서 지나친 길이기도 하니까."

"어디까지나 저의 예상에 지나지 않기 때문에, 어느 정도 그들에게 치우쳐 물러터진 평가를 내렸을 가능성도 없지 않아 있습니다. 하지만 제 생각엔 전원이 사흘이면 70 전후까지는 레벨을 올릴 수 있을 것으로 추측됩니다."

"아니, 그 정도가 거의 적절한 예상치일 것 같은데? 이 부근에서 전투를 벌일 수 있는 상대도 한정되어 있는데다가, 진 녀석은 저래 보여도 꽤나 신중한 성격이야. 그 정도 레벨까지는 올라야 까불대면서 다음 주에도 미스티오 리자드를 불러달라는 식으로 나올지도 모르겠네. 자매가 참가하는 수업도 다음 주가 마지막이니까 더욱 그렇지. 그나저나 시키? 최근에 행동 방식이 토모에하고 비슷한 것 같지 않아?"

"주인이신 라이도우 님의 세계에 관한 지식을 쌓으라면서 다양한 자료를 빌려주실 때가 많습니다. 저로서는 하나 같이 무척이나 흥미로운 자료들뿐입니다."

라이도우는 학생들이 다음에 벌일 행동을 예측하면서, 즐겁다는 듯이 표정을 일그러뜨렸다. 그는 후배들이 최선을 다해 노력하고 있는 모습을 지켜보는 듯한, 어딘지 모르게 흐뭇한 감정을 느끼고 있었다. 직접 접해본 적도 없는 실제 사회의 동향을 예측하는 작업은, 아직은 그다지 자신이 없었다. 그러나 동아리 활동의 기억이나 자신이 쌓아온 수련의 기억을 통해, 학생들의 행동이나 사고 방식은 약간이나마 파악할 수 있었던 것이다.

"그들의 현재 실력으로도 충분히 대응이 가능한 장소를 추천했습니다. 내일부터 저희들도 자유로이 움직일 수 있을 테니, 정식으로 학생들을 돌보는 역할에서 해방되는 셈이군요."

시키는 약간의 해방감이 담긴 쾌활한 말투로, 학생들에게 한 조언의 내용에 관해 보고했다.

"······일단, 만에 하나의 경우가 생길 수도 있으니 최소한의 대비는 필요할 것 같아. 어디 보자. 에리스라도 붙여 보낼까? 아마 걔는 바나나 한 송이만 던져줘도 흔쾌히 승낙할 거야."

"명을 받들겠습니다."

자유의 몸이 된 사실에 기뻐하시기보다 학생들이 무사히 돌아올 수 있도록 보험을 걸어두실 생각을 하시니, 주인께서도 그들이 엮

171

일 때는 저 못지않게 무르신 것 같습니다. 시키는 목구멍까지 나온 말을 집어삼키고, 주인의 명령에 대답했다.

◇ ◆ 아베리아 ◆ ◇

너무 간단하다.

모든 장애물들이 무의미하게 느껴졌다.

고향 마을에서 느꼈던 감각과 거의 비슷한 만능감이 온몸을 지배하고 있었다. 나는 원래 신동이라고 불렸다. 검이나 활은 물론이고, 마술이나 맨손 격투도 나를 이길 자는 없었다. 마을에선 그 누구도 나를 이긴 적이 없었다. 길드 카드를 손에 넣어 레벨을 올릴 수 있게 된 이후론 매일 같이 사냥을 나갔다. 그러다 보니, 근방의 마을들을 통틀어서 나를 이길 수 있는 이는 아예 사라져 버렸다.

뭐든지 다할 수 있다는 사실은, 나에게 억누르기 힘든 쾌감을 선사했다. 학원으로부터 장학생 자격으로 입학해 달라는 요청을 받아 이 롯츠갈드로 올 때까지, 나는 항상 최고였다.

물론 롯츠갈드에 입학한 이후, 곧바로 나의 자신감은 산산이 조각나고 말았다. 뛰는 놈 위엔 나는 놈이 있는 법이다. 이곳에서 나는 앞으로 성장할 가능성 정도나 갖춘, 약간 괜찮은 학생들 가운데 한 사람에 지나지 않았다.

그러니까 지금 하고 싶은 말은, 내가 오랫동안 이런 종류의 쾌감을 잊고 살아왔다는 것이다.

지금, 우리 파티는 일곱 명의 멤버로 롯츠갈드로부터 정도껏 떨어져 있는 삼림까지 발걸음을 옮겨 왔다. 우리의 목적은 레벨 업이었다. 기본적으로 학원에서 레벨 업을 잊고 지낸다는 건 있을 수 없는 일이었지만, 나는 라이도우 선생님의 강의를 수강한 이후로 레벨을 거의 올리지 않았다. 아마도 나, 아베리아 호프레이즈뿐만 아니라 선두에 서서 파티의 기본적인 방침을 정하고 있는 진이나 최근 들어 함께 강의를 받기 시작한 렘브란트 자매도 상황은 크게 다르지 않았던 것으로 보인다. 라이도우 선생님의 강의에 레벨을 올리는 훈련이 없었던 데다가, 나 스스로도 40 중반쯤부터 오를 생각을 안 하는 레벨 때문에 답답하다는 느낌이 들던 참이었다.

하지만 역시 가장 큰 이유는 라이도우 선생님의 수업 내용에 있었다는 느낌이 들었다. 그의 강의는 레벨이 오르지 않는데도 불구하고 실질적인 전투력을 키울 수 있는, 불가사의한 내용의 수업이었다. 물론 그 사실을 다른 학생들에게 누설하고 다닌 적은 없다. 수지타산이 안 맞는다는 생각이 들 정도로 힘겹다는 것도 틀림없었다. 하지만 분명하게 몇 개월 전의 자기 자신보다 훨씬 강하다는 실감이 느껴졌다.

공격이나 방어에 관해서도 동작 하나하나의 의미를 생각하면서 움직이라고 했다. 고찰하는 버릇을 들이라고 했다. 한창 강의를 받는 와중이나 파랑도마뱀 군과 벌이던 특별 강의를 받을 때도, 나는 그의 발언과 지도 내용에서 느껴지던 위화감을 씻어낼 수가 없었다. 그러나 지금 이런 식으로 사냥을 하다 보니, 이제야 그가 하던 말의 의미가 이해되기 시작했다.

상대의 움직임이 느리게 느껴졌다. 우리가 몇 수 앞을 내다보면서 동료들과 콘택트를 되풀이하는 방식으로 작전을 정하는 동안, 마물들은 거의 아무런 반응도 못 하는 듯한 느낌이 들었다. 좀처럼 쉽게 믿겨지지 않을 정도로 여유가 넘치는 전투였다. 실질적인 속도는 크게 상승되지 않았는데도 불구하고, 우리는 적들보다 훨씬 여유롭게 움직일 수 있었다.

나로서는, 이런 감각은 처음으로 경험하는 것이었다.

돌진해 들어온 개체가 방향을 느닷없이 틀더라도, 우리는 모든 케이스에 대한 예상을 순식간에 마쳐 버리고 아무런 문제도 없이 대처할 수 있었다. 아마 휴만이나 아인을 상대로 할 때는 지금 같은 식으로 깔끔하게 처리하기는 힘들지도 모른다. 하지만 눈앞의 마물이, 불과 얼마 전까지만 해도 다함께 포위한 끝에 총공격을 감행하지 않고서는 물리칠 수 없었던 녀석과 같은 상대라는 생각이 전혀 들지 않을 정도로 자기 자신의 성장이 확실하게 느껴졌다. 라이도우 선생님의 강의를 받기 전과 지금은, 그야말로 모든 면에서 차원이 달랐다.

같은 강의를 받은 모든 멤버들은 모두 거의 같은 위화감을 느끼고 있는 것으로 보였다. 다들 어리둥절한 반응을 보이면서도 믿겨지지 않는 페이스로 마물들을 제압해 나갔다. 그리고 우리는 거의 아무런 부상도 없이 그 날의 레벨 업 작업을 마쳤다.

"이건 정말 굉장하네요⋯⋯."

지금은 밤을 나기 위해 다 함께 설치한 베이스캠프에서 쉬고 있는 중이었다.

평소엔 감정을 그다지 겉으로 드러내는 법이 없는 바람 술사 이즈모가, 흥분을 도저히 주체할 수 없다는 듯이 입을 열었다. 아니, 지금은 그에게 바람 술사라는 호칭은 어울리지 않는지도 모른다. 그는 이미 세 종류의 속성을 실전 레벨로 사용할 수 있을 만큼 성장한 상태였다.

이즈모가 무심코 내뱉은 말에 나를 비롯한 모든 이들이 고개를 끄덕였다. 단 하루 만에, 오르기 어려운 단계에 다다른 것으로 생각했던 레벨이 여덟 번이나 올랐다. 게다가 급격한 레벨 업이 이루어질 때마다 발생하는 자신의 힘과 인식 사이에 일어나는 오차도 느껴지지 않았다.

전체적으로 오른 능력을 정확하게 자신의 힘으로서 자유자재로 구사하고 있는 듯한, 불가사의한 감각이 느껴졌다.

"이게 바로, 라이도우 선생님과 시키 선생님이 펼친 강의의 성과라는 건가?"

미스라도 뒤질세라 입을 열었다. 그는 상대의 공격을 인터셉트하거나 방어하는, 하여간 공격을 많이 당할 수밖에 없는 역할을 담당하는 멤버였다. 따라서 하루 종일 레벨을 올리기 위해 전투를 거듭할 경우, 지금쯤 만신창이 꼴로 입을 놀릴 기력조차 남아있을 리가 없는 시간대였다. 그러나 오늘은 미스라도 상처다운 상처가 거의 없었다. 부상을 전혀 입지 않았던 것은 아니지만, 시키 선생님으로부터 받은 약 덕분에 상처가 생길 때마다 곧바로 회복시킬 수 있었던 탓도 커 보였다.

물론 미스라나 시프가 사용하는 회복 술법들로도 부족한 구석은 거의 없었다. 하지만 회복 술법에 마력을 소비하지 않는 만큼, 공격력이 증강되어 마물들을 토벌하는 작업이 훨씬 수월하게 느껴졌다. 지금까지 보던 세계와 완전히 다른 광경으로 보일 정도였다.

시키 선생님은 정말로 굉장한 분이셨다. 우리를 자연스럽게 다음 단계로 이끌어주신다. 시키 선생님이 계시지 않았더라면, 우리들은 틀림없이 라이도우 선생님의 강의를 거치면서 재기가 불가능할 정도로 꺾여 나가고 말았을 것이다. 나 자신이 지기 싫어하는 성격이라는 사실을 감안하더라도, 라이도우 선생님은 이따금씩 몸을 미처 가눌 틈도 없는 상황에서 인정사정없이 예리한 한 마디로 비수를 꽂을 때가 있다. 우리와 나이 차이는 거의 없다고 들었는데, 솔직히 말해서 나로서는 일단 거기서부터 의심스러웠다. 시키 선생님이야말로 도깨비 그 자체나 다름없는 라이도우 선생님의 강의를 그나마 내가 허용할 수 있는 범위로 조절하고 있는 중심인물이었다.

나는 시키 선생님에게 호감이 갔다. 이상적인 남성이라는 생각이 들 정도였다. 다정하면서도 포용력 있는 성격도 크나큰 매력 가운데 하나였다. 게다가 시원스러운 미소가 이보다 더할 수 없이 최고로 잘 어울리는 미모도 나무랄 데 없었다. 자연스럽게 박식하실 뿐만 아니라, 남들에게 불쾌감을 주는 행동을 하는 법도 전혀 없다. 라이도우 선생님 가라사대, 동경 보정이라는 건 무시무시한 모양이다. 하지만 마이너스 보정밖에 걸리지 않는 분이 할 소리는 아닌 것 같다. 오히려 내가 보기엔 렘브란트 자매가 라이도우 선생님한테 느끼는 감정이야말로 어지간히…… 아니, 지금 그건 중요하지 않아.

에휴, 역시 결혼은 하셨겠지? 최소한 여자 친구가 없으리라는 생각은 전혀 들지 않았다. 시키 선생님이 상대라면, 나는 두 번째나 세 번째라도 상관없는데……. 지금은 선생님을 동경하는 감정이 너무 강해서, 그의 옆에 서 있는 자기 자신을 상상하기도 어려웠다.

"생각하면서 싸운다는 방식 하나로 이렇게나 달라질 줄은 몰랐어요."

"내 몸이 굉장히 빨라진 것 같았어!"

"생각 없이 돌격할 때는 파랑도마뱀 군이 무지막지하니까."

『맞아!』

첫째 날 밤이 깊어갔다. 흥분한 정신을 간신히 진정시키면서 몸을 쉬게 하는 작업도 은근히 힘들었다.

다음 날에 벌어진 전투에서도 특별한 문제는 없었다. 우리는 전투 장소를 지금까지 가본 적도 없는 깊은 숲속까지 옮기면서, 처음으로 마주치는 마물들과 맞닥뜨리면서도 전혀 고전하지 않았다. 두 사람의 우수한 술사들이 거의 모든 속성에 대응할 수 있다는 점도 우리가 보이는 쾌조의 원인 가운데 하나였다. 지금의 나는 아직 신뢰성이 떨어지는 위력의 마술밖에 익히지 못한 상태였지만, 학원에 돌아가자마자 최선을 다해 수련을 시작해야겠다는 마음이 들었다.

라이도우 선생님이 입에 담은, 전술의 폭을 넓히라는 한 마디가 이만큼이나 전투에 유리하게 작용할 줄이야. 이즈모나 시프의 생각도 틀림없이 나와 크게 다르지는 않을 것이다. 나로서는 두 사람의 속마음이 손에 짚이듯이 쉽게 상상이 갔다.

개인적으로 시프를 상대할 때는 말로만 듣던 렘브란트의 악평 때문에 자연스럽게 친구로서 관계를 구축하기가 망설여지는 부분이 없지 않아 있었다. 그러나 서로의 생명을 상대에게 맡기는 상황에서 이만큼이나 호흡이 잘 맞는데다가, 여러 차례에 걸쳐 식사를 함께하면서 어젯밤에도 많은 이야기를 나누기도 했다. 이제 최소한 내 입장에선, 그녀를 상대로 거북한 느낌은 거의 없었다. 물론 유노도 마찬가지였다. 과거의 렘브란트 자매에 관해선 아는 바가 거의 없었지만, 그녀들이 지금 믿음직스러운 파티 멤버라는 사실에 의심할 여지는 전혀 없었다.

"응?"

방금 나뭇가지 위에 갈색의 조그마한 체구가 보인 것 같은데…….
기분 탓인가?

"아베리아, 왜 그래?"

진은 내가 보이는 굉장히 사소한 반응에도 귀를 기울였다. 그도 라이도우 선생님의 수업을 거쳐, 기존의 저돌적인 돌격 스타일과 당하기 전에 먼저 질러 버리는 식의 난폭하기 짝이 없는 전투방식으로부터 조금씩 벗어나고 있는 듯이 보였다. 최전선으로 가장 먼저 돌격해 들어가면서 전체적인 상황을 파악하는 작업은, 굳이 말할 필요도 없이 지극히 난이도가 높았다. 그는 자신의 생각에 지나치게 몰두하지 않고, 자연스럽게 그 정도 경지에 다다랐다는 점에서 이미 장학생이라는 이름에 부끄럽지 않을 정도의 뛰어난 재능을 지니고 있다는 사실을 증명하고 있는 거나 다름없었다. 분하지만, 나에게는 아직 진 정도로 전체를 둘러다보는 힘이 부족하다는 사실을 인정할 수밖에 없었다. 앞으로 반드시 극복해야 할 과제 가운데 하나였다.

"아무 것도 아냐. 그냥 나뭇가지가 약간 흔들린 듯이 보였는데, 큰 문제는 아닌 것 같아."

"좋아. 이대로 오늘 중에 호숫가까지 도착할 수 있을 것 같아. 오늘 밤엔 거기서 캠프하자."

우리는 진의 제안에 찬성했다. 이 숲의 깊숙한 지역엔 그리 크지 않은 호수 하나가 있다. 호수의 물은 특별한 수질을 지니고 있어 수요가 있었다. 그러나 장소와 물 자체의 문제로 인해 공급이 수요를 거의 따라가지 못 하고 있다. 한 마디로 상당한 고가였다. 우선 장소에 관한 문제는 마물들이 잔뜩 서식하는 숲속의 호수라는 데서 유래한다. 그리고 물 자체에 관한 문제는, 옮기기가 무척 성가시다는 점이었다. 이런 곳까지 굳이 찾아올 때는, 물을 옮기기 위한 용기가 걸리적거릴 수밖에 없었다. 그 이외에도 흔치 않은 약초가 호수 근처에 많이 나 있다 보니, 돈으로 바꾸기엔 그쪽이 더 편하다는 점도 모험가들로 하여금 호수의 물을 무시하게 한다.

아니지, 바로 그거야.

"저기, 진? 이왕 여기까지 온 김에 라이도우 선생님과 시키 선생님께 드리는 기념품 삼아 호숫가에 나 있는 약초라도 따가지 않을래?"

나 스스로도 굉장히 좋은 생각이 떠올랐다는 자부심이 들었다. 모처럼 코앞까지 온 김에, 우리의 은인에게 사소한 보답이라도 해야겠다는 생각이 들었던 것이다.

"좋은 생각이야! 물은 옮기기가 성가시니까 약초만이라도 가지고 돌아가자."

다에나가 내 의견에 찬성했다. 그도 쓸데없는 동작을 잔뜩 줄이는데 성공한 덕분에, 저녁이 되기도 전에 스태미나 고갈을 일으키던 단점을 보기 좋게 극복하는 모습을 선보였다. 가벼운 말투를 입에 단 채로 날렵하게 전투 공간을 날아다니는 그의 모습은 무척이나 활기차 보였다. 그 지옥 같은 특별 강의 시간이 착실하게 우리의 진정한 실력으로서 되돌아왔다는 실감이 느껴졌다. 단순한 고문이 아니었다. 역시 시키 선생님을 믿길 잘 했어!

"여기까지 온 김에, 좀 더 들어가 보자! 나도 레벨이 잔뜩 올라서 힘이 넘쳐!!"

유노가 창을 손에 움켜쥔 채로, 진을 따라 나란히 달려 나갔다. 그녀는 특별 강의를 통해 창과 활을 동시에 지니고 다니면서 상황에 따라 두 가지 무기를 순간적으로 바꿔가며 쓰는 스타일의 전투 방식을 습득했다. 그녀는 부잣집 아가씨라는 생각이 도저히 들지 않을 정도로 놀라운 기량을 선보였다.

다에나와 미스라가 약간 뒤쳐진 위치에서 선두의 두 사람을 따라갔다. 나는 이즈모와 시프가 따라올 길을 확보하면서 그들의 등 뒤로 따라갔다. 아무리 라이도우 선생님의 강의를 받기 시작한 이후로 체력이 향상되었다고 하더라도, 술사들더러 숲속을 뛰어다니라는 소리는 상식적으로 이치에 맞지 않았다. 언젠가 이즈모와 시프도 그 정도의 체력을 갖추는 날이 올지도 모르지만, 지금으로선 걷기 편한 장소로 나아가면서 간신히 파티의 속도에 따라가는 정도가 고작이었다. 그럼에도 불구하고 전체적인 파티의 진행 속도가 비교적 느리지 않은 수준으로 유지되고 있다는 사실은, 술사 두 사람의 피나는 노력을 통해 일궈낸 결과였다.

우리는 선두로부터 느껴지는 뜨거운 열기에 쓴웃음을 지으면서, 그들이 기다리는 호숫가에 다다랐다.

─그곳에, 한 마리의 용이 보였다.

농담이 아니라, 정말이다.

이 호수의 물을 식수로 삼고 있는 개체일까? 이 호수에 용이 출몰한다는 사전 정보는 없었던 걸로 알고 있다.

좋지 않은 예감이 들었다. 마음속에 조금씩 조바심이 생겨나기 시작했다. 이곳에 도착하기 전까지만 해도 틀림없이 느껴지던 마음의 여유는 흔적도 없이 날아가 버렸다.

아니, 그게 아니야. 생각해라. 대책을 세워. 공격과 방어, 도주 가운데 한 가지 선택지를 골라야 한다. 자신들이 지닌 패를 확인하는 작업이야말로 우리의 최우선적인 과제였다. 진정해, 마음을 가라앉혀⋯⋯!

그 용은 시야의 전방에 자리 잡고 있었다. 거리는 그럭저럭 떨어져 있는 편이다. 우리가 서 있는 장소는 초승달 형태의 호수에서도 하부에 해당되는 위치였다. 용의 위치는 호수의 중앙에 가까운 장소로서, 육지가 호수로 파고들어가는 식으로 돌출된 부분이었다. 용은 물을 마시고 있다. 아니, 정확히 말하자면 마시고 있었다.

지금은 움직임을 멈춘 채로 우리를 똑바로 바라보고 있는 중이다.

도마뱀이 반 정도 일어선 듯한 몸통이 눈에 띄었다. 그러나 눈앞의 거구가 도마뱀이 아니라는 증거로, 이마로부터 전방을 향해 예리한 뿔 하나가 쭉 뻗어 있었다. 몸통의 색깔은 회색으로, 겉가죽은 비늘로 덮여 있었다. 몸의 길이는 4미터에서 5미터 정도로 보였다.

"지, 진……!"

미스라가 쉰 목소리로 진을 불렀다. 물론 그의 심정은 이해가 가고도 남았다. 하지만 너도 거의 최상의 컨디션으로 여기까지 왔으니 생각하고 있는 바가 있겠지. 믿고 있어.

"아베리아, 저 녀석에 대한 정보를 알 것 같아?"

진이 천천히 검을 뽑아들면서 전투태세로 돌입했다. 그는 아무런 전투 행위도 없이 이곳에서 벗어나기는 어려울 것으로 잠정적인 판단을 내린 듯이 보였다. 나는 그의 질문을 듣자마자 얌전히 고개를 끄덕였다. 현재 시점에서 내가 이 파티의 구성원으로서 가장 자랑스럽게 내세울 수 있는 능력은 머릿속에 들어있는 지식의 양일지도 모른다.

"응, 최하급 아룡(亞竜)의 일종이야. 정확한 명칭은 기억이 안 나는데, 아마 단독 행동하는 습성을 지닌 용 가운데 한 종류로 약점은 얼음 속성일 거야. 우연히 맞닥뜨렸을 경우에는 원거리로부터 집중포화를 퍼붓는 식의 대처가 바람직한 모양이야. 전투를 벌일 때는 10명 이상의 파티로 레벨은 90 이상이 안전권인 것 같아."

"지금 우리 레벨은 어느 정도지? 난 75야."

"나도 마찬가지야."

"난 74야."

"나 74."

"전 77이에요."

"마찬가지로 나도 77이야."

"……난 73."

인원수뿐만 아니라 레벨도 충분치 않았다. 현재로서는 도주가 최선이라는 뜻이다. 그러나 이미 용의 표적으로서 포착 당했다. 거의 최악에 가까운 위기였다. 우리 쪽에서 일방적으로 상대를 발견했을 뿐인 상황이었다면, 도망친다는 선택지도 충분히 현실적이었을 것이다. 게다가 우리 파티로서는 상대의 약점이 얼음 속성이라는 점도 그다지 달갑지 않았다. 바람 속성이 약점일 경우가 우리에게 가장 유리했다. 그 다음으로 유리한 경우는 불이나 흙 속성이었다. 강력한 술법을 통해 큰 대미지를 노릴 수 있어야 그나마 승산이 있다.

"내가 시간을 번다. 이즈모는 바람 속성의 보조 술법을 걸어서 파티의 이동 속도를 약간이나마 올려 놔."

진의 입에서 도주를 암시하는 소리가 나왔다. 올바른 판단일지도 몰라. 그런데 네가 시간을 벌겠다고……?

『GYYEAAAAAAAAAAAAAAAAAA!!』

나는 갑작스럽게 들려온 엄청난 괴성으로 인해 생각을 도중에 중단할 수밖에 없었다.

우리를 향해 느릿느릿하게 고개를 돌린 용이 커다란 아가리를 벌린 순간, 터무니없는 음량의 포효 소리가 주위에 울려 퍼졌다!

그 소음은 마치 귓가에서 갑작스럽게 외친 듯이 거리를 무시하면서 머릿속을 뒤흔들었다. 목소리라기보다 거의 충격파나 다름없는 엄청난 소음이 온몸을 휘감아 올리는 듯한 착각이 들 정도였다.

위압의 포효! 거의 대부분의 용들이 사용 가능한 것으로 알려진 특수 능력으로서, 사냥감의 움직임을 봉쇄하는 고함소리였다. 아차, 나는 바로 지금 이 순간까지 이 능력의 존재를 까맣게 잊고 있었다. 나는 정작 가장 중요한 정보를, 정작 가장 중요한 순간에 머릿속에서 출력하는데 실패한 것이다!

후회의 감정이 물밀듯이 밀려들어왔다. 그러나 몸은 조금도 움직이지 않았다. 온몸의 근육이 오그라들었다. 난생 처음 당해보는 위압의 포효의 효과는 굉장했다!

용이 두 다리로 서서, 거구에 안 어울리는 엄청난 스피드로 우리를 향해 내달려왔다. 온몸으로 뒤집어쓴 포효의 공포가 누그러지지 않았다. 오히려 녀석이 땅을 밟을 때마다 발생하는 진동으로, 잔뜩 긴장한 근육이 더욱 더 굳어버리는 감각이 전해져 왔다.

아무리 최하급 중의 최하급이더라도, 역시 우리 실력으로 감당할 만한 상대가 아니야!!

제발, 움직일 수 있는 사람은 곧바로 도망쳐!

간신히 자유롭게 움직이는 시야로 멤버들의 상태를 확인해 보니, 모두 다 이를 악물고 움찔거리고 있을 뿐이었다.

진, 이런 때야말로 네가 고함이라도 질러서 속박을 풀면서 대활약할 기회잖아?! 용의 입속으로 들어갈 때까지 잠자코 기다릴 생각이야?!

머릿속을 맴도는, 거의 엉뚱한 화풀이나 다름없는 사고방식도 헛되기 그지없었다. 용이 점점 더 가까이 접근해 왔다. 우리의 방심은 그야말로 단 한 순간에 지나지 않았다. 단 한 순간뿐이었던 방심이, 이런 결과를 초래하다니. 이렇게, 이런 식으로 덧없이 끝날 수는……!!

『—오브—제이르노—쥬나.』

……영, 창?

어디서 들려온 영창이지? 머리 위?! 나뭇가지 위?!

나는 나뭇가지 위에 걸터앉은, 낯선 형태의 하얀색 후디를 입은 자그마한 그림자를 목격했다.

그 그림자는 정체불명의 노란색 열매를 한손에 들고 있었다. 식사하던 중이었나?

커다란 용이 포효하고 있는 상황에서 한가로이 식사나 하고 있었다는 거야?

혼란이 머릿속을 지배했다. 라이도우 선생님의 가르침을 떠올리려고 아무리 용을 써 봐도 냉정을 유지할 수가 없었다. 분하지만, 지금의 나로서는 어떤 상황에서도 냉정한 상태를 유지하기는 힘든 모양이다.

특이한 모양의 후디였다. 머리 부분의 색다른 고양이 귀 장식이 눈에 띄었다.

내가 그 옷을 바라보며 시답잖은 감상을 떠올린 직후에 벌어진 일이었다.

숲으로부터 대량의 촉수가 호수를 향해, 정확히 말하자면 용을 향해 뻗어 나갔다. 용도 갑작스러운 전개로 인해 허를 찔린 듯이 보였다. 용은 속도를 늦췄지만 결국 순식간에 대량의 촉수에 온몸이 휘감기고 말았다. 용은 온몸을 버둥거렸지만 옴짝달싹하지 못했다.

촉수를 소환한 거야? 아니, 자세히 보니 촉수가 아니라 식물의 줄기였다. 나무들로부터 가지가 변질된 줄기가 뻗어 나와 용을 사로잡은 건가?

거목이나 어린 나무에서뿐만이 아니라 땅바닥에 난 풀이나 덩굴에서도 용을 속박하는 손길이 뻗어 나온 듯이 보였다. 자세히 보니 갈색뿐만 아니라 짙은 녹색도 섞여 있었다. 전혀 듣도 보도 못한 술법이었다.

"······!"

목소리가 나오지 않았다. 용의 포효에 이런 효과까지 있을 줄이야. 영창조차 불가능한 상황으로 내몰다니, 무시무시한 스킬이었다. 모든 용들이 이런 식으로 반칙이나 다름없는 능력을 지니고 있다는 사실에 새삼스럽게 등골이 오싹해졌다.

툭.

가벼운 소리가 들려왔다.

소리가 들려온 쪽으로 시선을 돌리자, 우리를 구해준(?) 것으로 추정되는 인물이 이즈모와 시프 사이로 내려서는 모습이 눈에 들어왔다. 저 높이에서 이런 식으로 간단히 뛰어내리다니, 역시 정체는 휴만이 아니라 아인인가?

내가 그 인물로부터 파악할 수 있었던 신체적 특징은 깊숙이 뒤집어쓴 후디 밑에 엿보이는 갈색 피부 정도였다. 자세히 들여다보니 체구가 자그마하다.

그 아이는 이즈모의 배에 가볍게 손을 얹었다. 그녀는 잠시 동안 이즈모의 배를 쓰다듬다가, 힘없이 고개를 가로저었다.

"허약한 꼬맹아, 이럴 때는 너처럼 빈약한 녀석은 답이 없단다."

"으?!"

그리고 무릎을 꿇고 있던 시프에게 다가가더니, 양손으로 하필이면 그녀의 풍만한 가슴을 주물럭거렸다. 으음?

"흥, 거유의 시대는 영원하지 않을 걸?"

"!#$!&?"

표정만 봐도 시프가 정신적 공황 상태에 빠져 버렸다는 사실은 짐작이 갔다. 굳이 말하자면 다소곳한 가슴을 지닌 나로서는, 속에서 잘 했다는 말밖에 나오지 않았다. 아니 잠깐, 내가 지금 대체 무슨 생각을 하는 거지?

위치로 볼 때, 다음 차례는 역시 난가?

그 추측은 정확히 들어맞았던 모양이다. 예쁘장한 얼굴의 작은 소녀(로 보인다)는 종종걸음으로 다가오다가 내 앞에 멈춰 서더니, 느닷없이 내 정강이를 발로 차 올렸다.

"작긴 뭐가 작아!"

"큭!"

아, 아프잖아!! 아니 잠깐, 넌 어떻게 내 머릿속을 들여다본 거야?

그 아이는 그 후로도 우리 멤버들에게 한 사람씩 말을 건네면서 전방의 용을 향해 걸어갔다.

참고로 유노의 경우, 시프와 견주어 보는가 싶더니 「힘내라」라는 한 마디를 들었다.

다에나는 「강하게 살아라, 피●민#4」이라는 소리를 들었다.

미스라는 「계속 당하기만 하는 건 마조히스트의 길이야. 아직 돌아올 수 있단다, 꼬마야」라는 소리를 들었다.

진을 상대로 할 때는 「얼마 전에 거스름돈을 잘못 줬어」라는 한마디와 함께 잔돈 몇 닢을 그의 셔츠 주머니에 찔러 넣고 갔다.

여, 영문을 모르겠어.

"뭐, 그럭저럭 나쁘지 않더라. 소풍은 집에 갈 때까지가 소풍이란다."

그 아이는 고개를 돌려 우리들 전원을 바라보면서, 특이한 열매를 들지 않은 쪽 손의 집게손가락을 세워보였다.

"그리고 바나나는 간식에 포함되지 않아. 아직 두 개나 남았지, 우후후."

……. 어떻게 된 거지? 하고자 하는 말의 의미를 잘 모르겠는데도 불구하고, 지금까지 이 일대를 지배하던 긴박한 분위기가 온데간데없다는 사실만큼은 확실하게 느껴졌다.

용은 몸을 전혀 가누지 못 하면서도, 두 다리를 마구 버둥거리면서 몸부림을 쳤다. 나로서는 소녀가 눈앞의 용을 속박하기 위해 동원한 줄기의 수가 짐작조차 가지 않았다. 하지만 거구의 용을 지금까지 완벽하게 옭아매고 있는 걸로 봐서 굉장히 고차원적인

#4 피●민 피크민. 닌텐도의 피크민 시리즈에 등장하는 동명의 생명체. 동물의 특징과 식물의 특징을 모두 가지고 있어 식물인지 동물인지 구별하기 어렵다.

술법이라는 사실만큼은 틀림없어 보였다. 역시 이 아이가 이 술법을 사용한 술사인 걸까?

고양이 귀 후디를 입은 소녀가 문득 생각났다는 듯이 다 먹고 남은 노란색 열매의 껍질로 보이는 물체를 용의 발밑으로 던졌다.

당연하게도 용은 그 껍질을 무참하게 짓밟아 버렸다.

소녀가 발을 동동 구르면서 분하다는 듯한 반응을 보였다.

어? 그래서? 대체 하고 싶었던 게 뭐야?

지금만큼 목소리가 나오지 않는다는 사실이 납득이 안 갈 때도 없으리라는 느낌이 들었다. 나로서는 정말 한 마디라도 상관없으니, 그녀의 기행에 태클을 걸고 싶었다.

"저희들은 말했습니다!"

후디의 소녀가 손가락으로 용의 상반신을 똑바로 가리키면서 선언했다. 일단 분한 기분은 가신 모양이다. 그녀는 나머지 한쪽 손을 허리로 가져가 기세 좋게 포즈를 잡고 있었다. 그녀는 명확한 실력 차이가 나는 용을 상대로 부럽게 느껴질 정도의 여유를 부리는 듯이 보였다. 나는 그녀의 모습을 바라보면서, 실력을 더 키우고 싶다는 생각이 들었다.

"물가에서 코모에 공주를 화나게 하는 건 위험."

코모에 공주? 역시 그녀는 특정한 국가에 소속된 술사인 걸까?

"왜냐하면 이렇게 되니까. (가짜)"

어느샌가 후디를 입은 소녀의 발밑에 마법진이 펼쳐졌다. 그녀의 손가락 끝에 빙글거리면서 도는 짧고도 가느다란 지팡이가 보였다. 저 지팡이가 저 아이의 마력을 받아 촉매로 작용하는 도구라는 건가? 언뜻 보기엔 평범한 필기도구에 가까운 크기라 그다지 강대한 도구 같은 느낌은 안 드는데…….

마법진은 호수 표면의 뒤덮듯이 증식 현상을 일으켰다. 같은 모양의 마법진들이 대량으로 출현하더니, 이윽고―.

촉수들이 용의 거대한 몸을 호수 쪽으로 냅다 던져버렸다. 용은 줄기들로 이루어진 촉수의 속박에서 풀려났으나, 그 몸은 대량의 마법진이 탁한 빛을 띤 채로 빛나는 호수 위의 허공으로 날아가 버렸다.

용이 또다시 포효를 지르고자 입을 크게 벌리는 모습이 시야에 들어왔다.

용과 수면이 충돌을 일으키는 쪽이 먼저일까? 아니면 두 번째 포효가 먼저일까? 나는 그런 식으로 다음 전개를 예상하고 있었지만, 둘 중 어느 쪽도 일어나지 않았다.

대량의 마법진에서 일제히 솟아오른 얼음 창이 용의 몸을 공중에서 관통해 버렸기 때문이다.

언뜻 보기에 비현실적인 그 광경은 어딘지 모르게 우스꽝스럽다는 느낌조차 들 정도였다.

"유감이야. 그 창들을 전부 피한 다음부터가 진짜 캠프였단다. 명심해라, 도마뱀 녀석아."

담담하게 이어지는 대사들도 역시 영문을 알 수가 없었다.

용은 먼지로 변해 산산이 조각나 흩어져 버렸다.

하얀색 고양이 귀 후디의 소녀도, 어느샌가 홀연히 자취를 감췄다.

마치 질 나쁜 농담 같이 느껴지는 분위기가 그 일대를 지배하기 시작했다.

이번 여름은 잊을 수 없을 것이다. 나는 가누지 못 하는 몸으로 그런 생각을 떠올렸다.

9

바야흐로 천고마비(天高馬肥)의 계절이 다가왔다.

일본에 살던 시절, 가을에 느끼던 하늘이 높아지는 감각은 이 세계에서도 크게 다를 바 없었다. 이세계에 소환된 지도 이제 1년이 다 되가니, 고향에 대한 그리움이 나로 하여금 그런 감정을 느끼게 하는지도 모른다는 생각이 들었다.

입장은 학생에서 강사로 바뀌었지만 학교에 머물다 보니 한층 더 그런 느낌을 받는 건지도 몰라.

롯츠갈드의 경우, 한 달 남짓 정도의 여름방학 기간을 마치자마자 곧바로 후기의 학습 과정을 재시작하는 구조가 아니었다. 물론 명목상으로 학원의 운영은 재개된 상태였으며, 학생들도 평상시와 마찬가지로 매일 같이 학교에 얼굴 도장을 찍고 있다. 그러나 학원의 창립제(創立祭)를 앞두고, 일반적인 강의 등의 수업은 이루어지지 않았다. 가을에 벌이는 축제라니, 학원에서 풍작을 기원하는 것도 아닐 텐데 부자연스럽다는 느낌도 있었다. 하지만 학원을 창립한 시기가 가을이라니까, 일개 강사에 지나지 않는 나는 순순히 납득했다.

한 달 이상의 방학 기간이 끝나자마자 다시 한 달에 가까운 축제 준비 기간이라는 이름의 방학이나 다름없는 기간이 설정되어 있다. 실질적으로 거의 두 달에 이르는 방학 기간이 존재하는 거나 마찬가지였다. 물론 준비 기간 동안, 진지하게 축제 준비에 쫓기는 학생들의 경우엔 오히려 1년 중에서도 가장 바쁜 시기일 것이다. 그러나 최소한 내 강의를 받으러 오는 학생들은, 이 기간을 거의 방학이나 다름없는 시기로 받아들이고 있었다. 그런데 이 녀석들은 여름방학 때도 어쩔 수 없이 강의를 개설했던 나에게, 준비 기간 중에도 개설해 달라는 요청을 꺼내왔다. 물론 이번엔 깔끔하게 거부 의사를 표명했다. 나도 쉬면서 하고 싶은 일 한두 개 정도는 있는 몸이란 말이다.

롯츠갈드의 학원제는, 지금까지 내가 경험한 가을의 평범한 학원제와 상당히 다른 분위기의 행사였다. 1주일의 축제 기간 동안 개최되는 특이한 행사의 수도 만만치 않았다. 축제의 운영에 깊이 관여하는 학생들은 최고 학년 소속의 우수한 학생들 중 일부와, 그들을 보조하는 인원들로 선발되는 각처·각 학년의 학생들이었다. 기본적으로 선발 인원 자체가 그다지 많지 않기 때문에 축제 준비에 관여하는 학생들은 참가 자체를 명예롭게 받아들이는 모양이다. 전반엔 다양한 연구 발표나 실습 발표가 이루어지며, 후반엔 학생들의 실제 실력을 선보이는 기회를 겸한 여러 가지 대회가 예정되어 있다고 한다.

축제 기간 중엔 수많은 관람객들이 롯츠갈드를 찾아오기 때문에, 거리의 숙소들은 주변 도시까지 포함해서 만원을 이루었다.

임시로 교외에 숙소가 건설될 정도로 어마어마한 숫자의 관람객들이 고작 학원제를 보기 위해 모여든다. 아니, 아마 모르긴 몰라도 고작 학원제라는 식으로 받아들이는 나의 사고방식이야말로 주위에서 보기엔 비정상적일 것이다. 실제로 최전선에서 전쟁을 수행하고 있는 리미아 왕국이나 그리토니아 제국에서도 적지 않은 숫자의 국빈들이 초청되는 걸로 알고 있다. 그들은 학원의 학생들 중에서 차세대의 인재로 쓸 이들을 발굴하러 오는 동시에, 여러 갈래의 국교와 직결된 외교 회의를 병행하는 식으로 이 축제에 참가한다고 한다. 과연 롯츠갈드 학원이 휴만 종족의 최고의 교육 기관이라 할 만하다.

진이나 아베리아도 굉장히 기합이 들어가 있는 듯이 보였다. 그들은 최고 학년이 아니므로, 졸업을 앞두고 있는 입장도 아니었다. 내년에도 학원에 다닐 테니 올해가 마지막 학원제인 것도 아니었다. 그러나 그들은 출장 예정인 대회의 대비에 여념이 없었다. 롯츠갈드의 창립제는 단순한 학원제가 아니라, 고위층의 권력자들이 새로운 인재가 될 학생들을 발굴하러 오는 자리라는 측면이 강한 행사였다. 학생들의 입장에서 본 학원제는 취직 활동의 중요한 국면 가운데 하나였던 것이다. 일단 그들을 가르치는 입장인 나로서는, 그 소리를 듣자마자 몹시 어중간한 기분을 맛볼 수밖에 없었다. 최고 학년의 학생들은 틀림없이 굉장한 각오로 축제에 임할 것이다. 고등학교를 다닐 때도 취직에 대한 구체적인 이미지가 거의 없었던 나로서는 잘 와 닿지 않는 감각이었다.

"라이도우 님, 학원제 기간 도중의 상품 재고에 관해 드릴 말씀이 있습니다만……."

시키가 상회 관련 서류를 대강 훑어보면서 바깥 경치를 바라보고 있던 나에게 말을 걸어왔다.

그는 예전과 다를 바 없이 날렵하기 그지없는 몸매를 과시했다. 올 여름엔 아공에서 지내던 기간이 비교적 길었기 때문에 다른 때에 비해 식생활이 호화스럽던 기간이 있었다. 그러다 보니 적지 않은 수련을 쌓던 나조차도 체중이 늘어나고 말았다. 그런데 시키는 나와 달리 전혀 변함이 없었다. 이 차이는 대체 뭐지? 계약 특전 같은 특수 능력 때문에 이런 거라면 나한테도 효과가 있어야 되는 거 아니야? 시키는 한 끼에 3,000칼로리는 가볍게 넘는 달콤한 찌개 메뉴를 남김없이 먹어치우거나 마요네즈 요리 등을 개발하면서 시식을 되풀이하는 등, 아무리 생각해도 나보다 훨씬 터무니없는 식생활을 보내오던 녀석이다. 그런데 결과는 오히려 반대로 나오다니, 나로서는 불합리하다는 생각이 들 수밖에 없었다.

근육은 지방보다 무겁다는 식으로 변명하는 자기 자신이 허무하게 느껴졌다.

"안녕, 마코토 군? 학원제 날 말인데, 성가신 장소엔 데려가지 않을 테니까 나랑 같이 몇 군데 정도 돌아보고 다니자."

루토가 느닷없이 말을 걸어왔다. 그의 외모는 은발의 청년으로 보였다. 아니, 소년인가? 일단 나와 비슷한 나이로 보이지만, 우선 나 자신부터가 청년과 소년이라는 호칭 가운데 어느 쪽이 어울리는지 분간이 안 가다 보니 섣불리 판단하기 어려운 문제였다. 뭐, 그냥 청년이라고 치자. 어쨌든 겉보기엔 대충 그런 나이로 보이는 그는, 토모에와 마찬가지로 드래곤 님이시다. 게다가 개네들 중에서도 가장 높은 지위에 해당되는 녀석인 모양이다. 그리고 은근히 이 세계의 수수께끼 가운데 하나였던 모험가 길드의 우두머리이자 창설자였다. 하여간 직함이 굉장히 많아. 짧게 설명하자면 그는 천재인 동시에 변태였다. 이 녀석은 여름방학 전에 만나 여러 가지 충격적인 사실들을 털어놓는가 싶더니, 그 이후로 기회가 날 때마다 상회를 찾아와서 같이 밥이나 먹으러 가자며 집적거렸다.

참고로 어딘지 모르게 믿기 힘든 구석이 많아서 아공으로 데려간 적은 한 번도 없었다. 토모에나 시키도 루토를 아공으로 데려온 적이 없으니, 나만 이 녀석에게 일정한 거리감을 느끼고 있는 것은 아닌 듯이 보였다. 나는 세 종자들에게 스스로 적합하다고 여긴 인물에 한해서 아공으로 데려와도 된다는 허락을 내린 상태였기 때문에, 그들이 보기에도 루토는 아공으로 데려가기 적합한 인물이 아니라는 뜻이리라.

염화를 제3자의 방해를 받지 않는 사양으로 개량하는 작업이나 여신의 강제 소환에 대한 대책 등을 비롯한, 긴급을 요하는 안건은 거의 다 해결된 상태였다. 그리고 토모에나 미오도 자기 단련을 소홀히 하지 않았다. 내가 보기엔 다들 순조롭게 실력을 키우고 있는 듯이 보였다. 개인적으로 시키의 성장은 특히 인상적이었다. 그러다 보니 은연중에 어느 정도 콧대가 높아진 구석도 없지 않아 있었다.

참고로 방학이 끝나갈 때쯤에 내가 쌓은 수련의 성과를 공개한 순간, 전원이 두 눈을 휘둥그렇게 떴다. 그다지 상식을 초월한 짓을 한 것도 아닌데, 다들 반응이 지나치게 호들갑스럽다고.

　"상회의 재고는 오늘밤 추가될 상품의 리스트가 도착할 테니, 그때부터 채워 넣자. 진열장에 약간 여유가 생기도록 지금 있는 상품들의 간격을 서로 벌려서 진열해놔. 루토, 유명인인 너와 나란히 걸어 다녀도 문제가 안 생길 만한 이벤트일 때는 따라가도 될 것 같아. 그러니까 제발 날마다 오지 좀 마라. 보시다시피 우리도 몹시 바쁜 시기라고."

　"알겠습니다. 분부하신 대로 처리하도록 하겠습니다. 그리고 신참 종업원들의 교육에 관한 안건입니다만, 베렌과 상의해서 인원수를 늘려도 되겠습니까? 당초의 예상보다 희망하는 인원수가 많은 관계로 선발에 난항을 겪고 있습니다."

　시키가 대답했다. 루토는 납득한 듯이 미소와 함께 고개를 끄덕이더니 소파에 앉아 독서를 시작했다. 방금 한 말은 일단 돌아가라는 뜻이었거든? 부모님이나 켈류네온에 관해 물어봐도 그 즈음엔 목욕탕을 만들고 있었다는 식으로 영문을 알 수 없는 대답이 돌아올 뿐이었다. 거듭 추궁하자, 루토는 두 분에 관해 그다지 아는 게 없었다. 그는 두 분이 고국에서 쫓겨난 이후의 일에 관해 어렴풋이 알고 있을 뿐이었다. 참고로 내 부모님과 여신의 관계가 깊어진 시기는 바로 그 당시였던 모양이다. 하긴 이 녀석도 세계의 모든 지식들을 파악하고 있는 것은 아니니, 언제 어디의 누가 무슨 짓을 했다는 식의 자세한 사정을 모르더라도 이상할 일은 없었다. 더 이상 상세한 기억을 떠올릴 필요가 있는 질문에 관해선 잠자리에서 듣겠다는 식으로 나왔을 때는 돌려보낼 수밖에 없었다. 아직도 포기하지 않은 듯한 낌새가 보인다는 사실이 너무나 두렵게 느껴졌다. 하루는 여자의 모습으로 온 적도 있었는데, 그 야말로 상식을 초월하는 미모의 소유자였다. 20대 정도의 외모로 보였는데, 묘하게 매력적인 분위기를 풍겼단 말이지. 나는 어쩌면 연상의 여인에게 성적인 환상을 품고 있는 건지도 몰라. 하여간 그 날은 나 자신의 성적 취향을 대충 알 것 같은 느낌을 받은 날이 었다. 토모에와 미오도, 나의 잠재적인 희망사항에 따라 현재의 외모로 변신한 걸까? 지금까지 여성의 나이에 관해 신경 쓴 적은 거의 없었기 때문에 상당히 의외라는 느낌이 들었다.

"아, 그렇지. 좋아, 그 일에 관해선 완전히 시키의 재량에 맡길게. 이쪽이 본격적으로 바빠질 때까지 몇 명 정도 올 수 있을 것 같아?"

"글쎄요. 아마도 몇 사람 정도는 끌어올 수 있을 것으로 보입니다. 아무래도 다들 아인이다 보니 공통어를 습득하지 못한 이들에게 가게를 맡길 수도 없는 노릇입니다. 결론적으로 현재로서는 확실하게 동원 가능한 인원수를 보고 드리기는 어려울 것 같습니다."

결국 공통어가 문제였다. 결국 나는 발음 때문에 습득을 단념해 버렸단 말이지. 만약 여신과 또다시 직접 만나게 될 순간이 찾아오면, 거기 관해서 담판이라도 지어볼까? 역시 평범하게 사람들과 대화를 나누고 싶을 때도 있거든.

"어라, 종업원을 추가로 데리고 올 생각이야? 또 아인을 고용하려나 봐? 마코토 군은 그들에게 정말 다정한 것 같아. 아니, 그냥 휴만이 싫을 뿐인가?"

"……루토, 나는 딱히 종족에 대한 호불호는 없어. 못 알아듣는 것 같으니 분명하게 말해두는데, 돌·아·가."

"아이코. 혹시 본격적으로 걸리적거리는 거야? 그럼 어쩔 수 없지. 길드 업무라도 볼까?"

업무가 있을 때는 얌전히 그쪽이나 해라. 모르긴 몰라도 길드 직원들이 마스터 부재로 인해 낭패를 보고 있지 않을까? 길드의 업무라는 일이 심심할 때마다 어쩔 수 없이 할 만한 양도 아닐 텐데 말이야.

이제야 가까스로 돌려보내는데 성공한 길드 마스터의 등을 바라보고 있자니 기가 막혔다. 나 같은 보통 사람도 상인으로서 그럭저럭 열심히 살고 있다. 그러니까 천재들도 일할 때는 진지하게 하라. 상인으로서는 최근 들어 간신히 어느 정도 적응이 된 정도로, 시키의 능란함과는 아직 비교조차 되지 않았다. 상인으로서의 기량을 갈고닦는 것은, 향후의 과제 가운데 하나였다. 숲 도깨비 콤비보다도 뒤떨어지는 상품에 관한 지식을 쌓는 것도, 마찬가지로 향후의 숙제 가운데 하나였다.

"……저 분은 아무리 여러 차례에 걸쳐 말씀드려도 라이도우 님을 한사코 마코토 님이라는 본명으로 부르는 군요."

"고의로 저러는 거라 아무리 다그쳐도 안 들어먹더라. 저러다가 다른 손님들이 있을 때는 곧바로 라이도우 님이라고 부른단 말이지. 진지하게 상대해주면 안 돼."

"물론 저 역시 저 분의 반응에 관해선 학습했습니다. 개인적으로 가르침을 청하고 싶은 이들 중 한 분입니다만, 라이도우 님을 제외한 이들을 상대할 때는 그다지 우호적인 태도를 보이시지 않는다는 게 옥에 티로군요."

저 녀석이 지니고 있는 방대한 지식의 양에 경의를 표하는 건
가? 시키는 내 종자들 중에서 가장 루토를 높게 평가하는 모습을
보였다. 이런 식으로 학원제를 앞두고 바쁘게 여러 가지 준비를
해야 하는 시기에 난입해 왔는데도 불구하고 그다지 화를 내지 않
을 정도였다.

"어디 보자. 지금부터 넉넉하게 양을 준비해 봤자, 임시 캠프촌
까지 생길 정도니까 결국 예상 자체가 무용지물이 될 것 같아. 고
테츠나 가자, 시키."

"캠프촌? 아하, 교외의 숙박 시설 말씀이십니까? 흙 속성을 주
특기로 삼는 이들은 한 달에 걸친 축제 기간 동안, 만만치 않은 숫
자의 건물을 짓게 될 겁니다. 그들의 입장에서는 크게 한 몫 잡을
대목이지요."

그야말로 이 세계 특유의 현상이었다. 교외의 토지를 평평하게
정리하고 나서 캠프를 치는 식으로, 마술을 동원해 숙소로 쓸 건
물을 지어 버리는 것이다. 그리고 용도를 다한 건물들은 그동안
쓰던 가구들이나 물자들만 들어낸 뒤 흙으로 되돌려 버린다. 이세
계 출신인 나로서는 정말로 마술이 편리하게 느껴지는 순간이었
다. 물론 어느 정도의 실력을 갖춘 흙 속성의 술사들을 모집하는
과정이 필요했지만, 이 도시에선 그런 분야의 인원은 손쉽게 모이
는 편이다.

"맞아. 렘브란트 씨네 시프도 이럴 때야말로 용돈을 벌 절호의
기회일 텐데 말이야."

흙의 정령으로부터 가호를 받는 그녀의 경우, 축제 기간은 효율적으로 숙소를 지어 한밑천 잡을 수 있는 기회였다. 여름방학 후반에 거의 반강제나 다름없는 형태로 집으로 돌려보냈지만, 전반 동안 그럭저럭 실력을 쌓았을 테니 지금은 그 정도야 가능하고도 남을 것이다. 그녀의 특기였던 흙 속성과 불 속성은, 강의 초기 때만 해도 완전히 공격 쪽에 특화된 상태였다. 그랬던 그녀도 지금은 그럭저럭 다양한 지원 술법을 구사하는 경지에 이르렀다. 처음엔 거의 아무런 의미도 없는 거나 다름없었던 회복 술법도 최근 들어 제법 숙달되는 낌새가 보였다. 내가 보기에도 그녀의 성장세는 놀라울 정도였다.

그런데 그럼에도 불구하고, 그녀는 진 일행과 함께 매일 같이 질리지도 않고 나를 찾아와 추가로 강의를 열어달라는 요청을 해 왔다. 기본적으로 학원제가 끝날 때까지 롯츠갈드의 임시 강사들은 강의를 여는 법이 없다. 학생들로서는 방학 기간의 연장선상에서 꺼낸 제안일 것이다. 하지만 쿠즈노하 상회의 대표이기도 한 내 입장에서 보자면, 지금은 가게 쪽이 무지막지하게 바빠질 것으로 예상되는 학원제 기간에 대비하기 위해 반드시 필요한 준비 기간이었다. 따라서 이번엔 여름방학 때와 달리 그들의 요청을 거절할 수밖에 없었다.

"……오호, 알아들었습니다. 이제 슬슬 진 일행이 여기로 찾아올 시간이니까요. 점심식사를 겸해서 고테츠로 피난하자는 말씀이시군요. 저야 당연히 따라가야지요."

"알아줘서 고맙다. 에리스한테 지나치게 나서지 말라고 한 마디만 남기고 가자."

진 일행이 방학 기간 중에 무모한 짓을 벌였을 때, 보험 삼아 그들을 따라 보냈던 에리스가 엄청난 대활약을 펼쳤다.

그로부터 며칠이 지나자, 진 일행도 그녀의 정체를 눈치챘다. 그 결과, 에리스는 그들의 존경을 한 몸에 받는 우상의 자리에까지 오른 것이다. 아인이라는 사실을 가르쳐줘도 그들의 태도는 거의 변하지 않았다. 그러다 보니, 아쿠아의 제지에도 불구하고 에리스가 지나치게 우쭐한 모습을 보일 때도 있었다. 저번 주에 일주일 정도 아공으로 돌려보냈다가 다시 복귀시키자 약간이나마 얌전해졌지만, 애초에 에리스는 인격적으로 예측하기 어려운 구석이 있었다. 그런 고로, 나로서는 그녀에게 확실히 못을 박고 나갈 수밖에 없었다.

정색을 한 진으로부터 「쿠즈노하 상회에 취직하고 싶을 경우엔 레벨 몇이 최저 조건인가요?」라는 질문을 받았을 때는 어이가 없어서 입이 떨어지지 않을 정도였다. 기본적으로 레벨 1이건 100이건, 받는 봉급은 마찬가지랍니다.

어, 그러고 보니 종업원들에 대한 봉급 같은 세부사항도 이제 슬슬 정식으로 정하는 편이 좋을 것 같다. 다른 상회들의 상황에 관한 정보도 조금씩 들어오기 시작했으니, 세부사항은 축제가 끝나고 나서 정하도록 하자. 이제 곧 찾아올 학원제 시즌은 보너스라도 건네 그들의 수고에 보답하면서 고비를 넘겨 볼 생각이다. 아공의 주민들이니, 돈보다는 당장 쓸 수 있는 실질적인 물자를 더 반갑게 받아들일 것 같아.

참고로 최근 들어 에바 양도 학원 도서관의 업무를 끝내자마자 고테츠에 자주 얼굴을 보이는 모양이다. 그녀와는 그 사건 이후로도 그럭저럭 서로 얼굴을 마주치는 사이가 되었다. 고테츠는 우리가 단골 자격으로 다니기 전부터도 나름대로 손님이 많은 가게였지만, 시키나 내가 음식의 맛에 관해 여러 가지 제안을 시작한 이후로 최근 들어 더욱 번성하고 있는 모양이다.

남의 일이지만 틀림없이 기쁜 소식이었다. 기본적으로 나는 이 가게가 더 이상 크림 찌개 같은 달콤한 방향으로 나가지 않도록, 향신료나 식재료에 관해 고향에서 먹었던 종류와 비슷한 방향으로 제안했을 뿐이다. 시키도 새로운 찌개 메뉴에 대한 아이디어를 열심히 제시하는 모습을 보였다.

이세계인들은 다시마 국물을 사용한 유도후(湯豆腐)[#5]는 아직 받아들일 수 없는 모양이다. 유도후는 나 이외엔 아무도 주문하지 않는 실패작으로 끝이 나고 말았다. 하지만 고테츠의 주인아저씨는 내가 아직 주문한다면서 메뉴에서 빼지 않고 있었다. 나야 그저 고마울 뿐이었다.

1층으로 내려가 가게를 보고 있던 에리스에게 다짐을 받았다. 그녀는 깜짝 놀란 고양이처럼 뛰어오르더니, 몇 번이나 고개를 끄덕였다.

"노력할게요. 정말로 노력할게요. 굉장히 노력할게요."

[아니, 네가 잘 해주고 있다는 건 다 알아. 학생들이 찾아왔을 때도 기본적으로 가게를 찾아온 고객님으로서 상대하라는 소리

#5 유도후(湯豆腐) 일식의 일종으로, 두부를 다시마 등의 국물에 삶은 찌개 요리.

야. 그럼 다녀올게.]

『조심해서 다녀오세요.』

에리스의 반응에 쓴웃음을 짓는 다른 점원들과 그녀의 목소리가 하모니를 일으켰다. 나와 시키는 고개를 끄덕인 뒤, 뒷문을 통해 가게에서 나왔다.

아직 저녁이라기에는 이른 시간이었다. 그러나 하늘을 올려다보자, 이미 밤의 기척이 가까이 다가왔다는 느낌은 확실하게 전해져 왔다.

"가을 해는 두레박 떨어지듯이 빨리 진다[#6]는 건가? 오늘은 어쩐지 고향 생각이 많이 난다."

나는 쓴웃음을 지으면서 조용히 읊조렸다.

"라이도우 님?"

"아니, 아무 것도 아니야. 가자."

나는 시키의 걱정스러운 목소리에 미소를 지으면서 대답했다. 쓸쓸해 보이는 표정이라도 짓고 있었나?

학원제까지 앞으로 1주일 정도 남았다. 나는 틀림없이 이 세계에 소환된 이후로 가장 많은 인파를 목격하게 되리라는 예감이 들었다. 여러 나라들에서 제각각 만만치 않은 숫자의 관람객들이 몰려올 테니 당연한 얘기였다.

나는 나 자신이 하고 싶은 일을 할 뿐이다. 방학 기간 동안에 터득한 능력 덕분에 약간이나마 자신감이 생겼다. 수많은 인파가 이 도시를 찾아온다는 소리를 들었을 때도 냉정하게 받아들일 수 있

#6 가을 해는 두레박 떨어지듯이 빨리 진다 가을 해가 짧다는 뜻의 일본 속담.

었다.

만약 지금 당장 갑작스럽게 전쟁터로 강제 소환되더라도 예전보다 훨씬 제대로 대응할 수 있을 것이다. 요컨대, 자기 자신이 강해졌다는 실감이 생겼다. 덕분에 내 마음은 예전에 비해 꽤나 편안한 상태였다.

토모에를 비롯한 세 종자들이 볼 때는 자각이나 자신감이 아직 모자라 보이는 모양이다.

대로변으로 나가자 거리의 소란이 더욱 더 크게 들려왔다. 모든 이들이 학원제를 앞둔 이 도시에서 즐거워 보이는 표정을 짓고 있었다. 나는 이제부터 무슨 일이 일어날지도 모른다는 기대와 불안, 그리고 여러 가지 복잡한 감정들이 뒤섞인 들뜬 마음가짐으로 고테츠를 향해 발걸음을 옮겼다.

10

"신전에서?"

학원 도시에서 대대적인 이벤트로 개최되는 학원제가 코앞까지 다가오면서, 거리가 나날이 활기를 띠기 시작했다. 처음엔 나도 롯츠갈드의 학원제라는 행사를 그냥 커다란 축제라는 식으로 받아들이고 있었는데 날이 갈수록 보통 일이 아니라는 실감이 느껴졌다.

가만히 생각해 보니, 거대한 도시 그 자체가 통째로 하나의 축제를 치르는 거나 다름없는 상태였다. 말하자면 나도 이만큼 엄청난 대규모 행사는 경험해본 적이 없다는 뜻이다. 차라리 약간 과대평가하는 편이 딱 알맞을지도 모른다는 생각이 든 적도 있었는데, 이제 보니 그 정도 수준은 가볍게 뛰어넘을 것 같다.

그런 와중에, 오늘 가게를 보던 라임으로부터 나에게 전달사항이 올라왔다. 신전, 그러니까 바로 그 여신을 섬기는 종교의 높으신 분께서 가게까지 찾아온 모양이다. 참고로 라임은 여름방학에 들어가기 전부터 나와 대화가 가능한 상태였다.

라임이 정말 너무나 자연스럽게 행동하다 보니, 당분간 나조차도 그 사실을 깨닫지 못했을 정도였다. 그러나 나한테 변화가 생겨서 휴만과의 대화가 가능해진 것은 아니었다. 토모에를 불러내 자초지종을 따져보자, 그를 상대로 거의 인체실험에 가까운(최소한 나는 그렇게 느꼈다) 시도를 한 모양이다.

그 일엔 토모에의 분신인 코모에까지 엮여 있었다. 내가 보기엔 라임 본인도 천연덕스러운 표정으로 굉장히 대담한 짓을 벌이는 남자였다. 나는 토모에에게 앞으로 인체에 영향을 줄 수도 있는 시도를 꼭 해야 할 때는 우선 상의부터 한 다음에 시작하라고 설교를 늘어놓을 수밖에 없었다. 이번 일 자체는 틀림없이 나에게 직접적인 영향은 없었던 데다가, 토모에의 힘만으로도 완전히 다 끝나버릴 정도의 간단한 시도였다. 그리고 아공에 대한 영향도 전혀 없었다. 따라서 그녀의 독자적인 판단으로 얼마든지 처리 가능한 일이었던 건 틀림없는데…….

아차, 지금 신전에서 높으신 분이 오셨더랬지?

나는 방에서 나와, 혹시 듣는 사람들이 있을지도 모르니 필담으로 전환해 라임에게 알아들었다는 대답을 전했다. 높으신 분은 직접 상대하는 편이 좋으리라는 생각이 들었기 때문에 일단 만나보기로 했다. 내가 점포에 직접 얼굴을 보이자, 가게에 찾아온 손님들 중 일부로부터 실망 섞인 한숨이 새어나오는 소리가 들려왔다. 시키가 아니라서 참 미안합니다요.

"갑작스러운 방문인데도 불구하고 이렇게 직접 면담에 응해주니 감사하네. 나는 신전의 준사제를 역임하는 자일세."

그는 나에게 신분증의 대용품인 목걸이를 보였다. 그는 남자였지만 우람한 체격이 아니라 여성처럼 가냘픈 몸매의 소유자였다. 목걸이를 꺼내는 순간에 쇄골 부근이 살짝 보였는데 기본적으로 운동을 하는 듯한 체격의 소유자는 아니었다. 육체노동은 전혀 하지 않는 듯이 보였다. 그런데 이런 체격으로 회복뿐만 아니라 다양한 술법을 구사하는 성직자로서 전쟁터까지 따라갈 수나 있을까?

[아닙니다. 사제님께서 용건이 있으시다니, 당연히 제가 직접 만나드려야지요. 보시다시피 언어를 자유자재로 구사할 수 없는 몸입니다만, 부디 용서해 주십시오.]

"준, 사제일세. ……저주라고 들었네만?"

[저주병의 일종일지도 모른다더군요. 쑥스럽습니다만, 가게에서 취급하는 상품 가운데 약 종류가 많은 것도 개인적인 사정에 따른 부분이 없지 않아 있습니다.]

역시나 언어에 대한 질문이 날아들어 왔다. 물론 이럴 때를 대비한 모범답안도 준비해 놓은 상태였기 때문에 막힘없이 대답하는 데는 아무런 문제도 없었다.

"저주병이라. 정말로 꺼림칙한 얘길세. 자네도 참 딱한 처지야. 그나저나, 자네가 틀림없이 점장이 맞나? 상인 길드에서 확인해본 바에 따르면, 이름은 아마 라이도우였던가?"

[예. 평소엔 믿을 만한 종업원들에게 가게 일을 맡기는 날이 많습니다만, 점장은 바로 접니다. 그런데 오늘은 무슨 용건으로 찾아오셨는지요?]

"음, 이 가게에서 판매하고 있다는 몇 가지 약에 관한 안건일세. 효능이 지나치게 우수하다는 소문이 신전에까지 들려올 정도라네. 게다가 가격까지 저렴하다지 않나? 물론 그렇게 좋은 약이 시중에 유통되고 있다는 건 더없이 기쁜 일일세. 하지만 그 약을 불안하게 여기는 이들도 있다네. 정말 사용해도 되는 약인지 판단이 안 선다는 식으로 말이야."

…….

신전의 높으신 분은 정말로 곤혹스럽다는 태도와 나를 동정하는 듯한 말투로 이야기를 이어 나갔다. 내가 듣기로 거리의 약국이나 마법약 판매점뿐만 아니라, 신전에서도 다양한 효능의 약들을 판매하는 걸로 알고 있다. 어디 보자, 일부 동업자들의 영업 방해나 다름없는 클레임으로 인해 신전이 직접 나선 걸까? 아니면 신전 그 자체가 나한테 시비를 걸고 있을 뿐인가? 어느 쪽이 됐건, 여신이 직접 나선 것은 아닌 모양이니 나로서는 안심이 되는 얘기였다. 하긴, 여신이 직접 나섰는데 신전의 사제가 혼자서 올리는 없을 거야.

역시 지금 눈앞의 이 아저씨는 이른바 뇌물을 요구하러 온 부패

한 사제인 걸까? 신전에서 나왔다는 말 자체가 거짓말이고 다른 데서 나온 사기꾼일 가능성도 있었다.

아니, 그럴 경우엔 지금보다 좀 더 호들갑스럽게 많은 인원수를 동원할 수도 있지 않을까?

나로서는 준사제라는 직책의 실질적인 지위가 짐작이 안 가다 보니, 돈이 모자라서 이런 데로 뇌물을 요구할 만한 인물인지의 여부를 판단하기 어려웠다. 하지만 신전의 이름을 사칭한다는 행위는 만만치 않은 각오를 필요로 하는 일일 테지. 그런 위험부담을 무릅쓰고 우리 가게에 푼돈을 뜯으러 온다는 얘기도 현실성이 없었다. 말인즉슨⋯⋯.

[저희 가게의 약에 대한 소문이 신전 분들의 귀에까지 들어갈 줄은 상상도 못 했습니다. 일부러 이런 누추한 곳까지 찾아오시게 해서 죄송할 따름입니다.]

"아니, 너무 신경 쓰지 마시게. 그런데 말이야? 자네로서도 가게에서 판매하는 상품에 관해 하찮은 의심의 눈길이 쏟아지는 사태는 당연히 달갑지 않을 거야."

[저야 그저, 신전에서 그런 종류의 하찮은 소문 정도는 간단히 물리쳐 주실 것으로 믿을 뿐입니다.]

뇌물을 요구하는 게 틀림없어 보였다. 나로서는 금화 몇 닢 정도로 입을 다물어 준다면야 기꺼이 치를 생각이었다.

그러나 눈앞의 준사제는 말을 꺼내기가 어렵다는 듯이 망설이는 표정을 보이다가, 그 자리에서 입을 다물고 말았다. 성가신 녀석이로군.

"······자네로서는 그럴 수밖에 없을 걸세. 그런 연유로 신전으로부터 자네에게 정식으로 제안할 건수가 있다네. 차라리 해독약과 상처 약 종류에 한해 신전과 정식으로 계약을 맺고, 판매를 맡겨볼 생각은 없나?"

뭐?

순간적으로 머릿속의 모든 회로가 정지되는 듯한 느낌이 들었다. 무슨 뜻이지? 신전에 약을 도맷값으로 넘기고, 직접 팔지는 말라는 소리야?

[말씀의 의미를, 이해하기 어렵습니다.]

간신히, 나로서는 정말로 간신히 그의 말뜻을 되묻는데 성공했다.

"칫, 역시나 내 말이 맞지 않나? 이런 식의 터무니없는 요구를 받아들이는 멍청이가 어디에 있단 말인가? 썩어빠진 늙다리들 같으니, 대체 얼마나 이권을 독점해야 직성이 풀리나?"

그 남자는 작은 목소리로나마, 혀를 차면서 엄청나게 걸쩍지근한 욕설을 이 자리에 없는 누군가에게 퍼부어댔다. 그도 자신의 입에서 나온 요구의 내용이 터무니없다는 사실은 이해하고 있는 모양이다. 나로서는 약간이나마 안심이 되는 반응이었다.

"······지금 한 말은 잊어주시게. 거리에 나도는 소문을 처리하는 일은 신전에서도 돕도록 하지. 그러나 그러기에는 조건이 하나 있네."

[말씀하시죠.]

"해독약과 상처 약의 제조법을 공개하게나. 물론, 약의 제조법은 신전에서 검증을 위해 사용할 예정일세. 다른 가게들을 상대로 누설하는 일은 결단코 없을 것이야."

요컨대, 약을 조합하는 방법을 밝히라는 소리였다. 하긴, 똑같은 제조법으로 똑같은 결과물을 만들 수 있다면야 안전성도 보증이 되리라. 그러나 이 녀석은 다른 가게들을 상대로 누설할 생각은 없다면서, 신전에서 안 팔겠다는 소리는 단 한 마디도 하지 않았다.

게다가 즉석에서 받은 약속의 실질적인 효과도 의심스러웠다. 어떡하지? 일단 짚고 넘어가야 되나? 아니면 우선 순한 양처럼 따르는 모습을 보여주는 것도 하나의 방법일지도 몰라.

[제조법을 공개하라고요? 그렇게 되면, 신전에서도 저희와 동일한 제품을 제작할 수 있게 되는 셈입니다만?]

"……일단 그 정도는 납득해 주시게. 나는 지금 가장 확실한 방법을 제안하고 있는 셈이라네. 무슨 불만이라도 있나? 아 참, 학원제가 머지않은 관계로 신전도 한창 바쁜 시기라네. 대답은 지금 이 자리에서 받고 싶은 참이야."

흠, 상대의 입장에서 나는 다루기 쉬운 녀석으로 보이는 모양이다. 그럼, 하여튼 순한 양의 가죽을 뒤집어써볼까?

신전엔 여름방학 전에 엮였던 인체실험의 관계자도 소속되어 있던 걸로 알고 있다. 나로서도 신전의 내부에 연줄을 구축할 수 있는 건수는 그다지 나쁜 얘기가 아니었다. 사교가 수상쩍은 죽음을 당했는데도 불구하고, 평범하게 병으로 죽었다는 발표가 난 것도 신경 쓰였다. 여름방학 동안 렘브란트 자매가 츠이게에서 맞닥뜨린 한 작은 사건에서도 신전의 이름이 거론된 바 있다. 미오 때문에 그다지 자세히 조사할 수는 없었지만, 이 녀석으로부터 신전에 관한 여러 가지 정보를 획득할 수 있을지도 모른다는 예감이 들었다.

[불만 따위가 있을 리가 없습니다. 오히려 신전에서도 이 약들을 취급해 주시게 될 경우, 더욱 더 많은 고객님들께 훌륭한 효능의 약을 제공할 수 있게 되는 셈이니까요. 저로서는 더할 수 없이 반가운 제안입니다. 아무래도 거의 신출내기에 가까운 상인의 몸으로 판로를 개척하기도 뜻대로 되지 않았던지라, 좀처럼 사업을 확대시키기도 못하는 추태를 보이던 참입니다. 제조법 정도야 기꺼이 가르쳐드려야지요.]

"……?! 정말로 괜찮겠나?"

[예. 형편이 되시는 날을 가르쳐 주십시오. 저희 쪽에서 술사를 파견해 설명을 드리겠습니다. 제가 자리를 같이 할 필요는 있겠습니다만.]

"고, 고맙네. 너무 서두르는 것 같아 면목이 없다만, 내일 점심때라도 술사와 자네 둘이서 함께 신전까지 발걸음을 옮겨 주시게. 접수처 직원에게 준사제인 시나이와 약속이 있다는 사실을 전하면 통과가 되도록 조치를 취해 놓겠네."

[시나이 님이라고 하셨지요? 분부대로 바로 내일, 신전을 찾아 뵙겠습니다.]

"음, 한창 바쁠 시기에 이런 일로 귀찮게 해서 미안하네. 그럼 내일 보세나."

모든 일들이 너무 순조롭게 진행된다는 사실이 쉽게 믿기지 않는 건가? 준사제는 의아하다는 표정으로 가게를 뒤로했다.

나는 머리를 숙이면서 그를 배웅했다.

시나이라. 이름은 기억해두마. 얼핏 평범한 신부와 비슷한 느낌인 줄 알았는데, 생각보다 훨씬 높은 사람으로 보였다. 신전이 지니고 있는 권력 자체가 꽤나 강력한 건지도 몰라.

사실은 저들에게 제조법을 가르쳐줘봤자 우리로서는 거의 아무런 문제도 없었다.

쿠즈노하에서 취급하는 약들의 제조법 자체는, 기본적으로 굉장히 평범한 축에 속했다. 다만, 상식선상의 판매 가격을 유지하는데 여러 가지 장애물이 존재할 뿐이다. 평범하다기보다는 종이에써서 정리한 제조법이 평범해 보인다고 바꿔 말하는 편이 정확한표현일지도 모른다.

우선 약의 재료로 황야가 아니고서는 채집이 불가능한 식물이섞여 있었다. 츠이게에서 모험가들이 목숨을 걸고 채집해온 황야의 식물들이 만만치 않은 가격에 팔리고 있다. 우리야 황야 쪽으로 깊숙이 들어간 장소까지도 거의 앞마당처럼 드나들 수 있는 입장이다 보니, 쿠즈노하 상회에서 그러한 식물들을 재료로 쓸 때의소모되는 비용은 거의 없었다. 그러나 다른 이들이 똑같은 재료를사용하려한다면 기본적인 생산 비용부터 기하급수적으로 불어날수밖에 없었다. 사실은 이 부근에서 채집 가능한 약초 몇 종류를조합하더라도 대용은 가능하지만, 유통이나 조합에 만만치 않은수고를 들일 필요가 있다는 사실은 틀림없었다.

다음 장애물은 조합하는데 필요한 기술이었다. 시키와 아르케정도의 기술을 지니고 있는 술사들이야 무난하게 조합에 성공할수 있는 수준이었지만 기본적인 난이도가 굉장히 높은 편이었다.

참고로 츠이게에서 현재 최고 레벨의 모험가 일행으로서 군림하고 있는 토아 양 파티의, 예전에 온갖 어이없는 실수를 저지른 바 있는 그 연금술사 청년의 실력으로도 열 차례의 시도 가운데 다섯 차례 정도 성공할까 말까한 확률이었다. 그의 전문 분야가 약의 조합이 아니라는데도 원인이 있다고 들었지만, 학원에서 우수한 연금술사 관계의 전문가를 모셔가더라도 아마 8할 정도의 성공률이 한계인 것으로 추정된다. 단순하게 따져 봐도 대량 생산을 시도할 때는 2할 정도의 손실은 뼈아프게 다가올 수밖에 없었다.

말인즉슨, 재료를 조달 가능한 환경을 조성할 수 있다는 전제하에 실력이 보증된 연금술사를 동원함으로써 신전에서도 동일한 수준의 약을 제작할 수 있다는 뜻이다. 판매가격을 우리와 같은 수준으로 맞추기는 힘들 것이다.

따라서 그들의 시도가 우리에게 현실적인 위협으로 다가올 가능성은 거의 없었다. 하여간 자신 있게 제조법을 가르쳐주고 오도록 하자. 나는 순한 양의 탈을 쓰고 시나이 준사제에게 흔쾌히 협력할 생각이다. 모처럼 신전을 구경할 기회니까 견학이나 하고 오자.

"방금 전 같은 약속을 하셔도 괜찮으신가요?"

응?

목소리를 따라 옆으로 고개를 돌리자, 눈에 익은 여성 한 사람이 나를 바라보고 있었다.

에바 양의 얼굴이 보였다. 느닷없이 말을 걸다니 심장에 안 좋아. 학원제 기간 동안 도서관은 일시적으로 문을 닫는 모양이다. 그러다 보니 에바 양의 업무도 반나절 만에 끝나는 날이 늘어났다는 얘기를 들었다. 여름방학 동안에도 영업하고 있었으니 학원제 기간에도 당연히 개방할 줄 알았는데, 관람객의 수가 너무 많아 도난 등의 범죄에 대응할 수 없게 된다는 이유로 업무를 중단할 수밖에 없다고 한다.

오늘도 업무가 반나절 만에 끝나는 날이었나? 그녀는 여름방학 기간부터 이런 식으로 이따금씩 가게를 찾아왔다. 개인적으로 영양 드링크를 즐겨 찾는 그녀의 방문은 항상 반가웠다. 그리고 그녀를 통해 입수한 논문 덕분에 수련의 성과가 오른 것도 사실이었다.

[물론이지요. 저로서는 에바 양이 어디서부터 듣고 계셨는지도 알 도리가 없습니다만, 저는 기본적으로 괜찮지 않은 소리는 입에 담지 않습니다.]

"어머나, 무서워라. 쿠즈노하 상회를 상대로 수작을 부리는 신전 쪽이 불쌍하다는 생각이 드네요."

[역시 방금 찾아오셨던 분은 신전의 준사제님 본인이 맞는 모양이군요. 저로서는 뇌물을 요구할 지도 모른다고 예상하던 참이었는데, 예상을 훨씬 뛰어넘는 제안이 튀어나와서 깜짝 놀랐답니다.]

"우후후. 이제 곧 학원제가 시작되니까요. 신전의 높으신 분들께서도 잔뜩 이 도시로 몰려올 테니, 저들도 점수를 따는데 여념이 없는 거지요. 이 도시의 신전에 배치되는 이들은 나름대로 엘리트 코스를 밟는 사람들이 대다수거든요. 출세 욕구가 강한 사람들도 많다는 뜻이죠."

오호라. 요컨대 직장 상사들이 잔뜩 찾아올 테니 그들에게 잘 보이기 위해서 무슨 짓이라도 해야 되는 상황이라는 건가? 자신의 출세를 위해서 우리 가게의 소문을 이용할 생각이었던 모양이다. 아닌 게 아니라, 정말로 그다지 대단한 일은 아니었던 모양이야.

아니 뭐, 꼭 여신이 아니더라도 로나 양이 사교를 죽게 만든 건 사실인데다가 나도 아무런 상관도 없는 입장은 아니었기 때문에 너무 의심이 심했던 건지도 몰라. 일단 라임에게 뒷조사를 부탁해서 쓸데없는 불안요소는 해소하도록 하자.

나 참, 고작해야 학원의 축제에 신전 관계자들까지 이 정도로 들뜬 반응을 보일 줄이야. 롯츠갈드의 학원 창립제라는 행사가 정말로 엄청난 이벤트라는 느낌이 들기 시작했다. 진 일행도 은근슬쩍 레벨을 90 정도까지 올리면서 의욕적인 모습을 보이고 있다. 그들의 성장 속도를 감안하면 지금 당장 100을 넘기기도 어렵지 않았다. 그러나 지금은 거의 유명무실한 상태나 다름없다는 학원제의 각종 대회 규칙상, 레벨 100을 넘기는 이들은 출장 자체가 불가능한 모양이다. 그런 고로, 진 일행은 대회에 참가하기 위해 레벨을 100 이하로 조절하고 있었다. 먼 옛날에 레벨 100을 넘긴 재학생이 다니던 시절, 그 한 명 때문에 생긴 거나 다름없는 규칙으로서 지금도 그 자취가 남아있다고 한다.

미스티오 리자드와 벌이는 모의 전투 수업도 지금은 4단계까지 나아간 상태였다. 내 생각엔 무예를 겨루는 대회든, 마술을 겨루는 대회든 다들 나쁘지 않은 성적을 남길 수 있으리라는 예감이 들었다. 파티 단위로 출장하는 단체전에 출장할 경우, 확실하게 관중들의 주목을 한데 모으고도 남을 것이다.

……그리고 보니, 렘브란트 씨로부터 제발 따님들의 대회 출장

을 말려달라는 부탁을 듣기도 했다.

'연구나 수업 내용을 발표하는 행사, 노래나 무용을 선보이는 행사에 참가할 경우엔 굳이 말릴 생각이 없네. 아니, 오히려 나로서는 환영하는 바야. 그러나 전투 기술을 겨루는 대회는 예외일세. 내 입장에선 절대로 출장시키고 싶지 않아. 라이도우 님, 상인의 딸에게 전투 기술이 필요하다고 생각하나? 아니야, 결단코 필요 없고말고!!'

힘차게 주장하던 그의 말들이 머릿속에 떠올랐다. 여름방학 기간 후반 동안, 자매를 따라 츠이게에 얼굴을 보이러 갔을 때 들었던 말이다.

예전에 받은 편지와 마찬가지로, 입가에 부드러운 미소를 지은 부인께서 은근슬쩍 다가오셔서 「너무 신경 쓰지 마세요」라는 한마디와 함께 그를 연행해갔다. 내가 보기엔 렘브란트 부인은 굉장히 매력적인 분이셨다. 렘브란트 씨가 바람을 피우지 않는 까닭이 이해가 갔다.

그리고 그(와, 아마도 부인도)가 딸들을 롯츠갈드에 입학시킨 이유는 기본적인 예의범절이나 인맥을 구축하는 방법, 그리고 사교계에서 필요한 스킬들을 터득하라는 의도였을 것이다. 내가 학원 도시에서 담당하고 있는 과목은 전투 기술이다. 내 주위에는 당연히 전투 기술을 터득하려는 학생들이 모일 수밖에 없었다. 그러나 학원 도시에서는 전투 기술 이외에도 일반적인 예절이나 순수한 학문, 그리고 사교계 데뷔를 겨냥한 강의들도 여러 방면에 걸쳐 이루어지고 있었다. 그 사실을 알기 전까지만 해도, 렘브란트 자매가 학원에 다니는 동기 자체가 약간 의문스러울 정도였다.

[점수를 따야 된단 말인가요? 신전 분들도 보기보다 고생이 심하신 모양입니다.]

나는 머릿속에서 딴 생각을 하면서도, 에바 양의 말에 맞장구를 쳤다.

"일부의 특수한 재능을 지닌 이들 이외엔, 신전에서 벌어지는 핏줄과 파벌 사이의 출세 경쟁에 탈락한 이들은 미래가 막히는 거나 다름없으니까요. 다들 필사적일 수밖에 없겠지요."

[그 경쟁에서 탈락한 이들은 츠이게나 황야 같은 오지로 발령이 난다는 말씀이군요. 대충 이해가 갑니다.]

실제로 그 근방의 사제들은 대낮부터 술에 취해 해롱거리는 모습이 스탠다드였답니다.

"아마 이 도시의 신전에 근무하는 사제들은 정말로 어지간히 어처구니없는 실수를 저지르지 않고서야 그 정도로 극단적인 좌천을 당할 일은 없겠지만, 아무래도 다시 출세 코스를 밟기는 힘들겠지요. 리미아의 대신전에 소속될 정도로 출세하는 것이 그들의 평생에 걸친 소원이랍니다. 제가 보기엔 어느 신전의 누구더라도 그다지 큰 차이는 없지만요."

[다들 평등하게 아무런 가치도 없다는 말씀을 하고 싶어 하시는 걸로 보이네요.]

"맞아요, 그야말로 정확하게 보셨네요. 현재 시점에서 저의 주신(主神) 후보는, 다름 아닌 라이도우 선생님이니까요."

[주신 후보…… 아무쪼록 멋진 이웃 정도로 강등시켜주시기를

바랄 뿐입니다.]

농담인가? 아니면 몇 할 정도는 진심에서 나온 말일지도 모른다. 하여간 그녀는 천연덕스러운 얼굴로 무시무시한 발언을 입에 담았다.

그녀는 켈류네온을 언젠가 탈환하고야 말겠다는 희망을 아직도 버리지 않은 것으로 보였다. 그나마 다행인 점은 켈류네온이라는 땅이 이곳과 상당히 멀리 떨어진 거리에 위치해 있다는 사실이었다. 휴만 종족이 스텔라 요새를 함락시키는데 성공하더라도, 켈류네온은 머나먼 저편의 땅이었다. 에바 양도 그 지역만 핀 포인트로 되찾아봤자 아무런 의미가 없다는 사실은 숙지하고 있는 것으로 보였다. 그런 고로, 지금은 그녀로서도 지나치게 무모한 짓을 벌일 생각은 없는 모양이다.

그녀가 예의 그 조직과 맺고 있던 관계는 깔끔하게 청산된 상태였다. 원래부터 철저한 비밀주의로 인해 조직원 간의 관계가 한정적이었던 덕분에 그녀의 조직 탈퇴는 순조롭게 이루어졌다. 당분간 자객들의 습격을 비롯한 성가신 일에 말려들 가능성을 고려하던 참이었는데, 그 예측은 다행히 보기 좋게 빗나갔다. 그녀가 말단 조직원이었다는 점도 어느 정도 영향이 있었던 걸로 보인다.

지금의 그녀는 쿠즈노하 상회로부터 특별한 희망을 느낀 듯이 자주 얼굴을 보이는 정도였다. 우리가 보는 실질적인 손해도 거의 없었다. 오히려 다양한 장르에 걸쳐 추천할 만한 책을 소개해주는, 고맙기 이를 데 없는 단골손님 가운데 한 사람이었다.

"그나저나 라이도우 선생님? 학원제 말인데요, 시간이 나실 때라도 좋으니 같이 보러 다니지 않으실래요?"

[제 입장에서야 몹시 반가운 제안입니다만, 여러 거래처와 선약이 있다 보니 힘들 것 같습니다. 정말 죄송합니다.]

"벌써 예정이 꽉 차셨나 보네요. 개인적으로 몹시 아쉽군요. 라이도우 선생님의 해설과 함께 관람하는 대회들은 굉장히 다르게 보일지도 모른다는 생각이 들었거든요."

[죄송합니다.]

최근엔 어쩐지 수많은 사람들로부터 학원제를 함께 보러 다니자는 제안이 들어오는 빈도가 늘어났다. 루토나 렘브란트 자매, 에바 양이나 학원의 온갖 여학생들로부터 다양한 방식으로 제안이 들어왔다.

그러나 나는 모처럼 찾아온 축제날은 아무 생각 없이 측근 중의 측근인 종자들과 함께 보러 다닐 생각이었기 때문에 그 제안들을 모조리 거절해 버렸다. 그런데 거절하는 빈도가 이렇게 늘어나다 보니, 조금씩 미안하다는 느낌이 들기 시작한 것이다.

굉장히 진지한 눈빛을 띤 진으로부터 대회를 보러 와달라는 부탁을 받기도 했다. 그가 참가할 대회는 꽤나 커다란 규모의 행사인 모양이니, 굳이 부탁할 필요도 없이 얼굴도장은 찍으러 갈 생각이었다. 그에게서 지금까지 수강한 강의의 성과를 보이고 싶다는 의욕이 느껴졌다. 그들을 가르친 강사로서는 그 의욕이 귀엽게 보일 수밖에 없었다.

토모에와 미오도 축제라는 단어를 듣자 몹시 기대된다는 반응을 보였다. 그녀들의 전과를 돌이켜볼 때, 조용히 넘어가지 못할 가능성이 있다 보니 약간 불안한 마음이 들었다. 하지만 설마 내가 현재 체류 중인 도시에서 지나치게 엉뚱한 짓을 벌이진 않겠지. 나로서는 두 사람을 믿을 수밖에 없었다.

나는 에바 양이 쇼핑을 마치고 돌아가는 뒷모습을 배웅한 뒤, 학원제가 시작될 때까지 남은 날짜를 손가락으로 세면서 방으로 돌아갔다.

11

"신전은 금칠로 번쩍이지 않아서 정말 다행이야."

개인적인 여신에 대한 인상은 눈부시게 빛나는 방과 오만하기 짝이 없는 성격, 그게 다였다. 지금까지 일부러 가까이 오지도 않았던 신전 구획에 도착하자마자, 나는 목적지 삼아 찾아다니던 건물이 커다란 건축물로서의 위용을 과시하면서도 순금제가 아니라는 사실에 안도의 한숨을 내쉬었다. 개인적으로 그런 장소엔 발길을 들여놓고 싶지도 않았거든.

멍청하게 번쩍이는 건 그 녀석의 공간만으로도 충분해.

"라이도우 님? 혹시 무슨 불편하신 데라도 있으신지요?"

앞서가던 시키가 느닷없이 멈춰 서서 신전을 올려다보던 나에게 고개를 돌리며 걱정스러운 눈빛으로 바라봤다.

"아니, 여신을 모시는 신전치고는 평범하다고 해야 하나? 생각보다 장엄한 외관의 건물이라는 생각이 들었을 뿐이야."

"라이도우 님께서는 여신과 직접 대화를 나누신 적이 있다 보니, 신의 개성과 신전의 외관을 연관 지어서 생각하시는 군요. 제 눈엔 단순히 서로 크기가 다를 뿐인, 전부 다 엇비슷한 건물들로 보일 뿐입니다."

들고 보니 맞는 말이다. 그러고 보니 나도 신사나 사찰을 그들이 모시는 신의 이미지와 결부시켜서 본 적은 없었다. 참고로 건축양식에 관해 신경 쓴 적도 없었다. 사람에 따라 장식물 양식이나 장식의 만듦새 등을 특별히 즐기는 경우도 있다고 들었는데, 최소한 개인적으로 그런 쪽에 굳이 신경을 쓴 적은 단 한 번도 없었다.

정말 듣고 보니 확실히 납득이 가는 얘기였다. 신이라는 존재와 실제로 접촉한 이만이 느낄 수 있는 특유의 감각이었다. 신전으로 발걸음을 옮기는 도중에 스쳐지나간 정령을 모시는 신전(이라고 부르는 게 맞나? 다른 호칭이 존재할지도 몰라)들은 전부 다 엇비슷한 구조로 보였기 때문에, 개인적으로 특별한 감회는 전혀 솟아나지 않았다.

"개성이라? 내가 듣기로 여신은 이 세계의 유일신이자 고귀하면서도 청렴한 정신의 소유자이며, 모든 휴만들을 총애하는 순결한 어머니라고 했던 것 같은데?"

"대충 그런 식으로 해석하셔도 틀림없을 겁니다. 그 이외에도 용감한 군신(軍神)이나 학예의 수호신이라고 불리기도 합니다. 만능의 신으로서 믿겨지고 있기 때문에, 웬만한 찬사는 거의 다 해당되지 않을까 싶습니다."

거짓말 같은 현실인데…… 도서관에서 조사해본 바에 따르면,

여신이 신으로서 지닌 성격이나 개성은 정말로 시키가 지금 설명한 내용과 거의 일치하는 느낌이었다. 그리고 군신 등의 가혹한 측면이 소개될 때는 기본적으로 아인들이나 마물들이 호되게 당하는 경우가 많았다.

여신은 정말 어이가 없을 만큼 만능에 가까운 존재로 알려져 있었다. 완전한 우상일 경우에야 용납될지 몰라도, 실제로 존재할 경우엔 틀림없이 모순이 드러날 수밖에 없는 레벨의 우상화였다. 전지전능, 따라서 아무 것도 하지 않는 존재라는 식이야.

내 머릿속에선 이미 오래 전부터 완전히 모순된 존재였다. 나한테는 시꺼먼 거시기라는 단어가 그녀의 이미지와 가장 가깝게 느껴졌다.

"전지전능하신 유일신님의 신전이라는 식으로 보니까, 아주 약간이나마 엄숙한 기분이 들 것도 같아. 아 참, 사람들도 점점 늘어난 것 같으니 필담으로 되돌려야 되나?"

"저들로서는 이런 장소에 멈춰 서서 건물을 구경하는 참배객은 수상하게 보일 테니까요. 이제 안으로 들어가시죠."

나는 시키의 안내에 따라 신전 내부로 발걸음을 옮겼다. 시원한 공기가 얼굴을 쓰다듬었다. 냉방이라도 하나? 은근슬쩍 대단하다는 느낌이 들었다. 아직 늦더위가 남아 있다 보니, 후덥지근한 날들이 이어질 때도 없지 않아 있었다. 그러나 이 세계에서 실내의 온도를 조절할 때는, 기본적으로 마술을 동원할 수밖에 없었다.

마술을 동원한다는 얘기는, 말하자면 인력을 사용한 냉방이라는 뜻이다. 입구를 계속 열어놓은 공간에서도 범위를 지정하여 온도를 편리하게 조절 가능한 반면, 어느 정도 이상의 인원이 필요한 데다가 정확한 온도까지 세세히 설정할 수는 없었다. 어디까지나 술법을 사용하는 당사자와 그 공간에서 지내는 사람들의 주관적인 감각에 따라 조절할 수밖에 없었다.

우리 집의 남자는 아버지와 나뿐이었다. 그에 비해 여자는 세 사람이었다. 거실은 여름에도 그다지 시원하지 않았던 기억이 남아 있다. 아무 생각 없이 여자들은 남자들보다 추위에 약한가 보다는 식으로 느꼈던 기억을 떠올렸다.

현재 온도는 개인적으로 딱 알맞은 정도로 느껴지는데, 이곳의 냉방을 책임지는 술사는 남성일지도 모르겠다.

과학기술로 발명된 에어컨이 마술의 인력 에어컨으로 바뀌어 봤자, 기본적으로 발언력이 강한 이들에게 좌우되는 온도 난민들이 사라질 일은 없으리라는 실감이 들었다. 개인의 힘으로 끊임없이 주위의 온도를 일정하게 유지하는 작업은 만만치 않은 실력과 수고를 필요로 할 수밖에 없는 일이었다. 일반 업무와 병행할 수도 없을 테니, 냉방을 담당한 술사의 수고는 감히 상상조차 가지 않을 정도였다.

"시나이 준사제님과 면회 약속이 잡혀 있는 쿠즈노하 상회의 시키와, 주인인 라이도우입니다."

시키가 가까이 다가온 신전의 여성 직원에게 우리가 이곳을 방문한 이유에 관해 설명했다. 그녀는 새하얀 옷을 입고 있었다. 하지만 신전에서 정식으로 정해져 있는 제복은 그녀가 입고 있는 옷뿐만이 아닌 듯이 보였다. 우리와 스쳐 지나가는 이들의 복장만

봐도, 확실하게 통일된 새하얀 색상 이외엔 다양한 패턴의 디자인이 눈에 띄었다.

의외였다. 남성과 여성의 차이는 있을지 몰라도, 그 이외엔 거의 비슷할 줄 알았거든.

그리고 긴 소매나 발목까지 뒤덮는 식의 노출도가 적은 복장을 입고 있을 것으로 예상했는데, 실제로 보니 개인마다 각양각색의 복장을 걸치고 있었다. 혹시 색상 이외에 특별한 규칙은 없는 건가?

"시나이 님과…… 예, 오시기를 기다리고 있었습니다. 저를 따라오시지요."

조치를 취해 놓겠다는 말에 거짓은 없었던 모양이다. 학생 아르바이트 무녀 아가씨 같은 느낌이 들 정도로 나이가 젊은 여성 직원이 이대로 우리를 안내하려는 듯이 보였다. 그녀는 우리의 보행 속도와 보폭을 맞춰가면서 앞서나갔다.

신전은 밖에서 볼 때도 굉장히 커다란 건물이라는 느낌이 들었는데, 역시 안에도 만만치 않게 넓은 공간이 펼쳐져 있었다. 넓은 내부 공간 안에 전체적으로 독특한 향기가 감돌고 있었다. 내 생각엔 아마도 마술의 효과는 아닌 듯이 보였다. 대량의 향료를 사방에 뿌려놓은 듯한 느낌이다. 학원에서도 응접실 같은 장소엔 향료를 사용하는 경우가 있기 때문에 낯선 느낌은 아니었다. 물론 살포 범위는 차원이 다르다.

우리는 신전 안을 걸어가면서 하얀 옷을 입은 사람들과 계속해서 스쳐 지나갔다. 눈길이 마주칠 때마다 전부 다른 복장으로 보였다. 설마 전부 다른 옷을 입고 있는 건 아니겠지?

나는 손짓으로 시키를 가까이 불러, 귓속말로 지금 느끼던 바를 알렸다. 앞서 가는 사람과 필담으로 대화를 나누기는 성가시다는 생각이 들었기 때문이다. 시키가 내가 언급한 내용에 관해 그녀에게 질문을 던졌다.

"실례합니다. 신전에서 종사하시는 분들은 다들 의복에 신경을 쓰시는 모양입니다. 아까부터 지나치는 분들 전원이 굉장히 공을 들인 디자인의 옷을 입고 계셔서 깜짝 놀랐습니다."

"어머나, 그렇게 보이셨나요? 아, 그러고 보니 쿠즈노하 상회 여러분은 아마 츠이게에서 학원 도시로 올라오신 분들이셨지요? 그렇다면, 놀라실 수밖에 없을지도 모릅니다. 이 땅에선 예복이나 정장을 제외한 일상복에 관한 규정은 색상 이외엔 없다 보니, 다들 제각각 개성적인 디자인의 옷을 입고 나오는 경우가 일반적이거든요. 정해진 하나의 복장으로 여신님을 섬기기보다, 각자의 개성에 어울리는 복장으로 봉사 드리는 편이 좋으리라는 사고방식에 입각한 행동이지요."

개인적으로 그다지 납득이 가는 대답은 아니었다. 물론 같은 제복을 입을 경우, 개개인의 격차가 눈에 띄는 것은 사실이다. 하지만 휴만들은 그런 식으로 굳이 외모에 신경 쓸 레벨이 아닐 텐데? 게다가 신관이라는 족속이 다들 제멋대로 입고 다니는 광경에서 어딘지 모르게 위화감이 느껴졌다.

어울리는 옷으로 봉사를 드린다니, 눈앞의 신전 직원에게 다른 뜻이 있을 리는 없을지 몰라도 어딘지 모르게 불쾌한 느낌이 들었다.

그런 식으로 물어본 장본인은 다름 아닌 나니까 딱히 더 할 말은 없지만 말이야. 나는 시키를 바라보며 은근슬쩍 고개를 끄덕이면서 신호를 보냈다. 나의 의도를 알아차린 시키는 그 이후로도 여성 직원과 아무런 의미도 없는 잡담으로 화제를 전환시키면서 대화를 끝냈다.

흠, 목적지는 지하였나? 지하 플로어 같은 장소도 있었던 모양이다. 아무래도 자연스럽게 가게의 지하 시설을 떠올리다 보니 그다지 좋은 이미지는 없었다.

향료의 종류도 바뀌었다. 처음 맡았을 때는 의심이 들었지만 특별히 나쁜 작용의 향료는 아닌 것 같다. 플로어나 방에 따라 여러 가지 종류를 따로 준비해 놓은 건지도 몰라.

"시나이 준사제님은 이 안에서 기다리고 계십니다. 그럼 저는 이만 실례하도록 하겠습니다."

"감사합니다."

[감사합니다.]

그녀는 나와 시키에게 기다리도록 지시한 뒤, 왼편에 보이는 비교적 커다란 문 앞으로 다가가 목소리를 낮춰 중얼거렸다. 그들의 짧은 대화가 끝나자마자 문이 열리기 시작했다. 그녀는 문이 열릴 때까지 기다렸다가 우리에게 돌아왔다. 그리고 시나이 준사제가 그 안에서 기다리고 있다는 사실을 알리면서 머리를 숙인 자세로 우리를 지나쳤다. 신전을 찾아온 손님을 상대할 소임을 맡았던 탓으로 보였지만, 시종일관 싱글벙글한 표정을 짓고 있는 모습에 호감이 가는 아이였다.

여기까지 오는 길에서도 신전 내부의 사람들로부터 특별히 불쾌한 시선은 느껴지지 않았다. 손님을 접대하는 훈련이 철저하게 이루어져 있다고 해야 하나? 나로서는 역대 최악이나 다름없는 수준의 무자비한 시선에 노출되는 사태도 각오하고 있었기 때문에 약간 맥이 빠진 듯한 느낌도 있었다.

"쿠즈노하 상회에서 나왔습니다. 실례합니다."

"들어오시게."

나는 말없이 시키를 따라갔다. 나야 기본적인 인사가 끝난 뒤에 따라가도 될 것이다. 인사를 하고 싶어도 말이 안 통하니 어쩔 수 없다.

시나이 준사제 이외에도 두세 명 정도…… 도합 다섯 명 정도의 인원이 그 안에서 기다리고 있었다. 방의 넓이는 네 평 정도였다. 아니, 조금 더 넓은가? 지하라서 더 그렇게 느껴질 수도 있다는 사실을 감안하더라도 어두침침한 실내였다.

"잘 왔네, 라이도우 님. 그쪽이 말로만 듣던 바로 그 연금술사님이신가? 이름은 아마 시키 님이었던 걸로 아는데?"

[예, 시나이 님. 그는 제가 가장 신뢰하는 종업원이자 측근 가운데 한 사람인, 시키라는 남자입니다.]

"오늘은 우리 신전을 상대로 기술 공개를 자청한 일에 대해 감사를 표하고 싶네. 나의 상급자께 보고를 드린 결과, 자네들에게 덕담 한 마디를 내려 주시기로 하셨네. 아직 이 땅에 부임하신지 얼마 지나지 않았지만, 이 도시의 신앙을 총괄하시는 사교님께서 몸소 이 자리까지 행차하셨네."

사교? 아하, 그 암살당한 녀석의 후임 말이군. 시나이 준사제가 서 있는 장소로 판단해볼 때, 나머지 넷은 말단 직원들로 보였다. 아마 나머지 한 사람이 바로 신임 사교인 모양이야.

머리카락이 길었다. 얼굴은 머리 위에 뒤집어쓴 후드 같은 모자 때문에 안 보이는데, 혹시 여잔가?

맞아, 신앙의 대상이 여신이니까 높으신 분들 가운데 여자가 있더라도 부자연스러운 점은 전혀 없었다. 몸매를 확인해 보려고 해도 굉장히 낙낙한데다가 헐렁거리는 노출도가 적은 복장이라서, 사실은 장발의 남성일 가능성도 있었다. 입만 열면 어느 정도 짐작이 갈 것 같은데 말이야.

그나저나 시나이 준사제가 내 대사를 가로막았다는 사실도 은근히 신경 쓰였다. 설마 내가 자발적으로 기술 공개를 자청했다면서 허위 보고를 올린 건가? 애초에 우리 가게를 찾아온 것도 더 높으신 분들로부터 받은 지시 같은 느낌이 들었는데…….

[과분하기 그지없는 영광입니다.]

나는 무릎을 꿇으면서 머리를 숙였다. 물론 나야 그들의 방식에 따른 올바른 자세 같은 건 알 도리가 없었다. 시키도 나를 따라 머리를 숙였다. 그러나 시키의 경우, 내 체면을 봐서 같은 동작을 보였을 가능성도 없지 않아 있었다. 나중에라도 올바른 행동양식에 관해 짚고 넘어가야겠다는 생각이 들었다.

"아직 규모가 그다지 크지 않은 점포임에도 불구하고 비범한 효능의 약들을 취급하신다는 말씀을 들었습니다. 그리고 그 약들 중 일부의 제조법을 우리 신전에 공개하신다더군요. 당신의 독실한 신앙에 감사드립니다. 우리 신전에서 책임지고 당신의 점포에 대한 아무런 근거도 없는 유언비어들을 처리할 것을 약속드리지요."

요염하기 그지없는 허스키 보이스의, 어른스러운 여성의 목소리가 들려왔다. 담배나 술을 즐길 듯한 이미지의 고혹적인 목소리가 이보다 더할 수 없이 편안한 느낌으로 머릿속에 울려 퍼졌다. 사교의 성별은 틀림없이 여성이었다.

[저희로서는 신전의 드넓은 배려에 감사드릴 뿐입니다.]

"들자 하니 저주병으로 인해 언어를 자유자재로 구사하실 수 없다더군요. 그쪽에 관해서도 저희가 최선을 다해 해결책을 찾아보겠습니다. 저희들이 과연 어느 정도까지 힘이 될 수 있을지 알 수 없다 보니, 안심하고 기다리라는 말씀은 드릴 수 없습니다만."

부탁한 적도 없는데 지나치게 친절하다는 느낌이 들었다. 나로서는 그녀의 말을 액면 그대로 받아들여도 되는지, 고민이 될 수밖에 없었다.

"사교님, 시간이 약간 촉박합니다."

"음, 어쩔 수 없군요. 그럼, 라이도우? 또 만납시다. 나머지 일은 시나이 준사제에게 일임하겠습니다."

"알겠습니다. 귀중한 시간을 내주셔서 감사합니다."

잠자코 있던 네 사람 가운데 한 사람이 조용히 사교에게 다가가 귀띔을 했다. 그녀는 굉장히 바쁜 모양이다.

사교는 나에게 한 마디 말을 걸자마자 방에서 나갔다. 시나이 준사교는 거의 90도에 가깝게 머리를 숙이고 있었다. 아뿔싸, 깜빡하고 머리를 안 숙였다.

"그다지 탐탁치 못한 반응이로군, 라이도우 님. 사교님을 만나 뵐 때는 최대한의 경의를 표하는 것이 상식일세. 아무리 이제 막 부임하신 분이더라도, 저 분에 대한 무례한 행동이 용납될 리가 없다는 사실을 명심하게나."

[시골 촌뜨기다 보니, 예의에 어긋난 행동을 보인 일은 사과드립니다.]

"……. 뭐, 다음부터 조심하시게. 일단 오늘은 자네의 가게에서 취급하고 있는 약의 제조법을 밝히러 온 셈인데, 당연히 모든 준비는 하고 왔겠지?"

[물론입니다.]

시키가 나의 대답을 확인하자마자 앞으로 나갔다. 그는 오늘의 제약에 쓸 재료와 도구 한 세트를 직접 지참하고 오는 길이었다. 당장 그들이 요구한 약들을 만들 때는 커다란 도구가 필요 없다 보니 가능한 얘기였다.

"오호라, 술사님께서 모든 준비를 끝내고 오셨단 말인가? 그렇다면야 더 기다릴 것도 없을 걸세. 솔직히 말해서 나는 제약 지식에 관해 아는 바가 전혀 없어서 말이야. 그런 고로, 라이도우 님은 나와·잠시 얘기나 나눠보세. 그냥 평범하게 세상 돌아가는 얘기나 할 생각이니 너무 부담가지지 마시게."

어라? 약간 예상 밖의 전개였다. 모르긴 몰라도, 나한테도 제약에 관해 해설해달라는 식의 요구를 해올 것으로 여기고 있었기 때문이다.

[알겠습니다. 저라도 괜찮다면야 말상대 정도는 기꺼이 해드려

야지요.]

"그럼 이쪽의 의자로 와서 앉게나. 술사님은 그쪽의 담당자들을 데리고, 우리 쪽에서 준비한 책상을 이용해 제약의 시범을 해설과 함께 보여주시게."

"알겠습니다. 그럼 여러분, 저를 따라오시죠."

시키가 몇 가지 제약 도구가 놓인 커다란 책상 쪽으로 다가가, 그 위에 짐들을 풀었다. 우리가 지참해 온 약의 재료들을 하나씩 설명하는 데부터 차분하게 설명을 시작할 모양이다. 분위기로 봐서, 제약이 끝날 때까지 대략 한 시간 정도는 걸릴 것으로 보였다.

제약 작업에 들어간 종자를 곁눈질로 흘겨보면서, 나도 시나이 준사제의 맞은편 자리에 앉았다. 우리 사이의 둥근 테이블 위엔 아무 것도 놓여있지 않았다. 이럴 때는 차 정도는 나오는 게 정상이라는 생각이 들었다. 이래봬도 나는 일단 선의의 협력자라는 자격으로 여기까지 온 거거든?

"어디 보자, 라이도우 님? 우리가 이런 식으로 차분히 자리에 앉아 대화를 나누는 것도 처음이로군. 나는 예전에 밝혔다시피 신전의 준사제인 시나일세. 앞으로 잘 부탁하네."

[상인 길드 소속, 쿠즈노하 상회의 라이도우입니다. 신전의 높으신 분들과 이렇게 만나 뵐 기회를 가지게 될 줄이야, 정말로 영광스러운 일입니다. 앞으로 저희들의 얼굴을 기억해 주신다면, 신전의 힘이 되어드릴 일이 있을지도 모릅니다.]

"후후후, 지금 한 말 중 어느 정도가 자네의 본심일까? 하긴, 어차피 우리는 상인과 신의 종이라는 서로 다른 분야에 속한 몸일

세. 양측의 상관관계로 보자면, 첫 만남은 이럴 밖에 없을 거야. 아직 상당히 젊은 나이로 보이는데, 장사를 시작한 이후로 시간은 얼마나 지났나?"

[아직 3년도 되지 않았습니다. 그야말로 미숙한 신참 상인에 지나지 않는 몸이지요.]

거짓말은 아니다. 사흘이건 2년이건, 아직 3년이 되지 않았다는 점에선 마찬가지거든.

"그런데 이미 두 도시에 점포를 지니고 있단 말인가? 그야말로 엄청난 행운의 소유자거나, 커다란 뒷배가 없고서야 이룰 수 없는 일이 아닌가?"

[뒷배라는 표현의 적합성에 관해선 잘 모르겠습니다만, 츠이게의 렘브란트 상회와 양호한 관계를 유지하고 있습니다.]

"렘브란트……. 호오, 바로 그 남자 말인가?"

시나이 준사제가 골똘히 생각에 잠긴 듯이 렘브란트라는 이름을 중얼거렸다. 서로 아는 사이 같은 느낌은 아닌데, 특정한 수단을 동원해서 그에 대한 사전정보 정도는 입수한 상태일지도 모른다.

[서로 아시는 사이라도 되시나요? 그 분은 연고가 전혀 없었던 저에게 점포의 일부를 빌려주셨을 뿐만 아니라, 장사의 기초에 관해 전수해주신 은인이나 다름없는 분이십니다.]

"그 남자가 그런 식으로 자네를 도왔단 말인가? 아무래도 자네가 아는 렘브란트 씨와 우리 쪽에서 파악하고 있는 렘브란트 씨의 인상은 약간 다른 모양일세. 그가 우리에게 약간이나마 협력적인 자세를 보였더라면, 그 땅에서의 선교나 머나먼 저편에 펼쳐진 황야로의 전망도 열어젖힐 수 있었을 텐데 말이야."

지금의 한 마디로 거의 짐작이 갔다. 렘브란트 씨는 부인과 따님이 저주병에 걸린 그 사건 이후로, 신전에 거의 찾아간 적이 없다는 얘기를 들은 적이 있다.

아마도 처음엔 여신의 은총에 기댈 수밖에 없었겠지만, 아무런 소용이 없었던 것이다. 그리고 혼자 힘으로 문제를 해결하기 위해 동분서주하다가, 나와 만났을 때쯤엔 거의 포기한 거나 다름없는 상태였다. 그에게 사건 이전과 다를 바 없는 신앙을 요구한다는 행위 자체가 당치도 않았다. 왜냐하면, 결국 그를 구원한 계기는 본인이 모험가 길드에 신청한 의뢰였기 때문이다.

[저는 황야 출신으로서, 신전의 가르침이나 렘브란트 씨와 신전의 관계 등에 관해선 도저히 생각이 미치지 않습니다. 하지만 렘브란트 씨는 적어도 저에게는, 이보다 더할 수 없이 성실한 대응을 보이셨습니다. 지금도 저는 그 분께 머리를 들 수가 없을 정돕니다.]

"서로 입장이 다를 때는 이러한 의견의 차이도 자연스러운 법이지. 하지만, 이제 알겠네. 자네가 학원에서 렘브란트 씨의 두 따님을 담당하고 있는데도 그러한 배경이 작용했던 모양이야."

어라, 너희들 혹시 나에 관해 캐고 다닌 거야? 학원에서 임시 강사로 일하고 있다는 사실까지 파악하고 있다니 말이야. 게다가 강의를 수강하는 학생들에 관한 정보도 입수한 모양이다.

황야 출신이라는 사실도 오래 전부터 파악하고 있을 가능성이 높았다.

[예, 렘브란트 씨께서도 조금씩이나마 두 분 따님에 관해 신경 써달라고 부탁하셨습니다.]

아마 쓸데없이 파고들 필요도 없이, 이 아저씨는 스스로 입을 열리라는 생각이 들었다. 그런 고로, 나는 강의에서 그녀들을 가르치고 있다는 사실만을 간단히 언급했다.

"딸을 사랑하는 아버지라? 나도 그에 대한 인상을 어느 정도 수정해야 할 것 같군. 부하들로부터 올라온 보고만으로 판단한 렘브란트 씨의 인상은, 신앙심이 부족한 수전노라는 느낌밖에 들지 않았거든. 이거야 원, 다양한 입장의 사람들로부터 얘기를 듣는 것을 게을리 하면 수많은 오해를 낳는 법이란 것을 몸소 체현한 모양일세."

시나이 준사제는 반성이 필요하다면서 머리를 긁적였다. 그는 부분적으로 오만한 구석도 있었지만, 근본적으로 순수한 성격일지도 모른다. 그리고 은연중에 전형적인 엘리트 같은 느낌도 들었다. 에바 양의 발언에 따르면, 학원 도시의 신전 관계자들은 거의 다 엘리트 코스를 밟는 이들인 모양이니 아마 크게 틀린 예측도 아닐 것이다.

그 후로도 그는 온갖 일들에 관해 꼬치꼬치 캐물어 왔다. 시키가 두 차례에 걸쳐 제약의 시범을 마치고 올 때까지, 나는 나 자신이라기보다는 『라이도우』의 경력에 관해 그에게 하나부터 열까지 자세히 설명해야 하는 처지에 놓이고 말았다.

◇ ◆ ◇ ◆ ◇

마코토와 시키가 돌아간 뒤—.

제약 기기들을 정돈하는 두 사람을 내버려둔 채, 시나이와 나머지 두 사람은 옆방으로 들어갔다.

아까 전에 「시간이 약간 촉박합니다」라면서 사교를 재촉하던 여성이 문을 닫았다. 그 방 안에선 바로 사교 본인과 여러 명의 휴만들이 자리에 앉아 그들을 기다리고 있었다.

"돌아갔나?"

사교가 입을 열었다. 마코토를 상대할 때와 마찬가지로, 요염하면서도 그늘진 목소리였다.

"방금 전에 신전을 나섰습니다. 일단, 저희도 저들의 진행 방향을 파악하고 있는 중입니다."

"그래? 괜한 헛수고를 들였군."

"……?"

"쓸데없는 헛수고였다는 소리야. 너야 쿠즈노하 상회를 이용할 생각이었을지도 모르겠지만, 저들은 우리 생각보다 훨씬 터무니없는 상대일지도 몰라. 앞으로 이런 짓을 벌일 때는 신중하게, 반드시 나의 허락을 받고 나서 움직이도록 해."

"……무슨 말씀이신지요? 그와 나눈 대화에서 특별한 문제는 없었던 것 같습니다만?"

시나이는 사교의 못마땅한 표정이 곤혹스럽다는 반응을 보였다. 그의 입장에서 볼 때는, 오늘 나눈 대화의 내용이나 저들의 태도도 호의적으로 보였기 때문이다. 쿠즈노하 상회는 신전의 우호적인 협력자가 될 수 있으리라는 생각이 들었다.

"가르쳐주도록 해."

붉은 머리카락의 여성 사교는 한숨을 내쉬면서 나른하게 팔꿈치를 괴더니 짧게 중얼거렸다. 사교라는 직책에 그다지 어울리지 않는 몸짓으로 보였다. 마코토를 대할 때와 거의 똑같은 목소리지만 그녀의 행동거지는 완전히 정반대였다.

그녀를 따르던 수행원 가운데 한 사람이 사교의 지시에 따라 입을 열었다.

"그들의 심층 심리와 마력, 그리고 간섭하는 존재의 여부에 관해 모든 수단과 방법을 동원해 상세히 점검했습니다. 시키라는 종업원에 관해선 약간이나마 정보를 판독하는데 성공했습니다. 하지만 주인인 라이도우에 관해선 그야말로 아무런 정보도 얻어낼 수 없었습니다."

"무슨 뜻이지요? 심리 투시와 마력 조사에 실패했다는 겁니까?"

"……. 우선 시키에 관해 말씀드리자면, 최소한 궁정 필두 클래스의 마술사 여러 사람에 해당되는 분량을 가볍게 능가하는 마력 용량을 지니고 있다는 사실을 알아냈습니다. 심리 투시에 관해선 저쪽에서 강력한 대책을 준비해두고 있던 관계로, 저희들로서는 그의 심층 심리를 판독할 수가 없었습니다. 라이도우의 경우, 심리 판독은커녕 마력 계측조차도 불가능했습니다."

이쪽에서 알아낸 정보가 거의 없는 거나 다름없다는 보고였다. 시나이는 그럴 리가 없다면서 당황하는 기색을 보였다. 마음만 먹

으면 어느 나라에서도 중용될 것이 틀림없는 역량을 지닌 마술사
가, 불기만 해도 날아갈 듯한 규모의 가게에서 어린 아이를 따라
다니며 종업원 노릇을 하고 있다는 얘기였다. 시나이는 그런 식의
어처구니없는 상황을 이 세상의 그 누가 상상이나 하겠냐며 큰 소
리로 고함을 치고 싶은 심정을 가슴속에 눌러 담았다.

 게다가 신전이 자랑하는 심리 투시가 통하지 않을 뿐만 아니라
마력을 측정할 수가 없다니, 악몽이라는 생각밖에 들지 않는 발언
이었다.

 "그럴 리가 있나? 설마 라이도우는 시키조차 가볍게 초월할 정
도의 마력을 지니고 있을 수도 있다는……?"

 "글쎄, 현재로서는 확인해볼 방법이 없어. 상식적으로 생각해볼
때, 라이도우는 최측근인 시키보다 약할지도 몰라. 반대로 라이도
우가 더 강할 가능성도 있지. 최소한 시키라는 인물이 학원에서
임시 강사로 일하고 있는 라이도우의 측근이자 월등한 실력을 지
닌 마술사라는 것만큼은 틀림없는 사실이야. 그리고 라이도우의
마력 말인데, 전혀 짐작조차 할 수 없는 상황이야. 측정하기 힘들
정도로 수치가 높다는 뜻이 아니야. 마치 그의 주위에만 덧칠이라
도 한 듯이 전혀 마력이 느껴지지 않더라는 얘기지."

 조사를 담당하던 이가 사교의 발언을 듣자마자 무겁게 고개를
끄덕였다. 시나이는 믿겨지지 않는 발언의 연속으로 인해 혼란을
일으킬 수밖에 없었다.

 "그것은 마력과 머릿속의 심리를 철저하게 은폐한 상태라는 겁
니까?"

"그런 셈이야. 그런 기술을 아무렇지도 않게 구사하는 녀석들이야. 신전 말단 직원들의 실력으로 미행이 가능할 리가 없잖아? 그러니까 헛수고였다는 소리야. 제약 기술 자체도 의심스러워. 저들이 대체 무슨 조화를 벌인 건지, 이 자리에서 보고를 올릴 수 있겠나?"

사교는 시나이의 머리 너머로, 제약 과정을 처음부터 끝까지 지켜보고 있던 두 사람에게 말을 건넸다.

"⋯⋯결론부터 말씀드리자면 굉장히 높은 수준의 제약 기술이었습니다. 일단 절차부터가 질서 정연할 뿐만 아니라, 그에 관한 설명도 흠잡을 데가 없었습니다. 사용하는 재료들 중에서도 손에 넣을 수 없는 소재들은 없더군요."

"호오, 솔직히 말해서 굉장히 뜻밖의 보고야. 그렇다면, 너희들의 실력으로도 저들이 선보인 묘기를 따라할 수 있다는 얘긴가?"

"아마도 가능할 것으로 여겨집니다. 시키 님은 제약 방법에 관해 아무런 은폐도 없이 모든 정보를 공개한 것으로 보입니다. 다만—."

남자는 말을 꺼내기가 거북스럽다는 듯이 입을 우물거리다가, 간신히 설명을 이어 나갔다. 사교는 재촉하지도 않고 그가 입을 다시 열 때까지 잠자코 기다렸다.

"아무래도 가격 자체가 쿠즈노하 상회의 상품을 크게 웃돌 수밖에 없을 것으로 예상됩니다."

"⋯⋯성공률 때문인가?"

"물론 성공률 자체도 큰 문제로 보입니다. 쿠즈노하 상회에선 실패하는 경우가 거의 없는 모양입니다만, 저희들의 기량으로는 기껏해야 5할 정도의 성공률이 고작일 겁니다. 그들은 황야에서 채집 가능한 것으로 알려진 두 가지 재료를 사용하고 있습니다만, 이 근처에서 대용 가능한 재료에 관해서도 가르쳐줬을 뿐만 아니라 실제 시범도 선보였습니다. 저희 쪽에서 감정해본 결과, 사전에 입수해 놓은 약과 동일한 효능의 결과물이 틀림없었습니다. 저들이 이쪽의 요구사항에 완벽히 따랐다는 뜻이지요."

"어머나, 친절해라. 그래서? 성공률도 문제라는 소리는 그 이외에도 이유가 있다는 소리잖아? 말해 봐."

"가장 큰 문제는 원가입니다."

"원가? 재료비가 문제라는 소리야?"

"게다가 성공률을 더욱 더 높이기 위해 최소한의 실력을 보유한 술사를 고용하는 인건비도 필요합니다만, 이번과 같은 경우엔 그다지 큰 문제가 아닙니다. 시키 님이 오늘 이 자리에 반입한 재료들을 시장 등을 통해 조달할 경우, 재료비만으로도 쿠즈노하 상회에서 판매하는 약의 가격을 엄청나게 넘어서고 맙니다. 황야로부터 조달하건, 대용품으로서 소개받은 두 종류의 약초를 조달하건 그다지 큰 차이는 없습니다. 조달 작업을 위해 중간에 모험가들을 고용할 필요성 때문에, 그들에게 지불한 위험수당도 원료비에 포함될 수밖에 없습니다. 원재료를 모으는 작업만 하더라도 이미 쿠즈노하 상회에서 팔리고 있는 약의 완성품을 수십 개 정도는 손에 넣을 수 있는 액수가 필요합니다. 신전이 직접 제작한 약을 각지에서 팔고자 할 때는 가격을 100배 정도로 설정하지 않고서야 이익을 기대할 수 없습니다. 만약 앞으로 저들이 각 지방에 점포들을 확충시킬 경우, 신전의 신용에 악영향을 끼칠 가능성조차 생길

지도 모릅니다."

"100배라고? 그럴 리가 있나? 실제로 쿠즈노하 상회는 약들을 저 가격에 팔고 있잖아?"

"저들은 모든 재료들을 시장이 아니라 직접 채집 · 조달하는 수단을 통해 입수하는 모양입니다. 유통 쪽엔 자신이 있다는 식으로 언급하기도 했고, 가게에서 취급하는 상품으로서 다루고 있는 이상에야 놀랍게도 저 가격으로도 틀림없이 이익이 나고 있는 것으로 보입니다."

"말도 안 돼……."

시나이가 대화에 끼어들었다. 이래가지고서야 다른 고가의 약들과 마찬가지였다. 아무리 효과가 뛰어나더라도 전혀 놀랍지 않을 정도의 비싼 약이었다.

"이럴 줄 알았지. 말하자면 라이도우는 거의 의심할 여지없이 순진한 어린 아이의 탈을 쓴 **정체불명의 존재**라는 소리야. 섣불리 이용하려는 의도로 접근하다가 차디찬 칼날이 목을 노리게 될지도 몰라. 오늘은 따라오길 잘 했어."

"사교님……."

"내 생각엔 시나이의 착안점도 나쁘지 않았다고 봐. 다만, 당분간 쓸데없이 저들에게 간섭하는 행동은 삼가도록 해. 그리고 다른 파벌들에게 정보를 흘리는 것도 좋은 생각이 아닐 것 같아. 대응하는 방식에 따라 앞으로 우리의 결정적인 카드가 될 가능성이 있는 존재거든. 종업원으로 아이들만을 고용하는 괴짜 휴만이라? 부하들에게도 넌지시 지시사항을 전달하도록 해. 쿠즈노하 상회의 이름이 나올 때마다 조금씩이나마 귀를 기울이라고 말이야. 당분간, 최소한 다른 사교들이나 리미아 쪽 녀석들이 이 도시를 떠날 때까지 만이라도 우리의 그에 대한 관심이 들통 나지 않도록 조심해. 그리고 가격은 도외시해도 상관없으니 저들의 조합 방법에 따른 상처 약을 100개 정도만 만들어놔. 굳이 억지로 저들과 경쟁하면서 팔지 않더라도, 이용 가치는 충분하고도 남는 물건이야. 동지들이 암약하는 다른 도시나 최전선 등을 비롯해, 장소만 달라도 편리하게 써먹을 방법은 얼마든지 있을 것 같아."

『예.』

준사제를 비롯한 모든 이들이, 여성 사교의 말이 떨어지자마자 진지한 표정으로 고개를 끄덕였다.

남몰래, 귀를 기울였다.

그다지 조심스럽지 않은 음량의 대화가 내 귀로 들려왔다.

지금 시간에 가게를 찾아오는 손님들의 숫자는 그다지 많지 않았다. 송구스럽게도 거의 모든 상품들이 품절되는 시간대였기 때문이다. 약간 거리가 떨어진 뒷골목의 창관에서 일하는 당번 누님이, 영양 드링크나 사러 오는 정도였다. 거의 단골로 우리 가게를 오가는 그녀들의 대표에게 따로 보관해 놓은 열 몇 병 정도의 영양 드링크를 넘기는 모습은 이제 우리 가게의 일상적인 광경이나 다름없었다. 무기를 수리해달라는 의뢰를 접수할 때도 있지만, 그런 손님들은 날이 밝은 시간에 가게로 찾아오는 경우가 많았다. 갑작스럽게 우리 가게로 찾아오신 손님들을 상대할 때는 면목이 없지만, 어두워지기 시작할 시간쯤에 남아있는 재고는 감기약이나 영양 드링크 정도였다. 너희들도 어서 인기를 끌어야 할 텐데 말이야.

한 마디로 말해서, 땡땡이치기 딱 좋은 시간대라는 뜻이다.

뒷문을 통해 돌아와 가게 안을 살피자, 아니나 다를까 자그마한 체구의 숲 도깨비와 수다스러운 성격의 젊은 엘드워가 누군가와 잡담을 나누는 소리가 들려왔다. 나 참, 아무리 손님을 상대할 때라도 그런 식으로 목소리를 키워서 어쩔 건데? 저 녀석은 정말 반성이라는 단어와 거리가 먼 성격이다.

어처구니가 없다는 표정으로 에리스와 엘드워를 지켜보던 아쿠아가, 계산 테이블에 서 있다가 문득 등 뒤로 고개를 돌렸다. 그리고 그 즉시, 나와 시키가 들어오는 광경을 목격하고 말았다. 그녀는 순간적으로 두 눈을 크게 떴다가, 손으로 입을 막았다. 노는 녀석들을 말리지 않은 거야 잘못이지만, 아쿠아 본인이 놀고 있던 것은 아니다. 음, 일단 너는 무죄로 치자.

나는 가벼운 손짓으로 그녀를 불러들였다.

"다녀왔어. 굉장히 즐거워 보이는데?"

"우리가 자리를 비울 때는 언제나 이런 식인가, 아쿠아?"

시키도 평소보다 낮은 톤의 목소리로 그녀에게 질문을 던졌다. 물론 목소리를 낮췄기 때문에 톤이 낮은 건 아니다.

"자, 잘 다녀오셨나요……?"

"손님들은…… 아니나 다를까 진 일행이네. 쟤들도 참, 따로 할 일은 없는 건가?"

"더할 수 없이 느슨해진 상태로군요. 약간 다잡아 놓는 편이 좋을까요? 학원제에 출장할 수 없게 될지도 모릅니다만."

조수인 시키가 눈살을 찌푸렸다. 개인적으로 그만큼이나 다그칠 일은 아니라는 생각이 들었다. 치켜 올리는데 넘어가서 우쭐거리는 표정으로 별 소릴 다 하는 우리 종업원이 가장 큰 문제였다.

아쿠아의 경우에도 에리스보다 비교적 착실한 성격이라 대화에 참가하지 않은 건지, 아니면 그냥 우연히 오늘만 이렇게 된 건지 알 수가 없었다. 시선이 흔들리는 걸로 봐서 이 녀석도 만만치 않게 수상해 보였다.

"시키, 그건 너무 나간 것 같아. 그런데 아쿠아? 언제부터 이 모양 이 꼴인 거야?"

"아, 예. 저기, 방금 전까지만 해도."

"내 질문에 솔직하게 대답할 경우, 성실하게 일한 아쿠아에게 주는 포상으로 바나나를 사용한 새로운 메뉴를 맛볼 기회가 주어지는데 말이야."

"두 시간 정도 전부텁니다. 오늘은 일찌감치 과일들이 팔려나간 데다가, 상처 약이나 해독약도 그때쯤엔 재고가 바닥나서 손이 비었거든요."

우리가 가게를 나선 뒤로 얼마 지나지 않았을 때부터잖아? 어이가 없다……. 그럼에도 불구하고 항간에선 그녀들의 접객이나 기술에 대한 칭찬이 자자하기 때문에, 더욱 쓸데없이 콧대가 높아질 수밖에 없단 말이지. 다른 고객들이 지금 내 눈앞에 펼쳐진 광경을 목격할 경우, 가게의 평판에 좋지 않은 영향을 끼치리라는 거야 굳이 생각할 필요도 없었다. 멍청한 점원하고 악질 단골이 그 상황을 책임질 수 있겠냐?

그리고 바나나의 자백 효과는 정말 엄청났다. 아쿠아가 두 눈을 반짝거리고 있는 모습이 시야에 들어왔다.

에리스, 그리고 젊은 엘드워여. 유감이야. 너희들은 벌을 받을 필요가 있을 것 같다. 아직껏 우리가 돌아온 사실을 깨닫지 못 하는 데서도 변명의 여지가 전혀 없었다.

우리는 대타 인원 한 사람을 카운터로 내보냈다. 그리고 포상을 기다리는 강아지, 아니 아쿠아를 데리고 주방으로 발걸음을 옮겼다. 실질적으로 주방이라는 이름은 허울뿐인 간단한 설비밖에 없었지만, 본격적인 요리를 할 때 이외엔 이 정도 시설로도 모자랄 것은 없었다.

"시키, 그건 식혀 놓은 상태야?"

"예, 대령하겠습니다."

시키가 주방 안쪽의 냉장고로부터 새하얀 액체가 들어있는 병과 바나나 한 송이, 그리고 호박 빛의 물체가 들어있는 작은 병을 꺼내왔다. 역시 시키야. 새로운 메뉴라는 단어를 듣자마자 뭘 만들 생각인지 알아차린 모양이다. 토모에와 미오, 그리고 시키와 코모에는 맛을 본 적이 있으니까 짐작이 갈만도 하다.

아무래도 재료가 바나나다 보니, 네 사람 가운데 가장 마음에 들어 하던 건 역시 코모에였다. 아쿠아는 이제 그냥 반짝거리는 게 아니라 눈부신 섬광을 내뿜을 듯한 눈으로 이쪽의 동향을 살피고 있었다. 내 손으로 쏟아지는 무지막지한 시선이 느껴졌다.

기본적으로 대단한 작업은 필요 없다. 그냥 바나나를 자른 뒤, 찌부러뜨려서 섞을 뿐이다.

호박 빛의 물체는 꿀이었다. 나무에서 채취할 수 있는 꿀로서, 아공에서 생산한 게 아니라 평범하게 이 근방에서 유통되고 있는 일반적인 꿀이다. 메이플 시럽 같은 독특한 향이 특징적이었다. 단 맛을 첨가하기보다 향기를 추가하기 위한 재료였다. 이 꿀을 아주 소량만 섞는 거지.

새하얀 액체는 우유였다. 이쪽은 아공의 산물이다. 굉장히 진하다. 일단 내가 알기론 평범한 우유가 맞는데, 하여간 쓸데없이 진하고 맛이 좋다. 처음엔 그냥 먹다가 배탈이 날지도 모른다는 생각이 들어서 불안한 구석이 있었지만, 설마 죽기야 하겠냐면서 마셔봤지만 이후로 건강에 특별한 문제는 없었다. 다른 아공 주민들도 그다지 큰 문제없이 받아들인 모양이다. 하여간 그런 과정을 거쳐, 우유는 아공에서도 일정한 시민권을 획득한 상태였다.

혹시 목장에서 파는 우유는 일본에서도 이런 맛일까? 그렇다면 시중에서 파는 제품들은 대체…….

하여간, 그런 식으로 바나나 우유가 완성됐다.

나는 바로 그 누르스름한 하얀 액체를 세 개의 잔에 부었다. 시키가 미소를 지은 채로 고개를 끄덕였다. 아쿠아는 숨을 죽인 채로, 바나나 우유가 잔 안으로 흘러 들어가는 광경을 처음부터 끝까지 뚫어지도록 쳐다보고 있었다.

"자, 마셔봐."

나는 시키와 아쿠아에게 잔을 건넸다. 나는 두 사람이 잔을 받아들 때까지 기다렸다가 내 몫을 입가로 옮겼다. 그리고 바로 방금 전에 완성된 바나나 우유 한 모금을 목구멍으로 넘겼다. 바나나라는 소재의 진한 단맛뿐만 아니라, 시럽의 희미한 향기가 입 안에 펼쳐졌다. 마지막으로 차가운 우유가 생크림에 가깝게 느껴질 정도로 너무나 충분한 감칠맛을 남겼다. 전체적으로 약간 걸쭉한 식감이 느껴지다 보니, 일종의 디저트라는 느낌이 들 정도였다. 개인적으로도 이따금씩 마신다는 전제하에 굉장히 선호하는 식감이었다. 시키도 내가 한 모금을 마실 때까지 기다렸다가 입가로 잔을 옮겼다. 그리고 그를 따라 지금까지 양손으로 소중하게 잔을 들고 있던 아쿠아가 바나나 우유를 입가로 옮겼다.

시키는 예전에 한 번 마신 적이 있다 보니, 맛을 확인하자마자 상쾌한 미소와 함께 단숨에 전부 들이켜 버렸다. 이 녀석이 단 걸 좋아한다는 거야 이젠 굳이 물어볼 필요도 없는 명명백백한 사실이었다, 스위트 왕자 녀석 같으니.

아쿠아가 바나나 우유를 입에 한 모금 머금자마자, 그녀의 몸에서 경련이 일어나기 시작했다. 거의 벼락이라도 맞은 듯한 느낌이들 정도였다. 물론 실제로 벼락 맞는 광경을 본 건 아니니까, 어디까지나 그런 느낌이 든다는 얘기야.

곧장 전부 다 마셔 버릴 줄 알았는데, 그녀는 조심스러운 태도로 한 입씩 마시는 모습을 보였다. 정말로 좋아하나 보다. 나로서는 무심코 쓴웃음을 지을 수밖에 없었다.

"하, 아아, 차라리 이 안에 빠지고 싶어……."

천천히 시간을 들여서 바나나 우유를 남김없이 다 마신 아쿠아가, 눈가와 입가가 살짝 풀린 채로 뺨을 붉게 물들이면서 그 소감을 입에 담았다. 그냥 단순하게 맛있다는 표현을 한참 지나간 소리였다는 사실은 굳이 걸고넘어질 필요도 없었다.

그녀의 망상 속에 등장한 건 바나나 우유로 가득 찬 목욕탕인가? 나로서는 온힘을 다해 사양하고 싶은 형벌이었다. 그런 식으로 황홀한 표정으로 말해봤자 절대 동의할 수 없었다.

"잘 먹었습니다."

"네가 좋아해서 다행이다. 그럼 이제부터, 설교를 시작하러 가보실까? 응? 왜 그래, 아쿠아?"

"……."

그녀의 시선은 지그시, 내가 한 모금만 마신 바나나 우유가 담긴 잔을 가리키고 있었다.

아하, 마시고 싶다는 거구나? 그냥 보고만 있어도 전부 다 짐작이 갔다.

"아쿠아? 이 잔에 든 것도 줄 테니까, 일단 따라와 줄래?"

"아, 예!"

뼈다귀를 입에 문 강아지, 아니 바나나 우유가 든 잔을 손에 든 아쿠아를 데리고 가게 쪽으로 발걸음을 옮겼다.

"굉장해! 그럼 에리스는 파랑도마뱀한테도 이길 수 있다는 건가요?!"

"당연하지. 최소한 그 정도는 가능하지 않고서야 우리 상회의

종업원 노릇은 감당하기 어려워. 밤늦은 시각에도 여기는 안전해.
왜냐하면 내가 버티고 있으니까."

"대단해요! 그나저나 요전번엔 이동 중에 영창하는 모습도 보여
주셨잖아요? 그런 식으로 정찰병 같이 날아다니면서 어떻게 영창
까지 동시에 가능한 거죠?"

"이동 중의 영창은 가장 기본적인 기술 중 하나야. 영창에 사용
할 언어는 공통어보다도 우선 수많은 마술 전용의 고대어 중에서
자신에게 적합한 언어를 선택하는 것부터가 시작이야. 그리고 술
법의 영창을 분할해서 잽싸게 완성시킬 뿐이지."

"으음, 역시나 공통어 영창으로 중견 이상의 수준까지 오르기는
힘들다는 건가. 그 영창 기술만 익혀도 새로운 비장의 수단으로
써먹을 수 있을 것 같은데……."

"비장의 수단은 숨기는 법이야. 도련님께서 가르쳐주셨을 거야.
비장의 수단은 지금 당장 죽일 상대 이외의 적에게는 보이지 않는
게 기본이라고. 참고로 너희들의 실력으로 도련님이나 시키 님 같
은 분은 애초에 죽일 수도 없을 테니, 비장의 수단 정도는 보여드
려도 괜찮아. 아예 차원이 다르거든."

"하지만 정말 존경스러워요. 그 파랑도마뱀 군을 상대로 이길
수 있다니, 그 예쁜 비늘을 지닌 도마뱀과 어디선가 싸운 적이 있
다는 건가요?"

"응, 그들은 황야의 오지를 본거지로 삼고 있던 종족이야. 지금
은 도련님께서 수련 시간에 불러주시니까 언제든지 싸울 수 있어."

"황야의 오지? 헤에, 대충 느낌이 오는 것 같아요. 물과 바람,

두 가지 속성을 겸비하고 있는 걸로 봐서 상당히 고위에 속하는 마물이잖아요?"

"당연하지, 왜냐하면 그들은 미스―?!"

『윽?!』

어리석긴.

에리스는 정말로 어리석었다. 도대체 얼마나 콧대가 높아져야 직성이 풀리겠냐? 지금은 몰라볼 정도로 착실한 모습을 보이는 몬드를 본받아 자기 자신을 돌이켜볼 때가 찾아왔단다.

애들이 치켜세우는데 감쪽같이 넘어가서 우리에 관한 정보까지 거침없이 누설하고 있을 줄이야. 아직 아공에 관한 정보까지야 입에 담지 않았지만, 옆에서 잠자코 지켜보니 굉장히 아슬아슬해 보였다. 아무리 위험할 가능성이 거의 없는 학생들을 상대로 할 때라도, 정보는 기본적으로 확산되는 성질을 지니고 있으니 언제든지 조심해서 나쁠 것은 없었다.

나와 아쿠아가 계산 테이블 뒤쪽에서 그 광경을 바라보고 있자니, 얘기하는데 정신이 팔린 에리스가 기어이 문제 소지가 있는 정보까지 언급하려던 그 순간 시키가 끼어들었다.

시키는 마치 고양이를 집어 올리듯이, 에리스가 입고 있던 특징적인 후디의 목 뒷부분을 가볍게 들어 올렸다. 그녀는 체격에 걸맞게 가벼운 체중의 소유자였지만 아무리 가벼워도 한손으로 간단하게 들어 올릴 수 있을 정도는 아니었다. 학생들도 오늘 일을 통해 시키가 의외로 완력이 센 편이라는 사실을 깨달을 것이다. 아니, 오늘은 「시키도 열 받았을 때는 무섭다」는 사실을 깨달을 날인가?

엘드워 쪽도 여러 명의 학생을 상대로 무기에 관한 얘기를 늘어놓고 있었는데, 그의 경우엔 특별히 문제가 될 만한 내용을 입에 담지는 않았다. 어디까지나 이야기한 내용에 특별한 문제가 없었다는 얘기야. 그에게 잔소리를 퍼부을 역할은 엘드워의 장인들과 장로에게 맡기도록 하자. 솔직히 그들이 나보다 훨씬 엄하기 때문에 잘 가라는 말밖에 안 나왔다.

"에리스, 이제 보니 퍽이나 신분이 높아지신 모양이군요? 대체 언제부터 타인을 가르칠 수 있을 정도의 기술을 익혔다는 식으로 자만심을 지니기 시작하셨는지, 잠시 동안 대화를 나눌 필요가 있어 보입니다."

"시, 시키 님?! 어, 마, 도련님까지?!"

「마」라니, 에리스? 너 혹시 지금 마코토라는 이름이 입에서 나올 뻔한 거 아니냐? 옆에서 보기에도 거동이 굉장히 수상하다는 느낌이 들었다.

[후우, 열심히 노력한다던 에리스? 지금 대체 뭘 하고 있는 거지?]

"소, 속였구나, 아쿠아아…… 으아?! 지금 뭘 마시는 거야?!"

속였다니, 너 말이야…….

그나저나 시키의 손아귀에 잡힌 상태로 내가 왔다는 사실까지 깨달았는데도 불구하고, 어떻게 아쿠아가 마시는 음료수 쪽에 정신이 팔릴 수가 있는 거야? 게다가 개나 고양이처럼 코가 움찔거리고 있었다.

"……바나나 우유. 도련님께서 주신 포상이야."

"그럴 줄 알았어! 바나나 냄새가 났거든! 지금까지 나는 아쿠아를 둘도 없는 절친으로 여겨왔는데, 설마 음식으로 인해 우정에 금이 가다니! 정말 유감이야. 이제부터 우리는 원수야."

"……나중에 절반씩 나눠먹자. 물론 도련님께서 용서해주셨을 때의 얘기지만."

"아쿠아, 우리는 역시 사선을 함께 넘어온 최고의 베스트 프렌드야. 도련님, 에리스는 마음을 갈아 끼웠답니다. 괜찮아요, 이제 저의 충성심은 절대로 흔들리지 않을 테니까요. 그리고 까불지도 않을게요. 그러니까 오늘만이라도 영주님의 드넓은 자비를 보여주세요."

시키가 답답하기 그지없는 한숨을 내쉬었다. 네 마음은 탈착이 가능하다는 소리냐? 이 녀석의 충성심만큼 믿음직스럽지 못한 감정도 드물다는 생각이 들었다.

[불과 며칠 전에 죽을 때까지 충성을 바치겠다는 소리를 들은 적이 있는 것 같은데?]

"……."

[다시 한 번 캠프로 돌아갈까? 코모에 좀 만나고 올래?]

"?!?!?! 그건 아닌 것 같아요. 공주 성분은 더 이상 필요 없어요. 당분간 못 만나더라도 괜찮아요. 보시다시피 원기도 왕성하고요. 아, 맞아. 사후에도 충성을 맹세할게요. 음, 이제 아무 문제없어."

[사후라니, 그야말로 수단과 방법을 안 가리는구나? 혹시 언데드로 변신할 생각이야?]

"맞아요, 여름엔 쾌적하고도 서늘한 기운을 제공할 수 있죠."

어, 머리가 나빠진 듯한 느낌이 생생하게 전해져 왔다. 에리스도

253

참 대단한 녀석이다. 모든 상태 이상에 내성이 있는 나를 이만큼이나 소모시키다니.

사부인 몬드를 불러와서 교대해달라고 할까? 당장 그녀를 꾸짖는 역할은 지금으로선 시키가 맡을 수밖에 없었다. 나로서는 그녀를 꾸짖을 방법 자체가 전혀 감도 안 잡혔다.

[시키, 뒷일은 맡기마. 난 돌아간다. 그리고 진? 다른 녀석들도 마찬가진데, 그런 식으로 커닝에 열중할 바엔 이제 강의에 나올 필요도 없다. 참나, 정말 여러모로 어처구니가 없다.]

정말 어이가 없었다.

안 그래도 신전에서 묘한 시선과 어설픈 간섭, 시나이 준사제가 보낸 미행들까지 달고 돌아오는 길이다. 기본적으로 나는 지금, 계를 상대의 기척을 감지하는 쪽이 아니라 주위의 마력을 숨기는 용도로 사용하고 있기 때문에 가게로 돌아오면서 시키의 보고를 듣고 나서야 그 사실을 알아차릴 수 있었다.

그때까지는 전혀 눈치채지도 못 했다.

"어디 보자. 그럼, 에리스? 그리고 학생 여러분? 제가 보기엔 여러분도 시간이 무척이나 많으신 것 같습니다. 따라서 오늘은 약간이나마 단련의 시간을 가지도록 하겠습니다. 예, 때로는 엄격할 필요가 있다는 사실을 깨달았거든요."

누가 대답하기도 전에, 가게 안에서 여러 사람의 기척이 사라졌다. 이런 식으로 상황 자체가 급속하게 변할 때는, 지금의 나로서도 등 너머의 상황은 짐작이 가고도 남았다.

아쿠아는 바나나 우유를 에리스와 나눠먹을 생각인 것으로 보였는데, 과연 시키의 기합이 끝날 때까지 참을 수 있을까? 만약 참다 못해 마셔버리더라도 아무도 그녀를 나무랄 수는 없을 것이다. 그 정도로 바나나 우유를 굉장히 마음에 들어 하는 것처럼 보였거든.

난 이제부터 뭘 하지? 아공에라도 돌아가 볼까?

응?

"지금 혹시, 배달하러 가는 길이야?"

학생들을 상대로 늘어놓던 이야기를 일단락 지은 엘드워 종업원이, 가게의 휴대용 가방에 상품을 담아 밖으로 막 나가려던 참이었다.

"예. 오늘 중에 가져와 달라는 부탁을 받은지라, 지금 곧바로 다녀오려던 참입니다."

이따금씩 점장이 직접 단골손님을 뵙고 올 필요도 있을 것 같아.

"좋아. 그쪽은 내가 다녀올게."

"예에?!"

"가끔 가다 이럴 때도 있는 법이야. 너는 다른 업무를 처리하도록 해."

나는 지금 막 나가려던 엘드워의 업무 가운데 하나를 대행하기로 했다.

나로서는 엄청나게 터무니없는 제안을 한 것도 아닌데다가, 이제 곧 아공에서 장로님으로부터 잔뜩 설교를 듣게 될 그에게 약간이나마 도움을 주고 싶다는 마음도 있었다.

다행히 그로부터 받아든 배달처의 주소들은, 전부 다 나도 잘 아는 장소였다.

나는 평소보다 사람들이 많아 굉장히 혼잡스러운 골목들을, 그다지 서두르지도 않고 천천히 차례대로 돌아다녔다.

뜬금없이 점원이 아니라 점장이 배달 품목을 가지고 왔다는 사실로 인해, 고객님들을 혼란시키면서도 예상치 못 하게 오래 머물기도 하는 식의 돌발 케이스가 일어나기도 했다. 하지만 오늘밤엔 특별히 다른 용무도 없었기 때문에 그다지 큰 문제는 없었다.

마지막 배달처를 뒤로했을 무렵엔 이미 주위는 칠흑 같은 어둠에 둘러싸여 있었다.

"그나저나 골목을 나다니는 사람들의 물결은 아직도 잦아들 생각이 없는…… 건가?"

나는 약간 어처구니없다는 생각을 품으면서도 가게로 돌아가는 길을 걷기 시작했다.

그리고 깨달았다.

수많은 시선들과 살기가 전해져 왔다.

거리를 다니는 사람들로부터, 그리고 건물들의 그늘로부터 엄청난 숫자의 살기가 느껴졌다.

대충…… 고테츠 부근의 뒷골목 쪽에서 느껴지는 기척이다.

개인적으로 그 부근에서 예기치 못한 말썽이 일어나는 사태는 그다지 달갑지 않았다.

그 부근에 오늘 이 시간까지 이런 기척은 없었던 걸로 아는데…….

으음. 이제 곧 렘브란트 씨도 롯츠갈드를 방문하실 테니, 성가신 일은 일찌감치 해결해버리는 게 상책인가?

나는 일부러 사람들이 거의 안 다니는 골목들을 골라 통과하면서, 낮에도 사람들이 거의 안 다니는 뒷골목에 도착했다.

슬럼가와의 경계에 속하는 장소였다.

계를 마력을 은폐하는 용도에서 주위를 파악하는 용도로 이행시켰다.

어라?

적대심은 느껴지지만 힘 자체는 미숙한 기척 하나가 느껴졌다. 학생인가?

학생이 길을 잃고 헤매다가 이런 데까지 들어오기도 어렵지 않아?

그로부터 느껴지는 살기와 적대심은 계속해서 부풀어 올랐다. 어쩔 수 없지.

[이곳은 학원생이 나다닐 만한 장소가 아니다.]

나는 그 시도 자체가 습격의 계기가 될 가능성을 충분히 각오하면서도 전이로 그 인물에게 다가가 필담으로 말을 걸었다. 남학생이다. 더욱 더 미행당할 이유에 짚이는 구석이 전혀 없었다.

차라리 여학생이라면 어처구니없는 고백을 거절한 앙갚음을 하고자, 나에게 보복을 시도할 가능성은 있었기 때문이다.

"큭?! 라이도우?!"

어라, 내 이름을 아는 모양이다.

내 기억엔 강의에서 본 얼굴은 아닌 것 같다.

[나를 알고 있나? 뭐, 큰 상관은 없다. 이제부터 잠시 소란스러워질 거다. 잠깐만 조용히 해다오.]

"너, 나에 관해서―."

왔다.

열 개를 넘는 기척들이 일제히 나를 향해 행동을 개시했다.

사방팔방에서 온갖 기척들이 느껴졌다. 건물의 벽을 타고 오거나 위에서 뛰어내리는 이들은 물론이거니와, 땅 위로 달려오는 이들이 이곳을 향해 한꺼번에 들이닥치기 시작했다.

나는 그 기척들 중에서 낯익은 녀석을 발견하는데 성공했다.

오호라, 그때 만났던 그 녀석인가?

어두운 밤에 검은 옷을 입고 나타난 적들은 성가신 상대였다.

물론, 어디까지나 상식적으로 그렇다는 얘기다.

계라는 특수 능력을 지닌 나에게, 시각 정보는 그다지 큰 의미가 없었다.

나는 계의 효과 범위를 좁힘으로써 더욱 정확하게 상대의 숫자를 확인했다. 열넷이다.

가장 가까운 거리까지 접근한 녀석도 아직 6미터 이상 떨어져 있었다.

영창은 필요 없었다.

전부 다 한꺼번에 포착 완료다. 아니, 그 녀석만 빼놓자.

나는 왼손으로 개량형 불릿을 형성했다. 여러 개의 표적을 대상으로 그 탄환들을 세트했다.

그리고 오른손으로 학원생 도련님을 지키기 위한 장벽을 전개했다.

[금방 끝날 거다. 움직이지 마라.]

"누가 네 녀석이 하는 말 따위를!"

으엑, 학생 녀석이 장벽의 안쪽에서 나에게 공격을 걸어왔다.

질풍노도의 시기라 이 말인가? 하필이면 이런 순간에 이렇게 성가신 녀석과 마주치다니.

뭐, 기본적인 상황 자체는 거의 변함이 없었다. 나는 불릿을 발동시켰다.

나의 손에서 출현한 빛의 화살이 열세 갈래로 갈라져 나가 습격자들을 한꺼번에 꿰뚫었다.

명중 직전에 장벽을 전개한 녀석도 있었지만 그 장벽들도 살얼음판처럼 산산이 조각났다.

"힉······!"

남학생이 장벽 안에서 비명을 질렀다.

나로서는 겁을 집어먹은 그가 이제부터 얌전해지기를 기대할 수밖에 없었다.

낯이 익은 그 녀석은 지금의 공격을 눈앞에서 목격하고도 기가 죽기는커녕, 광기가 깃든 눈빛으로 나를 똑바로 쳐다보면서 그 잘난 검을 한손에 움켜쥐고 돌격해 들어왔다. 스피드는 상당했지만 결국 거기서 거기였다.

"큭!"

[요전번엔 개인적으로 바쁜 일이 겹쳐서 눈감아준 거였는데, 일부러 복수라도 하러 온 거냐? 검을 자랑하던 암살자?]

그 녀석은 학원의 채용 시험에서 나와 다른 모험가들을 방해한 암살자였다.

나를 습격한 일당 가운데 한 명은 바로 그 녀석이었다.

"라이도우우! 나는 한 번 접수한 의뢰는 반드시 달성하고야 마는 성질이란 말이다아!"

[의뢰로 온 것치고는 꽤나 위험한 눈빛이구나.]

분명하게 제정신이 아닌 것으로 보이는, 번쩍이는 눈동자가 오직 나만을 바라보고 있었다.

그는 온힘을 다해 앞으로 내민 검이 내가 전개한 장벽에 가로막혔는데도 불구하고 물러서려는 낌새가 전혀 없었다.

……예전에 만났을 때보다 2할 정도는 강해진 것 같이 보였지만, 동시에 2배 정도는 멍청해진 듯한 느낌이 들었다.

그러고 보니 검은 잘 고쳤나 보다?

"브라이트 선생님도 이제 이 세상 사람이 아닌데 말이야. 이거야 원. 꼼꼼하다고 해야 하나, 끈질기다고 해야 하나?"

나는 무심코, 이 자리에서 나밖에 모르는 언어로 중얼거렸다.

이 녀석의 의뢰인이 브라이트 선생님이었다는 사실은 시키나 라임의 조사를 통해 완벽하게 파악하고 있었다.

따라서 나로서는 이미 오래 전에 다 끝난 사건이었다.

"얼굴빛은커녕 표정 하나 안 바꾸고 열 명을 넘는 사람들을 한꺼번에 몰살시키는 네 녀석에게, 내 눈빛을 지적할 자격이 있을 리가 없다!"

암살자가 이쪽으로 파고들어왔다.

[아무리 대단한 존재로부터 유래된 소재를 사용한 명검을 써봤자 너 자신이 대단한 존재는 아니다. 자존감을 유지하는 방식이 엇나갔다고 해야 하나? 너도 참 불쌍한 녀석이야.]

"히, 히햐햐! 상위 용 미츠루기(御劍)의 비늘은 최고의 병장기를 제작할 수 있는 소재란 말이다! 그 중에서도 최상급에 해당하는 역린을 사용한 이 검이야말로 나의 긍지 그 자체다!! 이 세상에 이 검을 능가하는 암살검은 존재하지 않아아아!!"

[암살검이라. 그 녀석의 역린을 참 하찮은 용도로 써먹는구나. 하긴, 그 성격 더러운 랜서의 역린이니 암살용으로 벼리기에 이보다 더할 수 없이 적합한 소재인지도 몰라.]

나는 얼마 전에 직접 만나 전투를 벌였던 랜서에 관해 떠올렸다.

어떤 상황인진 몰라도, 그 녀석도 역린을 다른 이들에게 빼앗길 때가 있는 모양이다.

나도 모르게 웃음이 나왔다.

"뭐가 웃기냐!! 죽어라, 죽어! 죽으라고!!"

암살자가 검으로 찌르는 동작을 중심으로 한 덧없는 난무 공격을 내 눈 앞에서 펼쳐 보였다.

고함을 치는 남자가 입가에 거품을 물고 있는 모습이 보였다. 이 녀석, 약까지 쓴 건가?

정말로 불쌍하다는 느낌이 들기 시작했다. 모처럼 건진 목숨을 이런 식으로 허비하다니.

[결국 나는 너를 쓸데없이 괴롭혔을 뿐이구나. 미안하다, 오늘 이 자리에서 다 끝내주마.]

나는 그를 예전과 마찬가지로 포박하는 시늉을 했다.

"큭! 같은 수법이 두 번이나 통할 것 같으냐!"

이변을 감지한 남자가 당연히 나로부터 거리를 벌렸다.

그도 나를 공격할 수단이 있는 것으로 추정되는 중거리였다.

골목은 그다지 넓지 않았다. 하지만 암살자는 주위 건물들의 벽을 이용해 삼각 뛰기의 요령으로 하늘을 향해 뛰어 올랐다.

그리고 공격을 시작하려다가, 나를 바라본 채로 경악스러운 표정을 지어 보였다.

그가 그 행동에 소비한 시간은 기껏해야 1초에서 2초 정도에 지나지 않았다.

나는 이미, 그를 향해 활을 겨누고 있었다.

조준도 이미 다 끝났다.

"이럴 수가……!"

사선상에 자신이 들어가 있다는 사실을 순간적으로 깨달은 암살자는, 간신히 그 한 마디를 중얼거리는 것이 고작이었다.

그리고 상위 용의 소재로 만든 날렵한 검을 자랑거리로 내세우던 암살자는 이 세상에서 사라졌다.

브라이트 선생님에 얽힌 일련의 사건은, 모르긴 몰라도 이제 정말로 완전히 끝난 것으로 보였다.

에바 양이나 루리아가 곤경에 처할 위험성도 상당히 줄어들지 않았을까?

이 녀석들이 노리던 표적이 나라서 정말 다행이야.

"……으……윽."

아.

그러고 보니 학생의 존재를 까맣게 잊고 있었다.

시키는 지금 에리스 일행을 상대로 잔소리를 늘어놓고 있는 중이었다.

어쩔 수 없지. 약간 어설프게나마 내가 직접 손을 쓸 수밖에 없었다.

우격다짐으로 말이야.

나는 그를 중심으로 전개했던 장벽을 해제한 뒤, 허리의 힘이 빠져 주저앉은 채로 거의 움직이지도 못 하는 그에게 다가가 머리의 양 옆에 손바닥을 갖다 댔다.

"너, 너……! 내가 일르, 일름가……!"

[잊어라.]

나는 시키로부터 배운 패턴의 마력을 그의 머릿속으로 주입시켰다.

최근 몇 시간 동안에 이르는 머릿속의 기억을 흐릿하게 조작하는 방식의 마술이라고 들었다.

어쨌든 시키가 사용했을 때와 마찬가지로 흰자위를 까뒤집으면서 뻗어 버렸다.

아마 성공이겠지.

약간 예상치 못한 돌발적 사건이었지만, 하여간 걱정거리 하나가 줄어든 셈이다. 오늘은 이제 아공으로 돌아갈까?

12

"잘 다녀오셨습니까, 도련님? 마침 연락을 드리려던 참입니다. 안성맞춤이나 다름없는 시간에 돌아오셨습니다."

"토모에. 네가 이런 시간부터 아공에서 기다리고 있는 것도 드물지 않아? 조사는 잘 돼가나?"

토모에는 평소엔 저녁 식사 시간이 끝나갈 때쯤에 아슬아슬하게 돌아오는 경우가 많았다. 나로서는 그녀가 이렇게 이른 시각부터 아공에 돌아와 있다는 사실에 놀랄 수밖에 없었다.

토모에는 내가 명한 임무를 완수한 이후로, 아공의 기후에 4계절을 도입하겠다면서 아침부터 저녁까지 전 세계를 사방팔방으로 돌아다니고 있다. 예전에 일단 보류한 바 있던 세계지도가 필요하다는 그녀의 요청을 허가한 이후로 항상 그런 식이었다.

매일 같이 전 세계를 나돌아 다니는 것치고는, 이 녀석은 아공의 중요한 안건들이나 일식(日食)을 재현하는 작업도 순조롭게 추진하고 있는 것으로 보였다. 나로서는 두 손 두 발 다 들 수밖에 없을 정도로 그녀의 활약은 흠잡을 데가 없었다. 이 녀석 하나만 곁에 둬도, 현대 세계에서도 사업 하나 정도는 간단히 일으킬 수 있을 정도로 유능한 모습이 두드러졌다. 나는 그녀에게 감사하는 의미까지 겸해서, 지도를 구입하기로 결정했다. 틀림없이 비싸긴 했지만, 언젠가 필요할 일이 생길지도 모른다는 느낌이 들었기 때문에 그다지 고민할 필요는 없었다. 참고로 농담이 아니라 집 한 채보다 비싼 값을 치러야 했다.

"오늘 드릴 말씀은, 바로 그 조사 결과에 관한 보고입니다. 상당히 유력한 후보 지역을 한 군데 발견하는데 성공했습니다. 정식으로 행동을 일으키는 시점은 내일부터 시작될 축제가 끝난 다음이라도 큰 상관은 없습니다만, 도련님의 허가가 필요하다는 사실엔 다를 바가 없는지라."

내가 학원제에 관한 얘기를 털어놓자, 미오뿐만 아니라 토모에까지 굉장히 가고 싶어 하는 듯한 눈치를 보였다. 결국 어쩌다 보니, 학원제는 다 함께 즐기기로 했다. 아공에서도 1주일에 걸친 학원제 기간을 잠정적인 휴일로 삼았다. 에마의 견해로는 우리 쪽에서 휴일이라는 기간을 설정하더라도 주민들은 다들 평소에 가까운 생활을 보낼 것으로 예상되는 모양이다. 그녀가 짓던 쓴웃음도 기억에 새로웠다. 정말로 부지런하기 짝이 없는 사람들이다. 일단 개인적인 상식에 따라 가족 서비스라도 해보는 게 어떻겠냐는 식으로 제안해봤지만, 그들이 실제로 보일 반응은 예상조차 할 수 없었다.

"유력한 후보 지역이라? 행동을 일으킨다는 건 구체적으로 어쩌자는 거야? 내가 직접 가서 문만 만들고 오는 걸로 끝난다면야 지금 당장이라도 상관없는데?"

그다지 대단한 수고를 들일 필요도 없었다. 실제로 지금까지 흔적을 남긴 문을 통해 들어온 침입자는 단 한 사람도 없었다. 게다가 만약 토모에 일행의 전투력으로 감당하기 힘든 상대가 나타나더라도 내가 아공으로 돌아와 대처하면 끝나는 얘기였다.

"……도련님, 틀림없이 도련님께서 피나는 노력을 통해 놀라운 권능을 터득하신 것은 사실입니다. 그 성과를 자신감으로 삼으시는 거야 물론 나무랄 데 없습니다만, 자만은 금물입니다. 한 치 앞을 내다볼 수 없다는 말도 있으니까요."

"자신의 실력을 자만할 생각은 없지만, 토모에나 미오도 인정할 정도야. 어느 정도는 자신감을 가져도 된다고 봐. 혹시 그 후보 지역이라는 데가 엄청나게 위험한 장소야?"

개인적으로 자만이라는 단어를 쓸 만큼 우쭐한 상태는 아니라고 본다. 애초부터 여신이 직접 쳐들어오지 않는 이상, 아공의 방어 태세는 철벽이나 다름없었다.

"완전히 마족의 지배 영역 한복판입니다. 휴만 종족이 만약 순조롭게 전쟁에 이겨 나가더라도 앞으로 몇 년은 걸려야 다다를 것으로 예상되는 장소지요."

"……."

뭐라고?

"그리고 부근에 휴만들이 살던 도시의 폐허를 이용한 마족들의 요새가 자리 잡고 있었습니다. 휴만들보다 마법적인 이치에 밝은 그들의 거점과 가까운 장소에 아공으로 올 수 있는 문의 흔적을 남기는 것은 어리석기 이를 데 없는 생각일 겁니다."

"……."

내 말이 그 말이야. 어째서 하필이면 토모에가 희망하는 장소가 그렇게 위험한 구석에 쳐 박혀 있는 거야? 황야의 일부 같은 장소 였다면, 가기도 쉬운데다가 골치 썩을 일도 거의 없었을 텐데 말이야.

불길한 예감이 들기 시작했다. 불행인가? 또다시 불행이 나를 쫓아오는 거야?

이제 슬슬 행복이 찾아올 차례가 아닐까? 참 나.

"도련님?"

"참고로 너 말인데? 행동이라는 건 대체 무슨 짓을 벌일 생각인 거야? 그리고 또 하나, 내 허가도 없이 마족의 요새와 접촉한 거야?"

"굳이 말씀드리자면…… 안전을 확보할 뿐입니다. 실질적으로 아직 요새 근처엔 접근조차 하지 않았습니다. 현장 조사와 입수한 정보를 통한 분석을 동시에 진행하고 있다 보니, 대략적으로나마 예측이 가능한 상태라고 할 수 있지요."

토모에는 이보다 더할 수 없이 알록달록한 색깔들로 점철된 세계지도를 나에게 펼쳐 보였다. 지도 자체는 컬러가 아니었다. 그녀가 각 지역의 날씨에 관해 조사한 결과를 여러 가지 색깔로 구분해서 칠했기 때문에 결과적으로 컬러풀한 지도로서 완성됐을 뿐이다. 웬만한 집보다 비싼 세계지도로 색칠놀이를 했단 소리야? 아니, 자세히 보니까 아니다. 지금 눈앞에 펼쳐진 지도는 토모에가 직접 휴대하고 다니기 위해 복제한 쪽의 지도였다.

지도만 보고 있어도 그녀의 열정이 느껴졌다. 열대(熱帶), 아열대(亞熱帶), 온대(溫帶), 한대(寒帶)……. 게다가 기온의 예상 분포부터 시작해서 일본의 4계절과 비슷한 정도에 이르기까지 방대한 양의 정보가 빼곡히 적혀 있었다. 내가 볼 때도 그 모든 사항들이 한눈에 들어왔다. 요점을 능숙하게 정리하는 수재의 노트를 들여다보고 있는 듯한 기분이 들었다.

"그래서, 여기가 바로 거기란 소리야? 일본의 기후와 9할 5푼 정도의 일치를 보일 것으로 예상된단 말이지? 굉장하네."

그나저나 몇 번을 쳐다봐도 이 세계의 지도는 너무나 불가사의하게 보였다. 우연의 일치라는 한 마디로 끝나버릴 듯한 느낌도 들었다. 차이가 없는 것은 아니었다. 하지만 나로서는 이 세계지도는 아무리 봐도······.

역사상의 누군가가 만든 것으로 추정되는 애매모호한 형태의 일본 지도라는 인상을 받을 수밖에 없었다. 축척이 어긋나서, 여러모로 틀린 구석도 많은 옛날 지도에 가까운 느낌이다.

예를 들어 규슈(내가 보기엔 그렇게밖에 안 보이는 장소)의 경우, 밑을 향해 부채와 같은 모양으로 넓게 펼쳐져 있는데다가 끝부분은 그려져 있지 않았다. 그려져 있지 않은 부분은 황야를 가리킨다. 츠이게는 육지로 이어져 있는 간몬해협#7 상의 위치에 해당된다. 우리가 전이로 이동한 황금가도는 산요도#8, 신메이신#9, 츄오우도#10의 한복판까지 이어진 고속도로처럼 보였다. 황금가도를 나아간 지역의 서쪽엔 리미아 왕국, 동쪽엔 그리토니아 제국이 자리 잡고 있다. 일본 지도로 쳐서 기타칸토#11 중앙 정도부터가 마족들이 지배하는 영역이었다. 멸망한 강대국, 엘리시온 이북은 그다지 정확하게 그려져 있지 않은 것으로 보였다. 홋카이도#12에 해당하는 지역은 아예 그려져 있지도 않았다. 존재하지 않는 건가? 아니면 발견되지 않았을 뿐인가? 이만큼이나 비슷하다는 얘기는 아직 발견되지 않았을 뿐이라는 느낌이 들었다.

#7 간몬해협(關門海峽) 혼슈(本州)와 규슈(九州) 사이에 위치한 해협.
#8 산요도(山陽道) 일본 혼슈(本州) 서부의 세토 내해 측을 가리키는 고대 일본의 행정 구역.
#9 신메이신(新名神) 고속도로 일본의 미에(三重) 현 요카이치(四日市) 시로부터 시가(滋賀) 현, 교토(京都) 부, 오사카(大阪) 부를 거쳐 효고(兵庫) 현 고베(神戶) 시 기타(北) 구까지 이어지는 고속도로.
#10 츄오우도(中央道) 일본의 도쿄(東京) 도와 야마나시(山梨) 현 후지요시다(富士吉田) 시, 효고(兵庫) 현 니시노미야(西宮) 시, 나가노(長野) 현 나가노(長野) 시를 연결하는 자동차 도로.
#11 기타칸토(北關東) 일본 간토 지방의 북부. 이바라키(茨城) 현, 도치기(栃木) 현, 군마(群馬) 현의 세 현을 가리킨다.
#12 홋카이도(北海道) 일본 혼슈(本州) 북쪽의 섬.

츄고쿠#13 지방과 시코쿠#14 지방은 세토 내해#15를 대신해 산맥으로 서로 갈라져 있었다. 실제로 호수는 전혀 눈에 띄지 않았지만, 룻츠갈드는 비와 호#16의 물가 부근에 해당하는 위치였다. 츠이게로부터 전이로 이동해 왔기 때문에 실질적인 거리 감각은 잘 와닿지 않았지만, 위치 감각은 일본의 지방에 들어 맞추는 식으로 어렵지 않게 익힐 수 있었다. 바다는 각각 태평양과 동해에 해당되는 두 군데가 확인되어 있는 것으로 되어 있다. 양쪽 다 바다를 넘어선 저편은 그려져 있지 않았다. 정말로 아무 것도 없는 건지, 아니면 더욱 더 드넓은 세계가 펼쳐져 있을지의 여부는 지금으로선 알 길이 없었다. 이 세계와 지구의 닮은 구석이 일본뿐만이 아니라고 가정할 경우, 틀림없이 다른 육지도 존재하리라는 생각이 들었다. 그러나 외양(外洋)에 관한 정보 자체가 굉장히 희박하다 보니, 그런 소리는 전혀 들어본 적도 없었다. 루토 같은 녀석은 뭔가 알고 있을지도 몰라.

나는 토모에가 가리키는 장소를 쳐다보면서, 지금까지 세계지도에 관해서 여러모로 느끼던 바를 떠올렸다. 그나저나 이 장소는, 아마…….

"아공으로서는 반드시 확보하고 싶은 곳입니다. 곧장 작업을 시작해도 괜찮을까요?"

#13 **츄고쿠(中国)** : 일본 혼슈(本州)의 서쪽에 위치한 지역. 돗토리(鳥取) 현과 시마네(島根) 현, 오카야마(岡山) 현, 히로시마(広島) 현, 야마구치(山口) 현을 가리킨다.
#14 **시코쿠(四国)** 일본 열도를 구성하는 섬 가운데 하나. 도쿠시마(徳島) 현과, 가가와(香川) 현, 에히메(愛媛) 현, 고치(高知) 현으로 이루어져 있다.
#15 **세토(瀬戸) 내해** 일본 혼슈(本州)와 시코쿠(四国), 규슈(九州)에 둘러싸인 내해.
#16 **비와(琵琶) 호** 일본 시가(滋賀) 현 중앙에 위치한 호수.

거친 콧김이 느껴질 정도는 아니었지만, 토모에는 거의 확실하게 흥분한 상태였다.

"곧장 작업을 시작해도 괜찮겠냐고? 안전을 확보할 수 있을 리가 없잖아. 마족들이 지배하는 지역이라면서?"

"아무런 문제도 없습니다. 명을 받자마자 곧바로 청소를 시작할 준비가 되어 있으니까요."

청소라니, 무력을 쓸 생각이 뻔히 들여다보였다.

"요새라잖아? 어떻게 처리할 생각인데?"

"정정당당히 제압할 뿐입니다. 아무런 문제도 없습니다."

한 판 치를 생각이야? 토모에는 마치 산책이나 가볍게 다녀오겠다는 식으로 마족의 군대와 싸우겠다는 제안을 꺼내들었다. 나로서는 이런 판단을 즉석에서 내릴 수는 없었다. 아무런 문제도 없을 리가 없다는 말을 하고 싶었다. 응, 혀가 꼬일 것 같다.

"……잠깐만 생각 좀 하고."

"어쩔 수 없지요. 명을 받들겠습니다. 좋은 답변을 기대하겠습니다."

토모에는 약간 납득하기 어렵다는 표정을 지어 보이면서도 결국 자신의 주장을 굽혔다. 그녀를 믿지 않는 건 아니다. 하지만 요새를 공격한다는 판단을 이 자리에서 당장 내리기는 어려웠다. 과연 토모에는 군대를 상대로 전투를 벌이는 사태를 어떤 식으로 받아들이고 있을까? 게다가 마족에게 싸움을 건다는 행위는 틀림없이, 앞으로 그들과 적대관계로서 대립하게 되는 결과를 야기할 수밖에 없었다. 우리의 기본적인 입장을 정해버릴 공산이 큰 결정이었다.

"미안. 일단, 당분간은 학원제나 즐기면서 일식에 쓸 식재료의 개발을 느긋하게 추진해줄래?"

"뜻을 따르겠습니다. 얼마 전에 도련님께서 가르쳐주셨던 누룩에 대한 해석도 거의 다 끝난지라, 여러모로 추진할 수 있는 일들이 늘어날 것으로 보입니다. 결과에 따라 사케 등을 비롯해 상회에서 새로운 상품으로 판매 가능한 물자들에 관한 보고를 올릴 수 있을 것 같습니다. 그럼 이만."

"그래. 이따 저녁 먹을 때 보자."

토모에가 물러갔다. 그녀의 보고에 따르면, 누룩에 대한 해석은 거의 끝난 상태인 모양이다. 사실은 나도 절반조차 제대로 이해하지 못한 상태라는 느낌이 드는데 말이야. 토모에나 시키는 내 입에서 나온 어설프기 짝이 없는 설명만으로도 나름대로 얻는 것들이 있었던 모양이다. 아무렇지도 않은 일로 상대가 감탄하는 모습을 본다는 건 굉장히 쑥스러운 경험이었다. 정말로 그다지 대단한 소리는 한 적이 없었거든.

누룩뿐만 아니라, 발효라는 작용 그 자체에 관한 설명을 대략적으로 열거했을 뿐이다. 눈에 보이지 않을 정도로 굉장히 자그마한 생물들이 녹말이나 당분을 섭취하면서 알코올이나 감칠맛을 발생시킨다는 식의 간단하기 그지없는 내용의 설명이었다. 그리고 알코올을 섭취하면서 식초를 만드는 녀석들도 있으니까 술을 만드는 장소와 식초를 만드는 장소는 서로 떨어뜨려 놓는 편이 좋다는 식의 아무런 두서도 없는 잡학에 관한 설명이었던 것으로 기억하고 있다.

그러나 토모에와 시키는 내 설명을 진지하게 경청했다. 두 사람은 누룩이라는 존재를 특수한 약이나 촉매의 일종으로 받아들이고 있던 모양이다. 내가 볼 때는 약간 부자연스러울 정도로 감탄하는 듯한 모습을 보였다. 때때로 저 녀석들이 내 기억의 어떤 부분을 보면서 오해하고 있는지 물어보고 싶다는 생각이 들 정도였다. 자세히 조사하기는커녕 그냥 어쩌다가 주워들었을 뿐인 정보를 기억으로부터 정확하게 건져 올리는 작업은, 상상만 해도 굉장히 어려운 작업일 수밖에 없으리라. 하지만 두 사람은 내 입에서 나온 어렴풋하기 짝이 없는 내용만으로도 행동을 일으킬 수 있을 정도로 우수한 두뇌의 소유자들이었다.

시키의 경우엔 이 세계에서 술을 빚을 때도 동일한 작용을 보이는 미생물들이 존재한다는 전제하에 그들을 응용할 방법에 대해 마구 중얼거리면서 추론을 세우기 시작할 정도였다. 시키 녀석도 최근 들어 농업이나 먹을 거에 관해 연구하는 모습이 그럭저럭 모양이 나기 시작한 듯한 느낌이 들었다. 그 변화의 옳고 그름은 일단 제쳐두더라도 굉장히 자연스럽게 보이기 시작했다.

토모에와 헤어진 뒤, 나는 그 길로 몬드와 만나기 위해 숲 도깨비들의 거처로 발걸음을 옮겼다. 아차, 그러고 보니 그로부터 숲 도깨비 종족의 이주에 관한 부탁을 들은 적이 있었다. 종족 전원을 아공으로 이주시키고 싶다는 얘기였다. 숲 도깨비 종족의 장로 가운데 한 사람인 니르기스트리라는 양반이, 시범 삼아 아공으로 이주시켰던 숲 도깨비 젊은이들이 비정상적일 정도로 빠른 성장을 보였다는 사실을 이용해 마을 의회를 납득시킨 모양이다. 사실은 고향에 들른 젊은이들이 기념품 삼아 가져간 식자재나 장비품 등이 그들의 눈에 매력적으로 비쳤는지도 모른다. 대상을 서서히 나무로 변형시키는 수형(樹刑)에 걸린 이들을 회복시키는 방법도 잠정적으로 확립된 지금, 개인적으로 품고 있던 그들에 대한 공포심은 사라졌다. 상대편이 바란다는 전제하에, 그들의 부탁을 들어줄 생각도 없지 않아 있었다.

문제는 황야에서 그들이 관리하고 있는 숲이나 일부의 초원들을 앞으로 관리하는 방법을 정하는 것 정도였다. 아직은 보류 중이지만, 사실상 그들의 완전한 이주는 거의 결정된 거나 다름없는 상태였다.

"도, 도련님?!"

내가 다가오는 낌새를 느끼고 나온 것으로 보였다. 숲 도깨비가 황급히 다가와서 놀라는 목소리를 냈다. 하긴, 지금까지 혼자서 숲 도깨비들의 거처로 찾아오는 일은 거의 없었으니까 놀랄 만도 하다는 생각이 들었다. 하지만 이번 일엔 굳이 토모에까지 데리고 올 필요성을 느낄 수가 없었다. 미오는 콧노래를 부르면서 요리 중이었던 데다가, 시키는 에마와 상의하는 중이었기 때문에 나로서는 굳이 그들을 방해할 정도의 필요성을 느낄 수가 없었던 것이다. 코모에의 경우엔 기본적으로 이 시간은 낮잠을 자는 시간이라 만나기도 어려웠다.

"오랜만이야. 몬드와 만나볼 수 있을까?"

"아, 예! 곧장 데리고 오겠습니다!"

"아니, 내가 갈게. 용무가 있는 건 내 쪽이거든."

"그럼 대장이 있는 곳까지 안내해드리겠습니다. 자, 저를 따라 오시죠!"

숲 도깨비의 온몸에서 긴장이 넘쳐흐르는 듯한 느낌이 들었다. 하지만 그다지 큰 실수는 눈에 띄지 않았다. 그나저나 처음 만났을 때와 비하면, 정말 엄청난 반응의 차이를 느낄 수밖에 없었다. 토모에가 고안한 고무…… 아니 훈련 프로그램의 우수성을 재확인할 수 있었던 좋은 기회였다.

"역시 다른 종족들에 비해 거주 에리어가 좁은 것 같아. 전원의 이주 시기가 대충 잡히면 다른 데로 이사할래?"

내가 보기엔 마을이라기보다 숙소 같은 취급이라는 느낌이 들 정도였다. 이따금씩 자그마한 건물들이 눈에 띄지 않는 것은 아니었지만, 마을 정도의 규모는 느껴지지 않았다. 글자 그대로 가설 주택에 가까운 분위기였다.

"전원의 이주를 허락해주시겠다는 말씀이십니까?!"

"아직 정식으로 결정된 건 아니지만, 거의 정해진 거나 다름없어. 그쪽 장로님들도 굉장히 적극적으로 찬성하는 듯한 분위기니까 더 이상 두고 볼 필요도 없을 것 같아. 그리고 머지않아 너희들이 수형을 습득하는데 어느 정도 도움을 줄 수 있을지도 몰라. 나를 비롯해 아공의 주민들 가운데 대다수가, 너희들이 열심히 노력하고 있다는 사실을 잘 아니까."

"……?! 정말 감사합니다!! 앞으로도 몸과 마음을 바쳐 임무와 훈련에 임하겠습니다!!"

굉장히 성실한 사람이다. 에리스도 이런 모습을 본받아야 한다는 생각이 들었다. 그 녀석은 대체 무슨 수로 기존의 성격을 유지한 채, 가혹한 훈련을 극복하는데 그치지 않고 정상급의 성적을 거둔 거지? 그 녀석도 참, 여러모로 특이한 재능의 소유자일지도 몰라. 아쿠아의 경우엔 거만한 성격과 가시 돋친 태도가 자취를 감추면서 기본적으로 성실했던 측면이 좋은 방향으로 움직이기 시작했다는 느낌이 들었지만, 에리스는 성격적인 측면에서 예전과 거의 달라 보이지 않았다. 아, 몬드한테 에리스를 다루는 방법에 관해서도 물어볼까? 이러니저러니 해도 에리스는 손님들로부터의 평판도 그다지 나쁘지 않을 뿐더러, 이제는 쿠즈노하 상회의 소중한 종업원 가운데 한 사람이었다. 정말로 어지간히 어처구니없는 실수를 저지르지 않는 이상에야, 나로서는 에리스의 포지션을 다른 이로 교체할 생각은 없었다. 물론 경영자로서 볼 때는 굉장히 어설픈 사고방식일지도 몰라.

사전에 연락하지도 않았는데, 몬드가 집 앞에 나와 있었다. 이러니까 기본적으로 숲 도깨비들은 우습게볼 수 없는 상대였다.

나는 그를 향해 한쪽 손을 들면서 도착을 알렸다. 그는 머리를 깊숙이 숙이면서 나의 손짓에 답했다. 그러고 보니 아쿠아에게 포상으로 내렸던 바나나 우유 말인데, 결국 그 날엔 숲 도깨비들 전체를 상대로 소개할 시간이 나지 않았다. 오늘 저녁 시간이 끝난 후에라도 대대적으로 소개해야겠다는 생각이 들었다.

나는 몬드의 거처에 도착한 뒤, 종족 전원의 이주에 관한 이야기나 롯츠갈드에서 필요로 하고 있는 업무에 관한 이야기, 새로운 메뉴에 관한 이야기 등을 차례대로 언급했다.

단 한 가지를 제외하자면, 나에게도 굉장히 유익한 시간이었다.

몬드.

"반성의 철권과 응징의 발차깁니다."

에리스를 다루는 방법에 관해 물어본 건 틀림없이 나야. 하지만 진지하기 그지없는 얼굴로 그런 내용의 답변을 해봤자, 나더러 대체 뭘 어쩌라는 거야?

13

시끄럽다.

누군가가 떠들고 있다. 아닌가?

참나, 어제는 결국 학원제의 개최에 대비한 점포 준비 때문에 잠을 거의 못 잤단 말이야.

영업이 시작되기 전의 귀중한 수면 시가—.

큭?!

아뿔싸! 지금 대체 몇 시야?!

나는 황급히 상반신을 일으키면서 창밖으로 시선을 돌렸다. 커튼 끝에서 강한 빛이 새어 들어왔다. 아무리 봐도 새벽치고는 너무 밝다는 느낌이 들었다.

늦잠을 잤다는 사실을 깨닫는 그 순간은 정말 너무 신기한 것 같아! 방금 전까지만 해도 머릿속에 강하게 엉겨 붙어 있던 잠기운이 깔끔하게 사라져 버린 그 자리에, 강렬한 조바심이 나타나 몸전체를 나돌아 다니기 시작했다. 이거야 원, 일본에 있을 때와 전혀 다를 바 없는 최악의 감각이야!

나는 서둘러 거울 앞으로 걸어가, 옷을 갈아입으면서 몸가짐을 바로잡았다. 이 세계에서 새롭게 몸에 밴 습관이다. 예전의 나였다면, 얼굴을 씻는 김에 부스스한 머리카락이나 잽싸게 고치는 정도가 다였다.

렘브란트 자매의 도움을 받아 전신 코디를 한 번 받은 이후로 생긴 습관이다. 나는 주위 사람들에 비해 두드러지게 뒤떨어지는 자신의 외모를 아무리 보강하려 해봤자 헛수고라는 사실을 알고 있었기 때문에, 계절에 상관없이 엘드워들이 준비한 코트나 입으면서 신경을 거의 끄고 살았다. 겨울엔 따뜻한데다가 여름에 입어도 전혀 덥지도 않다 보니 실질적으로 옷을 갈아입을 필요성이 전혀 없었던 것도 크나큰 요인 가운데 하나였다.

렘브란트 자매는 은혜 갚기의 일환이라는 대의명분을 내세워 나를 반나절 동안 데리고 돌아다녔다. 그녀들은 그날, 나에게 어울리는 헤어스타일이나 옷뿐만 아니라 향수에 이르는 다양한 아이템들을 어림잡아 골라줬다. 그 이후로 주위의 시선이 꽤나 변했다는 실감이 느껴졌다. 얼굴이나 키는 타고난 거니까 어쩔 수 없을지 몰라도, 몸을 단장하는 액세서리나 냄새 정도는 얼마든지 선택이 가능한 영역이었다. 그리고 얼굴을 보자마자 느껴지는 첫 인상 또한 헤어스타일만 건드려도 꽤나 많이 변하는 법이다.

곰곰이 생각해보면 너무나 당연한 얘기였다. 오늘날까지 십 수 년 동안이나 그런 쪽에 전혀 신경을 쓰지 않았던 것은 어디까지나 자신의 태만에 지나지 않았다. 그 이후로 렘브란트 자매의 조언에 따라, 최소한 옷차림 정도는 조심하기로 마음먹었다. 기본적으로 수많은 손님들을 직접 상대할 수밖에 없는 접객업인데다가, 정신위생상으로도 그다지 나쁘지 않은 선택이었다.

나는 대략적인 확인을 마치자마자 아래층으로 내려갔다.

당장 얼굴을 내밀기도 약간 꺼려졌기 때문에, 나는 살며시 가게 쪽의 상황을 살폈다. 가게 안엔 이미 손님들의 대군이 가득 들어찬 상태였다. 으아, 역시 저질러 버린 건가…….

시키가 나의 기상을 알아차린 듯한 표정을 짓더니, 상대하고 있던 손님과의 대화에 일단락을 짓자마자 나에게 다가왔다.

"안녕히 주무셨습니까, 라이도우 님?"

"시키, 좋은 아침이야. 미안! 변명할 여지가 없는 지각이야……."

"어제는 새벽녘까지 준비를 하고 계셨으니 어쩔 수 없는 일입니다. 게다가 기본적으로 필요한 재고의 준비만 끝나 있으면 평소의 영업과 그다지 큰 차이는 없으니까요."

나로서는 시키의 다정한 배려가 무척이나 따갑게 느껴질 수밖에 없었다. 나와 시키는 새벽녘까지 장식장을 이동시켜 주력 상품의 숫자를 늘리거나, 간이로 제작한 선전 포스터의 숫자를 조절하기도 하고 가게 밖에 설치할 블랙 보드에 적을 내용 등에 관해 상의하기도 했다. 그런데 바로 그 시키가 이미 일어나 있는 이상, 어쩔 수 없었다는 변명거리가 통할 리가 없었다.

게다가 평소의 영업과 큰 차이가 없을 리가 없었다. 가게 안의 혼잡은 그야말로 극단적인 양상을 보이고 있었다. 엘드워가 한 사람밖에 없다는 얘기는, 나머지 종업원들은 라임과 함께 가게 밖을 담당하고 있다는 뜻이었다. 그렇다면 손님들이 가게 밖에서 줄을 지어 기다리고 있다는 건가?! ……나를 깨운 소란의 원인은 바로 손님들이었다. 나로서는 더욱 더 자기혐오를 느낄 수밖에 없었다.

"라임과 다른 엘드워들은, 바깥인가?"

"예, 손님들을 정리하는 작업을 맡고 있습니다. 쿠즈노하 상회는 가게 앞에 가설 노점을 추가로 설치하는 방식의 대응은 하지 않았습니다만, 임시로 노점 영업 중인 곳을 비롯해 다른 점포들의 영업을 방해하지 않도록 손님들이 이루고 있는 행렬을 정리하도록 명했습니다."

"잘 했어. 저기, 그러니까 지금은 점심때쯤이지?"

"예, 이제 곧 점심식사 시간이 될 것으로 사료됩니다."

"매상은 대충 어느 정도야?"

점심때라는 시간을 고려해볼 때, 평소의 몇 배가 팔려나가더라도 아직 재고에 여유는 있을 것이다. 우리 가게는 만물상이라는 분류에 걸맞게 다양한 분야의 상품을 취급하는 점포였다. 기본적으로 약 종류가 메인이야. 다만, 축제 기간 중에 방문객들이 아무리 늘어나더라도 급격히 매상에 직결되는 업종은 아니라는 느낌이 들었다. 따라서 우리는 기본적으로 인원을 증강할 준비 이외엔 재고를 늘리면서 세일을 실시하는 식의 지극히 기본적인 대응 정도만 준비한 상태였다. 평소에 비해 가장 폭발적인 매상의 증가를 보일 것으로 예상되는 업종은, 역시 여관이나 음식점 쪽이리라. 다음 순위는 역시 밤거리의 유흥업소 정돌까?

"이제 슬슬 오늘의 재고는 바닥이 날 것으로 예상됩니다. 처음으로 방문하신 손님들의 숫자도 적지 않을 뿐만 아니라 평소엔 그다지 팔리지 않는 제품들도 인기 상품들과 함께 구입하시는 분들이 많다 보니, 저희들이 보유한 재고로 감당이 되질 않습니다."

"뭐?! 우리는 평소보다 약간 가격을 인하하고 있을 뿐인데, 그렇게 매상이 늘었단 말이야?"

"예. 저도 영업을 개시하기 전의 행렬을 목격한 순간, 제 눈을 의심했습니다."

영업 개시 전의 행렬?! 으아, 새삼스럽게 그 광경을 굉장히 보고 싶었다는 생각이 들었다.

"대체 어쩌다가……."

"아무래도, 쿠즈노하 상회의 상처 약 등을 사용한 적이 있는 분들이 방방곡곡에서 그 효능에 관해 선전을 하고 다니시는 모양입니다. 그 결과, 평소엔 그다지 용건이 없는 학원 도시에 축제를 구경하러 오는 김에 들르는 손님들이나 축제를 보러온 이들에게 구매대행을 맡기는 경우도 적지 않은 것으로 보입니다. 예를 들어 모험가 등의 직종에 종사하는 이들은 어지간한 용건이 아니고서야 학원 도시를 방문하는 일이 없습니다만, 오늘은 적지 않은 수의 모험가들이 눈에 띄는 군요."

말하자면 입소문이 났다는 건가? 지방에서 우리 가게의 약을 사용한 사람들도 있다는 얘기였다. 어딘지 모르게 기쁘다는 느낌이 들었다. 지금으로서 우리는 츠이게를 거점으로 삼아, 숲 도깨비들을 시켜 토야마의 약장수[#17]와 비슷한 방식을 시범적으로 시행하고

#17 토야마(富山)의 약장수 일본 토야마 현의 의약품 배치 판매업의 통칭. 17세기 경에 시작됨. 약 장수가 각 가정에 미리 상비약을 맡기고, 사용한 분량만큼의 돈을 받는 시스템이 특징이다.

있는 중이었다. 그러나 그쪽은 정기적으로 순회가 가능하도록 구역을 구축하면서 진행 중이었기 때문에, 입소문은 그다지 기대할 수 없을 것으로 여기고 있었다. 거기선 멀리서 찾아오는 손님들도 많을 수가 없었거든. 말하자면, 다른 상인들이나 우연히 다른 도시로부터 찾아와서 들렀다 간 손님들이 우리 가게의 약을 사가서 선전을 해줬다는 뜻인가? 나로서는 정말 고마운 존재들이었다.

"축제 기간 중의 재고에 관해서, 다시 한 번 검토하는 게 좋을까?"

"굳이 그러실 필요까지는 없어 보입니다. 가게에서 판매하는 약들은 원래 아르케들과 함께 제작했던 제품들입니다만, 최근 들어 고르곤 종족도 제작에 합류했다더군요. 그녀들은 제약이라는 작업에 굉장히 적합한 모양입니다. 따라서 기본적인 생산량 자체에 여유가 있는 편이다 보니, 아공에만 돌아가셔도 재고에 대한 불안요소는 전혀 없는 거나 다름없습니다."

황야의 주민들 가운데 아공 이주를 희망하는 종족은 의외로 적지 않았다.

불과 얼마 전에, 그러한 종족들 중 일부와 면담을 나눈 끝에 이주를 허락한 바 있다.

고르곤은 바로 그러한 이들 가운데 한 종족이었다.

"그렇단 말이지? 이왕 이렇게 된 바엔 마구잡이로 팔아버려?"

"하오나, 지나치게 대량의 상품을 고객들에게 판매함으로써 주위 상인들의 쓸데없는 의심을 살 가능성도 있습니다. 어젯밤 결정하셨던 양보다 약 2할 만큼의 추가 재고만 더 투입하시는 정도가 적당할 것으로 사료됩니다."

시키는 내가 팔리는 만큼 팔아보자는 생각을 먹은 바로 그 순간에 못을 박았다.

하긴, 대량의 재고를 확보한 출처에 관해 쓸데없는 의심은 사고 싶지 않았다. 지금은 쓸데없이 다른 이들의 눈에 띄게 될 경우, 영향이 클 것으로 예상되는 시기이기도 하다. 모든 일에 신중을 기해야 한다는 시키의 발언은 일리가 있었다.

"좋아, 그러자. 하지만 손님들 중에 헛걸음하는 사람들도 생길 것 같아."

하지만 모처럼 가게까지 발걸음을 옮긴 고객님들을 상대로 물건을 팔고 싶지 않을 리가 없었다. 나로서는 굉장히 아깝다는 느낌이 들 수밖에 없었다.

"확실하게 생길 겁니다. 일단 그들의 불만을 억누르기 위해 몇 가지 대책을 준비 중입니다."

"예를 들면?"

설마 품절 때문에 팔 상품이 모자라는 상황이 되리라고는 전혀 예상조차 못 했기 때문에, 사실상 아무런 계획도 없는 거나 마찬가지였다. 상인 길드에서 우리와 다루는 상품이 겹치는 가게들이 예년의 같은 시기에 기록했던 매상에 관해 확인한 뒤, 우리도 예년의 동향에 따라 움직이려는 생각밖에 없었던 것이다.

"지금 줄서 있는 손님들의 마지막 줄에 라임을 보내, 더 이상 행렬이 늘어나지 않도록 조치를 취했습니다. 그리고 금일 분량의 상품을 확실하게 구입할 수 없을 것으로 예상되는 손님의 경우, 엘더 드워프를 보내 품절이 임박했다는 사실을 알리는 동시에 내일 가게로 찾아와 사용할 수 있는 번호표를 배포하고 있습니다. 일정 때문에 내일 이후로 방문할 수 없으시다는 손님들의 경우, 이 도시의 거의 모든 음식점에서 사용 가능한 상품권을 증정하면서 사죄를 드리고 있습니다. 상인 길드에서 비상시에 쓰는 용도로 배포하던 바로 그 상품권입니다."

상품권? 그러고 보니 그런 걸 받은 기억이 났다. 물론 본인이 직접 사용하더라도 상관없고, 거래처나 고객을 상대로 증여하더라도 상관없다는 설명을 받은 기억이 있다. 하지만 상인 길드에서 받아 온 양은 그다지 많지 않았던 걸로 아는데?

"상품권이라고?"

"예, 그리고 내일부터 영업을 시작하기 전에 고객님들을 상대로 필요하신 상품에 관해 여쭤볼 예정입니다. 고객님들이 필요로 하는 상품의 숫자와 재고의 숫자를 대조시켜, 희망상품의 구입이 불가능할 것으로 예상되는 고객님의 경우엔 미리 그 사실을 알림으로써 줄을 서지 않도록 부탁드릴 예정입니다. 제멋대로 여러 가지 사항을 결정해 버렸습니다만, 이대로 진행시켜도 되겠습니까?"

"아니, 고마워. 그나저나 우리가 상품권을 그렇게 많이 받았나?"

"상품권에 관해선 결국 사후보고를 드리는 셈입니다. 고객님들께 직접 현금을 드리기도 꺼림칙하다는 차에, 길드로부터 받은 상품권이 존재한다는 사실을 떠올렸습니다. 상인 길드에서 정식으로 배포한 상품권인 이상, 고객님들께서 미심쩍게 여기실 일도 없을 것으로 예상했습니다. 그런 고로 곧바로 길드를 찾아가, 필요한 양만큼 추가로 구입해 온 거지요."

"알아들었어. 그러고 보니 필요할 때는 추가 구입이 가능하다는 설명을 들은 것 같아. 괜찮아. 내 생각에도 필요한 지출이었던 것 같아. 적어도 멍청하게 늦잠이나 자다 온 나로서는 아무런 할 말도 없을 정도로 완벽한 대응이야. 만약 나를 깨웠더라도, 시키 만큼 냉정하게 판단할 수는 없을 것 같아."

"면목 없습니다. 솔직히 말씀드리자면 주무시는 동안, 사건에 가까운 일들이 전혀 일어나지 않았던 것은 아닙니다. 그런 고로 깨워 드리려한 적도 있었습니다. 하지만 방으로 올라가 보니, 미오 님이 도련님의 주무시는 존안을 조용히 바라보고 계셨던 지라……."

…….

무섭잖아!

미오, 벌써 이쪽으로 건너와 있었구나.

"그, 그랬구나. 그런데?"

"어째서 도련님을 깨우려는 거냐고 물어보셔서, 방금 도련님께 말씀 올린대로 대답했습니다. 그리고 뒤이어 도련님께서 왜 아직도 주무시는 거냐는 질문을 받았습니다."

나로서는 잘 와 닿지 않는 설명이었다. 시키는 기본적으로 부드러운 성격이니, 미오를 상대로 할 때는 아마도 여러모로 말을 가려했을 것으로 예상된다. 미오에 관한 얘기가 나온 이후로 라이도우가 아니라 도련님이라고 부르는 데서도 그의 고지식한 성격이 엿보였다.

"계속해 봐."

"새벽녘까지 가게 업무를 보신 관계로 피곤하실 지도 모른다고 말씀드렸습니다. 그러자, 그렇다면 어째서 쉽게 해드리지 않는 거냐고 말씀하시더군요. 겨우 그 정도 일로 도련님을 깨운다는 게 말이 되겠느냐? 아니, 말이 될 리가 없다면서 도련님을 깨우시기를 거부하셨습니다."

미오, 그럴 때는 시키가 옳은 거야. 오늘은 시키가 나를 깨우러 오는 게 정답이었단다. 나는 두드려서라도 깨워주길 바랬다고…….

정말 엄청난 고성능의 안티 자명종이라는 느낌이 들었다.

"……미안, 시키. 너도 쓸데없이 지쳤을 것 같다."

"아닙니다, 틀림없이 저 혼자 힘으로도 처리가 가능한 일이었으니까요. 그 말씀을 듣자마자 마음을 고쳐먹고 처리를 시작했습니다. 아무런 문제도 없습니다."

시키의 말에 따르면, 혼자 힘으로도 처리가 가능한 일이었던 모양이다. 하지만 아마도 내가 아까 깨어나서 잠에 찌든 머리로 판단하는 경우보다도 훨씬 효율적인 방식으로 처리했으리라는 것은 굳이 물어볼 필요도 없었다. 최근의 그와 상대할 때는 카레이[18]나 요닌[19]이라는 단어가 떠오를 정도였다. 정말로 든든하다.

"……그런데 그 미오는 지금 어디로 가 있는 거야?"

"예, 지금은 산책을 나가신 것으로 보입니다. 토모에 님도 함께 따라가셨습니다."

"괜찮을까?"

그 두 사람을 이렇게 인파로 붐비는 번화가 한복판에 풀어놔도

#18 카레이(家令) 일본 황족이나 귀족의 회계를 담당하는 사람.
#19 요닌(用人) 일본 에도 시대에 영주 밑에서 서무나 출납을 담당하던 사람.

괜찮겠냐는 얘기였다.

"때마침 루토 님도 찾아오셔서 세 분이 함께 롯츠갈드의 길거리 음식을 맛보시겠다면서 함께 떠나셨습니다. 고테츠에서 드실 저녁 식사를 기대하신다면서, 그때까지는 반드시 돌아오겠다는 말씀을 전해 들었습니다."

일단 안심이 된 듯한 느낌과 함께, 쓸데없이 불안한 느낌이 동시에 엄습해 왔다. 나로서는 휴만들의 세상에서 오랫동안 살아온 루토의 상식에 한 가닥의 희망을 맡길 수밖에 없었다.

"하긴, 그 두 사람한테 가게를 도와달라고 해봤자 갑자기 이런 식으로 혼잡한 상황에 도움이 될 리가 없지."

"지당하신 말씀이십니다."

시키의 쓴웃음이 모든 상황을 설명하고 있었다. 아쿠아와 에리스가 여러 사람으로 분신한 듯이 보이는 엄청난 접객 기술을 선보이고 있었다. 그리고 엘드워가 그녀들을 뒤에서 지원하는 모습이 시야에 들어왔다. 아니 잠깐, 내 기억엔 그는 무기를 팔고 있어야 하지 않나?

"어라, 엘드워는 무기를 팔아보고 싶다지 않았나? 내가 허가를 했던 걸로 아는데?"

"아, 예. 그의 무기는 이미 전부 다 팔려나갔습니다."

"벌써? 내 기억엔 하루에 열 자루까지 팔아도 된다는 소리를 한 걸로……."

"예, 이미 그 열 자루가 모두 팔려나갔습니다."

은근히 굉장한 성과라는 느낌을 받았다. 앞으로도 팔기로 할까?

하지만 엘드워들이 시간 날 때마다 틈틈이 만든 별거 아닌 무기들의 성능으로도, 주변에 쓸데없는 풍파를 일으킬 가능성이 있을지도 모른다는 예감이 든단 말이지.

"무기를 다루는 이들로서는, 보는 관점에 따라서 굉장히 쓸 만한 능력이 부여된 무기들이었습니다. 특히 첫 손님이 감정 능력을 지닌 아인이었다는 점도 크게 작용했던 것으로 보입니다. 운이 좋았습니다."

전문가로부터 높은 평가를 받았다는 건가? 듣고 보니 정말로 굉장히 운이 좋았다. 나는 능력에 대한 설명 자체는 허가했지만, 상세한 스펙에 대한 보증은 필요 없을 것으로 여겨 허락하지 않았다. 축제날 노점상에서 파는 상품치고는 비싼데다가 보는 눈이 없는 이들은 구입을 시도할 리도 없었다. 무기의 성능을 알아볼 수 있는 이들만 구입하더라도 큰 상관은 없다는 판단을 내렸기 때문이다.

"전투가 끝나자마자 가볍게 닦아내기만 해도 녹슬지 않는 검이랬지? 그리고 속성 부여를 순순히 받아들이는 무기도 판다고 했던 것 같아."

"예. 무기 자체의 내구력은 두드러질 정도로 강력한 건 아닙니다만 그럭저럭 나쁘지 않은 수준이라고 하더군요. 크게 일그러지거나 무모한 방식으로 사용하다가 부서지지라도 않는 이상에야 오랫동안 소유자의 보탬이 될 수 있는 무기인 것으로 압니다."

"장로님이나 숙련된 장인들이 보기엔 굉장히 마음에 안 드는 작품이었던 모양이지만 말이야."

젊은 장인이 그 무기들을 선보인 순간, 다들 예외 없이 씁쓸한 표정을 지어 보였다. 내 생각엔 내가 그 자리에 없었더라면, 그들은 젊은 엘드워를 상대로 인정사정없이 호통을 쳤을지도 모른다는 느낌이 들 정도였다.

"최근의 젊은 놈들은 문제가 많다면서 한숨을 내쉬더군요. 도련님 전용의 방어구를 계절에 따라 여러 종류를 만들어 놓은 그들의 반응치고는 뜻밖이라는 느낌이 들었습니다. 그 주문도 보는 관점에 따라서 방어구의 본질과 거리가 멀다는 느낌이 들었습니다만."

사시사철 동안 계속 롱코트를 입고 다니기엔 겉모습이 너무 보기 좋지 않다는 이유였다. 나의 어처구니없는 요구사항을 그대로 받아들여준 엘드워들에게는 감사하는 마음밖에 들지 않았다. 하긴, 얘기를 듣고 보니 최근의 젊은 놈들은 문제가 많다는 소리를 듣고도 남을 상황이었다.

그들로서는 무기의 손질을 게을리 하도록 유도하는 능력을 부여했다는 사실을 못마땅하게 여겼을 뿐으로, 내가 주문한 내용과 기본적인 방향성은 다르다는 식으로 믿고 싶었다. 방어구의 외관이 그 본질과 그다지 큰 상관이 없다는 사실은 의심할 여지가 없었다. 나로서는 그들이 나의 제안에 지나치게 질리지 않았기를 바랄 뿐이었다.

"평소부터 굉장히 신세를 지고 있는 건 사실이야. 한 마디로 무기는 다 팔렸다는 소리지? 어, 아까 말하던 사건이라는 건 또 뭐야? 혹시 줄을 서던 손님들 쪽에 무슨 문제라도?"

"……아닙니다. 그쪽은 특별히 아무런 문제도 없었습니다."

어떻게 된 거지? 시키가 잠시 동안 말을 머뭇거렸다. 지금까지 미오에 관한 얘기 이외엔 막힘없이 대화가 이어졌기 때문에 더욱더 신경 쓰였다.

"해결은, 된 거야?"

"예. 사실은 영업을 시작하자마자, 라임과 저를 제외한 종업원이 아인뿐이라는 이유로 약간 문제가 생겼습니다. 이 가게에선 열등종들을 고용하고 있단 말이냐, 정말로 멀쩡한 상품을 파는 건 틀림없냐는 식의 시비를 거는 이들이 나타났습니다. 평소의 영업 시엔 이제 그런 종류의 시비를 거는 이들은 없습니다만, 역시 처음 방문하시는 고객님들로서는 어느 정도 거북하게 느낄 수밖에 없는 모양입니다."

"……차별인가."

"예. 일단 라임과 제가 나서서 현장을 수습하는 일 자체는 그다지 어렵지 않았습니다만, 다른 종업원들은 불쾌한 감정을 느낄 수밖에 없었을 겁니다. 나중에라도 도련님께서 그들의 수고를 위로하는 말씀을 내려주시기를 부탁드리고 싶습니다. 지금은 어느 정도 진정된 상황입니다만, 라임이 지휘하고 있는 바깥에서도 이따금씩 마찰이 일어나고 있는 것으로 보입니다."

"바깥에 나가있는 엘드워는 가게로 복귀시킬 수 없는 상황이야?"

"어려울 것 같습니다. 저와 라임 둘 다 가게 안에 없는 상황을 만들 수도 없는 노릇이니까요. 라임이 고객들을 상대하면서 실제 작업은 드워프에게 맡기는 식으로 넘어가는 방법이 가장 무난할 것 같습니다. 가게 안의 손님을 상대할 때는 아쿠아와 에리스가 가장 적합하니까요."

"좋아. 그나저나 특별히 뛰어난 구석이 있는 것도 아닌 주제에 어째서 휴만들은 무조건적으로 아인들을 업신여기는 거지? 스스로 하는 짓이 한심하다는 생각은 들지 않는 걸까?"

여신의 총애를 받는 종족이라는 사실이 그만큼이나 대단하다는 거야? 최근 십 수 년 동안, 아무 것도 안 한 거나 다름없는 낮잠의 여신이잖아? 정말 알다가도 모를 일이었다.

시키는 그저 쓴웃음을 짓고 있을 뿐이었다.

가게 안은 여전히 엄청난 성황을 이루고 있다. 완벽한 지각으로 인해 나설 자리가 전혀 없는 거나 다름없었다. 좋아, 내일부터는 절대로 늦잠은 자지 않을 거야.

"아차, 이제 슬슬 일상 용품이나 식품 쪽에서 품절이 발생하기 시작한 것으로 보입니다. 저도 접객으로 돌아가 손님들께 설명을 하고 오겠습니다. 도련님께서는 일단 오늘은 영업 마감 후에 재고의 조정을 부탁드립니다. 물론 저도 돕겠습니다."

더 두고 볼 것도 없이 전후의 상황을 전혀 파악하지 못한 채로 접객에 가세한다는 행동은 무모하다는 느낌이 들었다. 시키도 은 연중에 그러한 사실을 나에게 알려준 것으로 보였다.

어디 보자, 축제 첫 날부터 시답잖은 실수를 저질러 버렸다. 하지만 지나가 버린 일로 후회해봤자 별수 없었다. 바깥에 나가 있는 라임이나 엘드워와 만나 인사를 나누면서 손님들의 줄을 확인한 뒤, 한 발 먼저 내일의 재고나 정돈해 놓자. 밤엔 토모에와 미오를 데리고 고테츠로 갈 예정이다. 예약도 이미 잡아놓은 상태였다.

재고를 정돈한 뒤…… 맞아, 시키와 함께 학원을 방문할 용건이 있었다.

안부를 묻고 다녀야 하는 장소가 몇 군데 정도 있다는 사실을 깜빡 잊고 있었다. 여기서도 꽤나 오랫동안 지내다 보니 나름대로 인간관계라는 것도 생겼단 말이지. 오늘 예정된 연구 전시 쪽엔 개인적으로 그다지 관심이 없는 분야가 많았지만, 나로서는 어쩔 도리도 없었다.

하여간 롯츠갈드의 학원제가 드디어 막을 열었다.

"가볼까!"

나는 왼손의 메모장을 들여다보면서 오늘의 스케줄을 확인했다. 갑작스럽게 보인 추태를 만회하려는 마음을 품은 채로 뒷문을 통해 가게를 나섰다.

어라, 여기도 사람이 있잖아?

응? 어딘지 모르게, 약간 그리운 듯한 느낌이…….

나는 큰 길로부터 한 블록씩 어긋난 온갖 가게들의 뒷문들이 한 줄로 늘어선 골목으로 나섰다. 나는 거기서 스쳐 지나간 사람으로부터 약간 마음에 걸리는 듯한 느낌을 받았다. 딱히 부자연스러운 분위기의 소유자는 아니었다. 그저 약간 거무스름한 피부와 검은 머리카락이 특징적이었을 뿐이다. 아랍 계열 인종의 얼굴생김새에 가까운 느낌이었다. 코 밑으로 기른 풍성한 수염은 그야말로 내 머릿속에 존재하는 석유 나라의 국민이라는 이미지를 그대로 가져온 듯한 느낌이 들 정도였다. 기본적으로 서양 계열의 백인을 베이스로 한 생김새의 사람들이 많다 보니, 자신과 비교적 가까운 얼굴생김새(실제로 면전에 대고 그런 소리를 할 경우엔 화를 낼지도 모르지만)를 지닌 그에게 친밀감이나 그립다는 감정을 품을 수밖에 없었다.

뭐, 기본적으로 나랑 아무런 관계도 없는 타인이다. 딱히 아는 얼굴도 아닌데다가, 그도 내가 아니라 큰길 쪽에 신경을 쓰고 있는 듯한 낌새를 보였다.

그는 여러 차례에 걸쳐 큰길로 나갔다가 골목으로 돌아오는 동작을 되풀이하는 모습을 보였다. 우리 가게 손님은 아닌 건가?

"쿠 · 즈 · 하?"

우리 가게 이름은 쿠즈노하야. 한 글자가 빠졌다니까.

라임 일행과 만나기 위해서는 그의 옆으로 지나가야 했다. 처음 만나는 사람이니 나의 의도를 모를 수도 있겠다는 불안감이 없지 않아 있었지만, 나는 일단 머리를 숙이면서 그의 옆을 통과해 버리기로 했다.

다행이다. 그는 나의 의도를 알아차렸다는 듯이 길 가장자리로 이동하는 모습을 보였다.

"틀림없어. 쿠즈하야. 어째서 우리 로렐의 비전 문자가 이러한 장소에……?"

응, 로렐?

어렴풋이 들려온 강대국의 이름에 정신이 팔렸다. 하지만 할 일이 산더미처럼 쌓여있는 나로서는, 그의 말뜻을 직접 물어볼 여유가 있을 리가 없었다.

나는 예상을 아득히 뛰어넘는 손님들의 줄을 바라보면서 무심코 두 눈을 크게 뜰 수밖에 없었다. 그리고 황급히 이리저리 뛰어다니는 라임과 엘드워에게 위로의 말을 건네면서, 그날의 행동을 개시했다.

14

"사케를, 사케를 완성시키지 못 하다니!!"

"토모에, 시끄러워요."

"진정하라니까. 일단 진전이 전혀 없는 건 아니잖아? 딱히 조바심을 내지 않더라도……."

하지만 개인적으로도, 폰즈[20]만 있어도 유도후의 완성도를 더욱 향상시킬 수 있으리라는 생각은 들었다. 그러나 그 과정에선 무슨 일이 있어도 간장이 필요할 수밖에 없었다. 따라서 결국, 일식의 발효식품들을 반드시 재현해야할 필요가 있다는 뜻이다. 말하자면 지금 우리가 다 함께 먹고 있는 유도후는, 아직껏 완성 단계에 이른 상태가 아니었다. 이 세계에서 비교적 일반적인 조미료로 사용되고 있는, 특유의 향기를 지닌 소금을 뿌려먹어도 충분히 먹을 만은 하다. 그러고 보니 다시마 소금이라는 조미료도 있었던 것 같아. 기회를 봐서 또 소개해볼까? 실제로 만들 수 있을지는 장담할 수 없지만, 다시마에 한없이 가까운 해조류가 존재하는 이상 비슷한 조미료를 만들 수 있을 가능성이 존재할지도 몰라.

#20 **폰즈** 감귤류의 과즙으로 만든 일본의 조미료.

이러 저리 바쁘게 나돌아 다니다 보니, 어느샌가 해질녘이 다가왔다.

이렇게 바쁜 시기임에도 불구하고, 고테츠 식당은 우리의 무모한 예약을 받아들였다. 룸 하나를 전세 내다니, 지금 같이 바쁜 시기에 정말 엄청나게 사치스럽고도 고마운 얘기였다. 오늘은 고테츠의 손님들도 평소엔 도저히 구경조차 못할 정도의 장사진을 이루고 있었다. 그런 그들을 곁눈질로 바라보면서 가게 안으로 들어갈 때는 약간이나마 양식의 가책을 느낄 수밖에 없었다. 오늘 밤엔 아공으로부터 토모에와 미오를 불러들여, 종업원으로서 점포에서 활약하는 다른 멤버들과 회식 자리를 마련했다. 어제 해야 할 일이었다는 느낌도 들었지만, 나의 어리바리한 일 처리로 인해 오늘로 미룰 수밖에 없었다. 이 가운데 숙취에 시달릴 듯한 사람은 나밖에 없으니, 편안한 마음으로 소란을 떠는 모습을 바라볼 수 있다는 점은 나쁘지 않았다.

토모에와 미오가 가능한 한 일식에 가까운 찌개를 요구한 관계로 몇 가지 메뉴를 골라 우선적으로 주문했다. 일단 주문한 요리들은 고테츠에선 인기가 없는 쪽에 속하는 유도후와, 역시 마찬가지로 그다지 인기가 없는 짠맛의 새고기를 사용한 찌개 요리였다. 새고기 찌개는 추가 주문을 통해 다시마를 담근 물을 베이스로 요리해달라는 조건을 덧붙였다. 개인적인 이미지로 볼 때, 아마도 일본의 닭고기 전골에 가장 가까운 맛이 완성될 것으로 예상되는 조합이었다. 사실, 벌써 오랫동안 입에 댄 적이 없다 보니 장담할 수 없는 부분도 없지 않아 있었다.

시키와 종업원 팀은 이 식당에 관해서 거의 다 꿰고 있다는 듯한 태도로 제각각 선호하는 메뉴를 주문하면서 왁자지껄 식사를 즐기기 시작한 모양이다. 벌써 여러 통의 텅 빈 냄비를 옆으로 제쳐놓은 모습이 눈에 들어왔다. 시키는 크림 찌개를 바라보면서, 마요네즈가 든 병을 한손에 든 채로 골똘히 생각에 잠긴 듯한 표정을 짓고 있었다. 나로서는 저 메뉴만큼은 도저히 먹고 싶다는 생각이 들지 않았다.

"도련님, 이 요리는 훌륭합니다. 정말 맛이 기가 막힙니다! 유도후와 닭고기 전골! 양쪽 다 오리지널과 완전히 같을 리야 없겠으나, 이미지는 충분히 전해져 옵니다. 그렇기 때문에 더욱! 이 순간이 찾아올 때까지 사케를 완성시키지 못한 이 몸이 원망스럽다는 겁니다!"

토모에가 찌개의 건더기들을 씹어 먹으면서 열변을 토했다. 그녀는 소매를 걷어 올린 채로 도수가 센 술을 커다란 맥주잔에 따르고 있었다. 내가 보기엔 호박빛의 그 액체는, 기본적으로 커다란 맥주잔에 따라 먹는 종류가 아니라는 생각이 드는데……. 만약에 머지않아 사케가 정말로 완성되더라도, 그 도수에 네가 만족할 수 있을까?

"이게 바로, 찌개라는 요리로군요……. 굉장히 종류가 많아 보이는 요리로 보이네요. 물고기, 고기, 야채와 조미료, 특히 기본적인 맛의 기본이 되는 수프……. 그야말로 끝이 없을 정도로, 만드는 보람이 있어 보이네요!"

미오는 여러 종류를 집어먹으면서도, 역시 유도후와 닭고기 전골 콤비가 신경 쓰이는 모양이었다. 닭고기 전골은 오리지널에 상당히 가까운 맛으로 완성된 듯한 느낌이 드는데, 개인적으로 쑥갓을 대신할 재료를 찾아내지 못 했다는 점이 애로사항으로 느껴졌다. 혹시 아공에서 찾아볼 수는 없을까? 찌개에 쓸 건더기 이외의 용도가 전혀 감도 안 잡히는 채소다 보니, 굳이 찾아볼 필요도 없다고 여겨 거론하지도 않았던 식자재를 떠올렸다.

"기다려라, 효고 나다의 오토코자케, 교토 후시미의 온나자케[#21]! 반드시 다다르고야 말 것이야!"

……. 이제 보니 토모에의 이상형은 정말 무지막지하게 드높은 모양이다. 목적지가 그만큼이나 높다는 얘기는, 갈 길이 아직도 멀고도 멀다는 뜻이었다. 오토코자케나 온나자케 같은 경지를 목적으로 삼고자 한다면, 그야말로 술을 만드는데 쓸 쌀이나 물에 관해서도 전부 다 정신이 아득해질 정도로 끝도 없는 시행착오를 거치지 않고서야 꿈도 꿀 수 없을 것이다. 나로서는 거기에 그다지 집착할 필요성을 느낄 수가 없었다. 게다가, 아무리 생각해도 토모에는 확실하게 쌉쌀한 쪽을 선호하리라는 느낌이 들거든.

이 세계에 온 이후로, 나는 인터넷의 위대함을 뼈저리게 느꼈다. 정말 검색이나 조사에 관해선 더할 나위 없이 간편한 세계의 주민이었다는 사실을 진지하게 돌이켜볼 수밖에 없었다.

"도련님, 크림과 마요네즈는 의외로 잘 어울릴지도 모른다는 느낌이 듭니다만, 그러한 요리는 기억에 없으신지요?"

[#21] 효고(兵庫) 나다(灘)의 오토코자케(男酒), 교토(京都) 후시미(伏見)의 온나자케(女酒) 효고 현 나다 일대의 물이 칼슘이나 미네랄이 풍부하여 쌉쌀한 풍미의 술을 만드는데 적합하고, 교토 부 후시미의 물은 반대로 부드러운 수질로 인해 감미로운 풍미의 술을 만드는데 적합한 것을 빗대는 말.

"시키? 미안하지만, 그 둘의 공통점은 색깔 정도밖에 없는 것 같아. 술에 취하기도 전부터 무시무시한 연구를 시작하지 말아줘."

시키가 입 안에서 감도는 두 가지 맛을 상상만 해도 엄청난 식욕 감퇴 효과가 느껴지는 조합을 거론했다. 최소한 거기서부터 두유 찌개 같은 방향으로 틀기만 하더라도……

"오래 기다리셨습니다! 추가로 주문하신 재료들과 찌개를 가져 왔습니다!"

루리아가 기운 넘치는 모습으로 룸 안에 들어왔다. 막으로 보이는 천을 넘기며 들어오는 그녀의 등 너머로 가게의 상황이 시야에 들어왔다.

엄청난 혼잡 상태였다. 그야말로 만원 열차가 따로 없었다. 찌개 요리라는 메뉴부터가 잽싸게 먹자마자 자리에서 일어날 수 있는 종류도 아닌데, 이래가지고서야 지금도 밖에서 애타게 기다리고 있는 손님들은 찌개를 얻어먹을 수나 있을까?

"굉장한 성황이로군, 루리아. 평소보다 훨씬 열심히 업무를 보고 있는 듯한데, 그래가지고서야 일주일이나 되는 기간 동안 버틸 수나 있겠나? 무리한 혹사는 몸에 좋지 않아. 내일이라도 영양 드링크를 배달시키도록 하지."

시키가 얼굴을 보인 루리아에게 말을 걸었다. 나는 아무렇지도 않다는 듯이 신사적인 모습을 선보이는 시키의 얼굴을 바라보면서, 그를 본받아야겠다는 생각이 들 수밖에 없었다.

"괜찮아요, 시키 씨! 이 시기의 이 정도 혼잡은 전부 다 각오한 바니까요! 언니도 도와주러 왔으니 큰 문제는 없어요."

어? 그 도서관 사서인 에바 양이? 이런 상황에서 루리아를 도우러 왔다고? 말도 안 되지 않아?

[에바 양은 접객 기술까지 갖추고 있었단 말인가? 다재다능한 분이로군.]

"예?! 아, 저기 말인데요. ……언니는 주방에서 설거지와 채소를 써는 역할을 해주고 있어요."

……. 모르긴 몰라도 밖에서 일하다가 주방 쪽으로 쫓겨났으리라는 느낌이 들었다. 그리고 쫓겨난 주방에서도 설거지와 채소 담당이라니, 정말 예상에서 전혀 어긋나지 않는 아가씨야. 대놓고 안 물어보기를 잘 했다는 생각이 들었다.

"제가 신세지고 있는 곳이라면서 1년에 한 번씩 돌아오는 이 시기엔 일을 도와주러 오지만, 역시 사람마다 걸맞은 일과 걸맞지 않은 일이 있는 법이니까요. 집에서도 설거지는 항상 언니 몫이니까, 역시 능숙한 분야에서 활약해달라는 의미로 그쪽 일을 부탁하고 있어요."

"그 부분만 들으면 그야말로 훌륭한 언니처럼 들리는군."

"시키 씨, 실제로 훌륭한 언니거든요? 아, 죄송합니다. 전 이만 돌아갈게요. 또 주문하실 메뉴가 있으실 때는 언제든지 불러주세요!"

아마 루리아도 아쿠아나 에리스와 마찬가지로, 거의 분신에 가까운 잔상을 출현시키는 초월적인 접객 기술을 보유하고 있을 것으로 보인다. 접객이라는 기술도 굉장히 심오한 구석이 있는 것 같아. 설마, 최강의 전투 계열 직업 가운데 하나일 수도 있다는 건가?!

……나도 약간 취한 것 같아.

"이거야 원. 오늘은 루토의 안내를 받아 여러 곳을 돌아다녔습니다만, 그야말로 굉장히 즐거운 축제였습니다. 강대국의 요직에 앉아있는 인사들이 일부의 행사를 구경하고자 줄을 지어 보러 오질 않나, 귀족이나 거상들이 하인들과 함께 나다니다가 거리 한복판에서 옥신각신을 벌이질 않나."

"맞아요. 츠이게에서도 매일 같이 거리에 포장마차가 나와 있었지만, 이곳의 포장마차는 정말로 종류가 풍부하기 이를 데 없더군요. 난생 처음 보는 조리법의 요리도 잔뜩 눈에 띄었답니다. 내일도 정말 기다려져요. 그러고 보니 도련님? 로렐이라는 나라의 일부 지방에서는 물고기를 산 채로 먹는 습관이 있다더군요."

토모에와 미오가 발언하는 내용은 양쪽 다 축제가 즐거웠다는 점에선 마찬가지였지만, 서로 그 방향성이 완전히 정반대였다. 같이 다니면서 이 정도로 느끼는 바가 다를 수도 있는 건가?

"게다가 일반 관람객을 들이지 않는 학원 구획에서는 학생들의 훈훈한 훈련 풍경을 볼 수 있더군요. 이 몸이 듣기로 축제 후반엔 학생들끼리 무예나 마술을 서로 겨루는 행사도 있다더군요. 이 몸으로서는 도련님께서 담당하셨던 학생들의 실력을 함께 관전할 수 있는 기회가 찾아오기를 바랄 뿐입니다."

"이 기회에 견문을 넓혀 한층 심오한 요리의 경지를 추구하고 싶어요! 루토와 함께 다닐 때는 기본적으로 그다지 줄을 설 필요가 없어서 편리하답니다."

진의 시합은 애초부터 보러 가기로 약속한 상태였으니, 토모에와 미오를 데려가더라도 그다지 큰 문제는 없어 보였다. 루토도

가고 싶다는 소리를 했던 것으로 기억한다. 하지만 루토 녀석의 입장을 고려하자면, 모르긴 몰라도 초대 손님 정도의 취급이 되리라는 것은 굳이 예상할 필요조차 없었다. 따라서 그 녀석은 우리와 함께 관전할 수는 없을 것으로 보였다.

그나저나 루토는, 오늘 하루 동안 크게 활약한 듯하다. 나로서는 토모에와 미오가 롯츠갈드에서 전혀 문제를 일으키지 않으리라는 생각은 들지 않았다. 하지만 이렇게 엄청난 규모의 축제에서는 길거리에서 간혹 일어나는 싸움 같은 불상사는 일상다반사일 수밖에 없을 테니, 나는 그녀들에게 쓸데없이 잔소리를 늘어놓고 싶지 않았다. 방금 토모에가 거론하던 강대국의 요직에 앉아 있는 높으신 양반들과의 트러블 정도만 회피하더라도 그다지 큰 문제는 없었다.

"응, 1년에 한 번씩 찾아오는 축제인 모양이니까 두 사람도 마음껏 즐겨주길 바래. 학생들 시합은 다 함께 보러 가자."

종자들이 나의 제안에 입을 모아 긍정하는 뜻을 밝혔다. 오늘 같은 추세가 계속될 경우, 나와 시키가 교대로 학원제를 보러 다녀도 특별한 문제는 없어 보였다. 상품 재고 자체가 점심시간쯤엔 거의 매진될 것으로 예상되기 때문이다. 기본적으로 가게에서 팔물건이 동이 난 다음엔 고객들의 용건을 물어보기 위한 인원만 남겨둬도 큰 문제는 없었다. 서로 연락이 가능하다는 전제하에 내릴 수 있는 판단이다.

내일은 렘브란트 씨와 함께 두 따님이 참가하는 발표를 보러갈 예정이다. 절대로 늦잠 때문에 지각할 수 없는 스케줄이다. 술은 이제 그만 마시고 찌개 건더기나 건져 먹어야겠다.

지금 보니 주위 멤버들은 꽤나 거나하게 취한 듯이 보였다. 토모에와 라임은 쾌활하게 술을 마시며 떠들고 있었다. 미오는 진지한 표정으로 찌개를 쳐다보고 있었다. 그녀의 뺨은 어렴풋이 붉게 물들어 있었다. 시키와 숲 도깨비 소녀 2인조는 테두리에 새하얀 링을 남긴 상태의 빈 냄비를 양산하고 있었다. 엘드워는 언뜻 보기엔 불고기 같은 느낌의 국물이 적은 찌개의 건더기로 나온 구운 고기와 맥주를 끊임없이 목구멍으로 쏟아 붓고 있었다.

다들 여느 때보다 신나게 떠들면서 즐기고 있는 듯이 보였다. 이런 식으로 가끔 가다가 숨통을 트여주는 순간도 필요한 법이다.

어디, 나도 한정 메뉴들을 중심으로 진격해 보실까!

"스텔라 재공격이 임박한 이 시기에 왕국을 비우라니, 어이없는 소리도 정도가 있는 법이다."

"제국 측에서 그 황녀를 출석시키지 않았더라면, 우리가 굳이 이곳까지 나올 필요는 없었습니다만……. 저들의 속셈을 파악하지 않는다면 후환이 남을 수밖에 없으니까요."

"나도 알아! 제국의 용사, 그리고 리리 황녀가 모든 문제의 근원이야. 게다가 우리 리미아 왕국에 무단으로 입국한 흔적조차 있다. 전쟁 수행 중에 아군이 내부를 휘젓고 돌아다니는 행동을 두고 볼 수도 없어. 같은 휴만 때문에 벌어지는 문제를 예방하기 위해서라도 견제가 필요한 건 사실이야……."

"히비키 님과 마찬가지로 여신이 파견한 용사라는 사실은 틀림 없어 보입니다만, 제국의 용사인 **토모키 이와하시**의 사고방식은 그녀와 굉장히 다른 모양입니다. 마음을 허락하기보다 서로 이용 하는 관계에서 더 나아가지 않는 것이 최선이라는 생각이 듭니다. 최악의 경우, 마족을 쓰러뜨린 다음의 적은 그들이 될 가능성도 없지 않아 있습니다."

"물론 알아! 그렇기 때문에 녀석들의 동향을 살피면서 견제하자 는 의도로 짐과 네가 여기까지 오지 않았나! 제국 녀석들, 대체 어 쩌려는 속셈이란 말인가?"

롯츠갈드는 학원 도시의 중앙에 위치하는 가장 우수한 학생들을 모아 가르치는 상아의 탑이다. 그 가운데 교내의 초대 손님을 모 시는 장소의 한 귀퉁이, 그중에서도 특히 엄중한 경비 태세를 갖 춘 방 가운데 한 곳에서 장년의 남성과 스무 살 남짓의 나이로 보 이는 청년이 대화를 나누고 있었다.

두 사람은 리미아의 국왕과 제2왕자였다. 제2왕자는 제1왕자인 벨더보다 나이가 더 많았다. 그의 존재는 리미아 왕가에도 권력의 계승에 관련된 복잡한 배경이 존재한다는, 살아있는 증거나 다름 없었다. 대화의 내용에서 그가 지금 국왕을 보좌하고 있다는 사실 이 엿보였다.

말 한 마디 한 마디에서 국왕의 분노가 새어나오는 듯한 느낌이 들 었다. 그럼에도 불구하고, 그는 공공장소에서 이런 식의 추태를 보 인 적은 없었다. 한 나라를 다스리는 국왕으로서 당연한 자세였다.

그는 휴만 종족이 오랫동안 마족으로부터 탈환하지 못한 주요 거점인 스텔라 요새를 목표로 한 재공격을 앞두고, 당연히 왕도에서 듬직하게 버티고 있어야 하는 상황이었다. 롯츠갈드 학원제가 아무리 미래의 리미아를 지탱할 인재를 발견·확보하기 위한 중요한 자리라 하더라도, 지금과 같은 전황 하에서 국왕이 직접 출석할 정도의 행사는 아니었다. 그렇다면 어째서 그가 이 자리에 있단 말인가?

그리토니아 제국의 황녀인 릴리야말로, 그가 여기 있는 원인을 제공한 장본인이었다.

히비키는 일전의 스텔라 요새 전투 이후로 제국의 황녀에 대한 경계를 촉구했다. 릴리 황녀는 황위 계승권을 포기했을 뿐만 아니라, 지금까지 전개해 왔던 여러 사업으로부터 연달아 손을 거둬들이면서 제국의 정치 무대에서 공식적으로 사라지는 중이라고 알려진 소녀였다. 용사로부터 주어진 충고와 관계없이, 리미아에서도 예전부터 행동을 파악하고 있던 중요 인물 가운데 한 사람이었다. 그러나 황위 계승권을 포기하면서 우선순위가 낮아진 상태였다.

하지만 제국의 용사와 그를 받드는 릴리 황녀의 불온한 동향이 전해지기 시작하면서, 그녀에 대한 주목도는 또다시 상승될 수밖에 없었다. 그 결과, 리미아 왕국은 그녀가 목적을 알 수 없는 수상한 움직임을 여러 차례에 걸쳐 보이고 있다는 사실을 포착하는 데 성공했다. 최근 들어 입수한 정보 가운데, 리미아 국내의 호수 부근에서 목격되었다는 보고도 들어와 있었다. 황녀가 목격된 그 호수는, 마인(魔人)이라고 불리는 정체불명의 존재로 인해 탄생된 것으로 알려진 장소였다. 무단 입국이라는 행위는, 강대국의 황녀가 동맹 관계에 있는 리미아를 상대로 할 수 있는 짓이 아니었다. 그런 그녀가 전투의 재개가 임박한 현재 상황에서, 제국의 용사들과 개별 행동을 취하기 시작한 것이다. 그녀는 학원 도시에서 개최되는 학원제에 출석하기 위해 이곳을 방문했다고 한다. 그녀의 목적은 학원 도시를 공식으로 방문하면서 새로운 인재를 발굴하려는 것으로 보였다. 당연히 리미아로서는 그리토니아 측의 공식 발표를 곧이곧대로 믿을 수는 없었다. 도저히 그냥 내버려둘 수 없는 안건이었다.

그러다 보니 또 다른 문제가 떠오를 수밖에 없었다. 교활한 여우 그 자체라고 해도 과언이 아닌 제국의 수상하기 짝이 없는 황녀를 상대로, 리미아 왕국 쪽에서 대체 누가 나서야겠냐는 문제였다.

리미아는 고위 귀족들이 대신의 자리를 세습으로 계승하는 나라였다. 말하자면, 무능한 이들이 적지 않다는 뜻이다. 가문의 격과 가문의 권력이 그들의 지위를 좌우하는 체제였다. 국왕으로서는 반드시 개선해야 하는 커다란 문제점 가운데 하나였다. 그러나 어중간한 각오로 착수할 수 있는 작업도 아니었다. 한 마디로 말해서, 마족을 상대로 한 전쟁과 동시에 진행하기 어려울 정도로 만만치 않은 개혁이었다.

말하자면 리미아 국왕은, 상대를 견제하거나 목적을 살피는데 쓸 만할 정도로 믿음직스러운 심복이 많지 않았다. 따라서 얼마 되지도 않는 심복들은 제각각 맡은 일들이 필연적으로 늘어날 수밖에 없었다. 이런 와중에 그들의 손이 빌 리가 없었다. 하지만 전쟁터에 히비키라는 커다란 정신적 지주가 생겼을 뿐만 아니라, 국

305

왕 본인도 역대 국왕들을 통틀어 유래가 없을 정도로 적극적인 성격의 소유자였다는 사실은 리미아 왕국으로서는 불행 중 다행이었다. 일반적으로 아무리 서두르더라도 최소한 1주일 정도는 걸릴 수밖에 없는 왕도와 학원 도시 사이의 이동을 하루하고도 반나절이라는 짧은 시간까지 단축시킬 수 있었던 데는, 리미아 왕국에 전해져 내려오는 전이의 비술(秘術) 등이 큰 영향을 끼쳤다. 그런 연유로, 리미아 국왕은 학원제 기간 동안만이라도 롯츠갈드를 방문하기로 한 것이다. 아무리 전투가 벌어졌을 때는 왕국으로 돌아갈 예정이라고 하나, 일국의 군주로서 굉장히 대담한 결정을 내린 것은 틀림없었다.

그리고 현재로서 휴만 종족의 국가들 가운데 톱클래스의 국력을 보유한 리미아의 국왕이 학원제에 출석했다는 사실은, 각처에 더욱 더 큰 영향을 끼쳤다. 결과적으로 올해의 롯츠갈드 학원제는 평소보다 훨씬 호화로운 멤버들이 한 자리에 모이는 이례적인 행사로서의 양상을 띠게 된 것이다. 축제 자체가 열기를 띠기 시작하는 후반에야 유명 인사들이 각종 행사에 출석하는 경우가 늘어나겠지만, 그 이외엔 거의 국가 간의 외교가 벌어지는 장소로 둔갑한 거나 다름없었다.

"아직 릴리 황녀와 대화를 나눈 적이 없다 보니 제국 측의 속셈은 불투명하지만요. 폐하, 슬슬 다음 예정 시각입니다."

"이번에 만나야할 상대는 아마 로렐 연방이었나? 가끔이라도 좋으니, 자신들의 명물인 온천을 리미아에 파 보이겠다는 식으로 멋들어진 외교 솜씨를 보일 수는 없는 건가?"

"후후, 저 또한 온천이라는 시설이 매우 훌륭한 관광자원이라는데는 동의합니다. 하지만 수출할 수 있는 종류의 자원은 아닌 것으로 압니다. 그러고 보니 우리의 용사님께서도 온천에 관해서 잘 아시는 모양이더군요. 형님께서 무슨 수를 써서라도 로렐 연방까지 찾아갈 방법을 강구하고 계신 듯이 보였습니다."

"그 멍청한 녀석이 말이냐? 미안하다. 그 녀석의 어처구니없는 요구 때문에 너에게 쓸데없는 수고를 강요하는구나."

"아닙니다. 저로서는 상상도 할 수 없는 독특한 발상과 놀라운 행동력이 부러울 정도랍니다. 틀림없이 형님께서는 폐하의 뒤를 이을 큰 그릇을 갖추고 계신 걸로 보입니다. 저는 확신하고 있습니다."

난감한 표정을 짓고 있던 제2왕자가 어렴풋이 온화한 표정을 보였다. 외교석상에서 벌어지는 경우들 가운데 워낙 골치가 아픈 일들이 많다 보니 표정도 자연스럽게 굳어질 수밖에 없었지만, 가족에 관한 이야기는 그에게 부드러운 감정을 불러일으키는 매개체였던 모양이다.

두 사람의 대화 사이에 생긴 틈을 파고들어오듯이 입구를 노크하는 소리가 들려왔다. 실내에 자리 잡고 있던 두 사람은 그 소리를 듣자마자 다시금 마음을 다잡고 공식석상에서 보이는 근엄한 표정을 지어 보였다.

방문객의 이름을 알리면서 입실의 허가를 요구하는 목소리가 이어졌다.

"들어오게."

국왕이 위엄에 찬 목소리로 그들의 입실을 허가했다.

온갖 인사말과 미사여구에다가 겉치레와 의례적인 내용을 한바탕 통과한 뒤, 방 안에 들어온 여러 명의 남녀가 한 가운데 설치된 응접용 공간의 소파까지 다가와 국왕의 허가를 받아 자리에 앉았다.

"이러한 장소이니 만큼, 너무 긴장할 필요는 없네. 어디 보자, 그대들이 우리 리미아를 상대로 원하는 사항부터 우선 말씀하시게."

이 세계의 4대국으로 꼽히는 만큼, 리미아 왕국과 로렐 연방은 기본적으로 서로 동등한 위치였다. 그러나 실질적인 국력은 리미아 쪽이 훨씬 더 강했다. 원래부터 한 단계 앞서 나간 국력을 보유하고 있던 리미아와 그리토니아가 용사를 획득함으로써 한층 강력한 영향력을 행사하게 된 결과, 상위의 두 나라와 하위의 두 나라라는 식으로 분명하게 나뉘게 된 것이 현재의 상황이었다.

따라서 로렐 연방으로서는 리미아 왕국의 밑이라는 현재의 지위를 감수할 수밖에 없었다.

"……이왕 허락해주셨으니 솔직하게 말씀 올리겠습니다. 무녀님을 우리나라에 돌려주십시오."

사절단의 대표로 보이는 중심의 남성이, 국왕의 태도가 은근히 마음에 안 든다는 표정으로 엄숙하게 입을 열었다.

"호오, 무녀님을 말인가? 그녀는 지금 리미아에 강림하신 용사 히비키 님과 함께 하며, 본인의 의지로 그녀의 싸움에 동참하고 있는 중일세. 짐이 알기로 귀국에서는 무녀님의 의지를 꺾을 수 있는 이는 존재하지 않을 뿐만 아니라, 꺾으려는 시도 자체가 절대적인 금기일 텐데?"

그들을 상대하는 리미아 국왕은 담담하게 대답했다. 그로서는 마음속에서 「너희들은 똑같은 소리밖에 못 한단 말이냐?」라는 한 마디와 함께 이보다 더할 수 없이 진절머리 난다는 표정을 짓고 있을 수밖에 없었다. 그들 사이에서 무녀에 관한 이야기는 오늘 처음으로 나오는 건수가 아니었기 때문이다.

"귀국을 방문하셨던 무녀님을 구해주신 데는 감사드립니다. 물론 용사 히비키 님을 상대로 충분한 보답을 드릴 계획도 갖추어져 있습니다. 우리 로렐 연방이 보유하고 있는 기술을 바라시는 대로 아낌없이 가르쳐드릴 준비도 되어 있습니다."

'웃기는군. 입으로야 그런 식으로 주워섬기면서 모든 정보를 공개할 생각은 티끌만큼도 없지 않나?'

국왕은 표정을 전혀 바꾸지 않은 채로, 마음속에 담긴 말을 눌러 담았다.

"흠, 리미아로서도 히비키 님에게 그대들의 뜻을 전달한 적은 있다네. 하지만 방금 전에 말한 대로, 히비키 님은 귀국의 무녀인 치야 님의 능력을 희망하셨네. 물론 무녀님께서도 충분히 납득하신 연후에 승낙하신 일이야. 따로 준비할 필요도 없이, 귀국은 이미 충분하고도 남을 정도의 보답을 선사하신 거나 다름없네. 신경 쓰지 마시게."

"……휴만 종족의 쌍벽이라고 불리는 강대국인 귀국에서, 외국의 중요인사를 납치했을 뿐만 아니라 위험하기 짝이 없는 전쟁터에서의 활약을 강요하고 있는 상황이오. 이대로는 중대한 외교 문제로 비화될 수도 있지 않겠습니까?"

"리미아로서는 몹시 유감스러운 발언일세. 그런 식의 허튼 소리로 무녀님의 현재 상황을 왜곡하려는 행위를 두고 볼 수도 없는 노릇이야. 무녀님께서는 납치당하신 게 아니라 본인의 자유의지로 용사님과 동행하며 그 능력을 유감없이 발휘하고 계시네. 리미아는 그리토니아와 함께 마족을 상대로 한 전쟁의 최전선에 위치한 국가야. 당연히 위험할 수밖에 없지. 그러나 무녀님께서는 그러한 모든 일들을 납득하고 계신 상황이야. 아니, 무녀님께서는 말하자면 후방 지원을 담당하고 있는 귀국 출신이면서도 솔선수범하는 자세로 최전선까지 나와 용사님의 버팀목으로 활약하고 계신 걸세. 그녀의 활약은 귀국으로서도 이보다 더할 수 없이 자랑스러운 긍지로 삼을 일이 아닌가? 마족은 우리들 휴만 종족 전체의 공통적인 숙적이니까 말이야."

리미아 국왕은 최전선과 후방 지원이라는 입장 차이를 거론하면서 상대를 몰아세웠다.

"하지만 폐하께서도 우리에게 무녀님이라는 분이 얼마나 소중한 존재인지, 잘 알고 계실 겁니다! 언제까지 우리가 그 분의 생명을 위험에 노출시키고 있는 상황을 간과할 수 있을 것으로 여기시는 겁니까!"

대표의 옆에서 잠자코 있던 여성이 느닷없이 자리에서 일어나, 국왕을 상대로 무례하다는 느낌이 들 정도의 도발적인 말투로 발언을 시작했다. 왕자가 그녀를 진정시키고자 고개를 돌렸다. 그러나 국왕이 눈빛으로 그의 행동을 제지했다.

"감정적인 상태로 이성적인 의논이 가능할 리가 없네. 곰곰이 생각해 보시게. 지금, 전 세계가 용사님의 동향 하나 하나에 주목하고 있는 와중일세. 그런 상황에서 귀국이 무녀님의 의지를 일방적으로 무시하고 그녀를 용사님으로부터 억지로 떼어내 본국으로 데리고 돌아가 보시게. 귀국의 행동은 과연 세상 사람들의 눈에 어떤 식으로 비칠까? 아주 쉽게 상상이 가고도 남지 않나? 귀국에서 무슨 일이 있어도 그렇게 하고 싶다면야 정식으로 사절단을 파견하도록 하시게. 틀림없이 무녀님을 무사히 돌려보낼 것을 약속하지. 하지만, 리미아로서는 그대들의 행동을 전혀 옹호할 수가 없네. 그런 식으로 불안해서 견딜 수가 없다면, 귀국에서 정식으로 정예 병력을 보내 주시게. 반드시 무녀님의 호위로서 배치할 것을 약속하지. 무녀님 본인이 용사님과 함께 하시기를 바라는 이상, 귀국은 최전선을 원조해야 하는 의무가 있을 것이야."

"리미아씩이나 되는 나라가 무녀님을 인질로 잡을 생각이신가?"

"그만 하게."

그녀가 분노가 담긴 한 마디를 나직이 중얼거렸다. 리미아 측에서 굳이 발언할 필요도 없이, 중앙에 앉아 있던 로렐 연방의 대표가 그녀를 제지했다.

"지금 발언은 잊도록 하지."

"……감사드립니다. 국왕 폐하께서 하시는 말씀은 저희들도 당연히 다 알고 있습니다. 하지만 무녀님은 로렐 연방에서 가장 존귀하신 분입니다. 현재와 같은 상황은 양국의 관계에 악영향을 초래할 가능성이 없지 않아 있습니다. 저희들로서는 가능한 한 학원 도시에 체류하는 동안, 양국 간의 관계에 일정한 진전이 있기를 바랄 뿐입니다."

"기억해두지. 리미아도 이 일이 좋은 방향으로 흘러가기를 바라는 점에선 마찬가질세."

조용하면서도 냉정할 뿐만 아니라, 강한 의지가 느껴지는 눈빛을 띤 중앙의 남성이 자리에서 일어났다. 다른 일행들도 일어났다. 그들의 눈동자에는 냉정한 감정보다 증오에 가까운 강한 빛이 깃들어 있었다. 로렐 연방이라는 국가의 입장에서, 무녀라고 불리는 존재의 중요성이 있는 그대로 전해져 오는 듯한 느낌이 들었다.

그들은 고개를 돌리지도 않고 방에서 나갔다. 왕자가 그들의 기척이 멀어질 때까지 기다리다가 그제야 입을 열었다.

"무례한 태도와 모욕적인 언사를 입에 담았습니다. 연방에게 정식으로 항의할 일입니다."

"필요 없다. 짐도 그들이 하고자 하는 말을 전혀 모르는 바도 아니거든. 짐 또한 히비키 님이 제국으로 갔다가 돌아오지 않을 경우엔 똑같은 감정을 품을 수밖에 없을 것이야."

"하지만……."

"게다가 지금, 다른 나라를 상대로 험악한 상황을 조성할 수도 없는 노릇이다. 우리나라가 완벽하지 않은 상태로 제국에 대한 견제가 제대로 될 리가 없거든. 무녀 치야 님의 의지는 의심할 여지도 없이 히비키 님과 함께 하는 것이다. 어느 정도 시간이 걸리더라도 저들이 이해할 수 있도록 설득하는 수밖에 없다. 상황에 따라서, 무녀로 하여금 히비키 님과 함께 일시적으로 로렐 연방에 귀국하도록 요구하는 방법도 고려해야할 것으로 보인다."

리미아의 국왕은 깊숙이 한숨을 내쉬었다.

숭고한 목적을 이루기 위한 모든 행동들이 긍정적으로 받아들여진다면, 세계도 이만큼이나 혼란스러운 상황에 처하지는 않았으리라. 국왕은 용사의 행동원칙이 미숙하다는 사실을 알면서도, 그녀의 행동을 그런 식으로 받아들이고 있는 자기 자신을 발견했다. 오랫동안 잊고 있던 감정이었지만, 왕국의 용사는 주위 사람들로 하여금 그런 식의 오랜 감정을 불러일으키는 존재였다. 어쩌면 최선의 결과를 바라마지않는 그녀의 이상을 관철시킬 수 있을지도 모른다는 생각을 어렴풋이 불러일으켰다. 과연 그녀는 왕국의 멸망을 초래할 달콤하기 그지없는 독인가? 아니면 썩어 문드러진 리미아의 왕정을 개혁할 수 있는 기폭제인가?

장년의 나이에 접어든 국왕은 마족과의 전쟁에 뒤지지 않을 정도로, 강대국 리미아의 앞날 또한 커다란 분기점에 다다랐다는 사실을 직감적으로 느끼고 있었다.

"좋지 아니한가, 좋지 아니한가~! 루리아라는 계집, 마음에 들었다! 시집 올 테냐?! 좋아, 와라!"

"토, 토, 토, 토, 토모에 씨~?! 그만, 앗, 주물럭거리지 마세요~!"

"야호! 토모에 누님, 역시 멋지십니다!"

"엉? 바나나 마요네즈를 디스하려는 건 아니겠지?"

"에리스? 우유야, 우유."

"기름, 기름이 부족함다!! 루리아, 목구멍을 뜨겁게 불태우면서 넘어가던 아까의 그 감촉을 한 사발만 더!"

"……기름. 맞아, 기름이야! 풍미가 강한 기름만 첨가해도 이 찌개는 완성될지도 몰라!"

"으음, 비계는 잘게 썰어서 마무리로 들어갈 면에…… 쿠울"

…….

나는 맨 정신으로 룸의 입구 앞에 서서, 도저히 답이 안 나오는 지옥 같은 광경을 멍하니 바라보고 있었다.

지나치게 들뜬 분위기 때문인가? 아니면 또 다른 특별한 요소라도 있었나? 한 마디로 말해서, 나를 제외하고 종자들을 비롯한 모든 멤버들이 완전히 이성을 잃을 만큼 만취한 상태였다.

토모에나 미오, 그리고 시키는 멤버들 중에서도 유난히 알코올에 강한 것으로 알고 있다. 세 사람은 평소부터 술고래라고 칭하기에 걸맞은 주량을 자랑한다. 그런데 왜 하필 오늘 같은 날 이렇게 되는 건데?

특별히 유별난 술은 나오지 않았던 걸로 아는데, 나로서는 정말 영문을 알 수가 없었다.

벌써 밤도 깊어지고 있다 보니, 고테츠에서 준비하고 있던 식자재들도 서서히 바닥나는 중이었다. 그나마 남아있는 손님들도 음식보다 술을 즐기는 사람들이 대부분의 비중을 차지하고 있었다. 비교적 한산한 분위기를 띠기 시작한 가게 안에서 웨이트리스에게 수작을 부리는 사람들이 나타나기 시작했다.

룸에서 뛰쳐나온 우리 쿠즈노하 상회의 술주정뱅이 군단은, 바로 그 자리에서 가게 안의 분위기를 흐리기 시작하던 집단을 신속하게 제압했다.

소란의 냄새를 맡고 나온 토모에를 비롯해, 룸에서 뛰쳐나온 일행은 건달들을 즉석에서 간단하게 짓밟아 버렸다. 그냥 얌전히 물러났다면야 그럭저럭 멋들어진 모습이었겠으나, 그들은 그 자리에서 자기 자신들이 주위를 향해 온갖 쓸데없는 수작을 부리기 시작한 것이다. 그러한 과정을 통해 완성된 모습이 바로, 지금 내 눈앞에 펼쳐진 지옥 같은 광경이었다.

다행히 식당의 비품 등을 파괴한 듯한 낌새는 아직 없었지만, 이대로 그냥 내버려둘 시엔 그것도 결국 시간문제였다. 이 녀석들을 어떻게 처리해야 하나?

그리고 은근슬쩍 우려하던 사태가 벌어졌다.

"라이도우 씨, 아무리 단골손님이라도 너무하는 거 아닌가?"

고테츠의 주인아저씨가 난감한 듯이 말을 걸어왔다. 지당하신 말씀이고말고요……. 나도 술에 취한 건 마찬가지였지만, 완전히 이성을 잃고 소란을 떠는 녀석들보다는 양호한 상태였다.

[죄송합니다. 평소에 이 정도로 흐트러진 모습을 보이는 일은 없습니다만.]

"다른 사람도 아닌 라이도우 씨 일행더러 출입 금지라는 소리를 할 생각은 없지만, 이제 슬슬 종업원들을 데리고 돌아가 줄 수 있겠소? 이래가지고서야 가게를 닫을 수 없는데 그치지 않고 남아있는 손님들도 돌아갈 수가 없단 말이지."

[알겠습니다. 오늘은 정말 잘 먹었습니다.]

술에 취한 머리로 음식 값 계산이 잘 되지 않다 보니 약간, 아니 꽤나 넉넉하게 돈을 건넸다.

"라이도우 씨는 항상 현금으로 계산하니까 우리 가게로서는 정말 고마운 손님이야. 그럼, 곧바로 거스름돈을 챙겨올 테니 잠시 기다리게."

[아닙니다, 저희가 민폐를 끼쳤으니 거스름돈은 받을 수 없습니다. 이러지 않고서야 다음에 끼니를 때우러올 때도 마음이 편치 않으니까요.]

우리 일행이 벌인 소란의 결과물은 아니었지만, 여러 개의 식탁이나 의자들이 파손되어 있었다. 그나저나 이 광경, 그냥 쳐다보고만 있어도 혼란스러웠다.

"……으음, 하지만 우리 가게도 평소부터 댁의 덕을 많이 보고 있단 말이지. 좋아! 다음에 올 때는 이번에 받은 거스름돈 액수만큼 듬뿍 서비스해주지."

[감사합니다. 그리고 오늘도 정말 감사했습니다.]

"아하하하하! 그건 내가 할 말이라니까. 축제가 끝나려면 아직 멀었으니까, 사고팔고 먹고 마시라고! 또 와주게. 언제든지 기다리고 있을 테니까!"

나는 뚜렷하게 자기 자신보다 큰 몸집의 미오와 시키를 부둥켜 든 채로 가게에서 나왔다. 이제 슬슬 차갑게 느껴지기 시작한 밤바람이 마음속에 스며들어왔다. 토모에가 그나마 간신히 걸을 수 있는 상황이었다는 점은 불행 중 다행이었다. 그녀는 라임의 부축을 받아 간신히 걷고 있는 상태였다. 아니, 저건 그냥 서로 간에 기대고 있는 것뿐인지도 몰라.

다들 이래가지고서야 내일 아침에 일어날 수나 있을까?

만에 하나라도 나 혼자만 평범하게 일어나는 경우는 사양하고 싶었다.

일말의 불안을 가슴속에 남긴 채로, 학원제의 첫 날은 막을 내렸다.

15

"미안하네. 자네에게 이런 식으로 일개 경호원이나 다름없는 역할을 시키다니."

[아닙니다, 신경 쓰실 필요 없습니다. 게다가 저 혼자 이런 장소를 찾아와봤자, 행동하는데 필요한 에티켓조차 몰라서 괜히 두리번거리기나 했을 겁니다. 렘브란트 씨께서 일부러 이런 자리에 불러주셔서 저로서는 오히려 굉장히 감사할 뿐입니다.]

실질적으로 내 임무는 거의 부록이나 다름없이 그의 반걸음 뒤로 따라다니는 게 다였다.

댄스홀(실제로 가본 적이 없다 보니 정말로 그런 명칭으로 불리는지는 모른다)에서 보여야 할 올바른 예의범절 같은 걸 내가 알리가 없었다.

오늘은 학원제의 둘째 날이었다. 나는 첫째 날보다 비교적 효율적으로 점포의 영업을 마감한 뒤, 미리 약속한대로 렘브란트 씨와 만나 학원을 찾아온 상태였다. 오늘은 지금부터 반나절에 가까운 시간 동안 파티 형식의 저녁식사가 있으며, 이 식사 중에는 학생들을 대상으로 한 예법 등을 평가하는 행사가 개최될 예정이다. 나는 행사에 참가하는 학생들의 가족이나 초대 손님들 사이에 은근슬쩍 섞여 있는 거나 다름없는 상황이었다. 주위로부터 내가 평소에 나다니는 장소와 뚜렷하게 이질적인 분위기가 느껴졌다.

손님인 우리들은 그저 파티를 즐기기만 해도 상관없었다. 손님들은 제각각 친분이 있는 학생들의 동향을 지켜보거나, 누구나 할 것 없이 환담을 나누는 식으로 파티의 개최를 알리는 주최 측의 지시사항을 기다리지도 않고 제멋대로 행동을 시작했다. 당장 렘브란트 씨도 이미 여러 사람의 동업자들과 인사를 끝낸 상태였으며, 여러 명으로부터 인사를 받는 모습을 보였다.

기본적으로 이 행사의 주역인 학생들은 평소에 받는 강의에 따라 다양한 입장에서 이 행사에 참가하고 있는 듯이 보였다. 내가 듣기로 그러한 과정에서 자연스럽게 기본적인 언행이나 행동을 평가받는다고 한다. ……반나절이나 이런 장소에서 시험을 본다는 얘기였다. 솔직히 말해서, 개인적으로 그들에 대한 동정을 금할 길이 없었다.

"리사와 둘이서 이곳까지 발걸음을 옮길 때는, 모리스에게 츠이게의 상회 업무를 전담시키지 않고서는 갖가지 문제에 대응할 수 없는 상황이 찾아올지도 모르거든. 자네가 가까이 있어 주기만 해도 나로서는 더할 수 없이 마음이 든든하다네."

[부인께서도 무사히 회복하셔서 정말 다행입니다. 내년엔 모리

스 집사님도 함께 오시는 것도 좋을 것 같습니다.]

그와 함께 이곳을 찾아온 이유는, 집사인 모리스 씨가 따라올 수 없는 상황이었기 때문에 그의 호위를 겸한 동반이라는 명분이었다. 그러나 내가 보기엔 실질적인 이유는 따로 있을 수밖에 없었다. 우선 딸들로부터 나를 데리고 와 달라는 요구가 있었던 것이 이유의 절반이었으리라. 그리고 나머지 절반은 나에게 자신과 알고 지내는 거래처를 가르쳐주기 위한 의도가 있는 것으로 보였다. 멍청하기 그지없는 나는 이 자리에 도착하고 나서야 간신히 두 번째 이유가 존재한다는 사실에 생각이 미쳤다.

정말로 호위가 필요할 때는 임시로 용병을 고용하기만 해도 끝나는 얘기였고, 부인이 다른 용건 때문에 뒤늦게 합류한다는 소리도 어딘지 모르게 부자연스럽게 들렸다. 렘브란트 씨는 자신이 인사하러 간 상대는 물론이고, 자신에게 인사를 하러 온 상대에게도 기회를 엿보다가 나와 쿠즈노하 상회의 이름을 소개하는 모습을 보였다. 그러다 보니 아무리 내가 굼뜨더라도 그의 의도를 알아차릴 수밖에 없었다.

부인은 아마도 파티가 시작되고 나서 뒤늦게 렘브란트 씨와 합류할 예정인 것으로 보였다. 나 역시 어색하게나마 각 지방에서 활약하고 있는 상인들이나 여러 사람의 귀족들과 인사를 나누는데 성공했다. 내 얼굴을 처음 본 그들은 순간적으로 깜짝 놀란 듯한 눈빛이나 명확하게 업신여기는 듯한 눈빛, 그리고 렘브란트 씨가 데리고 다니는 노예일지도 모른다는 식으로 단정 짓는 눈빛 등을 내비쳤다. 하여간 그들은 각양각색으로 반응하면서도 나의 입장에 관한 설명을 전해 듣는 과정에서 그나마 어느 정도는 이해가 갔다는 듯이 고개를 끄덕이면서 대부분 악수 정도는 받아들였다. 실제로 나 자신이 여기서 상당히 붕 뜬 존재라는 사실은 자각하고 있었다. 악수와 자기소개만 할 수 있어도 굉장히 양호한 상황이라는 생각이 들었다.

이 자리에 아인 종족은 한 사람도 없었다. 어디를 둘러봐도 온통 휴만들뿐이었다. 게다가 너나 할 것 없이 모두 다 호화롭게 치장한 자리였다. 산뜻하기 이를 데 없는 온갖 색상의 드레스를 몸에 걸친 여성들이 자리를 수놓고 있는 그 광경은, 그야말로 엄청난 장관이었다. 하여튼 화려한 드레스보다 못한 외모의 소유자는 단한 사람도 없었다. 오직 나 한 사람만이 옷보다 못한 상태였다. 렘브란트 씨가 얼추 필요한 인사들을 다 끝내고 부인과 합류한 다음엔, 나는 얌전히 구석으로 물러나서 렘브란트 자매의 모습이라도 쳐다보고 있어야겠다.

"여보, 늦어서 정말 죄송해요."

음, 렘브란트 부인께서 드디어 도착하셨다. 여름에 츠이게에서 뵈었을 때도 그런 생각이 들었지만, 역시 이 부인도 굉장한 미인이다. 렘브란트 씨가 바람을 피우지 않는 것도 납득이 갈 수밖에 없었다. 외모만 봐도 그런 생각이 들 정도니, 모르긴 몰라도 아마 성격을 비롯한 다른 부분도 여러모로 대단한 분일 수도 있으리라는 생각이 들었다. 남녀에 관계없이 서른을 넘긴 다음엔 마음속의 내면이 자연스럽게 바깥으로 드러나는 측면이 있거든.

일단 그녀는 몸매부터가 고등학생 정도의 딸을 두 명이나 낳았다는 생각이 전혀 들지 않을 정도였다. 얼굴도 실제 나이에 비해 굉장히 젊어 보였다. 젊어 보이는 백인이라니, 보는 관점에 따라서 그야말로 무적에 가까운 존재일지도 모른다.

이제는 나도 그럭저럭 많은 숫자의 휴만들과 만나본 경험이 있기 때문에, 두 번째로 만난 지금은 약간이나마 그녀의 나이를 예측할 수 있는 정도의 눈썰미를 터득했다.

저주병으로 인한 구울 상태로부터 회복된 모습을 처음으로 봤을 때는, 부인을 장녀로 착각했을 정도였다.

"아니야, 리사. 오늘은 파란색 드레스를 입고 나온 건가? 정말 잘 어울려."

[오랜만에 뵙습니다. 긴 여행으로 인한 피로는 괜찮으신지요?]

어.

아뿔싸. 나도 드레스를 칭찬해야 했나? 아무 생각 없이 평범하게 대응해 버리고 말았다.

"고마워요. 모처럼 가지고 온 옷이니까요. 이 옷은 산 이후로 입을 기회가 없어서 불쌍하다는 생각이 들던 참이었거든요."

부인이 진심으로 기쁘다는 듯이 몸의 방향을 바꿔가면서 렘브란트 씨의 눈앞에서 드레스를 펼쳐 보였다. 부인이 입은 옷은 약간 타이트한 느낌이 드는 짙은 파란색 드레스였다. 하긴, 얘기를 듣고 보니 평소에 입을 기회는 별로 없을지도 모른다는 생각이 들었다. 하지만 이런 식으로 파티를 벌이는 자리에선 굉장히 눈에 띄는 옷이었다. 렘브란트 가문 정도의 부잣집에서 이런 식의 파티를 벌이는 자리에 찾아올 기회가 별로 없으리라는 생각은 들지 않는

데 말이야.

……아하, 구울 사건 때문이구나. 저주병으로 인해 몸져누워 있을 때는 이런 식의 파티 초대에 응할 수 있을 리가 없었을 것이다. 물론 파티를 주최하는 입장이 될 수 있을 리도 없었다. 어설프게 입을 열기 전에 기억이 나서 다행이다.

"라이도우 님, 은인인 당신께 남편의 경호나 다름없는 역할을 맡겨서 죄송합니다. 두 딸도 학원에서 신세를 지고 있는 모양이니, 항상 저희 쪽에서 부탁만 드리는 것 같아서요."

[두 분 따님들께서는 굉장히 우수한 학생들이다 보니, 신세라는 표현이 걸맞을 만큼 대단한 일은 한 적이 없습니다. 저야말로 츠이게에서 상회의 종업원들이 끼치고 있는 폐에 대해서 사과드려야 할 입장입니다.]

"남편을 지키는 역할은 제가 대신할 테니, 라이도우 님께선 시프와 유노를 만나주세요. 틀림없이 두 아이 다, 이보다 더할 수 없이 기뻐할 거랍니다. 그리고 선물로 보내주신 음료수는 영양 드링크라고 하셨지요? 그 영양 드링크 덕분에 학원 도시에 도착하면서 느꼈던 피로가 거짓말처럼 사라졌답니다. 정말 감사드려요."

[저로서는 듣던 중 반가운 말씀입니다. 어라, 아무래도 지금 시작되는 것 같습니다.]

"어머나, 정말이네요. 제가 너무 천천히 와 버린 것 같아요. 쑥스럽군요."

"그다지 딱딱한 자리도 아니야. 신경 쓰지 마. 그럼, 라이도우 님? 미안하지만, 우리들은 자리 쪽으로 이동하겠네."

[천천히 즐기다 오십시오. 돌아가실 때는 또 말을 걸어 주세요. 저는 방문객용 자리 쪽에 있겠습니다.]

그렇다. 이 파티 회장에서 정식으로 행사가 시작된 이후엔 어느 정도의 자리 구분, 정확히 말하자면 장소의 구분이 존재했다.

나는 학생들의 가족이 아니라, 바로 그 가족 분으로부터 초대를 받았을 뿐인 입장에 지나지 않았다. 따라서 주최 측의 나에 대한 처우는 그들과 다를 수밖에 없었다. 애초부터 렘브란트 씨 부부의 사이에 끼어들 생각은 티끌만큼도 없었기 때문에 안성맞춤이라는 생각이 들었다.

나는 자연스럽게 팔짱을 끼고 걸어가는 두 사람의 뒷모습을 지켜봤다. 정말 화목해 보였다.

두 사람의 뒷모습을 지켜보고 있자니, 자신의 키도 약간이나마 성장하기를 바라는 마음이 들기도 했다. 나는 파티의 식사 시중을 드는 아이로부터 음료수를 건네받으면서 이동을 시작했다. 목적지는 하여간 벽 쪽이다. 그 중에서도 구석 중의 구석이야.

목적지로 발걸음을 옮기는 도중에 렘브란트 씨로부터 소개받은 이들 가운데 일부와 스쳐 지나갔다. 나는 가볍게 고개를 끄덕이면서 그들과 지나쳤다. 저 사람들은 지금도 인사하고 다니는 건가? 내 눈엔 굉장히 열심히 사는 사람들로 보였다.

나로서는 우수한 효능의 약을 널리 보급시키는 작업 그 자체야말로 상회를 경영하는 주된 목적이었기 때문에, 지금까지 저들과 같은 식의 로비 활동이라고 해야 하나? 하여간 사전 교섭이나 인맥 구축 같은 종류의 활동을 한 적이 거의 없었다. 경우에 따라서 필요 자체가 없을지도 모른다는 생각했었는데, 역시 잘못 생각한 건지도 몰라.

새로운 장소에서 장사를 시작할 때는 길드에 대한 영업 활동뿐만 아니라 주위의 상인이나 귀족, 유력자들과 개별적으로 관계를 구축하는 것도 원만하게 사업을 벌이기 위한 유효한 방법이라는 얘기였다. 틀림없이 그 말도 일리가 있다.

나 자신이 스스로 구축한 연줄이라고 해봐야 렘브란트 씨와……일단 그 준사제라는 양반도 들어가나? 아니, 그쪽은 아직 연줄이라기엔 부족하다는 느낌이 들어.

나 자신이 상인 길드의 모임에 참가한 횟수도 몇 차례 정도인데다가, 길드가 주최한 친목 모임 같은 행사엔 거의 출석한 적이 없는 거나 마찬가지였다.

응, 인맥 구축을 소홀히 한 건 틀림없는 사실이야.

이종족(異種族) 노선으로 따지고 들어가자면, 상위 용 두 마리나 재앙의 거미와 인연이 있는 것도 계산에 들어가려나? 대화를 나눈 적이 있는 레벨의 상대까지 따질 때는 주신님 한 사람도 들어갈지도 몰라. 이런 식으로 열거하다 보니 은근히 호화롭다는 느낌도 들었다. 하지만 이쪽 노선을 따지고 들어가자면, 적대자로서 상위 용 한 마리와 주신님(?) 하나의 존재를 계산에 넣을 수밖에 없었다. 그 몫을 제한 다음에 남는 건 역시 종자인 상위 용 한 마리와 거미 한 마리뿐인가? 아니, 애당초 이렇게 더하고 빼는 식으로 계산하는 게 말이 되나?

앞으로는 약간이나마, 휴만 사이드와도 인맥을 구축하기 위해 노력해야 할지도 몰라. 유력한 후보는 역시 용사 두 사람과 그들의 주변 인물일 것이다. 같은 일본 출신자로서 사이좋게 지낼 수 있는 가능성도 없지 않아 있으리라.

어, 그러고 보니 오늘 이 자리에도 리미아나 그리토니아로부터 찾아온 초대 손님이 있지 않나? 롯츠갈드의 학원제는 세계적으로도 유명한 행사로 알려져 있는 모양이니 용사들이 직접 찾아올 가능성도 있지 않아? 대학교 축제에 초대받은 코미디언도 아니고, 그럴 리는 없나? 최근 대규모 충돌은 벌어지지 않았지만 아직 마족과의 전쟁은 끝나지 않았거든.

나는 그런 식으로 멍하니 온갖 잡생각들을 떠올리면서 머리 위의 2층 좌석 쪽으로 시선을 돌렸다. 저 자리는 학원 측에서 정식으로 초청한 각국의 초대 손님들을 위해 마련된 곳이라고 들었다. 중요한 용건이 있을 때는 내려올 수도 있겠지만, 기본적으로 2층의 격리된 공간에서 국가 간의 중대사 등에 관해 대화를 나누고 있는 걸로 알고 있다. 저 사람들이 여기까지 내려올 경우엔, 호위를 맡은 인원들이 쓸데없는 고생을 할 뿐이리라는 생각이 들었다. 지금 밑에서 환담을 나누거나 춤추는 사람들 가운데, 2층 좌석에 앉아 있는 높으신 분들의 눈에 띄어서 팔자를 고치는 경우도 있으려나?

오옷.

렘브란트 자매가 저 멀리에서 이리저리 오가는 모습이 시야에 들어왔다. 게다가, 어라? 혹시 아베리아도 참가하고 있는 건가?

화장과 드레스, 양쪽 다 어마어마한 갭을 낳는 마법이라는 느낌이 들었다. 평소엔 여기저기 뛰어다니는 세 사람밖에 본 적이 없다 보니 더욱 더 두드러지게 느껴지는지도 모르지만, 내가 보기엔 그녀들은 그야말로 변신한 거나 다름없었다.

나는 그녀들이 자기소개를 하며 다니는 모습을 먼발치에서 지켜봤다. 그녀들은 이렇게 멀리서 보는데도 같은 세대라는 느낌이 전혀 들지 않을 정도로 놀라운 매력을 발산했다. 시프는 다홍색, 유노는 파스텔 컬러의 부드러운 파란색, 아베리아는 광택이 강한 에메랄드 그린 색깔의 드레스를 제각각 몸에 걸치고 있었다. 디자인도 각자 개성적이었다. 시프의 드레스는 옷감이 어깨까지 커버하면서 발끝까지 미쳐 있는, 얌전하면서도 침착한 느낌이 드는 디자인이었다. 유노는 양 어깨를 자신 있게 노출시키고 있을 뿐만 아니라, 치마의 길이도 무릎이 보일까 말까할 정도로 무척이나 짧아 보였다. 이 정도 거리에서 볼 때는 자세히 안 보였지만, 하여간 꽤나 대담한 디자인이었다. 아베리아의 드레스는 홀터넥 스타일로 몸매를 떳떳하게 드러내는 타입이었다. 세 사람 다 드레스에 지지 않을 정도의 완벽한 미소를 지은 채로 주변 사람들과 환담을 나누고 있었다.

여기 학생들은 이럴 때도 빈틈을 보이는 법이 없다. 정말 대단하다는 느낌밖에 들지 않았다. 아베리아는 장학생으로서, 평범한 일반 가정 출신인 것으로 알고 있다. 말하자면 그녀는 이 학원에 입학하고 나서야 이럴 때 필요한 예의범절을 터득했다는 뜻이다. 지금의 그녀로부터 진과 말다툼을 벌이면서 전투를 지휘할 때의 면모는 전혀 보이지도 않았다.

멀리서 보기로 마음먹기를 잘 했다. 갑작스럽게 지금의 저 세 사람과 가까운 거리에서 대화를 나누는 상황에 처했다면, 쑥스러운 나머지 수상하기 짝이 없는 반응을 보였을지도 몰라. 렘브란트 씨는 좀 더 가까운 거리에서 딸들을 지켜보고 있으리라. 긴장감이 완전히 사라져 버린 그의 얼굴이 훤하게 눈에 보이는 듯한 느낌이 들었다. 그리고 딸들에게 수작을 부리려는 목적으로 접근하는 남자들을 향해 흉악한 살기를 내뿜고 있을지도 몰라. 물론 가족들의 눈이 다 모일 수밖에 없는 이 환경에서 그런 짓을 할 수 있는 고단수가 있을 경우의 얘기였다. 나로서는 감히 시도하려는 생각조차 못할 엄청난 일이었지만, 이미 결혼한 학생들이 있거나 이해관계를 따져 선생님에게 결혼을 신청하는 학생들도 있는 이 학원에서 그러한 경우가 아주 없으리라는 장담은 할 수 없었다.

으, 세 사람도 나의 존재를 알아차린 듯한 반응을 보였다. 하지만 꽤나 거리가 멀리 떨어져 있다 보니 섣불리 가까이 오려는 생각은 들지 않는 모양이다. 이쪽을 향해 손을 흔들지도 않았다. 아마도 이 자리를 위해 준비된 특별한 매너 때문인 것으로 보였다. 그 대신에 세 사람은 나를 바라보면서 어렴풋이 미소를 지어 보였다. 대놓고 손을 흔드는 행동은 이 자리에 적합하지 않을지도 모른다는 생각이 들었기 때문에, 나도 어깨보다 약간 높은 위치로 손을 올리면서 미소를 짓는 식으로 그녀들의 인사를 받아들였다. 그녀들처럼 자연스럽게 미소를 지을 수는 없었다. 아마도 그녀들의 눈동자엔 내가 굉장히 어색한 표정을 짓고 있는 모습이 비쳤으리라는 예감이 들었다. 에휴, 최소한 이런 자리에서 창피를 안 당할 정도의 간단한 예의범절에 관한 공부를 해야 할 필요성을 느낄 수밖에 없는 순간이었다.

당분간 특별히 아무 생각도 없이 렘브란트 자매와 아베리아의 활약상을 바라보면서 시간을 죽이고 있었다. 그러다 보니 어느 순간부터 배경 음악이 바뀌었다. 지금까지 홀에 흘러나오고 있던 귀에 거슬리지 않는 음악으로부터 움직임이나 흐름이 직접적으로 느껴지는 음악으로 이행되기 시작한 것이다. 아하, 댄스파티의 반주라는 건 이런 식이었구나?

음악을 재생하는 기기는 존재하지 않는 모양이니, 지금 들려오는 음악은 실내악단의 실제 연주였다. 그렇게 일종의 라이브 콘서트라고 받아들이자, 굉장히 사치스럽다는 느낌이다.

아니나 다를까, 드디어 댄스가 시작됐다. 사실 춤을 출 능력이 전혀 없는 나로서는, 아무런 상관도 없는 얘기였다. 오히려 저녁 시간이 다가오기도 전에, 술안주가 아닌 식사나 얻어먹고 싶다는 생각이 들기 시작했다. 문외한인 내가 댄스를 쳐다보고 있어도 우열조차 거의 가릴 수가 없었다. 일단 나는 밥이 먼저였다. 아무리 미녀들을 쳐다보고 있어도 배는 안 부르거든.

아차, 만에 하나 댄스 파트너의 제안을 받는다면 거절하기 힘들지도 몰라. 만에 하나의 가능성조차 없을지도 모르지만 말이야.

나는 여기보다도 더욱 더 조용한 구석을 향해 이동하기로 마음 먹었다.

어라, 무슨 일이지?

나는 2층 좌석을 올려다보면서 벽에 기댄 채로, 옅은 탄산이 함유된 것으로 추정되는 달콤한 술을 홀짝거리고 있었다. 주위에도 휴식 중이라는 듯이 나와 비슷한 모습을 보이는 사람들이 그럭저럭 눈에 띄었다.

특별히 아무런 문제도 없는(아마도) 광경이었다. 그런데 오른편에서 소란스러운 기척이 전해져 왔다.

부자연스럽게 느껴지는 사람들의 집단이 나를 향해 다가오고 있다.

어라, 혹시 나를 찾아온 손님이라도 있나? 아니, 나한테 이런 식으로 주위 사람들의 주목을 끌어 모을 정도의 지인은 없을 텐데…….

아니 잠깐?!

설마 루토 녀석인가?!

오늘은 약속하지도 않았잖아! 게다가 솔직히 말해서, 오늘은 그녀석과 만날 각오가 안 된 상태거든?!

나는 한심스럽게도 혼란을 일으킬 수밖에 없었다.

당장 이 자리에서 도망치기 위해 벽에 기대고 있던 허리를 떼면서 엉거주춤 일어나려던 바로 그 순간의 일이었다.

"라이도우 님이시죠? 잠시 저와 말씀을 나눌 시간을 내주실수 있을까요?"

누구지?

삼엄하기 그지없는 호위병들을 거느리고 나타난 상황에서 입을 연 것은, 처음 보는 여성이었다. 그녀는 언뜻 보기엔 얌전해 보이는 얼굴로 대담하게 나를 향해 접근해 왔다.

하나, 둘…….

마족이 세 사람이라. 나야 확실하게 높으신 분이라는 것만큼은 틀림없는 댁의 출신 국가조차 알 길이 없지만, 호위로 거느리고 있는 인원들 가운데 마족이 섞여 들어 있다는 시점에서 굉장히 미덥지 못 하다는 느낌을 받을 수밖에 없었다.

나는 갑작스럽게 말을 걸어온 여성이 거느리고 있던, 그다지 눈에 띄지 않는 무장을 장비한 호위병들을 바라보면서 마음속으로 중얼거렸다. 예전에 이 도시에서 마주쳤던 마장 로나 양이 사용하던 휴만으로 위장하는 기술과 같은 원리로 보였다. 아마도 마술의 일종으로 추정되는 그 기술과 비슷한 술법을 사용해 휴만들 사이에 숨어든 마족들이 세 사람이나 눈에 띄었다. 로나 양은 그 술법이 시각과 인식 가운데 어느 쪽을 교란시키는 기술인지는 가르쳐 주지 않았다. 하지만 어느 쪽이건 간에, 나에게 효과가 없다는 점에선 마찬가지였다. 당장 오늘도 이보다 더할 수 없이 선명하게 뻔히 들여다보이는 와중이다.

기본적인 겉모습이 완전히 다르다 보니 착각할 리가 없단 말이지. 피부 색깔부터 뚜렷하게 차이가 나다 보니 어쩔 수 없는 일이었다.

"이곳에서라면, 주위의 눈을 신경 쓸 필요도 없이 대화를 나눌 수 있을 것 같군요."

"……."

당사자인 그 여성은, 호위들 가운데 마족이 섞여 있다는 사실을 전혀 깨닫지 못한 듯이 보였다. 만약 다 알면서 그들을 고용하고 있을 경우엔, 최소한 여기처럼 온갖 불씨가 거의 굴러다니고 있는 거나 다름없는 국제적인 행사가 벌어지는 장소까지 데려올 일은 없을 것이다. 한 마디로 말해서, 휘발유를 뒤집어쓴 채로 캠프파이어에 참가하는 거나 다름없는 행동이었다.

이 세계의 주민들은 종족에 관계없이 외모로 실제 나이를 판단하기가 어려웠다. 따라서 지금 나를 파티의 메인 회장 밖으로 데리고 나온 눈앞의 여성이, 실제로 어느 정도 나이의 어느 정도 입장에 해당하는 인물인지 전혀 상상조차 가지 않았다. 일단 굉장히 중요한 인물이라는 사실만큼은 주위의 분위기 덕분에 대충 짐작이 갔다.

나는 아까 전까지 혼자서 넋을 놓고 있던 홀에서 연주되는 음악 소리가 어렴풋이 들려오는 살롱 같은 장소의 한 귀퉁이까지 따라 나왔다. 아무도 없는 공간에 나와 그녀, 그리고 호위병 여러분이 한데 모였다.

"여러분은 잠시 물러나 있도록 하세요. 어디 보자, 일단 저 부근에서 여기로 들어오려는 사람들에게 되돌아가도록 요구해 주세요."

여성은 호위병들에게 명령을 내리면서 손가락으로 살롱의 입구 부근을 가리켰다. 건강이 안 좋아 보일 정도로 새하얀 피부와 직접 붙잡기도 꺼려질 정도로 가냘픈 팔다리가 인상적이었다. 어떤 사람이냐고 물으신다면, 틀림없이 몸이 약해 보이는 사람이라는 식으로 대답할 수밖에 없을 것이다. 그리고 어딘지 모르게 그리운 듯한 느낌이 들었다. 분명히 오늘 처음 보는 사람일 텐데…….

[면목이 없습니다. 아까부터 온힘을 다해 기억을 돌이켜 보고 있습니다만, 아무리 생각해도 당신을 뵈었던 적은 없는 것 같습니다. 혹시 예전에 어디선가 뵈었던 적이 있었나요?]

학원이 주최하는 행사에서 학원의 비상근 강사가 소란을 일으킬 수는 없었다. 따라서 모든 일을 원만히 해결하려는 의도로 여기까지 잠자코 따라온 것이다. 하지만 상대는 나에 관해 알고 있는 듯이 보이는데 반해, 내 기억엔 그녀는 오늘 처음 만나는 사람이었다. 나로서는 굉장히 찜찜한 상황이었다. 혹시 쿠즈노하 상회의 점장인 라이도우라는 이름을 일방적으로 알고 있을 뿐인가? 아니면, 또 다른 경로를 통해 나를 알 만한 이유가 있는 사람인가? 최소한 주변 사람들을 물리치고 얘기를 꺼내야할 정도의 용건이 있다는 것만큼은 틀림없었다.

"필담? 아하, 아닙니다. 저와 당신은 오늘 처음 보는 사입니다, 라이도우 님. 제가 당신에게 개인적인 관심이 있어 이런 식으로 직접 면담을 부탁드렸을 뿐입니다. 호위들이 따라다니는 관계로 호들갑스럽게 보일 수밖에 없다는 사실은 매우 유감스럽습니다만, 저희들로서도 어쩔 수 없는 입장이니 아무쪼록 용납해주시기를 바랄 뿐입니다."

그녀는 단 한 마디 만에 필담을 통한 대화 방법을 납득하는 모습을 보였다.

나에 관한 정보가 예상보다 훨씬 넓은 범위로 여기저기 퍼져나가 있는 듯한 느낌이 들었다. 상회 방면의 활약 때문에 소문이 퍼졌다면야 나로서도 반가운 얘기지만 말이야.

[그렇다면, 바로 그 관심에 대한 대답을 드리기 전에 입장과 성함을 여쭤 봐도 될까요? 이런 식으로 마주보는 상대의 이름조차 모른다는 것도 꽤 부자연스럽다는 느낌이 들거든요.]

"……지당하신 말씀이십니다. 저는 로렐 연방에서 무녀님과 카무로의 시중을 들고 있는 이들 가운데 한 사람으로서, 사이리츠라고 하는 자입니다. 라이도우 님께선 우리 로렐 연방에 관해 얼마나 알고 계시나요?"

무녀와, 카무로…….

내 기억이 확실하다면, 그 둘은 로렐 연방에선 대단히 사랑받는 존재들인 걸로 알고 있다. 무녀는 국민들의 정신적인 지주이며, 카무로는 바로 그 무녀가 되기 위한 후보라고 들었다. 내 머릿속의 상식에 따르면, 카무로(禿)라는 단어는 에도 시대의 창녀들 중에서 아직 수습 과정에 해당하는 어린 소녀들을 가리키는 말이었다. 하지만 이 세계에선 거의 정반대나 다름없는 위치의 이들을 가리키는 단어인 모양이다. 그녀들의 목표는 오이란(花魁)[22]이나 타유(太夫)[23]가 아니라, 만인의 위에 군림하는 황제라는 얘기였다. 그야말로 모든 면에서 완전히 정반대였다.

그나저나, 로렐이라는 나라는…….

#22 오이란(花魁) 일본 에도 시대의 공창(公娼)인 요시와라(吉原)의 상급 창녀를 일컫는 말.
#23 타유(太夫) 일본 에도 시대의 상급 연예인.

[실제로 방문한 적은 없다 보니, 아는 바는 그다지 많지 않습니다. 세 나라가 하나로 뭉친 연방 국가이자, 강력한 힘을 지닌 여성이 무녀라는 명칭으로 불리면서 다수의 상위 정령들과 대화를 나눌 수 있는 능력을 지니고 있다는 얘기를 들어본 적이 있습니다. 무녀는 정치적으로도 강력한 발언력을 지니고 있는 관계로, 로렐 연방 내부에선 만만치 않은 지위를 자랑한다는 얘기도 있더군요. 또한 정령과의 거리가 가깝기 때문에, 여신보다도 정령을 대상으로 강한 신앙을 품는 경향도 있다고 들었습니다. 그 이외에 제가 알고 있는 사항은…… 독특한 문화를 발전시켰을 뿐만 아니라, 우수한 기술력을 보유하고 있다는 점 정도일까요?]

로렐은 독특한 기술 체계를 보유하고 있는 나라로 유명했다. 종교는 정령을 중요시한다지만, 결국 여신 신앙으로 귀결될 수밖에 없을 테니 그다지 자세히 조사해본 적은 없었다.

그리고 우수한 기술력을 보유하고 있으며, 무녀라는 상징을 내세우고 있는 나라였다. 하여간 개인적인 인상은 딱 그 정도였다.

"……놀랍군요. 우리나라에 관해 이렇게 잘 알고 계실 줄은 몰랐습니다. 평소부터 여러 방면으로 지식을 축적하고 계신 모양이군요. 언젠가 로렐 연방에도 지점을 설치할 계획이 있으신가요?"

[물론, 로렐 연방에서 허가해주신다는 전제 하에 언젠가 반드시 지점을 개업하고 싶습니다. 이제 막 시작한 사업에 지나지 않습니다만, 꿈은 크게 가지고 있으니까요.]

"그러셨군요. 필요하실 때는 저에게 한 마디라도 연락을 주십시오. 반드시 힘이 되어드릴 수 있을 것입니다."

[감사합니다.]

우리의 대화는 거기서 일단 중단됐다. 상냥하기 그지없는 미소와 함께 나에 대한 협력을 약속한 그 여성은, 온화한 미소를 짓고 있으면서도 가늘게 뜬 눈으로 나를 냉정히 평가하려는 듯이 바라보고 있었다. 값을 매기고 있는 듯한 느낌도 없지 않아 있었다. 그녀는 나의 외모를 전혀 신경 쓰지 않는 듯한 분위기를 풍기면서도, 파고들 수 있는 한계까지 파고들고야 말겠다는 식으로 온몸을 구석구석까지 관찰하고 있다는 느낌이 들었다.

로렐 연방—.

4대국 가운데 하나로서, 지금까지 직접 가본 적은 없는 나라였다. 다른 세 나라와 달리 연방으로 조직된 국가였다. 말인즉슨, 여러 세력이 하나로 뭉쳐서 국가를 이루고 있다는 뜻이다. 약소국 세 나라가 당대에 활약하던 무녀의 이름 아래 한데 모인 사건이 건국의 발단이라고 들었다. 지도상의 장소로 따져 보자면, 우리가 지나온 황금가도의 남쪽인 세토 내해 대신 드높은 산맥들이 무리를 짓고 있는 산악 지대를 지난 저편에 위치한 국가였다. 일본 지도로 본 시코쿠 지방에 해당하는 장소라는 식으로 받아들이자면 거의 틀림없었다.

그 이외엔 특유의 문화를 보유하고 있는 것으로 알려져 있는데, 기본적으로 폐쇄적인 특성을 지닌 나라다 보니 외국에 누출된 정보가 거의 없었다. 그런 연유로, 독자적인 문화와 무녀의 존재가 더욱 더 눈에 띄는 결과를 초래했다.

독특한 문화와 무녀, 그리고 우수한 기술력—. 얼추 기본적인 특징만 열거하면 일본과 비슷한 구석도 있다.

일단 로렐 연방은 세 나라가 모여 탄생했기 때문에 인종적으로 통일되어 있지 않은 다민족 국가였다. 피부색이나 머리카락도 꽤나 각양각색이다 보니, 신경 쓰는 사람도 많지 않다고 한다. 외부에서 파악할 수 있는 정보가 별로 없다는 점이 옥에 티였지만, 언젠가 한 번쯤 찾아가보고 싶은 나라였다.

아차. 지금 중요한 문제는 그런 게 아니었다. 상대방이 나에게 관심을 가지고 있는 이유가 궁금할 수밖에 없는 상황이었다. 나와 가게 중에 어느 쪽을 대상으로 관심을 보이고 있는 건가? 우선 거기서부터 따지고 들어갈 필요가 있었다.

"하지만 이 세상엔 굉장히 신기한 일도 있는 법이군요."

여성이 드디어 본론을 꺼내기 시작했다. 싱글벙글 웃고 있는 표정을 아무리 쳐다보고 있어봤자, 그녀의 속마음은 알 길이 없었다.

[무슨 말씀이신지?]

"로렐 연방을 방문하신 적도 없다고 말씀하시는 당신께서, 어쩐지 우리의 비전(祕傳)으로서 극히 일부의 사람들에게만 전해져 내려오는 특유의 체계를 사용하고 계시니까요."

특유의 체계? 사용한다고? 로렐 연방은 우수한 기술력을 보유하고 있다니까, 혹시 엘드워들이 구사하는 고차원적인 공업 기술 때문인가?

"쿠즈노하 상회의 가게 이름이 적힌 간판에 두 개의 글자가 새겨져 있더군요."

응, 목제 간판에 한자를 새긴 건 사실이야.

"저희들이 알기로 그 간판에 새겨진 두 글자는 현인문자(賢人文字)입니다. 4대국, 아니 이 세계에서 우리 로렐 연방 소속의 사람들 중에서도 극히 일부의 인물들밖에 알 리가 없는 글자지요. 도대체 어떤 연유로 그 글자가, 당신의 가게 이름으로 쓰이고 있는 거지요?"

현인문자? 그건 또 뭔 소리야? 그 글자는 어디까지나 일반적인 한자인데다가, 우리 일본인들은 평소부터 아무렇지도 않게 일상적으로 사용하는 글자…….

[그 글자들은 제가 어렸을 때부터 사용하던 글자 가운데 일부랍니다. 정말로 신기한 일도 다 있군요. 저는 세계의 끝에 위치한 황야 출신입니다만, 귀국에서 그 글자를 알고 계신 분이 황야로 오셨다가 그 글자를 전파하신 게 아닐까요? 모든 글자들을 정확히 파악하고 있는 것은 아닙니다. 현인문자라는 이름도 처음 듣는 명칭입니다.]

이세계인이 이 세계에서 사고를 친 결과, 한자가 비정상적인 방식으로 전해져 내려오는지도 모른다. 하지만 나한테는 필살의 편리 키워드인 황야가 있다. 지금까지 겪은 경험들을 돌이켜볼 때, 그 지역에서 왔다는 얘기만으로도 대부분의 일들은 잘 풀리는 경우가 많았다. 보는 관점에 따라서, 나는 황야 출신이라는 덕을 톡톡히 보고 있는 셈이었다.

"흥미로운 의견이로군요. 하지만 불가능한 얘깁니다. 현인문자를 알 만한 입장의 고위 인사가 국외로 여행을 떠날 경우, 그에 관련된 정보는 남김없이 기록에 남습니다. 해당되는 인물들 중에서

337

지금까지 황야로 여행을 떠나셨던 분은 단 한 사람도 없었습니다."

뭐라고?! 처음으로 날카로운 태클이 날아들어 왔다. 게다가 기록이라니?! 여러모로 엉성하기 짝이 없는 구석이 많은 이 세계에서, 그런 식으로 자신 있게 내세울 정도의 정확성을 지닌 기록이 용케 남아있었다는 생각이 들었다.

그렇다면, 나로서는 다음 수단을 꺼내들 수밖에 없었다.

[하지만 저는 실제로 그 글자를 알고 있을 뿐만 아니라, 사용하고 있습니다. 그렇다면, 귀국에서 행방불명이 되신 분들 가운데 한 분이 황야에 발길을 들여놓았을 가능성도 있을 겁니다. 기본적으로 모든 일들을 판단할 때는, 실제로 주어진 정보부터 우선적으로 이용해야 하지 않을까 싶습니다. 제가 그 글자를 알고 있다는 사실이 존재하는 이상, 결국 누군가가 그 글자를 전파했다는 뜻으로 받아들일 수밖에 없습니다.]

"옳으신 말씀입니다. 사실은 정확하게 인정하고 넘어가야겠지요. 당신이 말씀하신 대로, 현인문자가 황야에 전파됐을지도 모릅니다. 하지만 저는 생각이 조금 다릅니다."

[말씀하시지요.]

"현인문자는 그 명칭에 걸맞게, 현인들이 구사하는 글자를 뜻하는 말입니다. 말인즉슨, 현인들은 그 글자를 원래부터 알고 있더라도 이상하지 않다는 뜻이지요."

현인이라는 말은 혹시 현자라는 의민가? 말하자면 굉장히 현명한 사람이라는 뜻이야?

[지금 하신 말씀은 저를 지나치게 과대평가하시는 듯한 느낌이

듭니다. 저는 현인이라는 명칭으로 불릴 정도로 현명한 작자가 못 됩니다. 저는 속된 족속입니다. 수많은 장사치들 가운데 한 사람에 지나지 않습니다.]

"……라이도우 님? 현인이라는 단어는, 현자를 가리키는 말과 약간 다른 의미랍니다. 현인이라는 말은 상식적으로 존재할 리가 없는 지식을 지닌 분들을 공경하는 의미에서, 우리들이 그렇게 부르고 있을 뿐인 호칭입니다."

어라, 어딘지 모르게 돌아가는 모양새가 미심쩍은데?

[도대체 무슨 말씀이신지, 저로서는 도무지 영문을 알 수가 없습니다.]

"현인이라는 단어는, 이 세계조차 아닌 어딘가 머나먼 곳으로부터 찾아오신 이방인 분들을 가리키는 호칭입니다. 제 생각은, 바로 당신도 현인님들 가운데 한 분이실수도 있다는 겁니다. 제 말이 틀린가요?"

현인이라는 말은, 한 마디로 말해서 이세계인을 일컫는 단어였다. 거참, 또 성가신 이름을 갖다 붙였군. 폐쇄적인 나라의 세부적인 사항을 책만 읽어서 알 리가 없었다. 내가 그들만 사용하는 특유의 단어를 몰랐던 것도 기본적으로 어쩔 수 없는 일이었다.

한자를 현인문자라고 부른단 말이지? 가게 간판에 한자를 새겨 넣자는 생각을 떠올렸을 때는, 언젠가 입소문을 타고 용사에게 전해지는 날에 대수롭지 않은 얘깃거리로 써먹을 수도 있겠다는 의도밖에 없었다. 딱히 무슨 생각이 있어서 새겨 넣은 글자가 아니야. 아니 설마, 한자가 이미 존재하고 있을 뿐만 아니라 꽤나 중요한 기밀 정보에 속하리라는 사실을 누가 예상이나 하겠냐고. 한자가 아무리 독특한 글자더라도, 그 자체에 기밀 정보가 될 만한 가치가 있을 리가 없잖아? 내 관점에서 본 한자는, 어디까지나 일상적으로 평범하게 사용하는 글자에 지나지 않았다. 이미 전 세계를 거의 다 점령한 거나 다름없는 공통어와 숫자가 따로 존재하는 이상, 한자에 그다지 대단한 가치가 있으리라는 생각은 들지 않았다.

하여튼, 지금은 내가 바로 그 현인일지도 모른다는 의심을 사고 있는 상황이었다. 의심이고 뭐고 그게 바로 틀림없는 정답이다 보니, 나로서는 그야말로 답이 안 나오는 상황이야.

어쩌지? 인정할 것인가, 아니면 시치미를 뗄 것인가? 그녀의 목적을 알 수가 없는 이상, 역시나 시치미를 떼는 쪽이 무난하다는 느낌이 들었다.

"어머나, 대답이 없어지셨네요? 그리고 말이죠? 당신이 현인님일지도 모른다고 여기는 이유는 또 있답니다. 다름 아닌 바로 그 이름입니다. 저는 아까 전에 사이리츠라는 이름을 밝혔습니다만, 정확한 표기법은 이런 식이랍니다."

침묵을 지키고 있는(실제로는 대응할 방법을 망설이고 있을 뿐인) 나를 재촉할 생각은 없다는 듯이, 사이리츠라는 이름을 밝힌 그 여성은 나와 마주보고 있던 장소에서 일어났다. 그리고 내 옆자리로 다가와 테이블 위에 손가락으로 글씨를 써 보였다.

가느다란 손가락이 색깔 채(彩)와 법 율(律)이라는 두 글자를 테이블 위에 그려나갔다. 실제로 잉크를 쓴 건 아니기 때문에, 손가락이 지나간 궤적이 그렇게 보일 뿐이었다. 그녀의 이름은 「사이리츠(彩律)」였다. 일본보다 중국 쪽에 있을 듯한 이름으로 보였다.

"그리고 저희 가문의 이름은 이렇게 쓴답니다. 당신을 상대로 굳이 설명할 필요도 없는 걸로 압니다만, 카하라라고 읽습니다. 카하라 사이리츠가 바로 저의 풀 네임입니다. 현인님들은 로렐 연방에서는 존경과 사랑을 한 몸에 받는 존재다 보니, 대다수의 백성들이 그들과 비슷한 음운(音韻)으로 들리는 이름을 지닐 지경에 이르렀습니다. 작명 작업은 일반적으로 정령을 모시는 신전에서 이루어집니다. 아이를 낳은 부모들은 야시로라고 불리는 신전을 방문하여, 신관들에게 작명을 의뢰합니다. 신관들이 아이들에게 어울릴 것으로 생각되는 몇 가지 후보를 제시한 뒤, 두 부모가 그 중에서 아이의 이름을 선택한다는 형식이지요. 그러나 아이의 이름을 지으면서 사용하는 현인문자는 알려지는 법이 없이, 오직 그 소리만이 공통어로 전해져 내려온답니다."

꽃 화(華)와 벌판 원(原)―. 성은 카하라(華原)란 말이지. 그리고 풀 네임은 카하라 사이리츠(華原彩律)양이라는 얘기야. 읽을 때도 성부터 시작될 줄이야. 내가 듣기엔 일본식의 작명과 거의 다를 바가 없다는 느낌이 들었다. 사이리츠라는 이름이 약간 여자답지 않다는 생각이 드는 정도였다. 한자 자체가 널리 보급된 건 아니니까 이름을 붙일 때는 신전 관계자, 야시로(社)라는 단어에 걸맞게 신사의 신관 같은 입장의 사람한테 지혜를 빌려서 후보로 쓸 이름을 찾아본다는 소리였다. 안 그래도 정령과 여신을 섬기는 몸인데, 로렐 연방의 신관들은 한자까지 공부해야 한다는 뜻이야? 극히 일부라니까 양 자체는 그리 많지 않을지도 모르지만, 내가

341

듣기엔 굉장히 피곤하기 짝이 없는 극한 직업 중 하나라는 느낌이 들었다.

"현인 여러분들의 이름을 그대로 아이의 이름으로 짓는 경우도 적지 않답니다. 그만큼 수많은 사람들로부터 존경과 사랑을 한 몸에 받는 존재라는 증거이기도 하지요. 라이도우 님이라는 성함도, 음운부터 시작해서 어딘지 모르게 우리나라의 이름과 비슷하다는 느낌이 듭니다만?"

……

"게다가 얼굴생김새도 특징적이십니다. 현인님들은 우리들 휴만과 한없이 가까우면서도 다른 종족이라는 가설이 존재한답니다. 겉모습보다도 실속을 중시하는 현인님들 중에선 아름다운 외모를 지니지 못하셨던 분들도 많았다는 기록이 전해져 내려오고 있지요."

아니 잠깐, 정말 이래도 되는 거야? 이세계인들과 정식으로 접촉한 나라였다는 소리잖아? 혹시 오늘날까지 쇄국정책을 펼치고 있는 것도 이세계인들 때문인 거야?! 로렐 연방의 방식은 굉장히 치사하다는 생각이 들었다. 혹시 그들이 독자적으로 보유하고 있다는 우수한 기술력도 우리의 세계로부터 유래된 개념들을 연구한 결과인 건가? 휴만과 인간을 서로 다른 종족으로 인식하고 있다는 얘기도 꽤나 그럴 듯하게 들렸다. 딱히 실속을 중시하기 때문에 겉모습을 아무렇게나 취급하는 건 아니라는 소리는 일단 제쳐두고라도 말이야.

[그렇게 중요한 극비 정보를, 저와 같은 일개 장사치에게 털어놓으셔도 괜찮으시겠습니까? 다시 한 번 말씀드리지만, 저는 그 현

인이라는 분들과 거리가 먼 속물에 지나지 않습니다.]

"라이도우 님께서는 저희들에 관해 큰 오해를 하고 계신 걸로 보입니다. 저희들은 불행하게도 이 세계에서 길을 잃어버리신 현인님들께서 부당한 차별을 받지 않도록 보호할 소임을 지닌 자들입니다."

불행하다고? 루토로부터 들은 바에 따르면, 우리의 세계로부터 이 세계에 소환된 이들은 대부분 우발적 사고의 결과물로서 두 세계 사이를 이동했다고 한다. 여러모로 그쪽 사정에 관해 무척이나 밝은 모양이야.

"지금 당장은 문제없을지도 모릅니다만, 언젠가 당신의 신상에도 성가신 일이 벌어질 가능성은 결코 적지 않습니다. 저희들 로렐 연방은 당신을 환영할 준비가 되어 있습니다. 저희들은 위대한 현인님들을 최대한의 국빈 대접으로 이 세계에 맞이할 의무가 있는 몸입니다."

[곤혹스럽군요. 아무리 말씀을 들어봐도, 여러분께서 저를 보호하실 이유는 없는 것 같습니다. 만약 제가 바로 그 현인님이라는 분들과 마주칠 기회가 있을 때는, 그 분들께 귀국으로 가는 선택지를 추천해 드리겠습니다.]

"……아직은 저희들을 신용하실 수 없는 모양이군요. 알겠습니다. 오늘은 여기까지 해두지요. 저희들로서도 쓸데없이 서둘러서 좋을 일은 없어 보이니까요."

내가 배타적인 태도를 보이기 시작했다는 사실을 예리하게 탐지한 건가? 아니면 오늘은 더 이상 진전시킬 수 없을 것으로 판단한 건가? 사이리츠 양은 의외로 간단하게 물러섰다.

"잠깐만요, 마지막으로 라이도우 님의 의견을 묻고 싶은 일이 있습니다. 질문을 드려도 괜찮을까요?"

[저와 같은 비천한 자의 의견이라도 상관없다면, 말씀하시지요.]

"여신님께서 이번에 파견하신 두 분의 용사님들에 관한 이야깁니다. 저희들은 그 두 분께서도 현인님일 수도 있을 것으로 보고 있답니다. 라이도우 님은 용사님들에 관해서 어떻게 생각하시나요?"

[대답해 드릴 방도가 없는 질문이군요. 정말로 죄송합니다만, 저의 의견이 귀국의 보탬이 되리라는 생각은 들지 않습니다. 그들과 직접적인 면식도 없는 저로서는, 무슨 생각을 하려고 해봐야 아무런 실마리도 없으니까요.]

사이리츠 양은 내 대답에 특별히 아무런 불만도 없다는 표정으로 조용히 자리에서 일어났다. 그녀는 나에게 가볍게 고개를 숙이며 인사하자마자 등을 돌린 뒤, 살롱의 입구를 향해 걸어가기 시작했다.

"잘 알겠습니다. 아차, 한 가지 더 드릴 질문이 있습니다."

잔뜩 긴장된 분위기로부터 해방된 안도감으로 인해 크게 한 숨을 내쉬던 나에게, 사이리츠 양이 갑작스럽게 고개를 돌리면서 말을 걸어왔다. 그녀는 내가 답변할 때까지 기다리지도 않고 말을 이어 나갔다.

"라이도우 님께서 경영하고 계시는 가게의 간판 말인데요, 정말 너무 멋진 것 같습니다. 약을 가리키는 『葛』이라는 글자와 식물의 잎을 가리키는 『葉』이라는 글자가 새겨져 있더군요. 가게에서 주로 다루시는 상품은 약 종류였나요?"

[갈(葛: 칡 갈)이라는 글자는 식물의 이름입니다. 약을 가리키는 글자가 아닙니다. 약을 세상에 널리 퍼뜨리고 싶다는 거야 틀림없습니다만.]

"……역시 현인문자에 관해 무척이나 소상히 알고 계신 모양이군요. 귀국하기 전에 꼭 다시 한 번 만나 뵙고 싶습니다. 그럼 이만, 실례하겠습니다."

어, 거참 희한하네. 어딘지 모르게 완전히 농락당했다는 느낌이 들었다.

그녀의 뒷모습이 완전히 안 보일 때까지 배웅하고 난 나에게, 더 이상 혼자서 살롱에 있을 이유는 없었다.

그나저나 참, 어이가 없네. 학원제는 이제 막 이틀째로 돌입했을 뿐인데, 벌써부터 이 모양이라니 말이야.

아이온은 쿠즈노하 상회가 츠이게를 본거지로 삼고 있을 때도 그다지 대단한 접촉을 시도해온 적이 없었으니 그냥 넘어가더라도, 리미아나 그리토니아 같은 나라에선 머지않아 방금 만난 사이리츠 양 못지않게 엉큼한 수작을 부려올지도 모른다는 걱정이 들기 시작했다. 리미아에선 무려 국왕 폐하께서 몸소 출두한데다가, 그리토니아에서도 황녀님 가운데 한 사람이 롯츠갈드까지 찾아왔다는 얘기를 들었거든…….

최소한 그다지 유쾌한 예감은 들지 않았다.

나는 막연한 불안감을 가슴속에 품은 채로, 댄스 회장으로 돌아가기 위해 자리에서 일어났다.

엄청난 성황을 이루고 있는 롯츠갈드의 학원제는, 이제 막 시작된 것에 지나지 않았다.

EXTRA 에피소드

아공 이주 최종 면담

아공―. 안개의 도시―.

그 장소조차 뚜렷하지 않을 뿐만 아니라, 그 누구도 자세히 아는 바가 전혀 없는 장소였다. 주인인 것으로 알려진 미스미 마코토조차 아공의 모든 것을 완벽하게 파악하고 있는 것은 아니었다. 기본적으로 마코토나 그의 측근인 종자들이 만들어낸 문을 통해서만이 다다를 수 있는 드넓은 세계였다.

현재로서는 황야로부터 이주한 여러 종족들이 생활하고 있으며, 각 종족들이 모여 사는 주거 지역 이외에 모든 지역들의 중심이 될 하나의 도시가 건축 중인 상태였다.

그러나 아공의 인구는 드넓은 공간에 비해 전부 다 합쳐 봤자 1,000명 미만이라는 너무나도 적은 숫자에 불과했다. 그 원인은 각양각색에 이르렀다. 마코토가 제시하는 조건에 적합하지 못 하거나, 종자들의 기준에 어긋나는 경우가 많았다. 이주하도록 권유한 종족들 스스로가 난색을 보이는 경우도 없지 않아 있었다.

마코토는 아공의 주민을 늘리는 일 자체엔 아무런 문제도 없을 것으로 판단을 내렸다. 그는 주로 황야에 사는 다양한 종족들과 접촉하기 위해 여러 차례에 걸쳐 많은 이들을 파견했다. 그러나 그에게 이주를 희망한다는 종족에 대한 보고가 올라오는 케이스는 거의 없었다. 몇 건 정도는 조건에 맞는 케이스가 없지 않아 있었으나, 지금까지 정식으로 이주하겠다는 합의에 이른 일은 없었다. 그 결과, 아공의 노동력 부족 현상은 만성화되고 있었다.

마코토는 최근 들어 학원 도시에서의 활동이 늘어남에 따라 더더욱 바빠졌다. 가장 먼저 아공으로 이주한 하이랜드 오크 종족의 여성인 에마는, 그러한 마코토의 상황을 고려하여 어느 정도 구체적인 방안이 마련될 때까지 모든 일들을 일단 자기 선에서 쟁여놓고 있었다. 물론 상대방에게도 양해를 구한 다음에 모든 과정을 추진한다는 것은 상식 중의 상식이었다. 에마는 아공의 상황이나 각종 보고들을 정돈하여 마코토나 종자들에게 보고하는 임무를 띤 유능한 비서이기도 했다. 그녀는 노동력이 부족한 현재 상황을 이해하면서도 이주를 요구하는 각각의 종족에 대한 안건을 매번 마코토에게 보고한다는 행동을 미안하게 여기고 있었다. 따라서 마코토에게 시간이 생길 때만 최종 면담까지 통과한 종족들과의 짧은 면담으로 모든 과정이 끝나도록 일을 처리하고 있었던 것이다.

오늘이야말로, 마코토에게 약간이나마 시간이 생긴 바로 그 날이었다. 학원 도시에서의 활동이 여름방학(에마로서는 의미가 잘 이해가 안 가는 단어였지만) 덕분에 어느 정도 느긋해지다 보니, 마코토가 아공에 머무는 시간이 늘어난 것이다. 경우에 따라서, 개인적인 수련을 쌓으려는 목적으로 하루 종일 아공에 머무는 날도 있었다. 이보다 더할 수 없이 좋은 기회였다. 에마는 마코토에게 아공 이주를 원하는 종족들이 있다는 사실을 보고하면서, 면담을 위한 시간을 만들어달라는 부탁을 올렸다. 하나 같이 그의 종자인 토모에나 미오, 시키로부터 호의적인 답변을 받는데 성공한 종족들뿐이었다. 이제 마코토가 고개를 끄덕이기만 해도 이주가 결정이 나는 거나 다름없는, 그런 사안들이 아울러서 세 건이었다.

당분간 보고 자체를 자제한 것치고, 세 건이라는 숫자는 그다지 많은 편이 아니었다. 하지만 아공 이주 자체가 매력이 없기 때문에 이러한 양상을 보이는 것은 아니었다. 황야의 이종족들로부터 호기심의 대상이 되는 경우 자체는 굉장히 많은 편이었지만, 다양한 이유로 인해 거의 대부분의 교섭이 도중에 어그러지는 경우가 많았다.

아공에서는 의도적으로 모험가들을 들여보내고 있었다. 기본적으로 마코토가 제시한 아이디어로서, 토모에도 납득한 건수였다. 그러나 바로 그 아이디어 때문에 황야 입구 근처를 서식지로 삼고 있는 종족들 가운데 대부분이 이주 후보에서 탈락될 수밖에 없었다.

보는 관점에 따라서 너무나 당연하기 짝이 없는 얘기였다. 그 부근을 근거지로 삼는 마수(魔獸)나 아인, 그리고 수인(獸人)들은 휴만들과 전투를 벌이는 횟수가 많기 때문에 그들에 대한 적대심이 굉장히 강한 편이었다. 따라서 아공에 모험가들을 들여보낼 때는, 아무리 격리된 장소로 유인하더라도 그들에게 적대심을 품을 가능성이 높은 종족은 제외할 수밖에 없다는 것이 에마의 생각이었다. 문제의 싹 자체가 생기지 않도록 조심하는 것보다 효과적인 방책은 없으리라.

초기엔 그들에게도 교섭을 제안한 적이 있었지만, 전부 다 결렬되고 말았다.

황야 쪽으로 깊숙이 들어간 오지의 경우엔 입구 근처와 상황이 달랐다. 탐색하는데 인원이 필요한 반면, 휴만에 대한 적대심은 희미해지는 경향이 강했다. 황야의 오지까지 도달하는 휴만이 전혀 없지는 않았지만 그러한 이들은 그야말로 만만치 않은 실력자들일 수밖에 없는데다가 그러한 지역을 거주지로 삼는 종족들은 강자가 모든 것을 차지하는 약탈의 논리를 지극히 당연한 것으로 받아들이는 경우가 많기 때문이다.

따라서 아공 이주에 대한 제안 자체가, 대충 그 부근의 종족들로부터 시작될 수밖에 없는 것은 굉장히 자연스러운 인과관계였다. 츠이게로부터 그다지 멀지 않은 거리의 숲을 거주 지역으로 삼고 있던 숲 도깨비들은 굉장히 희귀한 케이스였다. 물론, 그들은 억세기 그지없는 역전의 전사들인 미스티오 리자드조차 창백한 얼굴빛을 보일 정도로 가혹한 수련을 강요당하고 있는데다가 완전한 이주도 아니었기 때문에 단순한 비교대상이 될 수는 없었다.

이 단계에서 마코토의 종자인 토모에와 미오, 시키가 참가하는 선발 과정도 동시에 시작된다. 일반적으로 검토 대상이 되는 사항들은 식생활을 비롯한 종족으로서의 생활방식이나 사교성의 유무, 특수능력 등이었다. 종자들의 선발 기준은 세 사람 다 제각각이었다. 미오의 경우엔 직감을 중시한다. 토모에는 유별난 종족을 선택하는 경우가 많았다. 시키는 능력을 중시하는 방식으로 무난하게 선발한다. 말인즉슨, 아무 생각 없는 미오의 기준을 대충 통과하거나 토모에의 취향에 맞을 만한 특이한 측면을 지니고 있거나 시키의 인정을 받을 만한 최소한의 능력을 보유하고 있어야 선발 과정을 통과할 수 있다는 뜻이다.

종자들의 선발 과정은 세 사람 가운데 한 사람이 랜덤으로 담당한다. 따라서 기본적으로 운에 달려 있는 구석이 없지 않아 있었지만, 하여간 엄청나게 엄격한 기준이라는데 의심할 여지는 전혀 없었다.

그리고 그들의 선발을 통과한 종족들에게, 이주에 관한 얘기를 제안하는 식으로 진행된다.

세 사람의 기준을 만족시키더라도 상대편이 거절하는 경우도 있을 수밖에 없었다. 이럴 때는 마코토 본인이 억지로 강요하기를 원하지 않는 구석이 있다 보니, 최종 면담까지 이루어지는 경우는 거의 없었던 것이다. 그 결과가 바로, 현재 아공이 처한 만성적인 노동력 부족 현상이었다. 아무나 상관없을 리가 없다는 사실은, 조사에 관여한 모든 이들이 알고 있었다. 최소한 어느 정도 존경할 수 있는 측면을 지닌 종족이 아니고서야, 선주민들과 양호한 관계를 구축할 수 있으리라는 보장이 없었기 때문이다. 새로운 종족의 이주로 인해 새로운 문제가 발생하는 사태는, 그야말로 본전도 못 찾는 거나 다름이 없었다.

오늘 에마가 마코토에게 보고할 세 건은, 그녀의 경험상 전부 다 나름대로 기대할 만한 종족들로 보였다. 제각각 어느 정도 문제가 없는 것은 아니었지만, 경우에 따라서 세 종족 다 이주가 정식으로 결정 날지도 모르는 일이었다. 그녀 본인이 조사에 참가한 것은 아니다 보니 각 종족에 관한 정보는 지면상의 사항밖에 아는 바가 없었다. 그러나 최소한 지면상의 정보로 볼 때는 결정적인 결격사유는 눈에 띄지 않았다.

새로운 종족의 이주가 성립될 경우, 또다시 바쁜 나날이 시작될 것이다. 그러나 에마는 그런 종류의 바쁜 나날은 반갑게 받아들일 수 있었다. 동포들이 늘어나는 기쁨보다 더한 기쁨은 거의 없기 때문이다. 지금도 각각의 종족들 사이에서 새로운 아이들이 태어나면서, 아공은 조금씩 변화를 보이고 있는 와중이었다. 그러나 역시 새로운 종족의 입주로 인한 변화에 비할 바는 아니었던 것이다.

"실례합니다."

"어, 에마? 잘 잤어? 그러고 보니 오늘은 면담이 있다고 했지? 곧바로 들어가야 하나?"

"안녕히 주무셨나요? 세 종족의 대표들이 이 땅에 이미 와 있습니다. 마코토 님께서 허락해주신다면, 지금부터 정식 면담을 시작하고 싶은 참입니다."

에마는 스스럼없이 말을 걸어오는 마코토에게 미소를 지으면서 대답했다. 에마는 아무리 잔소리를 해도 예의 바른 말투가 입에서 떨어지지 않는 마코토에게, 제발 아공을 다스리는 주인으로서 걸맞은 태도를 보여 달라는 부탁을 한 적이 있다. 그 덕분에 지금은 그나마 주인다운 태도로 그녀와 대화를 나누는 단계에 이르렀다. 아직은 친구를 상대할 때 같은 느낌이 약간 남아있었지만 예전보다야 훨씬 양호한 상태였다. 당장 완전히 목표한 바에 이른 것은 아니었지만 그녀로서는 반가운 변화였다.

"어라, 우리 쪽에서 만나러 가는 게 아니야? 내 생각엔 여기까지 불러들이는 건 굉장한 결례—"

"마코토 님? 우리 쪽에서 이주를 제안한 건 사실이지만, 그들 또한 아공 이주를 적극적으로 희망하는 종족이라는 데는 의심할 여지가 없습니다. 따라서 그들의 대표가 이곳까지 발걸음을 옮기는 건 너무나 당연한 처사지요."

에마의 입장에서 본 마코토는, 그녀의 종족인 하이랜드 오크를 구제한 구세주였다. 게다가 풍족하면서도 드넓은 세계의 주민으로 받아들여준, 말하자면 거의 신에 가까운 존재나 다름없었다. 아무리 개인의 성격이더라도, 에마로서는 그의 지나치게 저자세로 보이는 태도가 달갑지 않을 때가 있을 수밖에 없었다. 본인의 설명에 따르면, 타고난 성격이라 어쩔 수가 없었다. 그러나 에마로서는, 그가 하고자 하는 말을 이해는 할 수 있어도 납득은 되지 않았다. 지금보다 훨씬 거만한 태도를 보이더라도 아무런 문제가 없다는 생각이 들 정도였다. 마코토로서는 굉장히 받아들이기 어려운 요구사항일지도 모르지만.

"에마, 대충 알아들었으니까 그만 하자. 글쿠나, 벌써 와있단 말이지? 토모에가 수고해준 건가."

"아니요, 코모에 님이 문을 만드는 연습을 하는 김에 덤으로 처리해주셨습니다."

"코모에가 벌써 그런 작업까지 맡길 수 있을 정도란 말이야? 시키도 얼마 전에야 간신히 요령을 터득했다는 얘기를 들었는데, 또 엄청나게 충격 먹는 건 아니겠지?"

"코모에 님은 토모에 님의 따님이나 다름없는 분이니까요. 그럼 지금부터 면담을 위한 방으로 발걸음을 옮겨주실 수 있을까요?"

"알았어. 세 건이라고 했지? 미리 자료를 확인해볼 수 있을까?"

"예, 여기 있습니다. 천천히 확인해 보세요."

에마는 겨드랑이 사이에 끼고 있던 서류를 마코토에게 건넸다. 그리고 문을 열면서 마코토를 재촉한 뒤, 면담이 이루어질 방으로 안내하기 위해 그보다 앞서 나갔다. 에마는 마코토의 왼쪽 전방을 일정한 간격의 발걸음으로 걷기 시작했다.

조용했다. 복도에는 마코토가 발걸음을 옮기면서 종이를 넘기는 소리만이 희미하게 울려 퍼졌다. 마코토의 방이 위치한 장소 자체가, 평화로운 아공에서도 그럭저럭 삼엄한 경비가 이루어지고 있는 구획이었다. 마코토가 이동한다는 사실을 사전에 알고 있는 오늘 같은 날은, 모든 이들이 그의 시야를 방해하지 않기 위해 일부러 모습을 보이지 않는 식으로 굉장히 신경을 쓰고 있었다. 마코토 본인은 기본적으로 신경이 그다지 예민한 편이 아니다 보니, 그저 단순하게 오늘은 사람이 적어 보인다는 식으로밖에 받아들이지 않을 것이다.

"헤에, 오늘은 꽤나 숫자가 많은 종족인가 봐? 전원이 이주할 경우…… 드디어 1,000명을 넘기나? 아니, 역시 1,000명은 넘기기 힘들지도 몰라. 토모에가 퍼 자던 산보다도 오지에 속하는 지역에서 이 정도의 대규모로 생활해 왔다니, 은근히 대단하지 않아?"

"오지 중에서도 부분적으로 비옥한 장소는 있으니까요. 오늘 세 번째로 면담할 종족의 경우엔 바로 그러한 케이스로 압니다. 하지만 그 부근에선 필연적으로 비옥한 토지를 둘러싼 쟁탈전이 벌어지다 보니, 그러한 땅들도 조금씩 감소하고 있는 추세랍니다. 이주를 가장 적극적으로 바라는 종족도 바로 그들이지요."

"오호라. 사막 한 가운데 위치한 오아시스랑 비슷한 경운가? 다들 자기 힘으로 직접 마을을 지켜온 모양이야."

"그런 걸로 압니다. 가장 먼저 만나보실 종족은 능력의 관계로 거주 지역 자체가 특수합니다. 또 하나의 종족도 외적을 얼씬도 못 하게 하는 종족의 특성을 지니고 있지요. 하나 같이 강력한 전투력을 보유하고 있을 뿐만 아니라, 사교성 쪽에도 특별한 문제는 없어 보입니다."

"……하긴. 하지만 용케 평지 생활을 받아들였다는 생각도 들어. 후후, 직접 만나보는 게 점점 기대되는데?"

"도착했습니다, 마코토 님. 사실은 저들이 마코토 님께 알현을 청하는 구도로 잡고 싶었습니다만, 마코토 님의 희망에 따라 테이블을 준비했습니다. 아무쪼록 발언하실 때는 여러모로 세심한 주의를 부탁드립니다."

두 사람은 문 양쪽에 미스티오 리자드 두 명이 나란히 선 방 앞에 다다랐다. 마코토가 접근하자, 원래부터 빈틈이라는 단어와 거리가 멀었던 두 리자드의 분위기가 더욱 더 엄청난 긴장을 보이기 시작하는 기척이 에마에게도 전해져 왔다.

이 아공에서, 주인인 마코토와 직접적으로 엮이는 업무는 그다지 많은 편이 아니었다. 에마는 입가에 미소를 띤 채로, 오늘의 호위 겸 문지기로 발탁된 이 두 사람이 당연히 느끼고 있을 긴장에 관해 상상의 나래를 펼쳤다. 참고로 마코토의 저택(이라기보다는 성일지도 모른다는 의심이 최근 들어 마코토의 마음속에 생겨나기 시작했다)에는 용도를 알 수 없는, 아무리 봐도 알현실로밖에 보이지 않는 호화롭고도 드넓은 공간이 준비되어 있었다. 에마로부터 이번 기회에 그 공간을 사용하고 싶다는 보고를 받은 마코토는, 면접 공간을 황급히 테이블이 설치된 평범한 방으로 변경시켰다. 마코토는 에마가 중얼거리던 「당일 날까지 잠자코 있어야 했는데」라는 한 마디를 놓치지 않았다.

마코토가 발길을 들여놓은 방 안에는 테이블과 의자가 놓여 있었다. 여느 때와 다를 바 없이 훌륭한 장식이 달린 목제 가구들로서, 엘더 드워프들이 손수 제작한 특별 주문품이었다. 지금까지 창문을 열어 바깥 공기를 들이고 있었기 때문에, 사용하지 않는 방 특유의 답답한 공기는 느껴지지 않았다. 일단 두 쌍의 의자가 준비되어 있는 것으로 보였다. 마코토는 오늘 만나게 될 종족들의 대표자들은 두 사람씩 출두한 것으로 예측했다.

"자리에 앉아 기다려 주세요. 곧바로 대표자들을 이 방으로 데리고 오겠습니다."

에마는 마코토에게 자리에 앉도록 권유한 뒤, 그가 자리에 앉을 때까지 기다렸다가 방에서 나섰다. 그녀는 두 사람의 리자드들에게 상대를 데리고 오겠다면서, 약간 거리가 떨어진 옆방으로 발걸음을 옮겼다.

한편 마코토는 그녀와 대표자들이 올 때까지 처음 만나게 될 예정의 종족에 관한 자료를 들여다보고 있었다. 굳이 말할 것도 없이 그는 계를 사용해 주위의 상황을 파악하고 있었다. 에마가 향한 방의 위치는 물론이거니와, 그 방 안에서 두 사람의 손님들이 기다리고 있다는 사실도 파악이 끝난 상태였다. 마코토는 손님들이 이 방에 가까이 오는 기척이 느껴지면 지금 읽는 서류들은 일단 덮어놓고, 자리에서 일어나 그들을 맞이할 생각이었다. 에마는 바로 마코토의 그런 행동을 저지하려는 의도로 자리에 앉아 기다려달라는 부탁을 한 것이었지만, 마코토는 그녀의 참뜻을 전혀 이해하지 못한 상태였다.

'가장 먼저 만날 사람들은, 익인(翼人)이라는 종족인가? 아마 날아다닌다는 건 틀림없겠지. 자료에 따르면, 상당히 해발이 높은 지역에서 생활하는 종족 같아. 날개는 날개더라도 새 같은 날갠가? 아니면 곤충 계열일지도 몰라. 아, 적혀 있잖아? 등에 새나 박쥐의 날개를 지니는 종족이란 말이지? 양쪽 다 같은 종족이야. 섞이는 법은 없으며, 둘 중 어느 한쪽만을 지니고 태어난단 말이지? 나름대로 엄격한 신분제도가 존재하는 사회라고? 으음~ 괜찮을까? 여기서 신분 타령을 시작해봤자 난감할 뿐이거든? 기본적으로 아공의 종족들 사이에 상하관계는 존재하지 않는다고.'

마코토는 자료의 일부를 훑어보면서 일말의 불안감을 느꼈다. 그러나 그의 불안감은 일종의 오판이나 다름없었다. 익인은 새나 박쥐의 날개를 지닌 채로 태어나는 종족이다. 그 차이는 단순히 기본적으로 타고난 능력의 차이였다. 그들은 제각각 타고난 능력에 걸맞은 임무를 분담하는 형식으로, 300명 정도로 이루어진 커뮤니티를 유지하고 있다. 그들의 사회 규모는 황야에 거주하는 종족치고는 커다란 편이었다. 당연히 강력한 능력을 타고난 자에게 중요한 임무나 강력한 권리가 주어지는 것은 사실이었지만, 동시에 커다란 위험도 따라다닐 수밖에 없었다. 그들의 생활 방식은 마코토가 상상하는 신분제 사회와 약간 다른 형식이었다. 마코토가 상상한 모습은 평민이나 노예와 같은 피지배 계급이 존재하는, 그다지 좋지 않은 인상에 가득 찬 차별적인 사회의 이미지였기 때문이다.

'어쨌든 직접 만나보지 않고서야 답이 안 나와. 정도가 심할 때는 돌려보낼 수밖에 없지.'

마코토는 세 사람이 가까이 접근하는 기척을 느끼자마자 일단 머릿속의 상상을 중단시켰다. 그는 자리에서 일어나 문이 열릴 때까지 기다렸다.

곧 눈앞의 문이 천천히 열렸다. 평범한 사람들과 비슷한 키에 등쪽으로 꺾어 접은 한 쌍의 날개를 지닌 두 사람과, 주인의 모습을 보자마자 조그맣게 탄식하는 에마의 얼굴이 마코토의 눈동자에 비쳤다. 두 사람의 익인은 거무스름한 피부를 지니고 있다 보니, 어딘지 모르게 숲 도깨비들을 연상시키는 구석이 없지 않아 있었다.

"처음 뵙겠습니다. 아공에 오신 것을 환영합니다. 저는 마코토라고 합니다. 이래봬도 일단, 이곳의 영주에 해당하는 입장입니다."

마코토는 테이블로 접근한 세 사람을 앞에 두고, 먼저 자기소개를 마쳤다. 에마가 또다시 한숨을 내쉬었다. 그녀의 입장에서 볼때는 마코토가 「나의 세계에 잘 왔다」 정도로 고압적인 태도를 보이더라도 오히려 적당하다는 생각이 들 정도였던 것이다. 익인들도 마코토의 스스럼없는 태도에 약간 당황한 듯한 모습을 보였다. 그들은 사전에 시키의 면접을 받은 몸이었다. 그 남자의 중후한

압력을 한 몸에 받아본 그들로서는, 그의 주인으로 알고 있는 눈앞의 남성이 보이는 태도를 곧바로 이해할 수가 없었던 것이다.

"……어라? 어, 일단 자리에 앉아 주세요."

마코토는 우선 자신부터 자리에 앉은 뒤, 멍하니 정신이 팔려 있던 두 사람에게도 의자에 앉을 것을 권유했다.

'두 분 다, 새하얀 박쥐 날개를 지닌 익인인가? 그들 종족 중에서도 가장 신분이 높으신 분들께서 오신 모양이야.'

마코토는 약간 잘못된 인식을 지닌 채로 두 사람의 익인 대표들을 관찰했다. 익인은 조류의 날개와 박쥐의 날개라는 구분 이외에도, 날개의 색깔 별로 각 개체 간의 차이가 존재하는 종족이었다. 그들은 흰색이나 검은색 가운데 한 가지 색깔을 띤 날개를 타고난다. 말하자면 네 가지 종류의 날개가 존재한다는 뜻이다. 가장 상위에 해당하는 이들이 하얀 박쥐 날개, 그 다음이 하얀 새의 날개였다. 그리고 세 번째가 검은 박쥐의 날개, 네 번째가 검은 새의 날개라는 식으로 구분되어 있었다.

"……처음 뵙겠습니다. 금번엔 그야말로 이보다 더할 수 없이 훌륭하기 이를 데 없는 토지로 이주하라는 제안을 제시해주셔서 너무나 감사합니다. 익인족의 족장 역할을 맡고 있는 카큰이라고 합니다. 이쪽은 저의 보좌로 따라온 쇼나입니다."

"처음 뵙겠습니다, 마코토 님. 아무쪼록 잘 부탁드립니다."

두 사람의 익인 대표는 마코토와 마주보듯이 자리에 앉았다. 남성과 여성으로 이루어진 2인조였다. 족장라는 식으로 자기소개를 한 쪽이 남성이었고, 남성의 소개를 받아 뒤늦게 인사한 쪽은 여성이었다.

에마가 비교적 날카로운 표정으로, 가장 늦게 마코토의 옆자리에 앉았다.

"저는 여러분께서 아공 이주를 바라신다는 보고를 받고 이 자리에 왔습니다. 일단 이주를 바라신다는 전제하에 몇 가지 질문을 드려도 되겠는지요?"

"물론입니다."

"좋아요. 두 분께서 궁금하신 사항에 관해선 나중에 질문을 받도록 하겠습니다. 그럼 우선……."

마코토는 옆자리의 에마가 이따가 무슨 일이 있어도 태도에 관해 주의하고야 말겠다는 결심을 굳히고 있다는 사실을 전혀 깨닫지 못 한 채로 익인들을 상대로 한 면담을 시작했다.

"우리 종족에 관해선 넓은 이해를 보여주신 것은 좋았다만, 저분이 정말로 이 땅의 왕이란 말인가? 내가 보기엔 우리와 같은 이들을 상대로 지나치게 스스럼없는 태도를 취하고 계신 듯한 느낌이 들었는데……."

"예, 게다가 이야기가 너무 우리에게 유리한 쪽으로 흘러가는 듯한 느낌도 없지 않아 있었습니다. 에마 양으로부터 날을 잡아 전투 능력을 확인하겠다는 말씀도 들은 입장이니, 저희들로서는 그때까지 마음을 굳건히 다잡은 채로 이 땅을 시찰할 필요가 있을 것으로 보입니다."

"물론 나도 알아, 쇼나. 그나저나 처음엔 우리 종족의 힘을 목적으로 접근해 온 듯이 보였는데, 오늘 보니 저들이 주로 심사하려는 사항은 종족으로서의 태도라는 느낌이 든다는 것도 굉장히 의아한 얘기야. 마코토 님께서 합격이라는 말씀을 하시자마자 에마 님으로부터 전투 능력의 테스트가 필요하다는 언급이 나온 바로 그 순간, 마코토 님께선 틀림없이 그런 게 정말로 필요하냐는 식으로 되물으셨어. 이만큼 비옥한 토지에 살아도 된다는 것치고는, 저들이 제시한 조건은 지나치게 헐거울 정도야……. 만약 정말로 아무런 내막도 없다면, 나는 그야말로 이보다 더할 수 없이 어처구니없는 헛발질을 한 셈이야."

"실제로 굉장히 파격적인 조건이니까요. 주위의 종족들과 아무런 쟁탈전도 벌이지 않고 이만큼 비옥한 토지에 살 수 있다는 것만 해도 정말 굉장한 얘기예요. 내가 보기엔, 마코토 님은 특별히 나쁜 뜻으로 이번 일에 임하신 듯한 분위기는 없었습니다. 하지만 지금 같은 식으로 상대를 의심하는 것도 족장이라는 위치의 중요한 기능 가운데 하나일 테니 낙담할 필요는 없어요. 자, 바깥으로 가서 이 땅의 여러 지역을 안내해달라고 합시다."

익인 종족의 족장과 그의 보좌관은 방에서 나와, 에마가 대기시켰다는 안내 담당의 오크를 기다리면서 마코토를 상대로 한 면담에 대한 소감을 제각기 입에 담았다.

면담의 결과는 합격이었다. 그야말로 맥이 빠질 정도로 간단하게 끝이 나 버렸다.

마코토가 원하는 조건이나 요구 사항에 관해, 머릿속에 떠올릴 수 있는 모든 질문을 인정사정없이 퍼부어 봐도 상대방의 답변은 그들의 예상을 좋은 쪽으로 어기는 경우가 많았다. 특히 놀라웠던 것은 종족의 독립성을 상당 부분 인정해준다는 얘기였다. 익인들로서는 이번과 같은 후한 조건으로 이주하는데 치러야할 대가에 관해서 나름대로 각오를 하고 오는 길이었다. 예를 들어 선주민 종족에 대한 상납의 의무나 백성의 8할 정도(그들 커뮤니티의 세대 간 비율로 고려하자면, 노인과 어린 아이를 제외한 거의 모든 인원)를 노동력으로서 제공해야 하는 의무, 또는 모든 이들이 꺼리는 가혹한 노동을 분담할 의무 등을 각오한 상태였다. 그들로서는 이주할 지역의 환경에 따라, 거의 예속이나 다름없는 처우까지도 받아들일 생각이었다.

그리고 실제로 아공이라는 장소는 그들의 입장에서도 그 정도의 희생은 감수할 만큼 매력적인 토지로 보였다. 의식주를 완벽히 충족시키는데 아무런 문제도 없을 뿐만 아니라, 지금까지 손에 넣을 수 없었던 다양한 물품들을 대등한 교역을 통해 입수할 수 있는 환경이었다. 게다가 희망자에 한해 학습의 기회가 주어지며, 병사들에게 높은 레벨의 전투 훈련에 참가할 수 있는 권리를 보장한다고 한다.

그들의 입장에서 볼 때는 에마로부터 개요를 전해 들었을 때만 해도 그 가운데 1할 정도만 실현되더라도 더 바랄 것이 없을 것으로 여겼을 정도로 정말 의심스럽기 짝이 없는 제안들이었다. 그러나 마코토는 그 모든 질문 사항들을 완전히 긍정하면서 고개를 끄덕였다. 카큰과 쇼나가 무심코 두 눈이 휘둥그레진 채로 넋이 나간 듯한 반응을 보인 것도 당연한 얘기였다.

"음. 그나저나, 선주민들과의 사이에 신분의 차이도 없을 뿐만 아니라 능력에 걸맞은 임무가 주어진다니······."

"지금부터 실제로 시찰하는 과정에서 여러모로 보이는 게 있지 않을까요? 분위기로 파악할 수 있는 정보도 그다지 우습게볼 건 아니거든요?"

"맞아. 우선 자기 자신의 눈으로 직접 보고 확인하는 것만큼 중요한 작업도 없는 법이야. 일리가 있는 말이야."

정말로 우리 종족에게 그런 미래가 찾아온단 말인가? 아직도 반신반의에 가까운 상태였던 두 사람은, 아공을 정식으로 시찰하면서 더욱 더 엄청난 충격을 받을 수밖에 없었다.

하여간 익인 300여명의 합격이 결정 났다. 그들의 이주는 닷새 뒤에 시작될 예정이다.

"일단 그 눈가리개부터 벗어주실 수 있을까요?"

마코토의 한 마디에, 그를 마주보고 앉아 있던 두 여성의 몸이 크게 움찔거렸다.

에마도 그녀들의 영향을 받아 살짝 움찔거렸지만, 그녀는 마코토의 눈짓 덕분에 곧바로 평정심을 되찾았다. 그녀는 동요를 일으켰다는 사실을 부끄러워하듯이 고개를 숙였다.

"하지만 지금 설명 드렸다시피, 저희들의 눈동자에는 약간 문제가 있답니다."

"마코토 님을 해치려는 의도의 유무에 관계없이, 효과를 발휘하고야 말 겁니다."

두 여성은 복잡한 문양이 그려진 천으로 양쪽 눈을 가리고 있었다. 방금 전까지 마코토와 면담하던 익인들은 날렵한 체구의 소유자들이었지만, 그녀들은 좋은 의미로 육감적인 몸매를 유감없이 드러내고 있었다. 그리스 신화에 등장하는 님프[24]들이 걸치는 듯한 천을 온몸에 휘감고 있는 그 모습은, 의외로 노출이 많은 차림새였다. 마코토로 하여금 「옷이 아니라 천 쪼가리잖아?」라는 식으로 조그맣게 중얼거리면서 얼굴을 붉게 물들이게끔 할 정도로 대담한 옷차림이었다.

그녀들은 바로, 고르곤이라는 종족의 대표였다. 마코토에게는 메두사라는 명칭이 더 알아듣기 쉬웠는지도 모른다. 그녀들은 자신들의 눈동자로 바라본 상대를 석화시키는 특징적인 종족 특성을 지니고 있었다. 강력하기 이를 데 없는 능력 덕분에 간신히 멸망을 모면하면서, 황야 한복판에 안주할 땅을 획득한 종족이었다.

그녀들의 외모는 휴만에 한없이 가깝게 보였지만, 머리카락들이 감정에 반응해 제멋대로 움직였다. 그녀들의 머리카락은 마음만 먹으면, 만만치 않은 강도와 변형 능력을 겸비하는 강력한 무기였다.

그녀들은 선천적으로 타고난 석화 능력을 컨트롤할 수 없었기 때문에, 언제나 능력이 발동 중인 상태였다. 동족을 상대로 발동

#24 님프 그리스 신화에 등장하는 요정으로, 아름답고 젊은 아가씨의 모습을 하고 있는 것으로 알려져 있다.

되지 않는 그 능력은, 다른 종족을 상대로 할 때는 무자비하게 그 효과를 발휘한다. 그야말로 거의 저주나 다름없는 능력이었다. 특수 제작된 눈가리개를 사용함으로써 간신히 타인을 상대로 능력이 발동되는 사태를 예방하고 있는 상태였다.

그녀들이 황야를 거주지로 삼는 것도, 사람들을 계속해서 피한 결과에 지나지 않았다. 심지어 더욱 더 사람이 없는 오지 쪽으로 이주하고 있는 와중이었다. 석화 능력으로 인해 불필요하게 희생되는 이들을 만들지 않기 위해 그녀들 스스로 그런 방침을 취하고 있는 것으로 보였다. 물론 이유야 그 이외에도 얼마든지 있겠지만, 최소한 마코토는 개인적으로 그렇게 받아들였다. 그는 눈앞의 여성들이 굉장히 다정한 성격의 종족이라는 느낌을 받았다.

그녀들이 이번 이주 계획에 관심을 표명한 이유는 두 가지였다. 우선, 자신들의 능력에 대한 제한을 약간이나마 약화시킬 수 있을지도 모른다는 희망을 찾아다닌 결과였다. 그리고 그녀들이 종족으로서 안고 있는, 하나의 중대한 문제로 인한 결정이었다.

지금까지 그녀들이라는 표현을 사용한 데서도 알 수 있듯이, 고르곤은 여성들밖에 없는 종족이었다. 말인즉슨 번식을 위해 다른 종족의 남성들을 필요로 한다는 뜻이었다. 거의 모든 종족들의 정액을 통해 수정할 수 있는 대신, 태어나는 아이들은 예외 없이 모두 고르곤이 되는 불가사의한 종족이었다.

종족으로서 존재하고자 하는 이상, 주위에 남성이 존재하는 환경이 필요할 수밖에 없었다. 마코토가 그녀들과 대화하면서 머릿속에 떠올린 「대체 무슨 수로 지금까지 멸종을 모면한 거지?」라는 생각은, 그야말로 정곡을 찌른 의견이었다.

"저는 괜찮아요. 일단 토모에한테도 통하지 않았다면서요? 말하자면 저한테도 안 통한다는 뜻이지요. 에마도 제가 지키고 있을 테니까, 어서 보여 주세요."

"하지만 마코토 님으로부터는 마력이 거의 안 느껴지는데요?"

"도저히 무사히 끝나리라는 생각이 들지 않아요."

마코토는 지금, 특별한 수련을 쌓고 있는 도중이었다. 그 수련의 영향에 따라, 지금은 계를 마력 억압에 쓸 때가 많았다. 눈앞에 손님을 맞이하고 있는 지금도 그 상태를 유지할 정도였다. 고르곤 두 사람이 느끼는 불안감도 지극히 당연한 것이었다.

"고르곤 여러분? 토모에 님께 효과가 없었던 능력이 마코토 님께 효과를 발휘할 일은 결단코 있을 리가 없습니다. 저도 아무 문제없으니 눈가리개를 벗어 주세요. 마코토 님께서 바라시는 바에 따라 행동하세요."

에마의 재촉을 받아, 고르곤 두 사람은 그제야 제각각 두르고 있던 눈가리개로 손을 가져가기 시작했다. 그녀들의 머리카락이 조심스럽게 꿈틀거렸지만, 마코토는 태연한 표정으로 두 사람을 바라보고 있었다. 에마는 아무 문제도 없다는 식으로 발언하면서도 약간 긴장한 듯이 딱딱하게 굳은 듯한 반응을 보였다.

"그럼……."

"……."

두 사람이 눈가리개를 벗었다. 그녀들의 시야에 휴만이라고 자기소개한 남성과 여성 오크의 모습이 들어왔다. 그 둘은 석화를 일으키지 않고, 태연히 두 사람을 바라보고 있었다.

"흠, 틀림없이 강력한 효과를 지닌 눈동자로 보이네요. 일종의 마안(魔眼)에 속하는 능력일까요? 그나저나 평소에 그런 식으로 눈을 덮고 다니시면 여러모로 불편하지 않으세요?"

마코토는 평범하기 그지없는 말투로 두 사람에게 말을 걸었다. 에마는 안도의 한숨을 내쉬고 있었다. 그녀가 보인 반응이야말로, 오히려 지극히 당연하게 느껴지는 상식적인 모습이었다. 실제로 고르곤 두 사람도 두 눈을 크게 뜬 채로, 눈앞의 두 사람을 마주보고 있었다.

"어, 저기, 아, 예. 평상시에 먹는 음식도 돌이 돼 버리니까요. 영양 섭취라는 측면에서 볼 때는 정기(精氣)를 흡수할 수 있으니 기본적으로 그다지 큰 문제는 없습니다만, 눈가리개를 한 상태로 평범하게 먹는 쪽이 맛있게 느껴져요. 게다가 예전에 면담에서 말씀드렸듯이 다른 종족 분들로부터 정기를 빌릴 때도 여러모로 불편한 구석이……. 특히 시야를 쓸 수가 없다 보니 모든 일상생활에 지장이 생길 수밖에 없답니다."

"음, 그야 굉장히 불편할 것 같은 느낌이 드네요. 휴만들 가운데 일부러 그런 식으로 생활하는 분들도 있다고 들었지만……."

먼저 제정신으로 돌아온 고르곤이 불편 사항에 관해 언급했다. 그녀의 설명에 동의하는 의미로 대답한 에마가, 어딘지 모르게 의미심장한 눈빛으로 마코토를 바라보기 시작했다. 마코토의 입장에서 볼때는, 에마가 자신을 바라보면서 약간 냉정한 눈빛을 띠고 있는 듯이 느껴졌다. 일부러 후반의 불편 사항에 대해 언급한 데서도 그녀의 의도가 느껴졌다.

"에마. 그런 소리를 하면서 나를 쳐다볼 필요는 없잖아? 굳이 거기를 안 걸고넘어지더라도, 그녀들의 불편 사항은 충분하고도 남을 정도로 다 전해져 온다고. 그나저나, 고르곤 여러분? 저로서는 아무리 노력해도 여러분께 아이를 만들 상대까지 알선해 드릴 수는 없을 것 같아요. 일단 그 부분은 기본적으로 개인의 자유에 맡기면서 제각각 교섭이 필요하지 않을까 싶은데, 그래도 괜찮을까요?"

"예, 저희들로서는 그렇게 해주신다면야 오히려 감사 인사를 드리고 싶을 정돕니다. 다만, 마코토 님 본인이나 직접적인 비호를 받는 분들 이외에 다른 주민 분들도 저희들의 눈을 버텨낼 수 있겠냐는 문제가 남지만요……."

"제 생각엔 아마 괜찮을 것 같아요. 저 눈가리개만 있어도 현재로서는 그다지 큰 문제는 없는 거였지, 에마?"

"예, 문제없는 걸로 압니다."

"그렇다면 저 눈가리개와 동일한 효과를 안경이나 콘택트렌즈의 형태에 부여할 수만 있어도 끝나는 얘기야. 고르곤 여러분께서는 지식의 공유나 전투 훈련 참가, 도시 건축 작업에 대한 협력과 온갖 잡일 전반에 대한 협력 요청도 전부 받아들이셨어요. 그 이외에 제가 바라는 거라고 해봐야 방금 말씀드렸던 아이를 만들 때의 주의사항 정도랍니다. 그 부분만 잘 지켜주신다면, 아공에서 여러분의 눈동자가 어느 정도의 효과를 발휘하는지 확인할 필요는 있겠지만 서도 이주 자체는 환영할 일이라고 봐요."

『정말인가요!』

고르곤 두 사람이 자리에서 일어나 마코토를 뚫어질 정도로 쳐다봤다. 결국은 틀림없이 거부당하리라고 부정적으로 예상하던 두 사람으로서는 도저히 믿어지지 않는 대답이었다.

"그럼 고르곤 여러분께서도 이주에 찬성하시는 거지요?"

"그야 정말, 이보다 더할 수 없이 반가운 말씀입니다만."

"정말로, 정말로 괜찮을까요? 저희들은 다른 종족들을 돌로 만들 수는 있어도, 되돌리는 능력은 없는 종족인데요?"

"아, 맞다. 석화 말인데요, 아마 고칠 수 있을 테니 큰 문제는 없을 거예요."

『예?!』

마코토는 갑자기 생각났다는 듯이 돌이 된 테이블로 손을 가져갔다. 테이블은 방금 전, 고르곤 두 사람이 눈가리개를 벗어던지자마자 순간적으로 석화 반응을 일으켰다. 원래 모습은 근사한 목제 테이블이었다. 마코토가 테이블을 향해 마력을 흘려보냈다.

"어디 보자, 이렇게 해야 하나? 그리고, 아마 이걸로 끝."

차가운 잿빛으로 변했던 테이블이, 그의 말과 함께 너무나도 간단하게 원래의 밝은 갈색 나무로 되돌아왔다. 하지만 또다시 석화되고 말았다. 당연한 결과였다. 아직도 고르곤의 눈빛을 쐬고 있다는 점에선 방금 전과 다를 바 없었기 때문이다. 항상 주위를 계속해서 석화시키기 때문에, 그녀들도 석화를 해제할 수단을 찾아내려는 노력을 일찌감치 포기하고 있었다.

"어?! 아뿔싸! 계속 마력의 영향 하에 있을 때는 석화에 대한 내성도 부여하지 않으면 아무런 의미도 없다는 건가? 좋아, 그럼 이

건 어떠냐!"

마코토는 순식간에 반성을 끝마치자마자 또다시 테이블로 마력을 흘려보냈다.

고르곤 두 사람이 그의 모습을 지켜보고 있었다. 그녀들은 순간적이나마 석화가 해제된 테이블을 바라보며 말문이 막힌 상태였다. 한편 에마는, 특별한 동요도 없이 태연하게 마코토의 행동을 바라보고 있었다. 그녀는 이미 마코토가 벌이는 행동에 일일이 놀라는 시기를 지나 버렸던 것이다.

이번엔 테이블도 돌로 되돌아가지 않고 나무인 상태를 유지했다.

아무리 기다려 봐도 테이블이 다시금 석화 현상을 일으키는 일은 없었다.

"거짓말 같아."

"이 눈가리개는 어차피 평생 동안 쓰고 다녀야 되니까 체념하고 있었는데……."

"얼마 전까지만 해도 약간 성가신 축에 속하는 상태 이상을 해제하기 위해 여러모로 시행착오를 거듭했거든요. 그 과정의 부산물로, 지금은 저도 꽤나 다양한 종류의 상태 이상에 대응할 수 있게 됐답니다."

마코토는 두 사람으로부터 느껴지는 존경의 감정이 담긴 눈빛 때문에 약간 쑥스러운 듯이 미소를 지어 보였다. 그가 시키나 다른 일행과 함께 해제하는 방법을 찾아내고자 노력했던 성가신 종류의 상태 이상은, 숲 도깨비들의 특수 능력인 수형이었다. 수형은 고르곤 종족의 석화 능력보다 훨씬 난해하면서도 강력한 상태 이상을 유발시키는 능력이었다. 그런 고로, 마코토는 그녀들의 능력인 석화의 마력에 차분하게 대응할 수 있었던 것이다. 숲 도깨비들의 능력에 의한 나무 변화는 존재 그 자체에 간섭함으로써 근본적으로 무시무시한 변화를 초래한다. 아공의 우수한 두뇌를 총집결했는데도 불구하고 그 저주를 해제하는 방법을 확립하는 데는 몇 개월에 걸친 기간을 필요로 할 수밖에 없었다.

"마코토 님, 아무쪼록 저희들을 이 세계에서 보호하여 주십시오."

"마코토 님께서 내리시는 어떤 명령이더라도 기꺼이 따르겠습니다."

"보호라니요? 지금 얘기를 나눠 봐도 사교성 같은 면에서 특별한 문제도 없어 보이니 저희들이야말로 여러분을 환영해드려야지요. 저로서는 그냥 여러분께서 불륜이나 삼각관계 같은 질척거리는 사태만 피해주시기만 해도 충분해요. 남자 부모와 함께 하는 생활에 그다지 익숙한 느낌이 없어 보이니, 새로운 생활 방식에 적응하시거나 최악의 경우엔 가끔씩 끌어들이는 휴만들로 만족해주시기를 바랄 뿐이에요. 얼핏 듣기엔 안 좋을지 몰라도, 그럴 때는 이른바 하룻밤의 인연이라고 하죠."

고르곤과 마코토의 면담은 그 이후로도 부드럽게 진행됐을 뿐만 아니라, 그녀들의 이주 계획도 이보다 더할 수 없이 깔끔하게 잡혔다.

"정말 굉장하더라. 토모에 님을 뵈었을 때도 깜짝 놀랐지만, 설마 마코토 님께서도 멀쩡하실 줄은 몰랐어."

"게다가 능력 때문에 낭패를 보는 일이 없도록 여러모로 손을 써주신다고 말씀하셨어. 마치 꿈을 꾸고 있는 것 같아."

"지금까지는 몸에 걸칠 거라고 해봐야 스스로의 머리카락으로 짠 천 조각 정도밖에 없었지만, 어쩌면 이제 평범한 옷을 입을 수 있게 될지도 몰라. 굉장히, 가슴이 두근거려."

마코토는 그녀들에게 일단 눈가리개를 다시 한 번 써달라는 한마디로 양해를 구했다. 마코토의 말에 따라 다시 눈가리개를 쓴 두 사람의 고르곤은, 대기실로 돌아와 즐겁게 대화를 나누고 있었다. 대기실이라는 제목이 붙어있더라도 기본적인 가구는 빠짐없이 갖추어져 있었기 때문에, 그곳은 외부에서 온 손님들을 맞이하는 데는 충분하고도 남을 정도의 공간이었다.

"시야가 막혀 있어도 머리카락이 주위 환경을 파악하는데 도움이 되니까 지금까지 실생활에 그다지 큰 문제는 없었지만, 당연히 눈으로 직접 보는 것보다야 나을 리가 없잖아? 게다가 가능하다면야 최소한도의 치장 정도는 하고 싶다는 것도 사실이야."

"전투 훈련 같은 시간도 굉장히 보람 있어 보이더라. 빨리 여기서 살고 싶어."

"동감이야. 한 시라도 빨리 다른 아이들에게도 이곳을 구경시켜주고 싶어."

두 사람의 고르곤 대표는 만면의 미소를 띤 채로 이야기꽃을 피우고 있었다. 그녀들은 물론이거니와 마코토조차도 아직 알아차리지 못한 상태였지만, 그녀들의 이주로 인해 아주 약간 성가신 문제가 일어날 것으로 예상된다.

　지금까지 외모로 이성을 선택할 여지가 전혀 없었던 그녀들이 아공으로 이주하게 된 것이다. 그녀들은 기본적으로 다른 종족이건 뭐건 전혀 가리지 않았다.

　종족 전체의 미래에 이보다 더할 수 없이 엄청나기 이를 데 없는 은혜를 베푼 마코토를 상대로, 그녀들이 은혜를 갚으려는 행동의 일환으로 과연 무슨 짓을 벌일 것인가? 그녀들이 개인의 자유에 맡긴다느니, 교섭이 필요하다는 식으로 어설프게 기준을 긋던 마코토의 발언을 곡해하지만 않는다면야 그다지 큰 문제는 없었다. 그러나 만약 무슨 일이 일어나더라도 결국 마코토의 자업자득이라는 점은 매한가지였다. 아공의 남성이라는 카테고리에 자기 자신도 포함되어 있다는 사실을 잊고 있던 마코토의 실수였다.

　어쨌든 200여명 남짓의 고르곤 종족은 마코토와의 면담에 합격했다. 그녀들은 열흘 후에 아공으로 이주할 예정이다.

　"우리는 꿀을 잘 모아 와!"

　"게다가 다른 아이들과 서로 연락이 돼!"

　언뜻 보기엔 마코토와 에마가 단 둘이 앉아있는 듯이 보였다.

하지만 자세히 들여다보면, 의자가 아니라 테이블 위에 자그마한 쿠션 두 개가 놓여 있었다. 그리고 그 위에 면담 상대들이 앉아 있었다. 정확히 말하자면, 그냥 앉아있는 게 아니라 일어서거나 사방으로 날아다니면서 정신없이 움직이고 있었다.

'상상하던 이미지랑 거의 차이가 없는 아이들, 아니 사람들인 것 같아. 보면 볼수록, 페어리라는 느낌이 든단 말이지.'

마지막 면담 상대는 자그마한 요정 종족이었다. 마코토가 지금까지 가지고 있던 요정의 이미지를 그냥 그대로 옮겨온 듯한, 천진난만하면서도 기운이 넘칠 뿐만 아니라 장난꾸러기 같은 느낌이 드는 종족이었다. 머리에 쓰고 있는 왕관도 소꿉놀이 장난감 같이 보여서 저절로 입가에 미소가 떠올랐다. 본인이 왕이라는 사실에 대한 증명일 테니 경의를 보여야 한다는 생각이 들면서도, 마코토는 점점 더 포근해져만 가는 자신의 마음을 다잡을 수가 없었다. 마력으로 인한 상태 이상도 아니다 보니, 막을 방법도 없었다.

"응, 하여간 페어리 여러분은 살던 숲이 외적들에게 들켜서 여기로 피난오고 싶다는 거지?"

"페어리가 아냐! 우리는 아르에레메라야! 그런 날벌레들보다 훨씬 높은 종족이야!"

그들은 아르에레메라라는, 흔히 말하는 요정들보다 지위가 높은 존재라는 식으로 자신들을 소개했다. 그러나 마코토의 입장에서 볼 때는 그야말로 페어리 그 자체였다. 외우기 어려운 명칭까지 어우러지다 보니, 자기도 모르게 페어리라고 불러버린 것이다.

실제로 그들이 날벌레라면서 깔보는 페어리와 그들이 한 자리에 늘어서더라도, 과연 마코토의 눈썰미로 그들을 구별할 수 있을지 의심스러울 정도였다.

"우리는 요정과 정령의 중간에 속하는 종족이야! 하위 정령들 정도는 마력으로 간섭해서 하인으로 부릴 수 있다고!"

그들은 날개를 파닥거리는 방식으로 날아다니면서 쿠션을 향해 다이빙하거나, 마코토의 눈앞까지 날아드는 식으로 도저히 가만히 있지를 못 하는 모습을 보였다. 에마는 그들의 자유분방하기 그지없는 행동거지에 엄청난 참을성을 발휘하고 있는 모양이었다. 그녀는 아까부터 온몸을 부들부들 떨고 있었다.

"……미오 님은 어째서 이런 족속을 합격시키신 거지요……? 감히 마코토 님 앞에서……!"

에마가 나직이 혼잣말을 중얼거렸다. 이곳이 면담을 가지는 자리가 아니라 일상의 한 컷에 지나지 않았다면, 그녀의 분노도 이 정도까지 이르지는 않았을지도 모른다.

"음~. 일단 머릿수는 많지만, 덩치도 작으니까 큰 문제는 없을 것 같아. 게다가 다른 개체들과 서로 연락이 된다는 얘기는 무슨 일이 생기더라도 곧바로 전달이 가능하다는 뜻인가? 우리가 하는 탐색 작업도 도와줄 수 있는 거지?"

"맡겨만 줘! 우리는 용감한 아르에레메라야!"

"그렇다면, 너희 준비가 끝나자마자 이주—."

"전 반대예요, 마코토 님!!"

"으엥?!"

자칭 용감한 아르에레메라가, 갑작스런 고함소리에 놀라 테이블

밑으로 숨어 버렸다. 마코토도 옆에서 갑작스럽게 들려온 고함소리 때문에 놀라기는 했지만, 그 이외에 딱히 무슨 반응을 보인 것은 아니었다.

"그야말로 최소한도의 침착성도 없는데다가 종족 전체가 어린아이나 다름없는 족속을 아공의 주민으로 받아들이는 과정 자체가 만만치 않을 거라고요! 차라리 그냥 이대로 살던 숲과 함께 유린당하는 편이 반성을 위한 지름길일 걸요!"

"에, 에마?"

"오늘은 면담을 하러 온 거잖아요?! 심지어 종족 전체의 미래를 걸고 온 입장이라고요! 그런데, 최소한 종족의 왕이라는 자가 이런 식의 처신을 보인다는 게 말이나 되냐고요!!"

에마의 분노는 그야말로 정점에 달한 듯이 보였다. 마코토는 하늘을 향해 고개를 들었다. 하긴, 먼저 만난 두 종족에 비해 아르에레메라의 태도에 약간 문제점이 많은 것은 사실이었다. 마코토는 그들을 어린 아이로 여겨 무르게 대한 구석이 없지 않아 있었다는 사실을 인정할 수밖에 없었다. 하지만 아무리 겉모습이 자그맣거나 귀엽더라도 그들은 완전히 성숙한 어른이며, 면담 자리에 나온 이는 그들의 왕이었다. 에마는 그들을 하나의 성숙한 종족으로서 받아들였기 때문에, 그들의 무례한 태도에 대한 분노를 참을 수 없었던 것이다. 그리고 종족의 왕이 이 모양인 이상, 다른 이들이 왕보다 낫다는 판단을 도저히 내릴 수가 없었던 것이다. 따라서 에마는 마코토의 뜻을 정면에서 거역하면서까지 그들의 이주에 반대하는 뜻을 표명했다.

만약 그들이 성장 이후에도 정신적으로 미숙한 상태가 유지되는 종족일 경우, 에마가 내세운 조건이 약간 가혹한 요구사항일 수도 있겠다는 느낌은 없지 않아 있었다. 하지만 에마로서는 그들의 태도를 도저히 용납할 수가 없었던 것이다.

"진정해, 에마. 스톱!"

"아니요. 그럴 순 없어요, 마코토 님! 마코토 님은 이들에게 너무 무르세요! 아르에레메라가 어쨌다고요? 요정과 정령의 중간인데 어쩌라고요! 그렇다면 지금 당신들이 사는 숲에 들이닥치고 있는 리즈 패거리들 정도는 가볍게 물리쳐 보라고요! 맞아요, 스스로의 힘으로 최소한 그 정도는 해낸 다음에 다시 한 번 찾아와 보든가!"

에마의 화가 머리끝까지 올라가는 광경을 난생 처음 목격한 마코토는, 어떻게든 그녀를 타이르고자 필사적으로 말을 걸었다. 그리고 방 밖에 대기하고 있던 리자드를 불러 아르에레메라의 대표자들을 대기실로 돌려보내도록 지시를 내렸다. 에마는 허공을 날아 도망치려는 요정을 상대로 팔을 마구 흔들면서 엄청난 분노를 내보였다. 그녀의 평소 모습을 알고 있는 이들로서는, 그야말로 상상조차 할 수 없었던 어마어마한 광경이었다.

리자드들은 무지막지하게 분노한 에마의 모습에 기가 막힌 듯한 반응을 보이면서도, 주군의 명에 따라 자그마한 손님들을 피난시켰다.

"새장에 쑤셔 넣어서 숲속에다 내다버릴 거야! 이 날벌레들이 어딜 도망가!!"

"에마, 알았다니까! 일단 쟤네들은 돌려보낼게. 이제 좀 진정해——!!"

◇ ◆ ◇ ◆ ◇

"저 오크는 대체 뭐하는 녀석이야?! 우리가 얼마나 센지도 모르면서!"

"리즈 같은 녀석들은 전혀 안 무섭지만, 싸움을 벌였다가 친구들이 다칠지도 모르니까 이주하려던 건데!"

"이렇게 된 바엔 리즈 녀석들을 쫓아낸 다음에 저 암컷 오크한테 사과하게 하자!"

"굉장해! 역시 우리 왕은 머리가 좋아! 하지만 이사는 어떡할 거야?"

"이곳의 꽃은 굉장히 맛있는 꿀을 만드니까, 원래 살던 숲보다 여기가 좋아! 나는 왕이니까 다른 녀석들에게도 이곳의 꿀을 나눠줘야 해!"

"그럼 돌아가서 전쟁 준비를 시작하자!"

"좋아! 마코토 님한테도 우리의 힘을 보여주자!"

아르에레메라 약 300명의 이주에 대한 결정은, 일단 현재로서는 보류될 수밖에 없었다.

◇ ◆ ◇ ◆ ◇

그 날 밤, 마코토 종자들과 함께 식후의 단란한 시간을 보내고 있었다. 그 날 있었던 면담의 결과를 보고하면서 느긋하게 한 숨

돌리고 있었다.

"그렇다면, 결국 두 종족을 늘리시는 셈이군요. 고르곤 종족의 특수 능력에 관해선 제가 드워프들과 상의해서 안경 타입과 콘택트렌즈 타입의 도구를 양쪽 다 제작해 보겠습니다."

"시키는 고르곤을 담당할 생각이냐? 그렇다면 이 몸은 익인 녀석들을 맡도록 하지. 훈련 메뉴라도 준비해보실까? 네 종류의 종족들이 제각기 지니고 있는 특유의 능력이나 적성의 차이 등에도 관심이 있거든."

"두 사람 다, 잘 부탁해."

"그러나 저러나 미오? 제발 이상한 종족까지 대충 통과시키지 마라. 듣고 있나, 미오!"

토모에와 시키가 마코토가 거론한 내용에 따라 자신들의 행동방침을 즉석에서 곧바로 결정하는 모습을 보였다. 토모에의 분노를 산 미오는, 작은 그릇과 채소 스틱들이 가지각색으로 담긴 접시를 손에 든 채로 마코토에게 다가갔다.

"도련님, 도련님. 이걸 한 번 드셔 보세요."

"채소 스틱? 어라, 이거 혹시 마요네즌가?! 미오가 직접 만든 거야?!"

"예! 정말 최선을 다해서 만들었답니다!"

"헤에! 좋아, 그럼 먹어볼게. ……응, 그리운 느낌이야! 옛날에 먹었던 맛에 굉장히 가까워! 채소는 여기서 기른 쪽이 훨씬 맛있으니까, 정말 최고야. 미오!"

"우후후후후."

그야말로 이보다 더할 수 없이 만족스러운 표정을 짓고 있는 미오는, 토모에의 말을 한 귀로 흘려들었다. 아니, 사실은 전혀 안 들었을 가능성조차 부정할 수 없었다.

"호오, 이게 바로 그 말로만 듣던 마요네즈라는 소스인가요? 미오 님, 저도 시식해 봐도 되겠습니까?"

"도련님께서도 기뻐해 주셨으니까, 일단 먹어봐도 괜찮아. 시키, 맛을 제대로 봐 가면서 먹도록 해."

"물론입니다. 어디 한 번…… 신맛과 감칠맛, 독특한 풍미가 어우러져서……. 굉장히 복잡한 맛이로군요. 채소와도 잘 어울립니다. 흠, 경우에 따라서 찌개에도……."

시키도 마요네즈라는 이름에 끌리는 구석이 있다는 듯이, 신중한 표정으로 그 맛을 보기 시작했다. 결과는 상당히 양호한 듯이 보였다.

그는 묵묵히 여러 가지 종류를 찍어먹으면서 마요네즈를 찌개 요리에 활용할 방법을 궁리하기 시작했다.

"흥, 틀림없이 맛은 좋다. 하지만 이 정도는 머지않아 완성될 된장에 비한다면 별 거 아니야!"

"바로 그 된장이 미완성이라서, 제가 이런 식으로 여러 가지 음식들을 재현하고 있는 거잖아요? 어서 저로 하여금 그 된장국이라는 음식을 만들게 해주세요, 토모에! 물론 간장도요!!"

"조금만 기다려라. 이제 얼마 안 남았다! 음, 의외로 맛이 괜찮다 보니 괜히 더 분하군!"

토모에는 미오의 말을 되받아치면서 오이와 당근을 베어 먹었다. 당근보다는 오이가 그녀의 취향에 맞는 듯이 보였다. 모르긴 몰라도, 마코토가 보기엔 그녀는 오이를 된장에 찍어먹는 것도 좋아하게 되리라는 예감이 들었다.

"토모에, 마요네즈엔 강렬한 신도들이 따라붙기 마련이니까 지나치게 무신경한 발언은 삼가는 게 좋아······."

마코토는 셀러리를 뜯어먹으면서 쓴웃음을 지었다. 그는 토모에와 미오가 나누는 대화를 잠자코 들으면서 그녀들의 모습을 지켜보고 있었다.

새로운 주민들을 받아들이면서, 아공은 2년째로 접어들고 있었다.

달이 이끄는 이세계 여행 6

1판 1쇄 발행 2019년 2월 10일
1판 6쇄 발행 2022년 1월 10일

지은이_ Kei Azumi
일러스트_ Mitsuaki Matsumoto
옮긴이_ 정금택

발행인_ 신현호
편집장_ 김승신
편집진행_ 권세라 · 최혁수 · 김경민 · 최정민
편집디자인_ 양우연
관리 · 영업_ 김민원

펴낸곳_ (주)디앤씨미디어
등록_ 2002년 4월 25일 제20-260호
주소_ 서울시 구로구 디지털로 26길 111 JnK디지털타워 503호
전화_ 02-333-2513(대표)
팩시밀리_ 02-333-2514
이메일_ lnovellove@naver.com
ㄴ노벨 공식 카페_ http://cafe.naver.com/lnovel11

TSUKI GA MICHIBIKU ISEKAI DOUCHU 6
Copyright ⓒ Kei Azumi 2015
Cover & Inside illustration Mitsuaki Matsumoto 2015
Cover & Inside Original design ansyyqdesign 2015
Korean translation rights arranged with AlphaPolis Co., Ltd.
through Japan UNI Agency, Inc., Tokyo and Korea Copyright Center,Inc.,Seoul

ISBN 979-11-278-4876-7 04830
ISBN 979-11-278-4112-6 (세트)

값 9,000원